BIANCA IOSIVONI
Fighting Hard for Me

BIANCA IOSIVONI

Fighting HARD FOR ME

Roman

LYX in der Bastei Lübbe AG
Dieser Titel ist auch als E-Book und Hörbuch erschienen.

Originalausgabe

Copyright © 2021 by Bastei Lübbe AG, Köln

Textredaktion: Kristina Langenbuch Gerez
Covergestaltung: ZERO Werbeagentur GmbH
Coverabbildung: © Mari Dein/shutterstock.com
Satz: Greiner & Reichel, Köln
Gesetzt aus der Adobe Caslon
Druck und Einband: GGP Media GmbH, Pößneck

Printed in Germany
ISBN 978-3-7363-1653-9

1 3 5 7 6 4 2

Sie finden uns im Internet unter: lyx-verlag.de
Bitte beachten Sie auch: luebbe.de und lesejury.de

*Für alle,
die auf Sophies und Coles Geschichte
gewartet haben.*

Playlist

Alanis Morissette – Ironic
The Offspring – Self Esteem
Marshmello, Anne-Marie – FRIENDS
Demi Lovato – Heart Attack
Cody William Falkosky – Champion
Taylor Swift – How You Get The Girl
Natasha Bedingfield – Pocketful of Sunshine
Backstreet Boys – I Want It That Way
Skylar Grey – Stand By Me
Liquido – Narcotic
Ryan Star – We Might Fall
Sean Paul – Temperature
Bellini – Samba De Janeiro
Meghan Trainor – Friends
The Cardigans – Lovefool
Backstreet Boys – Quit Playing Games (With My Heart)
Roxette – Fading Like A Flower (Every Time You Leave)
Secondhand Serenade – Fall for You (Acoustic)
Jon McLaughlin – Still My Girl
Valerie Broussard, Lindsey Stirling – Deeper
Valerie Broussard – Hold on to Me
Jason Derulo – Fight for You
The Corrs – Breathless
Liquido – Narcotic (Long Version)

Kapitel 1

Sophie

Heute war ein guter Tag. Und wenn ich mir das oft genug sagte, glaubte ich es vielleicht sogar. Denn nur, weil ich mir heute gleich nach dem Aufstehen schon den großen Zeh am Bett gestoßen und mir die Schranktür gegen den Kopf geknallt hatte, dem Coffeeshop gerade mein Lieblingskaffee ausgegangen war und mich dieser gruselige Typ aus dem *Physik-II*-Kurs schon wieder mit Nachrichten bombardierte, musste das nicht bedeuten, dass der restliche Tag genauso mies werden würde. Im Gegenteil: Er würde fantastisch sein. Das beschloss ich einfach.

Daran konnte auch der Strafzettel nichts ändern, den ich von meiner Windschutzscheibe pflückte, nachdem ich meinen letzten Kurs, und damit auch die University of West Florida, für heute hinter mir gelassen hatte.

Argh. Ich knüllte den Strafzettel zusammen und warf ihn auf die Beifahrerseite. Dann schnallte ich mich an und startete den Motor, der so laut rumpelte, als würde gleich die Apokalypse über uns hereinbrechen. Cole hatte schon hundertmal angeboten, dass sich sein Cousin siebten Grades oder der Schwager seines Onkels zweiten Grades oder wer auch immer aus seiner Familie den Wagen anschaute, aber bisher hatte ich immer dankend abgelehnt. Solange die alte Klapperkiste noch fuhr, war mir alles andere egal. Auch dass die Klimaanlage schon seit fünf Jahren nicht mehr richtig funktionierte und es jedes Mal, nachdem sie kurz angesprungen war, wieder in den Fußraum tropfte. So wie jetzt.

Tief durchatmen, Sophie. Heute ist ein guter Tag.

In Gedanken sagte ich mir die Worte immer wieder vor und war so damit beschäftigt, dass ich den Fahrradfahrer übersah, der genau in dem Moment neben mir auftauchte, als ich aus der Parklücke ausscheren wollte. In letzter Sekunde trat ich auf die Bremse, und das Auto kam mit einem Ruck zum Stehen. Genau wie der Radfahrer, der mir erst einen geschockten, dann einen wütenden Blick zuwarf und den Mittelfinger zeigte, begleitet von einigen sehr unfreundlichen Worten.

»Hey, du hast keinen Kratzer abbekommen«, murmelte ich, obwohl ich wusste, dass ich an seiner Stelle ähnlich aufgebracht wäre.

Ich schob mir die Brille auf der Nase hoch und schaute mich besonders gründlich um, nämlich in jeden Spiegel, nach hinten und sogar nach vorne, obwohl neben dem Parkplatz nur die perfekt getrimmte Grünfläche war, die zum West Florida Media & Arts College gehörte. Ihr Campus grenzte direkt an unseren und manchmal nutzten wir auch die Gebäude der jeweils anderen Uni. Zum Beispiel, wenn im Spätsommer wieder mal die Klimaanlage ausfiel und natürlich wir, die Physikstudentinnen und -studenten, in einen anderen Kursraum übersiedeln mussten.

Ein Hupen ertönte hinter mir und ich zuckte zusammen.

»Sorry!« Ich hob entschuldigend die Hand und gab dem wartenden Fahrer ein Zeichen, dann scherte ich endlich aus – diesmal ohne dabei fast jemanden zu töten – und verließ den Parkplatz.

Dank des abendlichen Kurses geriet ich wie jeden Dienstag und Donnerstag mitten in den Feierabendverkehr. Pensacola mit seinen rund dreiundfünfzigtausend Einwohnern mochte nicht die größte Stadt der Welt sein, nicht mal die größte in Florida, aber wenn gefühlt alle auf den Straßen waren, wirkte es, als würde man in einer Weltmetropole leben. Wo kamen all diese Menschen in den Autos her und warum waren sie nicht schon längst zu Hause oder am Strand? Selbst im November war es hier mit bis zu zwanzig Grad noch warm genug, um die Sonne zu genießen oder sogar schwimmen zu gehen, auch wenn es mit jedem Tag ein klein wenig kühler wurde.

Ich bog noch ein paarmal ab, wich einem Stau in letzter Sekunde aus, und erreichte nach einer Ewigkeit endlich das Haus, in dem ich zusammen mit vier meiner engsten Freunde das oberste Stockwerk bewohnte. Die letzten Sonnenstrahlen ließen das Rot der Fassade aufleuchten, als würde das Gebäude in Brand stehen. Ich sah lieber zweimal hin, um sicherzugehen, dass das nicht tatsächlich der Fall war, denn bei den Chaoten war das gar nicht so unwahrscheinlich.

Aber nein. Es waren wirklich nur die Sonnenstrahlen, die das sonst eher gedeckte Rot strahlen ließen, genauso wie die grün umrandeten Sprossenfenster und das Weiß der Veranda. Nur die Dachziegel wirkten wie eh und je schmutzig braun und matt.

Ich stellte den Wagen am Straßenrand ab, schaltete den Motor aus und schnappte mir meine Sachen. Gleich nachdem ich die Tür zugeschlagen hatte und drei Schritte weit gekommen war, fiel mir ein, dass ich den Strafzettel vergessen hatte, also machte ich seufzend auf dem Absatz kehrt und durchsuchte die Beifahrerseite nach dem blöden Ding. Auf dem Sitz war er nicht, genauso wenig im Seitenfach oder auf der Mittelkonsole.

Frustriert pustete ich mir eine blonde Haarsträhne aus dem Gesicht. Das mit dem Seitenscheitel war eine ganz blöde Idee meiner Friseurin gewesen, denn nun fielen mir die kürzeren Strähnen ständig in die Augen, während die längeren brav dort blieben, wo sie sein sollten, nämlich auf meinem Rücken. Dabei hatte ich überhaupt keinen neuen Haarschnitt gebraucht. Eliza und Teagan hatten mich mitgeschleppt und ich hatte spontan beschlossen, etwas Neues auszuprobieren. Doch mittlerweile bereute ich das irgendwie.

»Wo ist denn ... ha!« Ich lehnte mich noch weiter über den Sitz und tastete im Fußraum herum. Als meine Finger in etwas Feuchtes griffen, kräuselte ich angewidert die Nase. Gleich darauf zog ich das zerknüllte, jetzt eher zermatschte Papier hervor. Es war zielsicher in den Teil des Fußraums gefallen, in dem es sich mit dem tropfenden Wasser der Klimaanlage vollsaugen konnte. *Wundervoll. Einfach wundervoll.*

Mit dem triefenden Papier in der Hand schloss ich das Auto erneut ab, nahm die Stufen zum Haus hinauf und öffnete die Tür. Vom Eingangsbereich aus führte eine weitere Tür in die untere Wohnung, in der unser Vermieter Mr Oakley lebte. Zumindest hoffte ich, dass er noch lebte, denn ich hatte den alten Herrn schon eine ganze Weile nicht mehr zu Gesicht bekommen. Rechts davon führte eine Treppe nach oben zur WG.

Beim Näherkommen hörte ich keine Musik, was ungewöhnlich war. Normalerweise schallten die unterschiedlichsten Musikrichtungen aus den einzelnen Zimmern, als wollten wir uns gegenseitig mit der Lautstärke übertönen – was wir manchmal tatsächlich versuchten. Zum Glück war Mr Oakley schwerhörig und schaltete sein Hörgerät öfter aus als ein.

Ich öffnete die Wohnungstür, warf meinen Rucksack im Vorbeigehen in mein Zimmer, genauso wie den mittlerweile echt ekligen Strafzettel, der wahrscheinlich nicht mal mehr leserlich war, und steuerte die Küche an. Beim Näherkommen hörte ich bereits die Stimmen von zwei meiner Mitbewohner: Eliza und Cole.

Die einzige andere Frau in dieser WG saß mit einem Grafiktablet und einem Stift in der Hand am Küchentisch. Einen zweiten hatte sie sich hinters Ohr geklemmt, das mehr Ringe und Stecker trug, als ich zählen konnte. Das seit unserem gemeinsamen Friseurbesuch knallgrüne Haar fiel ihr vorne in die Augen, während es im Nacken und auf der rechten Seite kurz geschoren war. Wie so oft trug sie einen langärmligen Pullover, Hot Pants und Plüschsocken, weil sie ständig fror. Selbst im Sommer. Was nicht die kurze Hose erklärte, aber dieses Thema hatte ich schon zu oft mit ihr durch, um mich noch darüber zu wundern.

Die beiden hatten mich noch nicht bemerkt, und während Liz wie wild auf dem Tablet zeichnete, die Füße auf einem zweiten Stuhl hochgelegt, stand Cole mit dem Rücken zu mir am Herd. Ich blieb im Türrahmen stehen, schob mir die Brille auf der Nase hoch und nahm mir ganz bewusst Zeit, ihn zu betrachten.

Seine kurzen schwarzen Haare waren verstrubbelt, als wäre er sich heute schon mehrmals frustriert mit den Fingern hindurchgefahren. Von hier aus konnte ich nur die beiden Ohrpiercings sehen, dabei hatte er auch noch eines in der linken Augenbraue. Das weiße T-Shirt wies an der Schulternaht bereits ein kleines Loch auf und war völlig verwaschen, aber es war sein Lieblingsshirt mit dem Logo einer seiner liebsten Rockbands darauf, also würde er es vermutlich bis an sein Lebensende anziehen. Allerdings könnte es ihm bald zu eng werden, wenn er noch ein paarmal öfter mit unseren anderen Mitbewohnern Parker und Lincoln ins Fitnessstudio ging. Dabei hatte Cole die Muskeln meiner Meinung nach gar nicht nötig. Er war der eher schlaksige Typ, der allein aufgrund seiner Größe neben den anderen Jungs in der WG schlank aussah. Doch seit Kurzem spannten die Ärmel seiner Shirts um seine Oberarme.

Ich blinzelte leicht und ließ den Blick wandern. Wie so oft trug er eine schlichte Jeans, die tief auf seinen Hüften saß, und stand barfuß auf den kalten Fliesen in der Küche. Ein Albtraum für Liz, aber auch diese Diskussion hatte ich schon oft genug geführt und keine Lust auf eine Wiederholung davon, also kommentierte ich es nicht. Stattdessen konzentrierte ich mich für einen Moment ganz darauf, was in mir vorging. Was ich fühlte.

Da war ... nichts. Kein Herzrasen. Keine schwitzigen Hände. Kein Kribbeln im Magen. Kein Erröten. Nichts. *Ha!* Schließlich war es mein Magenknurren, das mich in die Küche trieb. Ich hatte keine Ahnung, wann ich heute zuletzt etwas gegessen hatte, und war nach dem letzten Seminar und dem Heimweg aus der Hölle am Verhungern.

»Hey Soph. Wie war dein Tag?«, fragte Cole und warf mir einen kurzen Blick zu, während er in ein paar Töpfen herumrührte. Dabei bewegten sich die vielen bunten Tattoos, die seine beiden Arme bedeckten, ganz von allein, als hätten sie plötzlich ein Eigenleben entwickelt. Ganz egal, wie oft ich sie mir ansah, sie waren einfach immer faszinierend. Vor allem für jemanden, der selbst kein einziges Tattoo hatte.

Ich riss meine Aufmerksamkeit von Coles Tätowierungen los und richtete sie auf die Töpfe, aus denen es dampfte. Ich hatte zwar keine Ahnung, was er da gerade fabrizierte, aber bisher roch es zumindest nicht verbrannt, was mich vorsichtig optimistisch stimmte. Ansonsten stand nach der letzten Küchenkatastrophe aber auch der Feuerlöscher in der Ecke direkt daneben. Nur für den Notfall.

»Ihr Tag war beschissen«, antwortete Liz für mich, als hätte ein einziger Blick in mein Gesicht für diese Schlussfolgerung gereicht.

Auf halbem Weg zum Kühlschrank blieb ich abrupt stehen,

drehte mich zu ihr um und stemmte die Hände in die Hüften. »Woher willst du das wissen?«

Bevor sie antworten konnte, hörten wir, wie eine Tür in der Wohnung aufging. Gleich darauf schlenderte Parker in die Küche, blieb stehen und sah von einem zum anderen. »Was ist denn hier los?«

»Sophie hatte einen miesen Tag«, antworteten Cole und Liz gleichzeitig, während ich nur die Zähne zusammenbeißen konnte.

Ich liebte diese WG heiß und innig. Ganz ehrlich. Aber manchmal ... manchmal könnte ich jedem einzelnen meiner Mitbewohner den Hals umdrehen. Und das nicht nur, weil wir alle bereits mehr als einmal nur knapp dem Tod entkommen waren, da wieder mal jemand den Herd angelassen oder das Bad unter Wasser gesetzt hatte, während das Glätteisen vergessen dalag und noch auf Hochtouren lief.

»Verstehe«, erwiderte Parker, ging an mir vorbei und holte sich einen Energydrink aus dem Kühlschrank.

Ich hatte zwar keine Ahnung, wie spät es genau war, aber wahrscheinlich hatte sein Livestream bereits begonnen und er würde sich gleich wieder ins nächste Abenteuer in der Gamingwelt stürzen, das Zehntausende von Zuschauern begeistert mitverfolgten. Vielleicht zockte er aber auch ein Onlinespiel gegen seine Freundin Teagan – und verlor wieder haushoch.

Um ehrlich zu sein, fragte ich mich manchmal, wie ich eigentlich hier gelandet war. Jeder meiner Mitbewohner hatte etwas mit Games, Computern oder anderer kreativer Arbeit zu tun. Cole war ein ambitionierter Game-Designer, Eliza zeichnete mit Leidenschaft ihre Webcomics und sogar Lincoln konnte sich stundenlang in seinen Cybersecurity-Kursaufgaben verlieren. Parker studierte zwar irgendein Business- und Managementzeug, aber nur, um sein bereits aufgebautes

Business mit den Gaming-Livestreams möglichst effizient am Laufen zu halten. Und ich? Ich schlug mich mit Formeln, Experimenten, Theorien und physikalischen Gesetzen herum, weit weg von der bunten Gaming- und spannenden IT-Welt.

»Es ist mir egal, was ihr sagt«, behauptete ich und machte eine ausladende Bewegung, die sie alle einschloss, ehe ich Parker zur Seite schob und mir ein Sandwich von heute Morgen aus dem Kühlschrank holte. Damit bewaffnet verließ ich die Küche wieder, allerdings nicht, ohne das letzte Wort zu haben: »Heute ist ein fantastischer Tag!«

Der beste sogar. Denn heute war ein Jubiläum. Genau heute seit einem Monat war ich endlich frei. Nicht frei von der Uni mit all den Seminaren, Hausarbeiten, Praxisübungen und dem Tutorium, das ich mir hatte aufschwatzen lassen, schließlich steckte ich mitten im Semester und Anfang Dezember standen schon die Finalexamen an – aber ich war frei von meinen ungewollten Gefühlen für einen ganz bestimmten Mitbewohner.

Ein ganz bestimmter Mitbewohner, der nie, nie, niemals etwas davon erfahren würde. Vor allem nicht von meinen sehnsüchtigen Gedanken oder dem völlig deplatzierten Bauchkribbeln, wann immer er mich ansah oder zufällig berührte. Ganz zu schweigen von den nächtelangen einsamen Filmmarathons, wenn ich vor lauter Nachdenken über ihn, über uns nicht schlafen konnte und stattdessen jede Menge Taschentücher verbraucht und Eispackungen ganz allein ausgelöffelt hatte.

Egal. Es war vorbei. Vor genau einem Monat hatte ich Schritt zwölf geschafft – der letzte Punkt meines Zwölf-Punkte-Plans – und war seitdem wieder ein freier Mensch.

Endlich.

Nichts und niemand konnte mir das nehmen. Nicht einmal Cole Springman.

Kapitel 2

Cole

Ich hätte niemals damit gerechnet, dass dieser Moment eines Tages eintreffen könnte, doch nun war es passiert. Und was wie eine dämliche Clickbait-Headline in den Weiten des Internets klang, war leider meine Realität geworden: Ich hatte mich verliebt.

Jepp. Ich. Cole Springman. War. Verliebt. Und das nicht in irgendjemanden, sondern ausgerechnet in die Frau, von der ich mir ziemlich sicher war, dass sie einen Lachflash kriegen würde, sobald sie davon erfuhr. Dicht gefolgt von einem Erstickungsanfall, weil … na ja, wir redeten hier immerhin von Sophie. Wenn nicht der Erstickungsanfall folgte, stolperte sie auf der Flucht vor mir und meinen Gefühlen, blieb irgendwo hängen oder fiel über ein unsichtbares Hindernis auf dem Boden. Dass sie es überhaupt geschafft hatte, bis heute zu überleben, grenzte an ein Wunder.

Ich konnte nur hoffen und beten, dass ihr meine Neuigkeit nicht den Rest geben würde.

Schon heute Morgen hatte ich mir vorgenommen, es ihr zu beichten, aber dann war alles ganz anders gekommen. Sophie hatte noch mehr verschlafen als sonst und das Haus überstürzt verlassen, ohne ein Wort mit einem von uns zu wechseln. Sie hatte sogar ihr Sandwich vergessen. Oft fuhren wir zusammen zum Campus, denn auch wenn wir völlig unterschiedliche

Studiengänge an verschiedenen Universitäten belegten, lagen die doch direkt nebeneinander. Allerdings war heute einer dieser Tage gewesen, an denen Sophie von morgens bis abends Kurse hatte, während ich erst mittags in meine erste Vorlesung musste.

Da ich außerdem früher Schluss gehabt hatte, stand ich jetzt in der Küche und versuchte, für meine Mitbewohner und mich etwas Essbares zu kochen. Na ja, und weil ich Hunger hatte und mich von den ganzen Was-wäre-wenn-Szenarien in meinem Kopf ablenken wollte.

Es war nicht so, dass ich noch nie Gefühle für eine Frau gehabt hatte, schließlich war ich kein Arsch und auch kein Womanizer, der jede Woche eine Neue abschleppte. Ich hatte durchaus Beziehungen gehabt, nur hatten die alle nicht sonderlich lang gehalten. Ein paar Tage, Wochen, Monate. Mehr war nicht drin. Meistens war ich derjenige, der den Schlussstrich zog, sobald sich meine Partnerin Zukunftspläne ausmalte, die wir definitiv nicht umsetzen würden. Oder meine Freundinnen gaben mir den Laufpass, weil ich emotional nicht involviert genug war oder eben nicht die gemeinsame Zukunft planen wollte. Aber, ganz ehrlich? Wozu denn? Wir waren jung, wir studierten noch und wer zum Teufel wusste schon, wo wir in ein paar Jahren sein und was wir tun würden? Ich wusste es jedenfalls nicht und wollte mich auch nicht festlegen. Dummerweise sahen das meine Ex-Freundinnen anders. Zumindest das hatten sie alle gemeinsam.

Dass ich mich tatsächlich mal so richtig verlieben würde, damit hatte ich überhaupt nicht gerechnet. Schon gar nicht in Sophie. Denn sie war nicht nur meine Mitbewohnerin, sondern zu allem Überfluss auch noch meine beste Freundin. Schlimmer ging es kaum, oder?

Man könnte meinen, mit jemandem zusammenzuleben und

die alltäglichen Gewohnheiten des anderen mitzuerleben, wäre abtörnend – aber weit gefehlt. Nicht mal wenn Sophie ihre Tage hatte und jedem anderen Mann in dieser WG mit ihren mörderischen Stimmungsschwankungen Angst einjagte, schreckte mich das ab. So lieb und zuvorkommend Sophie sonst immer war, zu dieser besonderen Zeit des Monats konnte sie uns alle zum Frühstück verspeisen. Kein Wunder also, dass ich mir den Scheiß aufschrieb und dafür sorgte, dass wir immer genug Schokolade im Haus hatten. Das hatte nichts mit Nettigkeit meinerseits zu tun, hier ging es um unser aller Überleben.

Ich sah ihr einen Moment zu lang nach, als sie die Küche verließ, und starrte dann wieder in die blubbernden Töpfe, während meine Gedanken auf Hochtouren liefen. Ich hatte Sophies Anwesenheit bemerkt, hatte ihren Blick auf mir gespürt, noch bevor sie ein Wort gesagt oder die Küche betreten hatte.

Wann war ich ihr gegenüber so aufmerksam geworden? Wann hatten all meine Sinne damit angefangen, sich nach ihr auszurichten, sobald sie auch nur in der Nähe war?

Ich hatte nicht die geringste verdammte Ahnung.

Ich wusste nur, dass ich etwas unternehmen musste. Sofort.

Okay, *sofort*, sobald Sophie wieder aus ihrem Zimmer kam und nicht mehr die ganze WG in der Küche versammelt war. Oder sollte ich ihr besser nachgehen, damit wir in ihrem Zimmer darüber sprechen konnten? Oder in meinem? Vielleicht sollte ich mich vorher auch noch mal umziehen oder … keine Ahnung. Für eine romantische Atmosphäre sorgen oder so?

»Was wird das, Mann?« Parker warf einen Blick in die Töpfe, in denen ich energisch herumrührte, damit auch ja nichts anbrannte.

»Spaghetti«, antwortete ich brüsk und schob ihn zur Seite. Es war höchst wichtig, dass die Nudeln al dente waren. Auch wenn ich nie so genau verstanden hatte, was das eigentlich bedeutete. Oder wie man das exakt feststellte. Ich konnte ganze Spielewelten erschaffen und sie so programmieren, dass jeder Spieler seinen Spaß daran hatte, aber richtig gekochte Pasta war nach wie vor ein Geheimnis für mich.

Parker stieß einen leisen Pfiff aus. »Lasst mir was für später übrig.« Mit diesen Worten trottete er aus der Küche und zurück in sein Zimmer.

Ich warf einen kurzen Blick auf mein Handy, das neben mir auf der Küchentheke lag. Jepp. Parker streamte gerade. Glücklicherweise hatte er inzwischen mehr als genug Moderatoren, die in seinem Chat aufpassten und zur Not ordentlich durchgreifen konnten, sodass ich an diesem Abend nicht unbedingt in Aktion treten musste. Dennoch behielt ich das Ganze im Auge. Es war schwer genug gewesen, Parker überhaupt dazu zu kriegen, zuzugeben, dass er Hilfe brauchte, da würde ich nicht zulassen, dass er wieder in alte Gewohnheiten verfiel.

»Ach, verdammt!« Liz knallte den Stift auf den Tisch und stand abrupt auf.

»Was ist?«, rief ich, aber sie stapfte bereits mit Tablet und Stift davon, ohne mich auch nur eines Blickes zu würdigen.

Okay. Dann nicht. Sie würde sich schon melden, wenn sie Hilfe brauchte – oder wenn sie wieder mal nach einem ihrer zigtausend Kleidungsstücke suchte und mich beschuldigte, es mitgewaschen zu haben. Dabei war das nur ein Mal vorgekommen. Ein einziges Mal! Okay, vielleicht vier-, fünfmal, aber mal ganz im Ernst: Andere Leute wären dankbar dafür, wenn jemand ihre dreckigen Sachen waschen würde. Liz? Eher nicht so. Ich war es einfach von zu Hause nicht anders gewohnt. Konnte man mit vier Geschwistern und zwei in Vollzeit arbeitenden Eltern wohl auch nicht.

Ich war so in Gedanken versunken, dass mich erst das plötzliche Blubbern und Zischen abrupt wieder ins Hier und Jetzt zurückbeförderte.

»Shit!«

Hastig schaltete ich die Herdplatte aus, schnappte mir ein Tuch und nahm den Topf von der Platte. Über der Spüle goss ich ihn vorsichtig aus, sodass die Spaghetti im Sieb landeten. Allerdings fiel mir dabei auf, dass ich sie gar nicht vorher probiert hatte. Mist. Ach, bestimmt waren sie trotzdem al dente. Sie sahen zumindest gekocht und damit essbar aus und nur darauf kam es an, oder nicht?

Ein weiteres Blubbern zog meine Aufmerksamkeit auf sich. *Shit!* Mit einem Satz war ich wieder beim Herd und riss den kleinen Topf herunter, in dem die Soße vor sich hin köchelte und die Blümchenfliesen bespritzt hatte. Ganz toll. Wenn meine Mutter, Onkel Piotr oder Grandma Caterina mich jetzt so sehen könnten, würden sie mir einen heftigen Klaps auf den Hinterkopf geben.

Essen hatte in unserer Familie eine große Tradition, was stets damit erklärt wurde, dass wir polnische, italienische, griechische und mexikanische Wurzeln hatten und daher das kulinarisch Beste aus diesen Kulturen mitgenommen hatten. Wenn man mich fragte, aßen wir alle einfach nur gerne. Ein Großteil meiner Verwandtschaft konnte allerdings wirklich gut kochen, doch leider schien dieses Talent bei mir noch nicht ganz aufgeblüht zu sein.

Vorsichtig stellte ich den Topf mit der Soße zur Seite und schaltete den Herd ganz aus. Nachdem ich im Sommer beinahe eine kleine Katastrophe ausgelöst hatte, indem ich ihn aus Versehen angelassen hatte, achtete ich mittlerweile extra darauf. Was vielleicht auch an dem Zettel liegen könnte, der noch immer am Schrank direkt daneben klebte und uns in Sophies

Handschrift warnte: *Wehe, du lässt den Herd noch mal an und tötest uns alle!*

Natürlich musste Sophie ausgerechnet in dem Moment in die Küche zurückkehren, als ich damit beschäftigt war, die Spuren meiner Fast-Katastrophe zu beseitigen und mit einem feuchten Lappen an den bunten Blümchenfliesen herumschrubbte, um die Soßenspritzer abzukriegen.

Sie war mein Chaos gewohnt und kommentierte es nicht weiter. Stattdessen steckte sie den Kopf schon wieder in den Kühlschrank und holte ein paar Sachen heraus. Als sie eine riesige Klinge aus dem Messerblock zog, sah ich mich gezwungen, einzugreifen und in Aktion zu treten. Scheiß auf die Vorbereitung. Wir waren allein. Das war der richtige Moment. Und wenn ich dadurch einen Unfall verhindern konnte, sammelte ich auch noch gutes Karma.

»Können wir kurz reden?«, fragte ich, warf den Lappen in die Spüle und trat hinter Sophie, um ihr das scharfe Messer behutsam aus der Hand zu nehmen.

»Ja klar, was – hey! Das brauche ich noch.«

»Lieber nicht«, murmelte ich, legte das Messer zur Seite und dirigierte Sophie sanft, aber bestimmt von der Arbeitsfläche weg. »Außerdem tut dir das Zeug nicht gut.«

»Das *Zeug* ist ein Salat, du Schwachkopf!«, konterte sie. Hinter den Brillengläsern funkelte es in ihren braunen Augen ebenso zornig wie amüsiert.

»Bei deinem Glück kriegst du davon eine Lebensmittelvergiftung, weil irgendwer irgendwas nicht richtig gewaschen hat.«

Sophie verdrehte die Augen, widersprach aber nicht. Denn genau das war schon mal passiert – ein unscheinbarer Salat aus dem Supermarkt hatte fast die ganze WG ausgeknockt. Und mit nur einem Badezimmer und einer einzigen Toilette war das weder eine besonders angenehme Erfahrung noch ein besonders schöner Anblick gewesen.

Entschieden schob ich diese Erinnerungen beiseite und deutete in Richtung meines Zimmers, das direkt von der Küche abging. Lincoln hatte das andere Zimmer auf dieser Seite der Wohnung abbekommen, während sich Sophies und Liz' Zimmer vorne neben der Eingangstür befanden. Parker hatte sein Gaming-Reich am Ende des Flurs neben dem gemeinsamen Wohnzimmer eingerichtet, und direkt neben dem Bad. Der glückliche Bastard.

Mit einem Seufzen warf Sophie dem Salat, den Tomaten und Gurken noch einen letzten sehnsüchtigen Blick zu, ehe sie mir in mein Zimmer folgte und ich die Tür hinter uns zudrückte.

Wie selbstverständlich setzte sie sich auf mein Bett, zog die Beine an und musterte mich abwartend.

Ich schluckte hart, da meine Kehle auf einmal so verflucht eng war, und rieb mir nervös über den schmalen Ring in meiner linken Augenbraue. In meiner Vorstellung war diese ganze Sache irgendwie leichter gewesen. Und weniger unordentlich. Wieso hatte ich nicht daran gedacht, vorher aufzuräumen? Wenigstens die leeren Pizzakartons auf dem Boden und die herumstehenden Dosen Energydrink hätte ich entsorgen können. Zum Glück lag keine schmutzige Wäsche herum, aber das war auch schon das Höchste der Gefühle.

Das Bett war nur halbherzig gemacht und die Bezüge passten nicht zusammen. Von einem der vielen Band- und Videospielpostern an den Wänden hatte sich die obere rechte Ecke gelöst. Mein Schreibtisch am Fenster war vollgestellt mit zwei großen Monitoren und meinem Laptop, unendlich vielen Zetteln, vergessenen Kaffeetassen, Büchern und jeder Menge Zeichnungen. Auf dem Boden darunter standen der Rechner und mein alter Drucker, der nur funktionierte, wenn ich zweimal fest dagegentrat. Ansonsten gab es nur noch den Schrank, ein paar Hanteln und jede Menge freien Platz auf dem Boden in der Mitte des Raumes, wenn ich Sport machen oder mich einfach nur auf den Rücken legen und an die Decke starren wollte. Erstaunlicherweise förderte das oft die besten Ideen zutage.

Im Vergleich zu den anderen war mein Zimmer das kleinste, dafür hatte ich, genau wie Lincoln nebenan, Zugang zum Balkon über der Veranda hinter dem Haus. Manchmal saßen wir abends stundenlang dort draußen und unterhielten uns einfach nur. Ob ich Sophie mit auf den Balkon nehmen sollte? Wäre das romantischer? Wollte sie überhaupt so etwas wie Romantik? Sank man bei einer Liebeserklärung auf die Knie?

Nein, Mann. Und jetzt reiß dich endlich zusammen!

Ich musste ja nur die Worte aussprechen, dann würde sich alles klären, nicht wahr? Wir waren schließlich beste Freunde. Irgendwie würden wir das schon hinkriegen.

»Cole.«

»Hm?« Ich hob den Kopf und blieb stehen. Sophie deutete auf mich. Shit. Mir war gar nicht bewusst gewesen, dass ich angefangen hatte, unruhig vor ihr auf und ab zu laufen.

»Setz dich und sag mir, was los ist. Worüber willst du mit mir reden?«

Warum tat ich das hier noch mal? Ach ja, weil ich es nicht länger für mich behalten konnte. Ich hatte keinen Schimmer, wann sich meine Gefühle für Sophie geändert hatten, ich wusste nur, dass es so war. Und sie so entspannt auf meinem Bett – *meinem Bett!* – sitzen zu sehen, machte es nicht gerade einfacher.

Ihr Haar war so lang, dass es fast die Matratze berührte und wies jede nur denkbare Blondschattierung auf. Vor allem honigblond. Seit zwei Wochen trug sie es anders, leicht gewellt und vorne etwas kürzer, sodass es ihr von der Seite in Stirn und Augen fiel. Ich wusste zwar nicht, wie es zu dieser Veränderung gekommen war, aber sie gefiel mir. Sie gefiel mir sogar sehr. Wie alles an ihr.

Zum Beispiel die dunkelbraunen Augen, die in gewissen Situationen durchaus an Bambi erinnerten – und denselben Effekt auf mich hatten, nämlich, dass ich ihr nur selten etwas abschlagen konnte. Genauer gesagt nie.

Sophie schminkte sich nicht allzu oft, aber wenn, dann betonte sie immer ihre Augen. Auch die dunkel gerahmte Brille schien diese Wirkung zu haben. Anfangs hatte ich mich gefragt, ob sie die Brille nur aus Modegründen trug, doch dann war Sophie direkt vor mir bei der Suche nach besagter Brille gegen die Kommode im Flur gelaufen und hätte sich beinahe das Knie gebrochen. Seither wusste ich, dass sie das Ding tatsächlich brauchte, um überhaupt etwas zu sehen und sich selbst nicht in noch größere Gefahr zu begeben als ohnehin schon.

Ich wusste auch, dass sie nicht immer glücklich mit ihrer Figur war, weil sie sehr dünn blieb, ganz egal, wie viel sie aß. Und diese Frau konnte mehr futtern als wir alle zusammen. Trotzdem trug sie nur selten kurze Hosen oder Röcke, ganz so, als wollte sie ihre Beine nicht zeigen. Beine, die ebenso schön waren wie der Rest von ihr.

Sie runzelte die Stirn. »Wenn du mich noch länger so anstarrst, kriege ich Komplexe«, stieß sie hervor und klopfte neben sich.

Diesmal folgte ich der stummen Aufforderung und setzte mich neben sie aufs Bett. Mit Sicherheitsabstand. Was lächerlich war, schließlich kannten Sophie und ich uns seit Jahren.

Wir waren uns kurz vor dem ersten Semester auf dem Campus über den Weg gelaufen, als wir beide nach einer Wohnung gesucht hatten. Genau genommen hatten wir uns direkt vor dem Schwarzen Brett mit den Wohnungsanzeigen kennengelernt und spontan beschlossen, eine WG zu gründen – ohne uns länger als fünf Minuten zu kennen.

Klang verrückt? War es auch. Zu dem Zeitpunkt hatten wir beide bereits festgestellt, dass es schier unmöglich war, Anfang des Semesters eine Zwei-Zimmer-Wohnung in dieser Stadt zu finden, also hatten wir einfach etwas Größeres gemietet und weitere Mitbewohner gesucht. Erst kam Lincoln dazu, dann Eliza und ein weiterer Mitbewohner, der jedoch nicht wirklich dazu gepasst hatte. Nach einer von vielen verlorenen Runden UNO hatte er seine Sachen gepackt und war gegangen. Danach war Parker eingezogen und seither hatte sich nichts mehr an dieser Konstellation geändert.

Uuund ich schweifte in Gedanken schon wieder ab. Aber wer hätte auch damit rechnen können, dass es so verflucht schwer sein könnte, jemandem seine Gefühle zu gestehen? Dabei hielt ich mich doch sonst nie zurück und redete ohne jeden Filter drauflos. Hier und jetzt schien mein Hirn allerdings Hunderte von Filtern zu haben. *Vielen Dank auch.*

»Okay, also …« Ich atmete tief durch, um das heftige Hämmern in meiner Brust irgendwie unter Kontrolle zu kriegen, und drehte reflexartig an den Glücksarmbändern an meinem linken Handgelenk.

Die meisten davon hatte ich auf Conventions und Konzerten gesammelt, zwei hatten mir meine kleinen Nichten zu Weihnachten geschenkt. Das schmale schwarze Lederband war von Sophie, ein Geburtstagsgeschenk vor zwei Jahren.

»Ja …?« Fragend legte Sophie den Kopf schief und suchte meinen Blick, weil ich ihr schon wieder ausgewichen war.

Ich wischte die feuchten Hände an meiner Hose ab, wandte mich ihr erneut zu, öffnete den Mund – und erstarrte. Mist, Mist, Mist. Die Worte blieben mir im Halse stecken.

»Cole?«, hakte Sophie nach, als mir nach über einer Minute immer noch kein Ton über die Lippen kommen wollte, und ihre Stimme nahm langsam einen besorgten Tonfall an. »Was ist los?«

»Ich …«, begann ich und räusperte mich. »Also … ähm …«

»Jaaa?« Fragend zog sie die Brauen hoch.

Raus damit. Einfach raus damit! Wird schon schiefgehen.

»Ich … ich hab mich … verliebt.«

Ihre Augen wurden riesig. »Oh.«

»Also … äh … in dich.« Ich holte tief Luft und sprach die Worte ohne Unterbrechung aus, und ohne den Blick von ihr abzuwenden. »Ich habe mich in dich verliebt, Sophie.«

Kapitel 3

Sophie

Stille.

Angespanntes Schweigen.

Ich blinzelte. Wartete. Blinzelte noch etwas mehr. Erst dann wagte ich es, überhaupt einen Gedanken zuzulassen und eine Reaktion zu zeigen.

Das war ein Scherz, oder? Das musste ein Scherz sein. Das konnte Cole unmöglich ernst meinen.

Ich merkte nicht mal, wie mein Blick sich von seiner erwartungsvollen Miene gelöst hatte und jetzt hektisch von einer Ecke des Zimmers zur nächsten zuckte, dann hoch zur Decke und schließlich den Boden abtastete.

Cole räusperte sich. »Was tust du da? Wonach suchst du?«

»Nach der versteckten Kamera.« Die Worte entschlüpften mir, bevor mir überhaupt selbst bewusst wurde, was ich hier eigentlich tat. Aber konnte mir das wirklich jemand verübeln?

Ein Jahr lang. Ein ganzes verflixtes Jahr hatte ich mit meinen Gefühlen für diesen Kerl gekämpft. Hatte sie unterdrückt, ignoriert, heruntergeschluckt und mich abends mehr als nur einmal in den Schlaf geweint, weil er eine Freundin hatte. Wie oft hatte ich mich gefragt, ob ich ein schlechter Mensch war, nur weil ich mir etwas wünschte, das ich nicht haben konnte? Weil mein Wunsch bedeutete, zwei Menschen auseinanderzureißen, die zusammen als Paar glücklich waren? Ich hatte mich gehasst, hatte meine blöden Gefühle verflucht und mich so unendlich oft zusammenreißen müssen, dass ich gar nicht mehr wusste, wie es sich anfühlte, sich richtig zu entspannen. Sich einfach gehen zu lassen.

Aber selbst als Cole im Sommer aus heiterem Himmel mit Mallory Schluss gemacht hatte – und sie ihm als Racheaktion einen Brief voller Glitzer geschickt hatte –, hatte ich nichts gesagt. Denn mit dieser abrupten Trennung hatte er mir nur erneut vor Augen geführt, dass er kein Interesse an einer langfristigen Beziehung hatte. Dass er einfach nicht der Typ dafür war und mir früher oder später nur das Herz brechen würde, wenn ich ihn mit meinen Gefühlen konfrontierte. Mal ganz davon abgesehen, dass ich dadurch auch meinen besten Freund verlieren würde, was einfach nicht infrage kam. Nichts ging über diese Freundschaft. Nichts. Erst recht keine blöden Gefühle.

Irgendwann hatte ich akzeptiert, dass aus Cole und mir niemals etwas werden würde – und beschlossen, dass es so nicht weitergehen konnte. Natürlich war eine solche Schwärmerei nur eine Frage der Zeit gewesen. Wenn eine Frau und ein Mann so eng miteinander befreundet waren wie wir, war es nur wahrscheinlich, dass irgendwann einer von uns Gefühle für den anderen entwickelte. Das war völlig normal. Dennoch hatte es eine ganze Weile gedauert, um darüber hinwegzukommen. Zwei Monate und meinen ausgefeilten Zwölf-Punkte-Plan später hatte ich mir Cole Springman gründlich aus dem Kopf geschlagen, hatte meine Gedanken und vor allem mein Herz wieder unter Kontrolle bekommen. Das war heute auf den Tag genau einen Monat her.

Ich hatte es geschafft. Ich war glücklich. Ich war frei, verflixt noch mal!

Und wozu? Nur damit Cole mich jetzt zur Seite nahm und mir ohne jede Vorwarnung erzählte, dass er etwas für mich empfand? Dass er sich in mich verliebt hatte? *Verliebt?* In *mich!?*

Das konnte nur ein grausamer Scherz sein. Cole hatte mir *nicht* gerade seine Gefühle gestanden, nachdem ich ein Jahr lang damit verbracht hatte, mit meiner dämlichen Schwärmerei zu kämpfen und dann über ihn hinwegzukommen. Das war nicht fair!

»Soph …« Eine Spur von Verwirrung schwang in seiner Stimme mit. »Hier ist keine versteckte Kamera.«

Nur langsam, fast schon widerwillig sah ich ihn wieder an. Cole schien es tatsächlich ernst zu sein. Da war kein schelmisches Funkeln in seinen dunkelbraunen Augen. Kein verräterisches Zucken in den Mundwinkeln. Nicht das geringste Anzeichen dafür, dass er es anders meinen könnte. Und dennoch …

»Das ist kein Witz?«, hakte ich nach.

Er schüttelte den Kopf. »Nope.«

Skeptisch kniff ich die Augen zusammen. »Keine Wette mit den Jungs? Keine komische Online-Challenge oder sonst was?«

Cole seufzte, blieb jedoch geduldig sitzen, auch wenn ich wusste, wie schwer ihm das fiel. Still sitzen kam bei ihm nur höchst selten vor.

»Das ist mein voller Ernst, Sophie.«

Ein ungläubiges Lachen kitzelte in meiner Kehle, aber noch kämpfte ich dagegen an. »Du …«, brachte ich hervor und deutete erst auf ihn, dann auf mich. »Du bist … in mich … verliebt?« Ich erstickte beinahe an dem letzten Wort und räusperte mich mehrmals.

»Ja.«

In der Ferne schrillten die Sirenen eines Rettungswagens und übertönten das friedliche Grillenzirpen im Garten. Eine

Tür in der Wohnung fiel zu und Schritte näherten sich. Vermutlich Lincoln. Im Bad knallte etwas und gedämpftes Fluchen drang bis hierher. Eindeutig Liz.

Während ich all das wahrnahm, genauso wie die Tatsache, dass ich wie so viele Male zuvor auf Coles halbherzig gemachtem Bett saß, umringt von leeren Kaffeetassen, Dosen und Pizzakartons, kam mir diese ganze Situation immer bizarrer vor. Völlig unrealistisch. Und wenn es doch die Wahrheit war, wenn mein bester Freund sich hier nicht nur etwas einbildete, was gar nicht da war, dann hatte das Schicksal einen echt schlechten Sinn für Humor. Einen ganz, ganz schlechten.

Ausgerechnet jetzt fiel Cole auf, dass er Gefühle für mich hatte? *Jetzt?* Nachdem ich endlich über ihn hinweg war? Hätte ihm das nicht ein paar Monate früher klar werden können? Oder wie wär's mit ... nie?

Das hysterische Lachen, gegen das ich bisher angekämpft hatte, entschlüpfte mir jetzt. Erst nur in einem unterdrückten Prusten, dann konnte ich mich keine Sekunde länger zusammenreißen und lachte lauthals los.

»Sophie ...?«, fragte Cole stirnrunzelnd – und ein klein wenig besorgt –, doch ich schüttelte nur den Kopf.

Einmal angefangen, konnte ich nicht mehr damit aufhören. Zwischen japsenden Atemzügen fächelte ich mir mit der Hand Luft zu.

»Sorry, es ist nur ...« Wieder ein Prusten. »Du ... du bist ... Ich meine ... ausgerechnet ...« Die Worte kamen mir über die Lippen, ergaben aber keinen Sinn. »Ich muss ... Gib mir einen Moment«, brachte ich hervor und stand auf.

Irgendwo in meinem Bewusstsein, dort, wo ein kleiner Teil meines Verstands noch einwandfrei funktionierte, wusste ich, dass ich gerade nicht besonders gut mit dieser Situation umging. Doch der viel größere Teil von mir konnte einfach nicht aufhören zu lachen. Nicht einmal, als ich Coles Zimmertür ansteuerte und dabei fast über eine Dose gestolpert wäre – na gut, ich stolperte wirklich darüber und geriet ins Straucheln, legte mich aber immerhin nicht auf die Nase. Dafür lachte ich jetzt so sehr und so hysterisch, dass mir der Bauch wehtat und ich nach Luft schnappte.

Aber das war zumindest besser als zu weinen, oder nicht? Als der Verzweiflung in mir nachzugeben, dass Cole ausgerechnet dann seine Gefühle für mich erkannt hatte, wenn ich gerade über ihn hinweg war.

Verflixt. Nicht Karma war eine Bitch, sondern Timing. Denn ein schlechteres hätte sich Cole gar nicht aussuchen können.

Blindlings stolperte ich durch den Flur und direkt auf mein Zimmer zu. Wahrscheinlich grenzte es an ein Wunder, dass ich den Weg unbescha… *Autsch!* Verärgert rieb ich mir über die Hüfte. Seit wann war die Ecke der Flurkommode so spitz?

Egal. Ich hastete in mein Zimmer, drückte die Tür hinter mir zu und lehnte mich mit hämmerndem Herzen dagegen. Direkt vor meinen Augen explodierten die Farben meiner Einrichtung. Wo Coles Zimmer überwiegend dunkel und in gedeckten Farben gehalten war, hatte ich es mir so bunt und fröhlich wie nur möglich gemacht.

Zwar waren drei von vier Wänden weiß wie auch in der restlichen Wohnung, allerdings hatte ich die Wand rechts von der Tür in einem warmen Sonnengelb gestrichen. Es war eine Nacht-und-Nebelaktion wenige Tage nach meinem Einzug gewesen. Wenn ich die Augen schloss, konnte ich noch heute den Geruch der Farbe riechen, vermischt mit dem Duft von Pizza mit extra viel Käse. Cole und Lincoln hatten mir beim Streichen geholfen. Irgendwann am späten Abend hatten wir bei unserer neuen Lieblingspizzeria D'Angelo bestellt, uns zwischen die Farbeimer auf den mit Folie abgedeckten Boden gesetzt, gegessen, stundenlang geredet und gelacht. Dank der beiden freute ich mich nicht nur jeden Tag, wenn ich die gelbe Wand sah, sondern verband damit auch eine meiner ersten schönen Erinnerungen in dieser Wohngemeinschaft.

Ich stieß mich von der Tür ab und steuerte mein Schlafsofa gegenüber der gelben Wand an. Es hatte dieselbe sonnige Farbe, und ein bunt gemustertes und besticktes Kissen reihte sich darauf neben das andere. Dieser Ort war an Gemütlichkeit nicht zu überbieten, und mit einem tiefen Seufzen ließ ich mich in die Polster fallen. Zwei Kissen segelten dabei zu Boden und landeten auf dem flauschigen weißen Vorleger, aber ich machte mir keine Mühe, sie aufzuheben.

Der Fernseher zeigte noch immer ein Standbild, weil ich den Film angehalten hatte, um mir etwas zu essen zu holen. Wer hätte denn ahnen können, dass mein Plan, mir einen leckeren Salat mit extra viel Dressing zu machen, mit einer Liebeserklärung enden würde?

Frustriert strampelte ich die übrigen Kissen am anderen Ende des Sofas weg. Ich hatte mit allem Möglichen gerechnet, als Cole mich um ein Gespräch gebeten hatte. Innerlich hatte ich mich sogar für den Fall gewappnet, dass etwas Schreckliches passiert war – dass er oder jemand aus seiner Familie krank war, dass er ausziehen wollte oder mir plötzlich erklärte, wieder mit seiner Ex zusammenkommen zu wollen. Und mich dann womöglich auch noch um Hilfe bat, Mallory zurückzugewinnen, da sie und ich uns aus ein paar gemeinsamen Kursen kannten.

Aber das? Dass er mir plötzlich seine Gefühle gestand? Ausgerechnet, nachdem ich mein Zwölf-Schritte-Programm erfolgreich absolviert und seit ein paar Wochen endlich, *endlich* über ihn hinweg war? Damit hatte ich eindeutig nicht gerechnet. Und das war so was von *nicht* in meinem Programm vorgesehen gewesen!

Was sollte ich denn jetzt tun? Gab es einen Schritt dreizehn? Dumme Frage – natürlich nicht. Schließlich war ich diejenige, die diesen Plan schon vor Jahren entwickelt, mehrfach mit Freundinnen erprobt und angepasst hatte, bis er perfekt war. Und dieser Plan hieß nicht: *Wie kriege ich ihn dazu, sich in mich zu verlieben?* Sondern: *So komme ich endlich über ihn hinweg, ohne dass er auch nur die leiseste Ahnung hat, dass ich jemals in ihn verknallt war!*

Apropos … Ruckartig stand ich auf und ging an den Regalen vorbei, die bald auseinanderfallen würden, wenn ich noch mehr Bücher, CDs, BluRays und Kassetten reinstopfte. Ja, Kassetten. Ich gehörte zu den Menschen, die die Neunziger zu schätzen wussten und gerne miterlebt hätten.

Mein Schreibtisch stand in einer Ecke neben dem großen Sprossenfenster, auf dessen Fensterbank meine kleine Blumensammlung thronte. Von Kakteen über meine Aloe-Vera-Pflanze – ein Geschenk von Cole –, einem kleinen Farn bis zur Palme aus dem Garten meines Großvaters war alles dabei. Normalerweise entlockte mir der Anblick ein Lächeln, doch jetzt war ich zu sehr damit beschäftigt, mich nacheinander durch die Schubladen zu wühlen, um die Pflanzen eines Blickes zu würdigen. Ich schob sogar den knallig orangefarbenen Hocker beiseite, der mir als Schreibtischstuhl diente, um im Papierkorb nachzuschauen, aber dort fand ich den Zettel auch nicht. Wo um alles in der Welt hatte ich ihn hingetan?

Ich ging die ganzen Mitschriften und Unibücher durch, sah sogar unter meinem quietschgrünen Laptop nach und leerte nacheinander die Dekokisten mit dem wundervoll kitschigen Blümchenmuster in der Mitte des Raumes aus. Nichts. Wo war mein Plan?

Langsam ließ ich den Blick durch das Zimmer wandern. Ich hatte das Papier wohl kaum hinter eines der vielen Neunzigerjahre-Bandposter geschoben, die meine Wände bedeckten, oder? Oh Gott, hatte ich es etwa in irgendeiner Hosentasche vergessen? War schon Waschtag gewesen? Hatte mein Plan überlebt?

Hastig stand ich auf, sah mich kurz um und stürzte mich dann auf meinen Rucksack. Nacheinander holte ich alles heraus und breitete es um mich herum auf dem Boden aus. Bücher, zwei Blöcke, Stifte, Ladekabel, Tampons, zwei Verpackungen von längst aufgegessenen Energieriegeln, Taschentücher, Pflaster, Lipgloss, Mascara, meine Bürste für unterwegs und noch so einiges mehr. Erst ganz unten ertasteten meine Finger endlich das, wonach ich gesucht hatte und ich zog den mittlerweile reichlich abgegriffenen Zettel heraus.

Da war er. Zum Glück!

Behutsam faltete ich das Papier auseinander und glättete es, dann überflog ich alle Schritte, die ich mir schon vor Jahren notiert hatte. Manche Dinge waren mittlerweile durchgestrichen, nachdem ich oder Highschoolfreundinnen sie getestet und für nicht ganz so hilfreich befunden hatten, dafür waren andere Punkte hinzugekommen. Insgesamt waren es noch immer zwölf Schritte. Nicht dreizehn. Und Schritt zwölf versprach einem die pure Freiheit. Wie kam es dann, dass ich diese Freiheit gerade mal einen Monat hatte genießen können, bevor Cole meine Welt völlig auf den Kopf stellte?

Ein Klopfen riss mich aus meinen Gedanken. Unwillkürlich spannten sich alle Muskeln in meinem Körper an.

»Ja?«

Die Tür ging auf, aber zu meiner Erleichterung tauchte nicht Cole darin auf, sondern Liz. Sie schien etwas sagen zu wollen, bemerkte dann jedoch das Chaos, das ich in meinem sonst so ordentlichen Zimmer veranstaltet hatte, und zog die Nase kraus. »Alles okay?«

»Nein. Doch. Ich … Ich weiß es nicht.«

Sie runzelte die Stirn. »Du siehst aus, als hättest du ein einziges Mal in deinem Leben nicht die Höchstpunktzahl erreicht«, witzelte sie.

»Wenn es nur das wäre …«, murmelte ich.

Dabei war mir mein Studium wichtig. Extrem wichtig sogar. Und ich hatte nicht immer die höchste Punktzahl, wie Liz behauptete. Nur in den meisten Fällen, weil ich alles gab, um unter den Besten zu sein. Aber das war eine ganz andere Geschichte.

Liz verschränkte die Arme vor der Brust und lehnte sich gegen den Türrahmen. »Willst du darüber reden?«

Ich riss die Brauen so weit hoch, dass es ein Wunder war, dass ich nicht sofort Kopfschmerzen davon bekam. Langsam schob ich mir die Brille auf der Nase hoch und musterte meine Mitbewohnerin von oben bis unten.

»Du willst mit mir darüber reden? Du?«, hakte ich sicherheitshalber nach, denn Liz war nicht gerade bekannt dafür, über Gefühle zu sprechen. Oder über Probleme. Was das anging, war immer Cole meine erste Anlaufstelle gewesen. Na ja, bis auf die Sache mit der dummen Schwärmerei für ihn. Das war ein Geheimnis, von dem niemals jemand erfahren würde. Außerdem war es vorbei. Ich war drüber hinweg. Einen Monat lang hatte ich meine Freiheit genossen, ganz ohne ungewollte, dämliche Gefühle für jemanden, den ich eh nicht haben konnte. Ich war glücklich gewesen … Und jetzt, jetzt kam Cole einfach daher und warf mir diese … diese Erklärung vor die Füße. Oh nein. Auf keinen Fall. Ich wollte meine entspannte, glückliche Zeit zurück. Und zwar sofort!

Liz rollte mit den Augen. »Wenn es mir zu persönlich oder intim wird, rufe ich Linc, damit er mich ablösen kann.«

Ich prustete los. Das war so typisch für sie, dass ich gar nicht anders konnte, als zu lachen. Gleichzeitig tat es so unheimlich gut, all die angestauten Emotionen mit einem Lachen loszuwerden. Eines, das nicht völlig hysterisch und ungläubig war wie jenes in Coles Zimmer.

Ohne meine Antwort abzuwarten, betrat Liz mein Zimmer und drückte die Tür hinter sich zu, damit niemand unser Gespräch mit anhören konnte. Offenbar hatte ich mich geirrt und ihr weniger Feingefühl zugetraut, als sie besaß.

»Also?«, hakte sie erneut nach.

»Cole hat sich in mich verliebt«, platzte ich heraus, nachdem ich einige Sekunden lang mit mir gerungen hatte. »Zumindest scheint er das zu glauben.«

Jetzt war es raus. Und Liz wirkte nicht im Geringsten überrascht. Wie konnte sie nicht überrascht sein? Wie konnte sich diese Aussage *nicht* so anfühlen, als würde einem jemand den Boden unter den Füßen wegziehen? Wie?!

»Okay«, sagte sie nur und nickte leicht, als wäre Coles Geständnis für sie völlig nachvollziehbar, während ich es noch immer nicht fassen konnte. »Was hast du jetzt vor?«

»Keine Ahnung«, gab ich geknickt zu. »Meine erste Reaktion war, zu lachen und nach der versteckten Kamera zu suchen.«

Sie schnitt eine Grimasse. »Autsch.«

»Hey, das war keine böse Absicht. Es ist nur so … so …« Ich riss die Hände hoch, fand aber keine passenden Worte, um diese Situation zu beschreiben.

Total unerwartet? Der schlechteste Zeitpunkt in der Geschichte der schlechten Zeitpunkte? Und war es überhaupt die Wahrheit? Hatte Cole wirklich Gefühle für mich entwickelt, die über Freundschaft hinausgingen? Ausgerechnet Cole, der zwar durchaus beziehungsfähig war und schon ein paar Freundinnen gehabt hatte, diese Beziehungen allerdings nie sonderlich lange aushielt. Und jetzt meinte er, etwas für mich zu empfinden? Oder bildete er sich das nur ein? War ich einfach die sichere Wahl für ihn, weil ich seine beste Freundin war?

Bei der Vorstellung zog sich alles in mir zusammen. Das wäre fast noch schlimmer, als dass er nie das für mich empfand, was ich für ihn fühl… *gefühlt hatte.* Ich *hatte* etwas für ihn empfunden, aber das war vorbei – und das Rascheln des Zettels in meiner Hand erinnerte mich noch einmal nachdrücklich daran.

»Warum zeigst du ihm nicht deinen berühmt-berüchtigten Zwölf-Punkte-Plan?«, schlug Liz vor, der nicht entgangen zu sein schien, was ich da fest umklammert hielt. »Der hat diesen Sommer bei mir ganz wunderbar funktioniert.«

»Bei dir, bei mir und bei fünf anderen Mädchen, ja. Aber dein Ex lebt in Australien«, erinnerte ich sie. »Es ist ja nicht so, als würdet ihr euch jeden Tag über den Weg laufen. Mehrfach.«

Sie zuckte nur mit den Schultern. »Hat trotzdem funktioniert. Und bei dir mit Cole doch auch, oder etwa nicht?«

Ertappt presste ich die Lippen aufeinander. »Wie … wie kommst du …?«

»Oh, Süße. Ernsthaft?« Ihr helles Lachen erfüllte die Luft. »Cole ist der Einzige hier, der *nicht* gemerkt hat, was Sache ist, aber auch nur, weil er ein Idiot ist. Aber für alle anderen war es so offensichtlich.«

Wie bitte!?

»Du … was?!«

Diesmal verschwand jedes bisschen Belustigung aus ihrem Gesicht und machte einem geradezu mitfühlenden Ausdruck Platz. »Ich sagte, es *war* für alle offensichtlich.«

Oh … *Oh!*

»Außerdem bist du im Sommer jeden einzelnen Schritt mit mir durchgegangen. Dachtest du echt, ich erkenne das Muster nicht, wenn du plötzlich selbst auch Filmabende veranstaltest, Cole aus dem Weg gehst und Zeit mit ganz neuen Leuten verbringst? Was ist eigentlich aus deinem Date von Schritt elf geworden?«

Ich verdrehte die Augen. Der vorletzte Punkt sah vor, mit jemandem auszugehen, um zu bestätigen, dass der Plan funktioniert hatte. Und das hatte er auch. Ben war großartig gewesen und ich hatte den ganzen Abend über kein einziges Mal an Cole denken müssen. Na gut, ein Mal – aber nur ganz kurz!

»Wir hatten ein paar Dates, die ganz nett waren, aber seit einer Weile ghostet er mich.« Ich zuckte mit den Schultern, da ich das zwar schade – und ziemlich feige – fand, es mir aber nicht sonderlich viel ausmachte. Wir hatten eine gute Zeit gehabt, aber da war kein Kribbeln gewesen. Keine Schmetterlinge im Bauch. Kein Knistern in der Luft.

Liz machte eine wegwerfende Handbewegung. »Sein Pech. Aber worauf ich eigentlich hinauswollte: Das Programm funktioniert, oder nicht?«

»Auf jeden Fall.« Nachdenklich strich ich über das Papier. »Es ist zwar schon ein paar Jahre alt, aber du und ich sind die besten Beweise dafür, dass es auch heute noch gut funktioniert.«

»Ganz genau.« Liz nickte entschlossen. »Warum sollte es also nicht auch bei Cole funktionieren?«

Weil er ein Gaming-liebender Kerl war, der sicher nicht freiwillig Self-Care betreiben oder Listen schreiben würde? Natürlich könnte ich ihm einfach den Zettel in die Hand drücken und mich dann aus der Umsetzung raushalten, allerdings kannte ich Cole gut genug, um zu wissen, dass er das allein nicht durchziehen würde. Abgesehen davon waren wir Freunde. Die besten sogar. Er hatte nichts von meinen Gefühlen gewusst, das hatte mir sogar Liz gerade bestätigt. Ich hingegen? Dank seiner viel zu offenen Art wusste ich nun bestens Bescheid – und konnte diesen Moment nicht mehr aus meinem Gedächtnis verbannen, ganz egal, wie verzweifelt ich es mir wünschte.

Unschlüssig nagte ich an meiner Unterlippe. Es könnte in einer absoluten Katastrophe enden, wenn ich mich dazu bereit erklärte, ihm den Zwölf-Schritte-Plan nicht nur anzudrehen, sondern die Punkte auch mit ihm durchzuziehen. Dadurch würden wir unweigerlich mehr Zeit miteinander verbringen als ohnehin schon, und das konnte unter den gegebenen Umständen einfach nicht gut sein, oder? Andererseits konnte ich ihn auch nicht so einfach hängen lassen – oder so tun, als hätte er mir nie seine Gefühle gestanden. Das wäre einfach nur gemein und herzlos.

Aber vielleicht konnten wir nur die allerwichtigsten Schritte zusammen machen. Er, damit er diese absolut unnötigen Gefühle für mich ganz schnell wieder loswurde und ich, um sicherzugehen, dass er den Plan auch anständig durchzog – und um mir selbst zu beweisen, dass ich tatsächlich endgültig über ihn hinweg war. Denn das war ich. Absolut. Zu hundert Prozent.

Kapitel 4

Cole

Ich starrte Sophie nach, wie sie – lachend – aufstand, über eine neben dem Bett auf dem Boden liegende Dose stolperte und sich in letzter Sekunde wieder fing, ehe sie – immer noch lachend – mein Zimmer verließ.

Die Tür fiel hinter ihr zu und nach wenigen Sekunden verklang auch ihr gedämpftes Kichern. Stille breitete sich aus.

Mühsam riss ich den Blick von der Tür los. Das ... war ja prima gelaufen. Sophie hätte mir auch etwas an den Kopf werfen oder in Tränen ausbrechen können. Lachen war eine viel bessere, viel positivere Reaktion. Oder nicht?

Ich schnitt eine Grimasse und stand auf, um das Chaos in meinem Zimmer zu beseitigen. Okay. Wem versuchte ich hier eigentlich etwas vorzumachen? Dieses ganze Gespräch war grauenvoll gelaufen. Ich hatte zwar so eine Reaktion befürchtet, aber in meiner Vorstellung war sie bei Weitem nicht so voller Ungläubigkeit und hysterischem Lachen gewesen ... Als wäre es ein Ding der Unmöglichkeit, dass ich mehr in ihr sehen könnte, als nur meine beste Freundin und Mitbewohnerin. Allem Anschein nach kannte ich Sophie doch nicht so gut, wie ich geglaubt hatte. Und dieser Gedanke tat fast mehr weh als ihre Reaktion auf mein Geständnis.

Um mich zu beschäftigen, stapelte ich nacheinander die Pizzakartons aufeinander und trug sie zum Mülleimer hinter dem Haus. Anschließend schnappte ich mir den Wäschekorb aus dem Waschkeller und ging damit zurück in mein Zimmer. In den Plastikkorb packte ich alle leeren Tassen und ausgetrunkenen Dosen, die ich finden konnte. Und das waren einige. Sogar unters Bett waren zwei gerollt und sammelten dort seit wer weiß wie lange fleißig Staub. Igitt.

Vielleicht war Sophies Reaktion gar nicht so verwunderlich, schließlich war das hier nicht gerade das perfekte Ambiente gewesen, um jemandem seine Gefühle zu gestehen. Hätte ich sie besser zum Essen ausführen sollen? Einen gemeinsamen Nachmittag am Strand abwarten? Oder wenigstens auf den Balkon rausgehen, auf den bis vor Kurzem noch die letzten Sonnenstrahlen gefallen waren? Hätte das etwas geändert?

Ich schnaubte missmutig. Wahrscheinlich nicht.

Sobald ich den Korb mit allem gefüllt hatte, was definitiv nicht in mein Zimmer gehörte, brachte ich die Tassen in die Küche und trug das restliche Zeug nach unten, um es im Müll auszuleeren. Danach brachte ich den Wäschekorb zurück, hob Liz' Pullover, der einsam neben der Waschmaschine lag, auf und warf ihn in den Korb, wusch die leeren Tassen in der Küche ab und kehrte schließlich in mein Zimmer zurück. Na also. Viel besser. Es war zwar nicht so militärisch sauber wie bei meinem Bruder Cohan, aber zumindest konnte man mein Bett wieder erreichen, ohne über etwas zu stolpern. Das war doch schon mal ein Anfang.

Bevor meine Gedanken zu dem Moment vorhin mit Sophie zurückwandern konnten, ließ ich mich auf meinen Gamingstuhl fallen und stürzte mich in Arbeit. Das Ding war eine teure Anschaffung gewesen, lohnte sich aber, da ich fast jeden Tag – oder vielmehr fast jede Nacht – stundenlang vor den Monitoren saß. Sei es, um den Chat in Parkers Livestreams zu moderieren wie jetzt, um an etwas für die Uni zu arbeiten oder an einem Spaßprojekt zu basteln.

Ich liebte Games von ganzem Herzen. Es gab nichts Schöneres, als sich in ihren bunten, fremden Welten zu verlieren. Höchstens, sie selbst zu erschaffen. Allerdings hatte ich am Anfang meines Studiums nicht mal ansatzweise gewusst, wie schwierig, langwierig und manchmal auch nervenaufreibend es sein konnte, nach stundenlangem Tüfteln einen Bug in einem Spiel oder Programm zu fixen, nur um dann festzustellen, dass an anderer Stelle drei neue Fehler aufgetaucht waren. Trotzdem könnte ich mir nicht vorstellen, je etwas anderes zu machen.

Während auf dem einen Monitor Parkers Stream lief, in dem er sich gerade durch den neuesten Teil von *Assassin's Creed* kämpfte und ich mit einem Auge beim Chat war, öffnete ich auf dem anderen Monitor meine Mails. Vielleicht nicht die klügste Entscheidung, da ich im Chat ganz bei der Sache sein sollte, aber ich musste meine Gedanken beschäftigen, sonst würden sie nur immer wieder zu dem wandern, was vorhin passiert war. Zu Sophie. Zu ihrer Reaktion. Ich hatte zwar nicht zu hoffen gewagt, dass sie mir überglücklich um den Hals fallen würde, aber einfach loszulachen? Nach einer versteckten Kamera zu fragen? Das hatte ich auch nicht verdient.

Eine neue Mail blinkte auf und zog meine Aufmerksamkeit auf sich. Stirnrunzelnd überflog ich den Text. Es war eine Erinnerung an einen Wettbewerb, den ein großes Gaming-Unternehmen dieses Jahr exklusiv mit unserer Uni durchführte. Ich hatte schon Anfang des Semesters davon erfahren und wollte unbedingt teilnehmen. Allerdings war das da noch nicht so eilig gewesen, schließlich war die Deadline erst … Scheiße, war es etwa schon so weit? Sollte der Wettbewerb nicht erst im Novem… *oh*. Ein kurzer Blick auf den Kalender und mir wurde klar, dass wir bereits November hatten. Verdammt. Wann war das denn passiert?

Es geschah nicht oft, dass die großen Unternehmen der Spieleindustrie einen Wettbewerb für Studenten ausschrieben, und dann waren es meist landesweite oder sogar internationale Wettbewerbe. Aber der hier? Eine der größten Firmen in den Staaten arbeitete direkt mit dem West Florida Media & Arts College zusammen und bot nicht nur ein Preisgeld, sondern auch noch einen begehrten Praktikumsplatz direkt bei ihnen im Hauptsitz in Kalifornien. Und ihre Unterstützung, um während des halbjährigen Praktikums weiter am Game zu arbeiten und es, wenn es alle überzeugte, mit etwas Glück sogar veröffentlichen zu können.

Allein bei der Vorstellung, mein eigenes Game produziert und veröffentlicht zu sehen, begann mein Puls zu rasen und meine Hände wurden feucht. Und dann noch das Praktikum? Scheiße, ich könnte so viel lernen und so viele Kontakte knüpfen, und das noch, bevor ich mein Studium überhaupt abgeschlossen hatte. All das, woran ich seit Jahren arbeitete, indem ich mich online in der Szene bewegte und auf alle wichtigen Messen und Conventions ging, bekam ich hier auf dem Silbertablett serviert – wenn ich diesen Wettbewerb gewann. Und dafür hätte ich eigentlich schon vor Monaten anfangen sollen, aber … na ja. Leider war Storytelling nicht gerade meine Stärke, also hatte ich es vor mir hergeschoben. Ich kam gut mit der Codierung zurecht und gehörte zu den Besten meines Jahrgangs in all meinen Programmierkursen, außerdem hatten meine Designs eindeutig Wiedererkennungswert, vor allem die in Pixel Art. Aber eine Geschichte zu erzählen, die spannend und logisch war, die Spieler so richtig mitriss und bewegte? Das war eindeutig mein größter Schwachpunkt.

Klar könnte ich mich einfach auf Games ohne große Story konzentrieren, auf Shooter oder Jump 'n Runs, bei denen man den Kopf ausschalten und einfach spielen konnte. Leider liebte ich Story Games und das Unternehmen, das den Wettbewerb ausgeschrieben hatte, hatte dieses Jahr wieder erfolgreich ein neues Spiel dieser Art auf den Markt gebracht, also würde ich auch ein solches für den Wettbewerb konzipieren. Irgendwie würde ich das schon hinkriegen, selbst wenn die Zeit knapp war. Ich musste einfach. Außerdem konnte ich mir den Regeln zufolge bis zu zwei Dozenten suchen, die mich beim Wettbewerb betreuten.

Na also. Das war easy. Ich könnte gleich –

Plötzlich klopfte es an der Tür. Ich drehte mich in dem Moment mit dem Stuhl um, als Sophie hereinrauschte.

Bei ihrem Anblick blieb mir kurz das Herz stehen. Wie war es möglich, dass ich sie in den letzten Jahren so oft gesehen hatte, ohne dass ihr Anblick eine derartige Reaktion in mir ausgelöst hatte? Wie konnte mir nie aufgefallen sein, dass sich in ihren braunen Augen ein Hauch von Grün verbarg, was man allerdings nur erkannte, wenn man ganz genau hinschaute? Warum bemerkte ich erst jetzt, wie weich ihr honigblondes Haar war, wie gut sie roch oder wie faszinierend und ablenkend sich der Stoff ihrer Kleidung um ihre schlanke Gestalt spannte? Von den langen Beinen und dem heißen Hintern ganz zu schweigen. Ich schluckte schwer und richtete meinen Blick sicherheitshalber wieder auf ihr Gesicht.

»Soph …?«

»Oh, sorry.« Sie deutete auf die Monitore hinter mir. »Ich hatte gar nicht daran gedacht, dass du gerade moderierst.«

Ich auch nicht, wenn ich ehrlich war, weil ich so auf den Wettbewerb fokussiert gewesen war, doch das sprach ich besser nicht laut aus. Außerdem redete Sophie schon weiter.

»Aber Parker streamt ja sicher noch bis mitten in der Nacht, und ich kann das nicht so zwischen uns stehen lassen.«

»Okay … Sekunde.« Ich gab kurz Bescheid, dass ich ein paar Minuten weg sein würde, dann drehte ich mich wieder mit dem Stuhl zu meiner besten Freundin um und musterte sie abwartend.

Nach außen hin mochte ich ruhig wirken, cool geradezu, aber innerlich? *Pfft.* Innerlich schwitzte ich Blut und Wasser und war mir plötzlich nicht mehr sicher, ob ich wirklich wissen wollte, was sie zu sagen hatte. Oder ob es eine so gute Idee gewesen war, überhaupt den Mund aufzumachen. Verschwanden solche Gefühle nicht irgendwann von allein wieder? Hätte ich besser die Klappe halten und einfach abwarten sollen? Hatte ich unsere Freundschaft damit mehr gefährdet, als mir klar gewesen war? Ich hatte nicht die geringste Ahnung. Das alles hier war eine Premiere für mich. Ich wusste nur, dass ich definitiv nicht wollte, dass unsere Freundschaft unter dieser Sache litt.

»Also … erst mal: Es tut mir leid, dass ich einfach losgelacht habe. Aber das … damit habe ich wirklich nicht gerechnet. Wir sind Freunde. Die besten, zumindest soweit es mich betrifft«, fügte Sophie hastig hinzu und begann in meinem Zimmer auf und ab zu laufen. Dabei kam sie der Teppichfalte neben dem Bett gefährlich nahe. Nur ein weiterer Schritt in diese Richtung und … Innerlich bereitete ich mich schon mal darauf vor, ganz schnell aufzuspringen und sie aufzufangen.

Zum Glück für uns beide hatte Sophie aber schon wieder kehrtgemacht. Dennoch behielt ich diese gefährliche Stelle sicherheitshalber lieber im Auge.

»Wir sind Freunde«, wiederholte ich langsam und nickte.

»Genau!« Sie blieb stehen und wirbelte zu mir herum. »Das hier … das sollte unsere Freundschaft nicht beeinflussen.«

Innerlich zuckte ich zusammen, ließ mir nach außen hin jedoch nichts anmerken. Es war irgendwie klar gewesen, dass sie meine Gefühle nicht erwiderte, oder nicht? Dabei hatte es manchmal diese kurzen Momente gegeben, in denen ich hätte schwören können ... Aber egal. Sophie hatte recht. Unsere Freundschaft war das Wichtigste für uns beide.

»Was wäre, wenn ich dir dabei helfen könnte, dass ... also, dass es wieder wie vorher zwischen uns wird? Dass wir einfach nur ... befreundet sind?«

Irritiert zog ich die Augenbrauen hoch. »Und wie genau soll das funktionieren?«

»Na ja, ich ...« Sie begann wieder hin und her zu laufen. »Tun wir doch mal so, als hätte ich einen Zwölf-Punkte-Plan parat, der genau dafür gedacht ist.«

»Ein Zwölf-Punkte-Plan?«, wiederholte ich langsam.

»Genau.« Ein hoffnungsvolles Lächeln breitete sich auf ihrem Gesicht aus. »Zwölf Schritte, um über jemanden hinwegzukommen. Und es dauert nicht mal besonders lange, nur ein paar Wochen. Außerdem ist das Programm erprobt und funktioniert.«

»Ach wirklich?«

»Ja. Frag Liz!«

Liz? Zugegeben, unsere Mitbewohnerin hatte ihrem Ex in Australien nach ihrer Trennung im Sommer erstaunlich kurz nachgeweint. Da hatten wir alle schon ganz andere Phasen erlebt. Die schlimmste war, als Michelle sich von ihr getrennt hatte. Liz war wochenlang unausstehlich gewesen und keiner von uns hatte etwas für sie tun können, ganz egal, wie sehr wir uns abgemüht hatten. Aber den Typen aus Australien? Den hatte sie ziemlich schnell wieder vergessen.

»Hmmm«, machte ich. Unbewusst hatte ich nach dem Stressball mit dem hässlichen Smileygesicht gegriffen und warf ihn jetzt zwischen meinen Händen hin und her. »Und du denkst, das würde helfen?«

Das war nicht das, was ich wissen wollte, aber mir fehlte der Mumm, die viel wichtigeren Fragen auszusprechen: Wollte sie, dass ich über diese Gefühle für sie hinwegkam? Wollte sie, dass wir nur Freunde blieben? Okay, wahrscheinlich wäre sie nicht mit diesem Zwölf-Punkte-Programm angekommen, wenn sie vorgehabt hatte, sich mir an den Hals zu werfen, bis wir miteinander im Bett landeten und ich endlich …

Stopp. Zurück auf Anfang. Böse Gedanken. Ganz böse.

Sophie nickte mehrmals, wirkte jedoch nicht mehr ganz so überzeugt wie zu Beginn dieses Gesprächs. »Denk … denk einfach darüber nach, okay?«, bat sie leise. »Ich helfe dir auch dabei, die wichtigsten Schritte durchzuziehen. Also, nur, wenn du willst. Ich möchte bloß nicht …« Sie hielt inne, presste die Lippen aufeinander.

»Was?«, hakte ich nach, legte den Stressball beiseite und stand auf. »Was möchtest du nicht?«

»Ich will nicht, dass das ab jetzt irgendwie zwischen uns steht.« Sie schluckte hart. »Ich möchte meinen besten Freund nicht verlieren.«

Scheiße. Scheiße, Scheiße, Scheiße. Gottverflucht noch mal. Wie sollte ich denn jetzt noch Nein sagen? Wie sollte ich ihr das nach diesen Worten abschlagen? Noch dazu, wenn sie mich aus diesen großen Bambiaugen ansah?

»Ich … einverstanden. Ich überlege es mir.«

Das war alles, was ich ihr in dieser Situation anbieten konnte, und auch nur, weil sie … eben Sophie war. Alles in mir wehrte sich dagegen, etwas gegen meine Gefühle für sie zu unternehmen, aber ich konnte sie ja schlecht dazu zwingen, mit mir zusammen zu sein. Ich konnte nicht von ihr verlangen, es wenigstens zu versuchen. Erst recht nicht, wenn unsere Freundschaft auf dem Spiel stand. Aber ... verdammt. Ich wünschte, sie würde wenigstens darüber nachdenken. Ich wünschte, sie ... Ich hatte keine Ahnung, was ich mir wünschte. Vielleicht, dass sie dasselbe für mich empfand wie ich für sie. Dass diese langen Blicke zwischen uns nicht nur in mir ein Kribbeln auslösten. Dass ich nicht der Einzige war, dem bei den flüchtigsten Berührungen wärmer wurde ... oder der nachts davon träumte, dass aus diesen kurzen Berührungen mehr wurde. Viel mehr.

Doch Sophie wirkte so erleichtert, dass ich nichts von diesen Gedanken aussprach. Verdammt, ich hätte gar nicht erst aufstehen sollen, denn jetzt musste ich auch noch gegen den Drang ankämpfen, die Hände nach ihr auszustrecken. Stattdessen ballte ich sie hinter meinem Rücken zu Fäusten und gab alles, um mir auch weiterhin nichts anmerken zu lassen.

»Okay ...« Ein zögerliches Lächeln breitete sich auf ihrem Gesicht aus. »Danke.«

Ich nickte nur, da ich noch immer kein Wort hervorbrachte – auch aus Angst, schon wieder viel zu viel zu sagen, wenn ich den Mund aufmachte. Das hatte heute ja schon einmal so großartig funktioniert.

Sophie zögerte, machte erst einen Schritt zurück, dann noch einen, bis sie bei der Tür angekommen war. »Gibst du mir Bescheid?«, fragte sie.

Und da war er. Der Moment, in dem sich unsere Blicke trafen und einander festhielten, gab mir den Rest. Mir wurde siedend heiß und es kostete mich alles an Willenskraft, nicht zu ihr zu gehen. Irgendwie brachte ich ein Nicken zustande und wagte es erst, erleichtert aufzuatmen, als sie mein Zimmer verlassen hatte. Oder überhaupt weiterzuatmen.

Gott ... Ich rieb mir mit beiden Händen übers Gesicht. Wie hatte das alles nur so dermaßen schiefgehen können?

Die nächsten Stunden stürzte ich mich in die Arbeit und verbrachte sie damit, Parkers Chat zu moderieren, Fragen zu beantworten, damit Parker das nicht tun musste, die Leute immer mal wieder auf die Regeln hinzuweisen und ein paar Idioten komplett zu bannen. Der Livestream endete erst kurz nach drei Uhr morgens; meine Augen brannten von der pausenlosen Bildschirmarbeit und mein Hintern war taub vom vielen Sitzen.

Ein letztes Mal las ich die Erinnerungs-Mail von der Uni und überflog die Details zum Wettbewerb, doch mein Gehirn war nicht mehr dazu in der Lage, diese Informationen zu verarbeiten. Also schloss ich das Mailprogramm und fuhr den Computer herunter. Als ich aufstand und mich streckte, knackten mein Rücken und mein Nacken laut. Autsch. Langsam wurde ich echt zu alt für den Scheiß. Gleichzeitig konnte ich mir kaum etwas Schöneres vorstellen.

In der WG war es mittlerweile ruhig geworden. Parker würde auch bald ins Bett gehen und die Mädels schliefen sicher schon. Seit Liz nicht mehr ständig mit ihrem Freund in Australien telefonierte, hatte sie wieder einen halbwegs normalen Schlaf-Wach-Rhythmus. Ganz im Gegensatz zu mir, denn trotz der späten Uhrzeit war ich nicht müde.

Korrigiere: Körperlich war ich total erledigt. Aber sobald sich mein Kopf nicht mehr mit den ganzen Kommentaren und Diskussionen im Chat beschäftigen konnte, wanderten meine Gedanken unweigerlich zurück zu meinem Geständnis. Zu Sophies Reaktion. Und zu diesem seltsamen Zwölf-Punkte-Plan, den sie mir vorgeschlagen hat. Ohne große Infos. Sie hatte nur behauptet, dass er helfen würde. Aber wollte ich das überhaupt? Wollte ich diese verwirrenden Gefühle und diese neue Art, wie ich sie sah und auf sie reagierte, überhaupt loswerden? Andererseits: Konnte und wollte ich wirklich unsere Freundschaft riskieren für … ein paar verrückt gewordene Hormone? Denn letztlich war es nichts anderes als das. Richtig?

Shit. Ich wusste es nicht. Ich hatte nicht die geringste Ahnung.

Statt mich umzuziehen und ins Bett zu fallen, um bis zur ersten Vorlesung morgen Vormittag noch ein paar Stunden Schlaf abzubekommen, durchquerte ich das Zimmer, öffnete die Balkontür und trat in die Nacht hinaus. Der Garten lag bis auf einige vereinzelte Solarlampen dunkel unter mir. Grillen zirpten und leises Rascheln war zu hören. In der Ferne fuhren ein paar Autos vorbei. Abgesehen davon war es vollkommen still. Und es war merklich kühler geworden. Wir hatten eindeutig keinen Sommer mehr. Aber es war noch lange nicht kalt genug, dass ich in meinem T-Shirt fror. Vielmehr genoss ich die Abkühlung und atmete mehrmals tief durch.

»Alles klar?«, ertönte eine tiefe Stimme rechts von mir.

Ich zuckte zusammen und wirbelte herum. »Alter! Willst du mich umbringen?«

Lincoln grinste nur. Anscheinend hatte er nach dem Stream den gleichen Gedanken gehabt wie ich, war jedoch schneller auf dem Balkon gewesen, der unsere Zimmer miteinander verband. Er saß bereits in einem der beiden Korbsessel, die schon bei unserem Einzug da gewesen waren und wahrscheinlich älter waren als wir alle zusammen. Zumindest sahen sie so aus. Aber sie waren trotzdem verflucht bequem.

Seufzend ließ ich mich in den anderen Sessel fallen und streckte die Beine aus.

Wir hatten zwar die letzten Stunden beide als Moderatoren vor dem PC verbracht, aber ich hatte Lincoln heute noch gar nicht persönlich zu Gesicht bekommen. Der Junge war ständig unterwegs: College, irgendwelche Termine, sein Nebenjob und so weiter. Manchmal vergingen mehrere Tage, an denen wir nichts von Lincoln hörten oder sahen, ehe er wieder auf der Bildfläche erschien. So wie heute.

»Langer Tag?«, fragte ich und nahm dankbar das Bier, das er mir hinhielt, als hätte er hier draußen nur auf mich gewartet.

»Jepp«, bestätigte er und fuhr sich mit der Hand durch das dunkelblonde Haar, bis es in alle Richtungen abstand. »Seminare, Tutorium, meine Schicht am Strand und ein kleiner Notfall mit dem Auto eines Kumpels.«

»Wenn ich es nicht besser wüsste, würde ich sagen, du führst ein geheimes Doppelleben, so oft wie du unterwegs bist«, murmelte ich und nippte an meinem Bier. Ich hatte gar nicht gemerkt, wie durstig ich geworden war, also nahm ich gleich noch einen großen Schluck.

»Klar.« Linc schmunzelte amüsiert, doch dann wurde er wieder ernst und warf mir einen fragenden Seitenblick zu. »Was ist mit dir?«

Nachdenklich drehte ich die Flasche zwischen meinen Fingern. »Ich hab Sophie heute gesagt, dass ich mich in sie verliebt habe.«

»Ehrlich?« Er wirkte nicht sonderlich überrascht, allerdings gab es auch nur wenig, was diesen Kerl aus der Ruhe bringen konnte. »Und …?«, hakte er einen Moment später nach.

»Sie hat sich kaputtgelacht.«

Lincoln schnitt eine Grimasse. »Autsch.«

»Jepp.« Kopfschüttelnd trank ich noch einen Schluck. »Ich glaube, ich hab's voll vermasselt. Aber vorhin kam sie noch mal rein und hat etwas von einem Zwölf-Punkte-Plan erzählt. Angeblich soll der mir dabei helfen, über sie hinwegzukommen.«

»Hm. Hältst du das für eine gute Idee?«

Ich warf ihm einen fragenden Blick zu. »Würdest du das an meiner Stelle machen?«

Lincoln zuckte nur mit den Schultern und nippte an seinem Bier. »Es spielt keine Rolle, was ich tun würde. Wichtig ist nur, was *du* denkst und mit welcher Intention du bei der Sache mitmachen würdest.«

»Du meinst, ob ich mit diesem komischen Programm wirklich versuchen will, diese ... diese Gefühle loszuwerden?«, überlegte ich laut, während ich mir in Gedanken einen ganz eigenen Plan zurechtlegte. »Oder ob ich die Zeit nicht lieber nutze, um sie mit Sophie zu verbringen und ihr zu zeigen, dass wir ganz wunderbar zusammenpassen?«

Seine Mundwinkel zuckten. »Das hast du jetzt gesagt, nicht ich.«

Ich grinste und hielt ihm die Flasche zum Anstoßen hin. Dann zog ich mein Handy aus der Hosentasche, öffnete den Nachrichtenverlauf mit Sophie und tippte ein einziges Wort: *Okay.*

Eigentlich sollte das Ganze nicht so schwierig sein, oder? Was konnte so ein Zwölf-Schritte-Plan schon beinhalten? Wenn ich es schaffte, alles davon zusammen mit Sophie zu unternehmen, würde sie vielleicht doch noch erkennen, dass wir nicht nur als beste Freunde zusammenpassten. Und falls nicht ... tja, dann konnte ich nur hoffen, dass dieses Programm tatsächlich Wirkung zeigte und ich am Ende all diese seltsamen neuen Gedanken und Empfindungen wieder los wäre und wir Freunde bleiben konnten.

Win-win für alle. Was sollte da schon schiefgehen?

Kapitel 5

Cole

Worauf um alles in der Welt hab ich mich da nur eingelassen? Diese Worte gingen mir schon den ganzen Tag durch den Kopf, seit Sophie auf mein Nachfragen nach dem ganzen Plan nur gemeint hatte, dass ich die einzelnen Schritte erst erfahren würde, wenn es so weit war. Aber jetzt am Abend war diese Frage umso präsenter, als ich zum wiederholten Mal auf den Zettel starrte, auf dem in Sophies geschwungener Handschrift der erste Schritt ihres mysteriösen Plans geschrieben stand:

Lass deine Gefühle zu und erlaube dir, traurig zu sein!

Echt jetzt? Was sollte das überhaupt bedeuten?

Doch allem Anschein nach meinte Sophie es völlig ernst – und ich hatte zugestimmt, den Plan umzusetzen, also musste ich es jetzt auch durchziehen. Selbst wenn das bedeutete, mich zu ihr auf das sonnengelbe Schlafsofa zu werfen und mir jede Menge kitschiger Liebesfilme anzutun. Denn auf nichts anderes deuteten die Cover der DVDs hin, die Sophie dekorativ auf dem kleinen Beistelltisch drapiert hatte. Zusammen mit einer XXL-Box Taschentüchern, zwei Packungen Eiscreme und den dazugehörigen Löffeln.

Andererseits ... Wenn ich bei Schritt eins nur herumsitzen und Filme anschauen musste – etwas, das wir schon oft zusammen getan hatten –, wie schlimm konnte da schon der Rest des Plans sein? Okay, darüber dachte ich besser nicht allzu genau nach.

»Womit fangen wir an?«, fragte ich und zog die DVD-Sammlung näher zu mir heran.

Es war kaum etwas Aktuelles dabei, aber das war nicht weiter verwunderlich. Auch wenn sie später geboren worden war, so war Sophie in ihrem Herzen ein Kind der Neunziger, was sich nur zu deutlich in ihrem Film- und Musikgeschmack widerspiegelte. Und in den Boyband-Postern an ihren Wänden.

»Wir starten mit dem besten Film, um mit unseren Gefühlen in Kontakt zu kommen und sie einfach rauszulassen«, verkündete sie.

Bevor ich die Hüllen weiter studieren konnte, zog Sophie eine davon zu sich heran und hielt sie in die Höhe. Darauf waren eine junge Meg Ryan mit frechem Kurzhaarschnitt und ein ebenfalls junger Tom Hanks zu sehen. Ich neigte den Kopf etwas zur Seite, um den Titel zu erkennen, während Sophie bereits damit auf dem Weg zum Fernseher war. *E-Mail für dich.* Aha.

»Worum geht's?«, fragte ich und schnappte mir die Eispackung mit meiner Lieblingssorte. *Mmmhm.* Chocolate Cookies … da kam einfach nichts ran. Mit dem Löffel bewaffnet lehnte ich mich zurück und machte den Deckel ab.

»Sie ist Buchhändlerin, er ist Geschäftsmann und eröffnet direkt in der Nachbarschaft eine große Filiale seiner Buchhandelskette, was sie dazu zwingt, ihren kleinen Laden zu schließen, also hasst sie ihn. Gleichzeitig lernen sie sich aber auch per Mail kennen, ohne zu wissen wer der andere ist, und verlieben sich ineinander.«

Ich hielt mit dem Löffel auf dem Weg zum Mund inne.
»Kommt mir irgendwie bekannt vor.«

Überrascht drehte sich Sophie zu mir um. Auf ihrer Stirn erschienen kleine Falten, die nur teilweise von einigen blonden Haarsträhnen verdeckt wurden. »Ach wirklich?«

Ich nickte und schob mir den Löffel Eis zwischen die Lippen. »Parker und Teagan«, nuschelte ich mit vollem Mund. »Nur ohne die Buchhandlung. Und nicht per Mail, aber zumindest haben sich die zwei online kennengelernt und Parker hat sie am Anfang gehasst, weil sie ihn die ganze Zeit bei Guild Wars abgeschlachtet hat.«

Okay, wenn ich genau darüber nachdachte, hatten diese beiden Geschichten vielleicht doch nicht so viel gemeinsam, aber das war mir egal. Es machte zu viel Spaß, Sophie ein bisschen zu ärgern. Selbst wenn ich dafür einen kleinen Hieb gegen das Knie einstecken musste. *Autsch.* Diese Frau konnte echt gefährlich sein, wenn sie es darauf anlegte.

Einmal hatte Sophie uns alle – abgesehen von Liz, denn die hatte Glück gehabt und war unterwegs gewesen – so heftig heruntergeputzt, dass wir eine Woche lang Angst vor ihr gehabt hatten. Manche von uns sogar länger. Und das nur, weil jemand ihre Portion Lasagne gegessen hatte. Nicht dass dieser Jemand ich gewesen wäre. Aber das war ein Geheimnis, das Sophie niemals erfahren würde. Parker und Lincoln hatten mit ihrem Leben darauf geschworen.

Mein Handy vibrierte und ich stellte das Eis widerwillig beiseite, um einen Blick auf die neue Nachricht zu werfen. Als ich den Namen meines Bruders las, schnitt ich eine Grimasse.

Chris – der zweitälteste von uns – heiratete in knapp zwei Wochen und ließ mich damit als letzten Junggesellen von uns Brüdern zurück. Die anderen drei – Cruz und Cohan, beide älter als ich, und Carter – waren schon längst im Hafen der Ehe gelandet. Glücklicherweise war ich diesmal nicht der Trauzeuge, also musste ich weder etwas planen noch einen Anzug mit Krawatte tragen, was die ganze Sache sehr viel entspannter für mich machte.

Okay, das mit dem Anzug und der Krawatte hatte ich mir eben ausgedacht. Wahrscheinlich würden Chris und Lucia, seine Zukünftige, trotzdem darauf bestehen, aber wenigstens konnte ich mich im Hintergrund halten und in Ruhe das Essen genießen.

Im Sommer, als die offizielle Einladung eingetrudelt war, war ich noch mit Mallory zusammen gewesen. Mallory, die bei der Vorstellung, endlich meine ganze große Familie kennenzulernen, ganz aus dem Häuschen geraten war. Dabei waren wir gerade mal ein halbes Jahr zusammen gewesen. Oder waren es nur fünf Monate? Egal. Definitiv noch kein Status, um den anderen zu einer Hochzeit zu begleiten. Doch sie hatte das anders gesehen. Und das war wohl der Anfang vom Ende zwischen uns gewesen.

Womöglich hatte sie sich auch daran gestört, dass ich stattdessen Sophie gefragt hatte, ob sie nicht mitkommen wollte. So etwas taten beste Freunde schließlich füreinander, oder nicht? Außerdem kannte sie den ganzen verrückten Haufen sowieso schon, und meine Familie mochte sie. Damals hatte sie eingewilligt und nun stand die Feier kurz bevor. So kurz, dass Chris uns alle fast täglich daran erinnerte und sicherstellte, dass auch ja alles vorbereitet war und wir alle unseren Teil beitrugen, damit daraus die Hochzeit des Jahrhunderts wurde.

Hatte ja niemand ahnen können, dass ich mich bis dahin Hals über Kopf in meine beste Freundin verlieben würde …

»Alles okay?« Sophie startete den Film und kehrte aufs Sofa zurück. Dass es so etwas Fortschrittliches wie Fernbedienungen gab, erwähnte ich lieber nicht – ich wusste schließlich genau, dass sie davon nichts hören wollte. Früher mal hatte es eine gegeben, daran erinnerte ich mich dunkel, doch die war irgendwann verschwunden und Sophie hatte sich nicht die Mühe gemacht, eine neue zu kaufen. Das war eben ihre Art von Sport, behauptete sie: aufstehen und zum Fernseher gehen, wenn sie etwas am Programm oder an der Lautstärke ändern wollte.

»Jepp.« Ich hielt das Smartphone in die Höhe, ehe ich es ausschaltete und neben mich in die Polster warf. »Chris dreht nur langsam durch wegen der Hochzeit.«

»Er ist eben sehr gründlich und organisiert«, wandte Sophie ein, die beim ersten Kennenlernen ganz hin und weg von ihm gewesen war. Glücklicherweise war er da schon lange vergeben gewesen.

»Man könnte auch pingelig und pedantisch sagen.«

»Hör mal …« Sophie stand noch mal auf und pausierte den Film, bevor er überhaupt richtig angefangen hatte. Dann blieb sie neben dem Fernseher stehen. Aber statt mich anzusehen, hielt sie den Blick auf den Boden gerichtet. »Darüber hab ich auch nachgedacht … und vielleicht ist es keine so gute Idee, dass ich dich zur Hochzeit deines Bruders begleite. Ich meine … unter den gegebenen Umständen und weil wir doch den Zwölf-Punkte-Plan durchziehen wollen.«

»Was?« Ich setzte mich abrupt auf. »Das hat überhaupt nichts damit zu tun. Du kennst meine Familie und du weißt, wie sehr sie mir in den Ohren liegen werden, wenn ich ohne Begleitung dort aufkreuze. Außerdem hast du es mir schon vor Monaten versprochen und meine Mom freut sich total auf dich.«

Okay, Letzteres war vielleicht ein bisschen gemein, schließlich wusste ich, wie gern Sophie meine Mutter hatte, aber es entsprach der Wahrheit. Wann immer ich mit meiner Mom telefonierte, fragte sie nach Sophie und erinnerte mich daran, wie sehr sie sich freute, sie auf Chris' Hochzeit wiederzusehen.

Trotz meiner durchschlagenden Argumente wirkte Sophie nicht überzeugt, als sie zögerlich den Kopf hob und mich ansah. »Hältst du das wirklich für eine gute Idee?«

Ich nickte sofort. »Das steht schon seit einer Ewigkeit fest. Willst du mich wirklich hängen lassen?« Ich gab alles, um sie mit meinem Hundeblick zu überzeugen.

Was ich erreichte, war, dass sie anfing zu lachen, auch wenn sie dabei die Augen verdrehte. »Na schön. Weil du es bist. Und weil das Essen großartig sein wird.«

»Ich wusste schon immer, dass du wegen des Essens hingehst und in Wahrheit nur so tust, als würdest du mir damit einen Gefallen tun.«

Sie grinste. »Erwischt.«

Und damit war dieses Thema Gott sei Dank erledigt. Innerlich atmete ich auf, als Sophie den Film weiterlaufen ließ und sich wieder neben mich setzte. Für sie mochte dieser ganze Plan dazu da sein, dass meine Gefühle für sie verschwanden. Aber ich wollte nur so viel Zeit wie möglich mit ihr verbringen und ihr so beweisen, wie gut wir zusammen sein konnten. Nicht nur als beste Freunde, sondern als mehr. Selbst wenn das bedeutete, mir jede Menge kitschiger Liebesfilme mit ihr anzuschauen.

Zufrieden mit dem Ausgang des Gesprächs tunkte ich meinen Löffel in den Eisbecher und schob ihn mir in den Mund, während die Anfangssequenz über den Bildschirm flimmerte.

Wow, die Technik damals war wirklich ... *groß* gewesen. Dieser Computermonitor war gigantisch. Wer hatte den Platz, sich so etwas hinzustellen? Aber hey, immerhin hatte es in den Neunzigern schon Laptops gegeben.

Es dauerte ein paar Minuten, doch dann vergaß ich die altertümliche Technik ebenso wie die interessante Kleiderwahl und versank tatsächlich in der Geschichte. Ich war ein Fan von guten Storylines, auch wenn ich noch einiges zu lernen hatte, wenn es darum ging, selbst welche für meine Games zu erfinden. Und die hier gefiel mir trotz meiner Vorurteile schon jetzt überraschend gut. Zumindest bis zu einer ganz bestimmten Stelle, als mir wieder einfiel, was Sophie mir über den Inhalt des Filmes erzählt hatte.

»Warte mal«, murmelte ich und deutete mit dem Löffel auf den Fernseher. »Verliebt sie sich jetzt in den Online-Typen oder in ihren Konkurrenten?«

Sophie warf mir nicht mal einen Seitenblick zu, sondern rutschte mit einem zufriedenen Seufzen tiefer in die Kissen. Bildete ich mir das nur ein oder war der Abstand zwischen unseren Schultern geringer geworden? »Das ist ein und dieselbe Person.«

»Ja, aber das weiß *sie* doch nicht, oder?«

»Am Ende schon.«

»Und in wen verliebt sie sich dann?«

»Das spielt doch überhaupt keine Rolle, weil es derselbe Typ ist.«

»Aber ...«, begann ich.

Sophie griff nach dem quietschgrünen Kissen neben sich und haute es mir gegen den Arm. In letzter Sekunde konnte ich den Eisbecher in Sicherheit bringen, musste aber dennoch lachen.

»Siehst du dir jetzt den Film an oder soll ich dich weiter spoilern?«

Gespielt nachdenklich wiegte ich den Kopf hin und her. »Kommt drauf an«, erwiderte ich und wappnete mich innerlich bereits für eine weitere Attacke.

Ihre Augen wurden hinter ihren Brillengläsern ganz schmal. »Und worauf?«

»Na, in wen sie sich am Ende verliebt, natürlich.«

Sophie riss die Hände hoch und krümmte die Finger, als wollte sie mich erwürgen. »Cole!«

»Was?«, fragte ich unschuldig, obwohl ich deutlich sehen konnte, dass Sophie kurz davor war, mir an die Gurgel zu gehen. Aber es machte einfach zu viel Spaß, sie damit aufzuziehen. Vor allem, wenn sie wirklich glaubte, das hier würde bewirken, dass ich vergaß, was ich für sie empfand.

Nicht. Die. Geringste. Chance.

»Sieh dir einfach den Film an und iss dein Eis.«

Ich grinste und schob mir einen großen Bissen Chocolate-Cookies-Eiscreme in den Mund. »Aye, aye, Ma'am«, nuschelte ich.

Statt einer Antwort rollte sie nur mit den Augen, doch ich sah ganz genau, dass ihre Mundwinkel zuckten.

Die nächsten Minuten verbrachten wir schweigend, auch wenn ich keine Sekunde lang vergessen konnte, wer da so nahe neben mir auf dem Sofa saß. Doch ich kommentierte weder das, noch den weiteren Verlauf des Films. Als er endete, wusste ich immer noch nicht, in wen genau Meg Ryan sich nun verliebt hatte, aber vermutlich war das egal, da sie und Tom Hanks zum Schluss sowieso zusammenkamen.

Bevor ich auch nur Anstalten machen konnte, aufzustehen, war Sophie bereits aufgesprungen und legte den nächsten Film ein.

Ich seufzte tief. *Einen* kitschigen Liebesfilm ertrug ich. Aber gleich zwei? Oder sogar drei? Wobei ich mit einem gewissen Widerwillen zugeben musste, dass es Spaß machte, sich Filme aus den Neunzigern anzuschauen, einfach weil sie so anders waren als das, was man heutzutage zu sehen bekam. Und mit Sophie an meiner Seite hätte ich das auch noch die ganze Nacht machen können.

Diesmal sagte Sophie nichts zum Inhalt, sondern machte es sich wieder neben mir gemütlich, zog die Knie an die Brust und schnappte sich bereits eines der Taschentücher.

»Warte, ist das Teil zwei?«, fragte ich nach ein paar Minuten.

»Was?« Irritiert sah Sophie von mir zum Fernseher und wieder zurück. »Nein, der hier ist älter.«

»Also ist das Teil eins?«

»Nein, Cole. Das sind zwei völlig verschiedene Filme.«

»Aber es sind dieselben Schauspieler!«, rief ich und deutete auf den Fernseher, auf dem schon wieder Meg Ryan und Tom Hanks zu sehen waren. »Erklär mir das!«

»Das hier ist *Schlaflos in Seattle* von 1993. Davor haben wir *E-Mail für Dich* von 1998 angeschaut.«

Langsam schüttelte ich den Kopf. »Ich bin so verwirrt …«

»Du wirst es überleben.«

Mir blieb ja auch nichts anderes übrig. Irgendwie schaffte ich es durch *Schlaflos in Seattle*, wobei ich zugeben musste, dass mir *E-Mail für Dich* deutlich besser gefallen hatte. Danach wählte ich aus Sophies Sammlung *Pretty Woman* mit einer jungen heißen Julia Roberts aus, und ließ schließlich zu, dass sie mir den Todesstoß mit *Ghost – Nachricht von Sam* verpasste.

Nach vier Filmen standen unsere leeren Eisbecher zwischen zwei angebrochenen Tüten Chips, zwei leeren Colaflaschen und drei Packungen Schokolade auf dem kleinen Couchtisch, auf den ich auch die Füße hochgelegt hatte. Die meisten Kissen lagen mittlerweile auf dem Boden. Draußen war es schon vor Stunden dunkel und in der WG still geworden. Ich hatte nicht die geringste Ahnung, wie viel Uhr es war, aber da ich nicht mal mehr Parker während eines nächtlichen Streams fluchen hören konnte, tippte ich auf spät. Sehr spät. Meine Muskeln waren ganz steif vom langen Sitzen, dennoch bewegte ich mich keinen Zentimeter – und das schon seit dem Zusammentreffen von Demi Moore und Patrick Swayze als Geist namens Sam. Während die Endcredits über den Bildschirm flimmerten, sah ich auf Sophie hinunter, deren Kopf irgendwann in der letzten halben Stunde auf meiner Schulter gelandet war. Ich hatte nicht die geringste Ahnung, wie das passiert war, genoss aber jede Sekunde davon. Und das viel mehr als bei unseren früheren Filmabenden, wo das gelegentlich schon mal passiert war. Da hatte ich mir jedoch nichts weiter dabei gedacht und sie einfach auf ihrem Sofa oder in meinem Bett weiterschlafen lassen.

Heute hingegen? Heute konnte ich nicht begreifen, wie mich das früher kaltgelassen hatte, denn jetzt schaffte ich es nicht mal, den Blick von ihr abzuwenden.

Ihre Augen waren geschlossen und ihre Brust hob und senkte sich gleichmäßig. Ganz sachte strich ich ihr das Haar aus der Stirn und betrachtete ihr Gesicht. So auf dem Brillenbügel zu liegen musste unbequem sein, aber ich traute mich nicht, sie ihr abzunehmen. Dennoch konnte ich meine Finger nicht stillhalten. Nicht, wenn sie so nahe war und mir ihr leicht blumiger Duft mit jedem Atemzug in die Nase drang.

Vorsichtig schob ich ihr ein paar weiche Haarsträhnen hinters Ohr, wodurch mein Blick automatisch auf ihren Hals fiel. Und dann auf ihre Lippen, die etwas geöffnet waren. Verdammt.

»Was tust du da?«, murmelte sie plötzlich mit schläfriger Stimme.

Ertappt hielt ich inne und verfluchte mich in Gedanken. »Nichts. Sorry.«

Sophie gab einen undefinierbaren Laut von sich. Einen Moment lang glaubte ich, sie würde die Augen aufschlagen, würde sich aufsetzen und von mir abrücken, aber meine Befürchtungen waren umsonst. Stattdessen kuschelte sie sich noch mehr an mich. Nahe genug, um das heftige Hämmern in meinem Brustkorb mitzubekommen. Allerdings sagte sie nichts dazu und wenige Minuten später wusste ich auch, warum Sophie so schweigsam war.

Sie war an meiner Schulter eingeschlafen.

Kapitel 6

Cole

Obwohl ich nichts lieber getan hätte, als die ganze Nacht bei Sophie zu bleiben – und sei es nur, um ihr als Kissen zu dienen –, hatte ich mich nach einer Weile vorsichtig von ihr gelöst und ihr dabei geholfen, sich hinzulegen. Sie war nicht aufgewacht. Weder als ich die dünne Decke über ihre zierliche Gestalt ausgebreitet hatte, noch als ich ihr behutsam die Brille abgenommen und noch mal die blonden Strähnen aus der Stirn gestrichen hatte. Allerdings hatte sie wieder mal im Schlaf vor sich hin gemurmelt. Ich hatte zwar kein Wort verstanden, aber es war jedes Mal aufs Neue niedlich.

So leise wie möglich hatte ich die leeren Verpackungen und Flaschen eingesammelt, die Tür zu ihrem Zimmer hinter mir geschlossen und war in mein eigenes Bett gegangen. Und obwohl mein Kopf so von den ganzen kitschigen Liebesfilmen, aber vor allem von Sophies Nähe geschwirrt hatte, war ich überraschend schnell eingeschlafen. Ich hatte sogar so tief und fest geschlafen, dass ich heute Morgen zu spät zu meinem Seminar in 3D-Animation gekommen war.

Zwar hatte Professor Morrison nichts gesagt, als ich mich mitten in der Stunde hereingeschlichen hatte, sich allerdings eine kurze Notiz auf seinem Tablet gemacht. Und ich war mir ziemlich sicher, dass mein Name nicht zum ersten Mal auf seiner Liste auftauchte. Shit.

Nach den Vorlesungen holte ich mir nachmittags ein Sandwich und einen Kaffee aus der Cafeteria und machte mich auf den Weg zum Virtual-Reality-Center auf dem Campus, das ich seit meinem zweiten Semester zusammen mit drei anderen Leuten betreute. Seither hatte ich auch meine Liebe für VR-Games entdeckt, und spielte immer mal wieder mit dem Gedanken, mich nach meinem Abschluss auf genau diese Art Spiele zu konzentrieren. Doch sie zu designen und zu programmieren war eine ganz andere Hausnummer als die üblichen Games. Aber wie hieß es immer so schön? *Man soll sich hohe Ziele im Leben setzen.*

In dem unscheinbaren Gebäude angekommen, in dem sich auch die Redaktion der Unizeitung und das Radio-Tonstudio befanden, schloss ich die bunt beklebte Eingangstür zum VR-Center auf, warf Schlüssel und Rucksack auf einen der beiden Schreibtische im Eingangsbereich und ließ mich auf den Stuhl fallen. Kurz checkte ich mein Handy, erinnerte den Mann meiner Cousine daran, dass er mir einen Termin in der Werkstatt zur jährlichen Überprüfung freihalten sollte, und bestätigte meinem großen Bruder zum zweiten Mal, dass mein Outfit für die Hochzeit bereitlag. Und ja, es war angemessen. Was dachte dieser Typ eigentlich? Dass ich in Hawaiihemd und Shorts aufkreuzen würde? Wobei ... wenn er mir weiter so auf die Nerven ging, würde ich das vielleicht tun. Und mir extra für ihn noch eine Blumenkette besorgen.

Ich legte das Handy beiseite, nippte an meinem Kaffee und lehnte mich mit einem tiefen Seufzen zurück.

Das VR-Center trug seinen Namen zu Unrecht, denn es war nicht besonders groß. Neben dem winzigen Eingangsbereich gab es zwei Zimmer, die wir extra abgedunkelt hatten, damit kein Lichteinfall die Motion-Controller beeinflussen konnte und die Spieler und Spielerinnen sich voll und ganz austoben konnten. Neben *Beat Saber* hatten wir noch zwei weitere Fitness-Games im Programm, dazu mit *Phasmophobia* ein Horrorspiel, sowie ein paar Shooter und Storygames. Außerdem hatten wir noch ein kleines Bad mit Medizinschrank für alle, denen beim ersten Mal Spielen schlecht wurde, was öfter passierte, als ich für möglich gehalten hatte. Anscheinend hatte ich im Gegensatz zu vielen meiner Kommilitonen und Kommilitoninnen einen extrem starken Magen.

Ich hatte gerade mein Sandwich ausgepackt, als Dominic hereinkam und mich per Handschlag begrüßte. Er war der einzige Mensch in meinem Alter, den ich kannte, der sein Haar so kurz trug, dass er praktisch eine Glatze hatte. Allerdings war das in seinem Fall kein Nachteil, denn es betonte seine Ähnlichkeit zu Dwayne Johnson: fast zwei Meter groß, breites Kreuz, noch breiteres Grinsen – nur an den Muskeln musste er eindeutig noch arbeiten.

»Alles klar?« Er ließ sich mit seinem eigenen Sandwich auf den Stuhl vor dem anderen Schreibtisch fallen. »Keine Besucher?«, fragte er mit vollem Mund.

Ich schüttelte den Kopf und wischte mir das Kinn mit einer Serviette ab. »Bisher nicht. Aber das kann ja noch werden. Der Sommer ist vorbei«, erinnerte ich ihn.

In den Ferien und generell in den Sommermonaten war die Nachfrage nach einem VR-Erlebnis verschwindend gering. Die meisten Leute vergnügten sich lieber am Strand, gingen schwimmen, grillten, aalten sich in der Sonne oder verbrachten ihre Zeit irgendwo anders im Freien. Doch mit den kürzer und dunkler werdenden Tagen stieg erfahrungsgemäß das Interesse an unserem kleinen Projekt. Und darauf waren wir ehrlich gesagt auch angewiesen. Es hatte einiges an Überredungskunst von unserer Seite gebraucht, um die Idee eines VR-Centers am Leben zu halten, vor allem weil es weniger Geld einbrachte, als es das College kostete. Dabei wurden die Studierenden, die es betrieben, nicht mal dafür bezahlt – es sei denn, man zählte die zusätzlichen Creditpoints als Bezahlung.

Aber ganz ehrlich? Ich hätte es auch ohne gemacht. Das hier war meine Leidenschaft. Nicht die langweiligen Seminare, in denen es um Projektmanagement, Copyright oder betriebswirtschaftliche Grundlagen ging. In manchen davon saßen auch Leute aus Lincolns Studiengang Cyber Security, da sich die Inhalte hin und wieder deckten. Auch Teagan sah ich öfter auf dem Campus, wenn sie all die Vorlesungen und Seminare besuchte, die ich in meinem ersten Semester absolviert hatte. Außerdem war sie auch oft im VR-Center zu Gast. Meistens, um neue Highscores bei *Beat Saber* aufzustellen und zu den schnellen Rhythmen mit den Laserschwertern auf die fliegenden Würfel einzuschlagen. Ihrer Meinung nach war das die beste Art, sich auszupowern und Aggressionen loszuwerden.

Bei der Erinnerung daran, wie sie sich letztes Mal durch die ganzen Schwierigkeitsgrade gemetzelt hatte, schüttelte ich den Kopf. Ich wollte ihr lieber nicht über den Weg laufen, wenn sie mal ernsthaft wütend auf jemanden war.

Sobald ich mir den letzten Bissen in den Mund geschoben hatte, knüllte ich Papierverpackung und Serviette zusammen, zielte auf den Mülleimer und warf. Eine Sekunde später landete das Knäuel zielsicher im Korb.

Dominic schnaubte neben mir. »Angeber.«

Grinsend startete ich den Rechner. »Tja, wer kann, der kann.«

»Apropos Können«, sagte er und biss von seinem Sandwich ab.

»Ja?«, fragte ich, als auch nach zehn Sekunden nichts kam und sah nur kurz vom Monitor auf. Wie jedes Mal, wenn wir loslegten, warf ich einen Blick auf die eingetragenen Termine und stellte sicher, dass alle Updates heruntergeladen waren, damit niemand, der extra hierher kam, um zu spielen, unnötig warten musste.

»Wolltest du nicht auch an diesem Wettbewerb teilnehmen?« Dominic zog die dunklen Brauen hoch.

Als die ersten Infos zum Wettbewerb verkündet wurden, hatte ich mit Dominic darüber gesprochen und ihn direkt als Testspieler engagiert. Für das Game, das ich noch programmieren würde ... in den nächsten Wochen. Jetzt zuckte ich nur mit den Schultern. »Gute Dinge brauchen eben ihre Zeit. Du bekommst was zum Anspielen, sobald ich so weit bin.«

»Wusstest du, dass Peterson auch mitmacht? Er hat schon ein Konzept zusammengestellt und programmiert bereits.«

Ich erstarrte. Scheiße. Ausgerechnet der Kerl? Ich hatte keine Ahnung, warum, aber er hatte aus jedem unserer gemeinsamen Kurse einen Konkurrenzkampf gemacht. Und obwohl er so gut wie immer die meisten Punkte in allem hatte, ärgerte es ihn, dass mir das einfach egal war. Aber es juckte mich nicht, was Peterson trieb oder welche Bestleistungen er zeigte. Und das machte ihn nur noch wütender.

Normalerweise hatte ich kein Problem mit ihm – oder damit, dass er es darauf anlegte, mich immer und überall zu übertrumpfen. Aber dieser Wettbewerb bedeutete mir wirklich eine Menge, und wenn das wahr war ... Ich warf Dominic einen harten Blick zu. »Verarschst du mich?«

Er schüttelte den Kopf, ohne eine Miene zu verziehen. Dieser Typ war die gechillteste Person auf diesem Planeten. Nichts konnte ihn aus der Ruhe bringen. Aber es war ja auch nicht sein ärgster Konkurrent, der beschlossen hatte, am selben Game-Design-Wettbewerb teilzunehmen wie er. Wobei ... an meiner Stelle würde Dominic ihm wahrscheinlich seelenruhig mit seinem Mate-Eistee zuprosten und auch noch viel Erfolg wünschen.

Ich schnaubte innerlich. So war ich nicht drauf. Definitiv nicht. Nach außen hin kam es vielleicht manchmal … na gut, meistens so rüber, als wäre mir alles egal und als würde ich nichts ernst nehmen – schon gar nicht mein Studium –, aber das stimmte nicht. Es gab durchaus Menschen und Dinge, die mir wichtig waren. Meine Familie. Meine Freunde. Sophie. Und meine Zukunft in der Gamingbranche, die massiv von diesem einen Wettbewerb abhängen konnte, also wurde es langsam Zeit, dass ich mich endlich dahinterklemmte.

»Scheiße«, murmelte ich und starrte auf den Monitor, ohne wirklich etwas zu erkennen.

»Jepp.«

Stirnrunzelnd sah ich zu Dominic hinüber. »Solltest du jetzt nicht irgendwas Beruhigendes sagen oder so?«

Einen Moment lang schien er zu überlegen, schüttelte dann jedoch den Kopf. »Nope.«

Ich kniff die Augen zusammen. »Warum nicht?«

Dominic war zwar sehr gechillt, aber nicht herzlos. Zumindest hatte ich ihn bisher nicht so erlebt. Doch jetzt zuckte er nur die Schultern. »Weil wir beide wissen, dass er besser ist als du.«

Autsch. Das musste ich erst mal verdauen.

Hatte ich schon erwähnt, dass mein Kumpel verflucht ehrlich war? Und zwar manchmal so sehr, dass ihm jeder Filter zwischen Hirn und Mund fehlte. Allerdings war ich dankbar für seine Meinung, selbst wenn ich es gerade nicht so zeigen konnte. Aber wenn sogar einer der wenigen Leute auf dem Campus, mit denen ich tatsächlich gut befreundet war, glaubte, ich hätte keine Chance gegen Peterson, dann waren meine Chancen wirklich verschwindend gering.

Störte mich das? Brachte es mich dazu, den Kopf in den Sand zu stecken und aufzugeben, bevor ich überhaupt richtig angefangen hatte?

Nein, verdammt. Jetzt wollte ich diesen Wettbewerb erst recht gewinnen. Und das würde ich auch. Ich hatte zwar noch keine Ahnung, wie genau, aber ich würde es hinkriegen.

Das von mir designte und programmierte Spiel würde gewinnen und ich würde auch diesen verdammten Praktikumsplatz in Kalifornien bekommen. Koste es, was es wolle.

Kapitel 7

Sophie

Ich tippte gerade diesen einen Satz meiner Hausarbeit für den Kurs *Magnetismus und Elektrizität II* zu Ende, der mich fast zwei Stunden Recherche gekostet hatte, als es an meiner Zimmertür klopfte. Ein Satz geschafft ... jetzt fehlten nur noch zehn Seiten dieser Hausarbeit.

»Ja?«, rief ich, ohne den Blick vom Monitor abzuwenden.

Es musste einer der Jungs sein, denn Liz marschierte meistens gleich rein, völlig egal, ob ich auf das Klopfen reagierte oder nicht. Und tatsächlich – wenige Sekunden später steckte Cole den Kopf zur Tür herein.

»Störe ich?«

Tust du nie.

Die Worte lagen mir auf der Zunge, aber ich unterdrückte sie und notierte mir stattdessen in knappen Stichpunkten, worauf ich im nächsten Absatz eingehen wollte. »Bin gleich so weit.«

Ich hatte nicht mal gemerkt, wie die Zeit vergangen war, weil ich so vertieft in die Recherche gewesen war. *Magnetismus und Elektrizität II* war der einzige Kurs in diesem Semester, in dem ich noch nicht die höchste Punktzahl erreicht hatte. Das musste ich ändern, also hatte ich mich freiwillig für diese Hausarbeit gemeldet – was ich inzwischen fast bereute, da sich das Ding nicht so leicht runterschreiben ließ, wie ich erwartet hatte. Außerdem waren da noch Cole und der nächste Punkt meines Zwölf-Schritte-Plans, der für heute anstand. Sicherheitshalber speicherte ich die Datei nicht nur auf meiner Festplatte, sondern auch online, bevor ich den Laptop zuklappte. Erst dann hob ich die Arme, streckte ich mich und drehte mich auf dem Hocker zu Cole um.

»Was gi- *oh nein!*« Bei meiner Bewegung war ich gegen mein Glas gestoßen, das sofort umkippte und seinen Inhalt – Limonade, was auch sonst? – in einem großen Schwall über den Schreibtisch verteilte.

Reflexartig sprang ich auf, wodurch der Hocker zu Boden fiel, und riss den Laptop hoch, bevor er mit der klebrigen Flüssigkeit in Berührung kommen konnte. Wo war mein Handy? Oh Gott ... In einer Hand balancierte ich das Notebook, mit der anderen rettete ich mein Smartphone und einen kleinen Klebezettel mit einer Videospielfigur, die Cole mal von mir gezeichnet hatte, vor der heranfließenden Limonadenpfütze.

Plötzlich war er direkt neben mir, packte mich an der Taille und schob mich sanft, aber bestimmt zur Seite. Ich öffnete schon den Mund, um zu protestieren, aber er war bereits damit beschäftigt, den Tisch mit einem Tuch abzuwischen. Wahrscheinlich war er sofort in die Küche gelaufen, nachdem er das Unglück mit angesehen hatte. Wie er dabei so ruhig bleiben konnte, war mir schleierhaft. Mir schlug das Herz bis zum Hals nach dem Schreck. Beinahe hätte ich nicht nur meinen Laptop, sondern auch mein Handy verloren. Und das nur wegen eines dummen Missgeschicks mit einem Glas Limonade. Dabei war ich mir sicher gewesen, es ausgetrunken zu haben. Außerdem hatte ich es doch weit genug weggestellt ... dachte ich zumindest.

»Alles klar?« Cole warf mir einen kurzen Blick zu. Vermutlich, weil ich noch immer bewegungslos wie eine Statue neben ihm stand und Handy und Notebook schützend gegen meine Brust drückte.

Ich nickte. »Danke.«

»Kein Ding.« Cole wischte ein letztes Mal über den Tisch, dann nahm er das inzwischen eindeutig leere Glas und das nasse Tuch wieder mit. Gleich darauf tauchte er mit einem neuen auf und wischte erneut über die Tischplatte. »Wenn das Holz darunter leidet, gib einfach Bescheid. Meine Cousine zweiten Grades ...«

»Ist Restauratorin«, beendete ich den Satz für ihn und musste unwillkürlich lächeln. »Ich weiß. Und du weißt, dass das hier ein Billigschreibtisch ist, der nicht mal aus echtem Holz ist. Und erst recht keine unbezahlbare Antiquität. Es wäre ein Wunder, wenn das Ding überhaupt bis zum Ende des Studiums durchhält.«

»Na, dann weißt du ja auch, an wen du dich wenden kannst«, konterte er und zwinkerte mir kurz zu, bevor er erneut den Raum verließ, um das Tuch zurück in die Küche zu bringen.

Ich sah ihm kopfschüttelnd nach. Anfangs war es mir noch seltsam vorgekommen, dass Cole ständig seine Unterstützung anbot und es für jedes Problem jemanden in seiner Großfamilie zu geben schien, der bei der Lösung helfen konnte. Doch mittlerweile hatte ich verstanden, dass das einfach seine Art war. Auch wenn er aufgrund seiner großen Klappe und seiner manchmal etwas zu lässigen Art von vielen Leuten als oberflächlich abgestempelt wurde, tat Cole alles für die Menschen, die ihm wirklich wichtig waren. Und dazu gehörte ich zum Glück auch.

Als Freundin, erinnerte ich mich selbst und zwang mich dazu, langsam und tief durchzuatmen, um das unwillkommene Flattern in meiner Magengrube zu vertreiben. *Wir sind Freunde.*

Beste Freunde. Daran würden auch ein paar blöde, fehlgeleitete Hormone nichts ändern.

»Also …«, begann Cole, als er zurückkehrte. »Was steht für heute an?«

Oh. Richtig. Wir steckten noch am Anfang meines Zwölf-Schritte-Programms und hatten bisher gerade mal den ersten Punkt von der Liste abgehakt. Beim Gedanken an den zweiten Schritt breitete sich ein langsames Lächeln auf meinem Gesicht aus.

»Self Care«, verkündete ich.

Cole zog die dunklen Brauen zusammen, bis sich zwei kleine Falten dazwischen bildeten. »Und was heißt das genau?«

»Das bedeutet, dass es darum geht, sich selbst etwas Gutes zu tun. Denn die Beziehung zu uns selbst ist die längste, die wir je führen werden. Was tust du denn bisher als Self Care?«

Eigentlich sollte ich die Antwort darauf kennen, schließlich wohnten wir zusammen, aber tatsächlich fiel mir nichts ein, was auch nur im Entferntesten in diese Richtung ging.

Cole zuckte mit den Schultern. »Mich hinter den Rechner klemmen und etwas zocken?«

»Das ist dein Hobby. Aber was tust du, um so richtig zu entspannen, Cole?«

Nachdenklich runzelte er die Stirn. »Mich hinter den Rechner klemmen und …« Seine Stimme erstarb, als ich die Hand hob. »Okay, dann … Sex? Schlafen?«

Ich starrte ihn an, ohne zu wissen, ob ich darüber lachen sollte oder Cole durchschütteln wollte. »Wir … fangen offensichtlich bei den absoluten Basics an. Was tust du für deine Haare? Deine Haut?«

»Ich … dusche?«

Diesmal kam ich nicht gegen mein Grinsen an. »Okay. Wir versuchen das auf meine Art. Sieh zu und lerne.«

Cole wirkte nicht überzeugt. Er wirkte sogar ziemlich skeptisch. Dennoch zuckte er jetzt mit den Schultern. »Wenn du meinst ...«

Und wie ich das meinte. Außerdem hatte ich mir das nach dem langen Nachmittag am Schreibtisch mehr als verdient.

In der nächsten Stunde führte ich Cole in die Geheimnisse der Selbstfürsorge ein. Wir waren allein in der WG, da Lincoln zum Arbeiten am Strand war, Parker mit Teagan ausgegangen war und Liz ... Um ehrlich zu sein, hatte ich nicht die geringste Ahnung, wo Liz sich gerade herumtrieb. Auf jeden Fall war sie nicht zu Hause. Also konnten wir die Musik aufdrehen, wobei wir uns hier auf einen Kompromiss einigen mussten, da Cole kein besonders großer Fan meiner Lieblinge aus den Neunzigern war und ich seine grölende Rockmusik nicht ausstehen konnte.

Wir hatten uns in der Küche ausgebreitet. Auf dem Tisch standen mehrere bunte Schüsseln in verschiedenen Größen. In einer davon rührte ich gerade herum, während Cole eine Gurke in Scheiben schnitt und dabei zur Musik wippte, die aus meinem Handy erklang.

»Bist du sicher, dass wir das alles brauchen?«, fragte er zweifelnd.

Ich nickte und holte zusätzlich noch eine Tafel Schokolade und Erdbeeren aus dem Schrank. Wenn schon Self Care, dann auch richtig. Fehlte eigentlich nur noch Sekt oder ein guter Wein, aber daran hatte ich nicht mehr gedacht und auch keine Lust, jetzt noch mal loszufahren, um eine Flasche zu besorgen. Also mussten wir uns mit Wasser, Cola und Coles Lieblingslimonade begnügen. Was auch okay war.

»Ich glaube nicht, dass mir das hier dabei helfen wird, mich besser zu fühlen.« Er tunkte einen Finger in das selbst gemachte Zucker-Zitronen-Kokosöl-Peeling. Bevor er den Finger in den Mund stecken und tatsächlich davon probieren konnte, schlug ich seine Hand weg.

»Du sollst das Zeug ja auch nicht essen, sondern unter der Dusche auftragen.«

»Hilfst du mir dabei?« Er stellte die Frage so unschuldig und zog dabei ein Gesicht, das dem Kater aus den Shrek-Filmen echte Konkurrenz machte.

Solche Situationen hatte ich schon so oft mit ihm erlebt, dass sie mich nicht länger schocken konnten. Das sollten sie zumindest nicht. Dennoch stockte mir kurz der Atem und ich musste mich fast dazu zwingen, darüber zu lachen. »Träum weiter.«

Auf keinen Fall würde ich mich darauf einlassen. Nicht auf seine Sprüche, erst recht nicht auf seine Flirts und ganz bestimmt nicht auf die Bilder, die er mit dieser scheinbar unschuldigen Frage in meinem Kopf heraufbeschwor. Nein, nein, nein. Wir waren beide gefährdet und irgendjemand musste vernünftig bleiben, bis wir das Programm beendet hatten und wieder einfach nur beste Freunde sein konnten.

»Alles klar?«, fragte ich, als Cole zum wiederholten Mal aufs Handy schaute. Wahrscheinlich hatte sich sein Bruder wieder wegen der Hochzeit gemeldet.

»Was?« Cole sah auf, und schien sich erst nach einem Moment wieder daran zu erinnern, wo er war. »Ach so. Ja.«

»Sicher?«, hakte ich nach und hielt im Rühren inne. »Wenn du zu tun hast oder dich irgendwas beschäftigt, können wir das hier auch verschieben.«

Ein Lächeln erschien auf seinem Gesicht. Eines der seltenen Sorte, weil es nicht amüsiert oder breit und lässig war, sondern ganz warm, genau wie sein Blick. Ein Lächeln, von dem ich eine Zeit lang gehofft hatte, dass er es nur für mich reservieren würde.

»Nicht nötig.« Wie um seine Worte zu unterstreichen, legte Cole das Handy zur Seite. »Das war nur eine weitere Erinnerungsmail vom College.«

Mein fragender Blick musste ausgereicht haben, denn während ich weiter Zutaten zusammenmischte, sprach Cole weiter. »Eine ziemlich renommierte Spielefirma aus Kalifornien hat einen exklusiven Wettbewerb in Kooperation mit unserem College ausgeschrieben. Man bewirbt sich mit einem selbst designten und programmierten Game. Der Sieger oder die Siegerin bekommt ein sechsmonatiges Praktikum im Unternehmen und die Möglichkeit, das eigene Game weiterzuentwickeln und, mit etwas Glück, sogar bei ihnen zu veröffentlichen.«

»Wow. Das klingt nach einer großen Chance.«

Eine Chance, die sein Leben verändern und seine Karriere einen großen Schritt nach vorne bringen konnte. War es egoistisch, dass ich automatisch darüber nachdachte, was es für mich, für uns bedeuten würde, wenn Cole ein halbes Jahr fortging? Wir kannten uns zwar erst seit knapp zweieinhalb Jahren, trotzdem konnte ich mir meinen Alltag nicht mehr ohne ihn vorstellen.

»Und wie!« Ein begeistertes Funkeln trat in seine dunklen Augen. »Wenn ich gewinne, kann ich für sechs Monate bei ihnen lernen und Kontakte knüpfen. Scheiße, vielleicht veröffentlichen sie sogar mein Game. *Mein Game*, Soph!«

Ich lächelte, hielt jedoch erneut im Rühren inne. »Willst du dann lieber daran arbeiten, statt das hier zu machen?«

Doch zu meiner Überraschung schüttelte Cole den Kopf. »Nope. Wir ziehen diesen Zwölf-Schritte-Plan durch. Selbst wenn das bedeutet, dass … was genau wird das hier eigentlich?« Cole deutete auf die Schüssel mit dem mintgrünen Inhalt, die vor mir stand.

»Die Gesichtsmaske.«

»Die … was?« Er schnitt eine Grimasse. »Wenn du denkst, dass ich mir das Zeug ins Gesicht schmiere … Was ist da überhaupt drin?«

»Avocado, Honig und Joghurt.«

»Also könnte ich das sogar essen?«

Ich seufzte tief. »Meinetwegen kannst du auch versuchen, es dir selbst vom Gesicht zu lecken.« Warnend hob ich die Hand. »Und wag es ja nicht, das auszusprechen, von dem ich genau weiß, dass du es jetzt sagen willst.«

Er schloss den Mund unverrichteter Dinge wieder, aber sein Grinsen war Antwort genug. Dieser Kerl war einfach unmöglich. Trotzdem konnte ich nicht verhindern, dass meine Mundwinkel ebenfalls nach oben wanderten. Coles frecher Humor war einfach ansteckend.

»Okay«, gab er nach und zog eine weitere Schüssel zu sich heran, um einen Blick hineinzuwerfen. »Aber was ist *das* hier?« Er beugte sich vor, um daran zu riechen und kräuselte angewidert die Nase. »Ugh.«

»Das ist eine zweite Maske aus Heilerde, Kaffeesatz, Honig und Olivenöl«, erklärte ich geduldig und stellte die letzte Schüssel ab. Zufrieden betrachtete ich mein Werk. »Die erste Maske schenkt deinem Gesicht Feuchtigkeit, die zweite erfrischt dich und ist wie ein Peeling.«

»Aber schon der Geruch brennt in meinen Augen.«

Ich prustete los. »Sei kein Baby.«

Wie konnte sich jemand, der unzählige Stunden im Tattoostudio verbracht hatte, um sich mit einer Nadel Tinte unter die Haut jagen zu lassen, so eine Memme sein? Noch dazu bei etwas so Wundervollem wie Gesichtsmasken? Wenigstens blieben die nicht dauerhaft auf der Haut. Auch wenn ich Coles Tattoos genau wie seine Piercings durchaus schön anzusehen fand. Verschiedene Schriftzüge vermischten sich mit einzelnen Symbolen, darunter so klassische Dinge wie ein Totenkopf und Lilien, aber auch der Oldtimer seines Großvaters, mit dem er jede Menge Kindheitserinnerungen verband, zierte seinen Oberarm. Auf der anderen Seite gab es einige Figuren, die ich aus den Games wiedererkannte, die er und Parker so gerne zockten. Es schien beinahe, als hätte Cole all das, was er liebte, für die Ewigkeit auf seiner Haut festgehalten.

»Und wieso kann ich nicht das Zitronen-Dings-Peeling fürs Gesicht verwenden?«

Ich blinzelte verwirrt. »Weil das ein Ganzkörper-Peeling ist. Das andere ist nur fürs Gesicht.«

Cole sah mich an, als hätte ich ihm soeben erklärt, er müsste das ganze Zeug hinterher doch noch aufessen. Dann lehnte er sich mit einem tiefen Seufzen zurück. »Ich hätte nicht gedacht, dass Self Care so anstrengend sein kann.«

»Ist es nicht«, versicherte ich ihm. »Zumindest nicht, sobald alles vorbereitet ist. Außerdem können wir nachher Erdbeeren und Süßkram essen und ich hab auch deine Lieblingslimo besorgt.« Ich schnappte mir zwei der Schüsseln und deutete mit dem Kopf Richtung Wohnzimmer. »Komm mit.«

Cole folgte mir und brachte die restlichen Sachen mit. Dann setzte er sich brav auf den geblümten Sessel, den Liz bei ihrem Einzug beigesteuert hatte – angeblich ein Erbstück ihrer Urgroßtante. Das etwas kitschig anmutende Möbelstück war erstaunlich gemütlich, auch wenn die Federn manchmal quietschten.

»Was hast du vor?« Cole beobachtete mich misstrauisch dabei, wie ich ein letztes Mal die Avocado-Paste umrührte und dann nach einem Pinsel griff, den ich bereits zurechtgelegt hatte.

»Wir starten mit der Maske. Bereit?«

Er wirkte nicht überzeugt, nickte jedoch.

»Mach es dir bequem und entspann dich«, murmelte ich und trat neben den Sessel.

Cole hatte den Kopf zurückgelehnt und die Augen geschlossen, schielte aber immer wieder zu mir hinauf. Dabei zuckten seine Mundwinkel ebenso wie seine Finger, die sich in die Armlehnen krallten. Aber er sprang nicht auf und rannte davon, auch wenn er sich hier eindeutig außerhalb seiner Komfortzone bewegte. Stattdessen vertraute er mir genug, um das mit sich machen zu lassen, was ein warmes Gefühl in meinem Bauch auslöste.

Ich tunkte den Pinsel in die Paste und verteilte den ersten Pinselstrich auf Coles Stirn – die er natürlich prompt runzelte. »Das ist kalt …«, protestierte er murmelnd, »… aber irgendwie auch gut.«

Ich lächelte, während ich mich weiter ganz darauf konzentrierte, die Maske ohne zu Kleckern auf Coles Gesicht aufzutragen, wobei ich Augen und Mund aussparte. Dabei kam ich ihm unwillkürlich so nahe wie schon lange nicht mehr. Verflixt. Vielleicht war das doch keine so gute Idee gewesen. Aber jetzt war es zu spät, um die ganze Sache abzublasen. Außerdem … machte es irgendwie Spaß. Viel mehr, als ich gedacht hätte. Bisher hatte ich meine Self-Care-Nachmittage immer allein verbracht. Aber zusammen mit Cole machten grüne Gesichtsmasken und Zitronen-Peelings noch mal ganz anders Spaß.

Sobald ich mit seinem Gesicht fertig war, legte ich zwei Gurkenscheiben auf seine geschlossenen Augen und betrachtete mein Werk zufrieden. Sah doch ganz passabel aus. Wenn das mit dem Physikstudium am Ende nichts wurde, konnte ich immer noch über eine Karriere in der Schönheitsindustrie nachdenken.

Während Cole ungewohnt still geworden war und sich hoffentlich entspannte, band ich mir das lange Haar zu einem

Knoten auf dem Kopf zusammen und klemmte die kürzeren Strähnen an der Seite mit einer Klammer fest. Vor dem Spiegel im Bad trug ich mir die Maske selbst auf. Inzwischen hatte ich genug Übung, um das auch ohne Brille hinzukriegen. Anfangs hatte ich mir dabei noch mit dem Pinsel ins Auge gestochen. *Brr* ... Ich schüttelte mich und vertrieb diese unschöne Erinnerung aus meinen Gedanken. Wenige Minuten später streckte ich mich auf der Couch im Wohnzimmer aus und legte mir selbst die Gurkenscheiben auf die Augen.

Aaah, tat das gut! Wir sollten so etwas wirklich öfter machen.

Irgendwann meldete sich Cole zu Wort und ich schickte ihn ins Bad, um sich die Maske abzuwaschen. Ich erledigte das Gleiche in der Küche über der Spüle. Anschließend folgte die zweite Maske, deren Zutaten mittlerweile zu einer schlammigen Masse verschmolzen waren. Nicht besonders ansehnlich und auch nicht gerade gut duftend, aber was tat man nicht alles, um seiner Haut und sich selbst eine Auszeit zu gönnen?

»Ich fange an zu bröseln«, brummte Cole rund zwanzig Minuten später. »Ist das die Maske oder verliere ich gerade eine ganze Hautschicht?«

Ich gluckste und deutete mit geschlossenen Augen erneut Richtung Badezimmer. »Wasch es dir am besten unter der Dusche ab. Und benutz das Peeling in der roten Schüssel!«, rief ich ihm nach, hörte seine Antwort jedoch nicht mehr, weil die Tür bereits hinter ihm zugefallen war.

Keine Ahnung, ob Cole all das tatsächlich genoss, aber ich war so entspannt wie schon seit Wochen nicht mehr. Ein Glück, dass ich meinen besten Freund zu dieser Aktion hatte überreden können.

Sobald das Rauschen der Dusche zu hören war, nahm ich mir die Gurkenscheiben von den Augen, tastete nach meiner

Brille, ohne sie aufzusetzen, und machte mich auf den Weg in die Küche. Vorsichtig. Ohne meine Brille sah ich tatsächlich alles nur total verschwommen, was nicht direkt vor meiner Nase war. Und da ich eine Tendenz dazu hatte, über Hindernisse – unsichtbare ebenso wie reale – zu stolpern, hatte ich schon im Vorfeld alles aus dem Weg geräumt. Unter anderem hatte ich einen ganzen Schwung an Klamotten in Liz' Zimmer geworfen.

Wieder wusch ich mir die Maske über der Küchenspüle ab, was diesmal gar nicht so leicht war, da die Heilerde getrocknet war. Dafür fühlte sich meine Haut hinterher umso weicher an. Fehlte nur noch die Creme, aber damit würde ich auf Cole warten, sobald er aus der Dusche kam.

»Scheiße, das brennt!«

Ich hielt irritiert inne. Hastig setzte ich die Brille auf und rannte durch den Flur zum Bad. »Was ist los?«, rief ich alarmiert und klopfte gegen die Tür. »Das Peeling soll nicht brennen! Was hast du damit angestellt?«

»Woher soll ich das wissen? Es brennt!«

»Wo?«, fragte ich automatisch, besann mich dann jedoch eines Besseren. »Vergiss es. Wasch es einfach mit Wasser ab.«

Ich wollte mir nicht mal ausmalen, wo genau er sich das Peeling hingeschmiert hatte – und tat es gleich darauf dennoch. *Argh.* Dabei war es im letzten Jahr schon so verflucht schwer gewesen, mir Cole nicht nackt in der Dusche vorzustellen, wann immer ich das vertraute Rauschen hörte und wusste, dass er es war. Und jetzt, wo ich definitiv über ihn hinweg war, tat mein Gehirn genau das. Vielen Dank auch.

In Gedanken fuhr ich seine breiten Schultern und die tätowierten Arme hinab, strich über seinen Oberkörper bis hinunter zu den schmalen Hüften. Mein Puls beschleunigte sich und dann …

Ein Scheppern riss mich abrupt aus dem verbotenen Tagtraum.

»Geht's dir gut?« Mit klopfendem Herzen drückte ich das Ohr gegen die Tür, um herauszufinden, was passiert war und ob er sich verletzt hatte. »Cole?«

Wieder war da ein Scheppern, dicht gefolgt von einem Fluchen. Das Rauschen stoppte abrupt und ich konnte nur noch gedämpfte Geräusche hören.

Plötzlich ging die Tür auf und Cole stand vor mir. Ich zuckte zusammen und trat automatisch einen Schritt zurück. Großer Fehler. Denn jetzt konnte ich ihn noch viel besser betrachten, und er sah genauso aus wie eben in meinem Tagtraum: fast nackt, bis auf die locker sitzende Sporthose, die er angezogen hatte.

Er hatte sich nur grob abgetrocknet, sodass noch einzelne Wassertropfen auf seiner von der Sonne gebräunten Haut glitzerten. Obwohl seine Arme bis zu den Schultern mit schwarzer und bunter Farbe bedeckt waren, prangte kein einziges Tattoo auf seinem Brustkorb. Dafür konnte ich die Muskeln umso deutlicher erkennen, die er sich in den letzten Monaten antrainiert hatte. Er sollte wirklich nicht mehr mit Parker und Lincoln ins Fitnesscenter gehen. Definitiv nicht.

Zwar hatte ich Cole den Sommer über oft genug nur in Badeshorts am Strand gesehen, allerdings nie so aus der Nähe wie jetzt. Und ganz sicher nicht so nahe, dass mir sein frischer Duft die Sinne ebenso benebeln konnte wie die Hitze, die sein Körper ausstrahlte. Wie heiß hatte dieser Kerl geduscht?

»Alles in Ordnung?«, fragte ich und erstarrte, als ich hörte, wie belegt meine Stimme klang.

Etwas veränderte sich in Coles Blick, wurde dunkler, eindringlicher. Doch statt einer Antwort nickte er nur.

»Dein Zimmer oder meins?« Erst nachdem ich die Frage ausgesprochen hatte, wurde mir bewusst, wie sie klingen musste. Und auch das Grinsen, das sich langsam auf Coles Gesicht ausbreitete, ließ keinen Zweifel daran. »Wohin auch immer du willst.«

Nur weil er dabei so übertrieben mit den Augenbrauen wackelte, wusste ich, dass das Ganze absolut nicht ernst war. Aber vor allem wusste er, wie *ich* es gemeint hatte.

Ich atmete erleichtert auf. »Dann zu mir.«

Er schmälerte die Augen, folgte mir aber. »Ist das ein Diss gegen mein Zimmer?«

»Was? Niemals«, behauptete ich und blieb an der Tür stehen.

Er ging an mir vorbei und betrat mein Zimmer. »Glaub es oder nicht, aber ich erkenne Sarkasmus, wenn ich ihn höre.«

Nur mit Mühe verbiss ich mir ein Lachen und setzte sofort wieder eine ernste Miene auf, als ich mich zu ihm umdrehte. Die Unschuldsnummer konnte ich auch. Ich hatte schließlich vom Besten gelernt.

»Okay, was ist der nächste Part, nachdem dieses Peeling meine ganze Haut verätzt hat?«, brummte er und ließ sich seufzend auf mein Sofa fallen.

»Das ist gar nicht möglich mit einem Peeling, es sei denn, du hast den Zucker so fest eingerieben, dass dadurch Wärme entstanden ist. Und selbst dann ...« Ich wollte schon ausholen, aber er zog nur die Brauen hoch. »Ach, vergiss es.«

»Liebend gern.« Wortlos klopfte er neben sich.

Es sollte seltsam sein, wie er da halb nackt auf meiner sonnengelben Couch saß, umringt von bunten und geblümten Kissen. Er sollte fehl am Platz wirken, aber das tat er nicht. Cole passte hierher. Vielleicht hatte ich ihn aber auch schon zu oft auf meinem Sofa gesehen, um mich noch darüber zu wundern. Auch wenn er bislang immer mehr als nur eine Hose getragen hatte.

Ich schluckte mehrmals und konzentrierte mich auf das Wesentliche. »Gesichtscreme«, stieß ich hervor.

In der nächsten Stunde leerten wir auf dem Boden sitzend auch die anderen Schüsseln, die wir zusammen vorbereitet hatten, bis wir beide nach Zitrone und Honig dufteten und er genau wie ich einen Handtuchturban trug, damit die selbst gemachte Kur in seinem Haar einwirken konnte. Normalerweise ging es jetzt an den Schönheitsteil dieses Nachmittags, aber irgendwie bezweifelte ich, dass das für Cole von Interesse sein würde. Dafür wirkte er viel zu zufrieden damit, einfach auf meinem Teppich zu sitzen, Musik zu hören und an seiner Lieblingslimo zu nippen.

»Warum nicht?«, hakte er sofort nach, als ich meine Vermutung laut äußerte.

Ich blinzelte verwundert. »Du willst Nagellack?«

»Klar, wieso nicht?« Er zuckte mit den Schultern und hielt mir die Hand hin. »Meine Nichten haben mir schon hundertmal die Nägel bemalt. Einmal sogar mit schwarzem Edding. Hast du das etwa vergessen? Hat ewig gedauert, das abzukriegen.«

Ich glueckste, da ich mich nur zu gut daran erinnerte. Nicht an das Ereignis selbst, aber an die Woche, in der Cole mit rabenschwarzen Fingernägeln herumgelaufen war und wir alle überlegt hatten, ob das die ersten Anzeichen einer späten Emo-Phase waren. Genau zu der Zeit hatte er sich auch ein neues Tattoo stechen lassen und war ziemlich griesgrämig gewesen. Gerüchten zufolge hatte ihm seine damalige Ex, kurz nachdem er mit ihr Schluss gemacht hatte, auf einer Party einen ganzen Eimer Bowle über den Kopf geschüttet. Cole hatte diese Gerüchte bisher weder bestätigt noch dementiert, also kursierten sie noch immer auf dem ganzen Campus und in unserer WG. Hin und wieder ließ Liz einen entsprechenden Kommentar fallen, um Cole eine Reaktion zu entlocken … bisher jedoch ohne Erfolg.

»Such dir eine Farbe aus.« Cole wedelte auffordernd mit den Fingern.

»Ist das dein Ernst? Du gibst mir die ganze Macht?« Ich deutete auf das Sammelsurium an bunten Farbfläschchen: Liz' und mein gesamter Bestand. »Ich könnte dir jeden Finger in einer anderen Farbe anmalen, bis wir einen Regenbogen haben.«

Seine Mundwinkel zuckten. »Perfekt fürs nächste Pride Event. Ich würde diesen Regenbogen mit Stolz tragen.«

»Und mit Carter hingehen?«, hakte ich nach.

Cole nickte entschlossen. »Nicht nur mit meinem kleinen Bruder und Santiago. Mit der ganzen Familie. Heather und Lilly würden ausflippen, wenn sie jedem von uns die Nägel machen oder Regenbogenflaggen ins Gesicht malen dürften.«

Da war ich mir sicher. Ich hatte seine beiden Nichten bisher zwar nur zwei-, dreimal gesehen, hatte aber sehr deutlich in Erinnerung, dass sie alles bunt anmalten, was sie sahen. Den Boden, die Wände, Menschen und sogar Autos. Die zwei waren gefährlich, sobald sie auch nur in die Nähe von Buntstiften und Farbkästen kamen.

Ich lächelte, auch wenn ich einen wehmütigen Stich in der Brust verspürte. Im Gegensatz zu Cole hatte ich keine große Familie. Und auch wenn ich überglücklich war, Grandpa in meinem Leben zu haben, kam ich manchmal nicht umhin, meinen besten Freund um seine große Verwandtschaft und sein Verhältnis zu jedem Einzelnen von ihnen zu beneiden.

Cole hatte fünf Geschwister: seine vier Brüder Cruz, Chris, Cohan und Carter sowie seine Schwester Cecile, das Nesthäkchen der Familie.

Cruz war wesentlich älter und hatte seine Highschool-Liebe geehelicht, bevor Cole überhaupt auf die Highschool gekommen war. Chris und seine Verlobte Lucia hatten bereits zwei Töchter, auch wenn die große Hochzeit erst jetzt stattfand. Cohan, nur zwei Jahre älter als Cole, war schon seit ich ihn kannte verheiratet, während Carter am vorletzten Weihnachtsfest seinen Arbeitskollegen Santiago geheiratet hatte. Cole und seine Schwester Cecile waren die einzigen glücklichen Singles im Moment.

Dazu kamen noch liebevolle Eltern und Großeltern, mehrere Tanten und Onkel und mehr Cousins und Cousinen ersten, zweiten und dritten Grades, als ich zählen konnte. Und ich hatte es mal versucht. Doch jedes Mal, wenn ich mir sicher war, nun wirklich jeden aus Coles Verwandtschaft kennengelernt zu haben, tauchte von irgendwoher ein neuer Cousin oder eine neue Tante auf. Cole hatte sogar Liz mit seiner Großtante zweiten Grades in Australien zusammengebracht, als sie dort ihren Freund – mittlerweile Ex-Freund – besuchen war.

Im Vergleich dazu kam mir meine eigene Familie nicht nur winzig vor, sie war es auch – denn es gab nur Grandpa und mich. Doch dafür war unser Verhältnis das allerbeste.

»Also?« Wieder wedelte Cole auffordernd mit den Fingern. »Welche Farbe wird es jetzt?«

Ich überlegte kurz und entschied mich dann für ein knalliges Orangerot – und Schwarz für den Ringfinger. Keine Ahnung, ob das gut aussehen würde, aber er hatte es schließlich herausgefordert, also würde ich mich auch austoben.

»Wie lange muss diese Kur eigentlich einwirken?«, fragte er, nachdem ich die ersten Nägel angemalt hatte und zupfte mit der freien Hand an dem Handtuchturban auf seinem Kopf herum.

»Wieso?«, fragte ich, ohne von meiner Arbeit aufzusehen.

»Angst, dass dir gleich alle Haare ausfallen könnten?«

Er erstarrte. Als ich den Kopf hob, war Cole tatsächlich etwas blass um die Nase geworden.

»Das ... das ist nicht wirklich möglich, oder?«

Ich kämpfte mit aller Macht gegen mein Lachen an.

Seine Augen weiteten sich. »Mein Onkel Steve hat eine Glatze und ich kann dir versichern, dass das Leuten mit unseren Genen definitiv nicht steht.«

Ich gluckste unterdrückt.

»Das ist mein Ernst, Soph!«, beharrte er, und ich meinte, einen Hauch von Panik in seiner Stimme zu hören. »Andere Menschen haben die schlimmsten Albträume davon, nackt in einer Menschenmenge zu stehen oder einen Mathetest schreiben zu müssen. Ich träume davon, eines morgens ohne Haare aufzuwachen!«

Ich konnte nicht mehr. Ich prustete los. Allein die Vorstellung war einfach zu witzig, vor allem die von Coles entsetztem Gesichtsausdruck, wenn genau dieses Szenario jemals eintreffen sollte. Aber dieser Tag würde nicht heute sein, und auch nicht morgen oder übermorgen.

Seufzend rutschte ich näher an ihn heran, schob die Finger unter das Handtuch und betastete seine Kopfhaut »Diese Kur macht deine Haare wunderbar weich, aber sie werden dir nicht ausfallen. Versprochen.«

Er musterte mich skeptisch, nickte dann jedoch. »Aber wenn sie es doch tun ...«

»Dann ...?«, hakte ich nach und ignorierte mit aller Macht, wie nahe wir uns plötzlich waren.

Cole wackelte mit den Brauen. »Dann wird meine Rache grausam sein.«

Bildete ich mir das ein, oder klangen seine Worte mehr wie

ein verheißungsvolles Versprechen, als wie eine Drohung? Ich schluckte leicht und ignorierte die plötzliche Wärme in meinem Bauch ebenso wie das leichte Zittern in meinen Fingern, als ich das Handtuch von seinem Kopf löste. Mit den Fingern fuhr ich durch sein kurzes schwarzes Haar und brachte es ein wenig in Ordnung. Die Strähnen waren noch feucht, aber wie von mir versprochen wunderbar weich.

»Siehst du?«, stieß ich leise hervor und strich ein letztes Mal durch sein Haar. Nicht, weil das nötig gewesen wäre, sondern weil ich nicht anders konnte. »Sie sind noch alle da. Und du musst die Kur nicht mal auswaschen.«

»Nein?« Seine Stimme war ebenfalls eine Spur leiser geworden, ganz so, als wäre er sich der Nähe plötzlich genauso bewusst geworden wie ich.

Mist. Ich sollte zurückweichen und mich wieder an meinen Platz setzen. So faszinierend waren Coles Haare jetzt auch nicht, um noch viel länger mit den Fingern hindurchzufahren, auch wenn ein Teil von mir absolut nichts gegen diese Vorstellung hatte.

Es waren seine Augen, die mich an Ort und Stelle festhielten. Dieser fragende, intensive Blick, dem ich einfach nicht ausweichen konnte. Weil ich mir das ganze letzte Jahr über gewünscht hatte, dass er mich so ansah, er das aber nicht getan hatte. Nie. Bis jetzt.

Mein Herz begann zu hämmern. Pure Hitze schoss durch meine Adern und begann sich in meinem ganzen Körper auszubreiten. Was passierte hier? Und warum war ich noch immer nicht von Cole abgerückt?

Ich sollte wirklich ein paar Zentimeter Sicherheitsabstand zwischen uns bringen. Am besten gleich mehrere Meter. Aber ich rührte mich genauso wenig wie Cole. Stattdessen schienen meine Finger ein Eigenleben entwickelt zu haben, denn jetzt strichen sie nicht mehr durch sein Haar, sondern über seinen Nacken. Und dann über die Stoppeln an seiner Wange. Wie so oft hatte Cole sich nicht rasiert und trug einen Dreitagebart zur Schau, der ihm viel zu gut stand und den ich jetzt unter meinen Fingerkuppen spürte.

»Sophie …« Seine Stimme war nur ein leises Raunen. Diesmal war ich mir sicher, dass es eine Warnung war. Aber auch er bewegte sich nicht, wich meiner Berührung nicht aus, rutschte nicht von mir weg.

Mein Herz blieb kurz stehen und pochte im Anschluss noch viel schneller, als er sich vorbeugte und mir langsam näher kam. Bildete ich mir das ein oder war auf einmal kein Platz mehr zwischen uns? Keine Luft? Nichts mehr außer dem, was ich in Coles Augen las. Außer seinem warmen Atem, der meine Lippen streifte.

Ich wusste nicht, ob ich ihm entgegenkam oder noch immer unbeweglich dasaß. Ich wusste nur, dass ich nicht zurückweichen *konnte*, selbst wenn ich das gewollt hätte. Und ich wollte es nicht. Ich wollte herausfinden, was passierte, wenn dieser Moment weiterging. Wenn ich nur ein einziges Mal in meinem Leben nicht versuchte, alles im Griff zu haben und mich nach anderen richtete, sondern ganz auf mich hörte. Auf mein Herz.

Unbewusst öffnete ich die Lippen. Meine Finger krallten sich in den Teppich, während Cole noch etwas näher kam. Nur noch ein kleines bisschen, nur noch ein paar Millimeter und dann …

Mit einem Knall fiel die Wohnungstür ins Schloss und wir zuckten beide zusammen.

Gleich darauf erklang Liz' Stimme im Flur. »Hallo? Jemand zu Hause?«

Ich wich so schnell vor Cole zurück, als hätte mir seine bloße

Anwesenheit einen Stromschlag verpasst. Und das hatte sie auch, aber auf die beste, prickelndste Art und Weise.

»Wir sind hier!«, rief ich und räusperte mich, weil meine Stimme so krächzend klang.

Cole blieb stumm und sah mich mit einem Ausdruck in den dunkelbraunen Augen an, den ich nicht deuten konnte. Aber als Liz den Kopf zur Tür reinsteckte und wissen wollte, was wir da trieben, witzelte er mit ihr herum, als wäre nichts gewesen, und schien wieder ganz der Alte zu sein.

Aber ich war es nicht. Das konnte ich gar nicht sein. Nicht, wenn mein Herz noch immer wie verrückt in meiner Brust klopfte. Nicht, nachdem ich beinahe meinen besten Freund geküsst hätte.

Kapitel 8

Sophie

Als ich am nächsten Morgen die Augen aufschlug, fühlte ich mich wie ein neuer Mensch. Also fast. Zumindest war meine Haut super weich und mein Haar glänzte. Außerdem hatte ich seit Ewigkeiten mal wieder Nagellack auf den Fingernägeln, was mir immer das Gefühl gab, mein Leben im Griff zu haben. Vermutlich war das nur Einbildung, aber egal. Der Self-Care-Tag gestern hatte – trotz ein paar kleinerer Pannen – wirklich gutgetan.

Doch dann fiel mir wieder ein, wie der Tag geendet hatte, und unwillkürlich spannte sich mein ganzer Körper an. Mein Herz polterte los, obwohl ich noch immer im Bett lag und mich keinen Zentimeter bewegt hatte. Dennoch schien das dämliche Organ zu glauben, wir würden gerade einen Marathon laufen. Dabei war dieser kurze Moment mit Cole gestern nur ein kleiner Ausrutscher gewesen. Ein Rückfall meinerseits, wenn man so wollte. Im Grunde war überhaupt nichts passiert. Also ... nicht wirklich. Und das war etwas Gutes. Das war sogar ganz fantastisch!

Nur warum wurde ich dann das nagende Gefühl von Enttäuschung nicht los? Es verfolgte mich, als ich aus dem Bett kroch und dabei fast auf der Nase landete, weil ich mich in der Decke verheddert. Genauso, als ich mich ausgiebig streckte und das Fenster aufriss, um die frische Mor..., na gut, die warme Vormittagsluft hereinzulassen. Es stieg mit mir unter die Dusche und ließ sich auch nicht abschütteln, als ich die Küche eine halbe Stunde später angezogen und geschminkt betrat – und erst mal im Türrahmen stehen blieb.

Durch unsere unterschiedlichen Stundenpläne und Arbeitszeiten herrschte von frühmorgens bis spätnachts ein reges Kommen und Gehen in der WG. Oft sah ich meine Mitbewohner unter der Woche nur kurz im Flur, während einer von uns bereits auf dem Sprung war. Heute Morgen hatte sich ausnahmsweise fast die ganze WG in der Küche versammelt.

Parker setzte sich gerade mit einem Kaffee an den Tisch, wo es sich auch schon Liz mit dampfendem Becher und Grafiktablet gemütlich gemacht hatte. Für Parker nahm sie sogar die Füße vom Stuhl gegenüber. Lincoln stand derweil nur mit Shorts bekleidet am Herd und brutzelte irgendetwas in der Pfanne, das köstlich roch. Ich näherte mich ihm vorsichtig und sah an seinem trainierten Bizeps vorbei auf das, was er da fabrizierte. Rührei und Bacon. Und es sah sogar essbar aus.

»Ist das nur für dich?«, fragte ich und schob mir die Brille auf der Nase hoch. Mein Magenknurren ging im Brutzeln der Pfanne unter. »Oder hast du vor, zu teilen?«

Er grinste, ohne aufzusehen. »Schnapp dir einen Teller.«

»Wirklich?!«, rief ich begeistert und holte sofort einen Teller aus dem viel zu vollgestopften Schrank. Wir sollten wirklich mal aufräumen, oder eher aussortieren, aber irgendwie hatte ich Angst, dass dann jedes noch so wackelige Regalbrett und jeder alte Schrank zusammenbrechen könnte, wenn das Gewicht von Geschirr und Nahrungsmitteln nicht mehr gleichmäßig verteilt war. Außerdem hatten wir – genauer gesagt ich – so immer etwas zum Snacken daheim.

Lincoln schnappte sich meinen Teller und belud ihn mit Rührei und Speck. Dann überreichte er ihn mir und schenkte

mir dabei ein Lächeln, das ihm bei seinem Job als Rettungs-
schwimmer am Strand sicher jede Menge Aufmerksamkeit bescherte.

»Du bist der Beste. Danke!«

Er grinste nur. »Immer wieder gerne.«

»Und ich dachte immer, der Titel gehört mir«, kam es von
der Tür her, als Cole die Küche betrat, die auf einmal viel zu
klein für uns alle zu sein schien.

Ich zuckte gespielt gleichgültig die Schultern. »Du kochst
mir auch keine Eier und Speck am Morgen.«

Er kniff die Augen zusammen. »Ich könnte das ja, aber – «

»Auf keinen Fall!«

»Bloß nicht!«

»Willst du uns umbringen?«, erklang es gleichzeitig aus allen
Richtungen.

Lincoln schüttelte lediglich den Kopf und schaltete den
Herd aus, jetzt, da er fertig war.

Ich machte einen kleinen Bogen um Cole und setzte mich
neben Liz an den Tisch. Dann fiel mir ein, dass ich das Besteck
vergessen hatte, aber Cole hatte es bereits aus der Schublade
geholt und hielt es mir schweigend hin. Für einen kurzen Moment trafen sich nicht nur unsere Blicke, auch unsere Finger
berührten sich, als ich ihm das Messer und die Gabel aus der
Hand nahm.

»Danke«, murmelte ich und konzentrierte mich lieber ganz
schnell wieder auf mein Frühstück, statt auf das ungewollte
Kribbeln in meiner Magengrube.

Lincoln setzte sich mit seinem Teller an den Tisch und griff
nach Salz und Pfeffer.

»Wie kannst du nur so braun gebrannt sein?«, beschwerte
sich Parker, der ungefähr so blass war wie ich. Aber das hatte
man wohl davon, wenn man den halben Tag in der Uni oder

vor dem Rechner herumhing (Parker) oder die Sonne generell lieber mied, um keinen Sonnenbrand zu bekommen (ich). Allerdings hatte ich mich schon längst damit abgefunden, für immer einem Geist Konkurrenz zu machen.

Lincoln zuckte nur mit den Schultern. »Das kommt davon, wenn man jeden Tag am Strand ist, um Leben zu retten.«

Cole hustete gespielt. »Du meinst wohl eher, um deinen Adoniskörper zur Schau zu stellen, mit Mädels in knappen Bikinis zu flirten und ab und zu einem Knirps zu helfen, der auf eine Qualle oder in eine Muschel getreten ist.«

Lincoln prostete ihm grinsend mit seinem Kaffeebecher zu. »Ganz genau. Aber danke, dass du das hier Adoniskörper genannt hast«, fügte er hinzu und deutete auf seinen nackten Oberkörper.

Cole zeigte ihm den Mittelfinger und setzte sich ebenfalls. Dummerweise war nur noch ein Platz am Tisch frei und der war natürlich ausgerechnet schräg gegenüber von mir und damit direkt in meinem Blickfeld. Wundervoll.

Obwohl ich mich ganz auf mein Frühstück konzentrierte – das wirklich gut war, das musste man Lincoln lassen –, wanderte mein Blick von selbst immer wieder zu Cole hinüber. Unser Self-Care-Tag schien ihm gutgetan zu haben. Er wirkte ausgeschlafen und seine Augen funkelten gut gelaunt. Außerdem hatte er den orangeroten Nagellack nicht abgemacht, was mich aus irgendeinem irrsinnigen Grund total freute. Den meisten Männern, die ich kannte, wäre das peinlich oder unangenehm gewesen, aber nicht Cole. Er trug den bunten Nagellack mit Stolz.

»Das hat echt Spaß gemacht«, verkündete ich, nachdem wir alle zu Ende gefrühstückt und dabei über alles Mögliche geredet hatten. Von unseren Kursen und Stundenplänen über unseren grimmigen Vermieter von unten und das aktuelle Geschehen in der Welt, bis hin zum nächsten geplanten Spieleabend, den wir uns alle im Kalender eintrugen. »Warum machen wir so was nicht öfter?«

»Du meinst, gemeinsam frühstücken?«, fragte Lincoln und legte sein Handy beiseite.

Ich zuckte mit den Schultern. »Frühstücken. Abendessen. Ein gemeinsamer Self-Care-Nachmittag«, fügte ich mit einem Seitenblick in Coles Richtung hinzu.

Der schnaubte leise. »Ich glaube nicht, dass Linc einen Self-Care-Tag überstehen würde. Nichts für ungut, Mann.«

»Zumindest nicht, wenn er dasselbe mit dem Peeling anstellt wie du.«

Interessiert lehnte sich Parker vor. »Was hat Cole mit dem Peeling angestellt?«

»Es wahrscheinlich gegessen«, kommentierte Liz, ohne von ihrem Tablet aufzusehen, und griff blind nach ihrem Becher.

Innerlich wappnete ich mich bereits für das Unglück. Ich konnte es wie einen Film vor meinem inneren Auge ablaufen sehen. Der Becher fiel um und schwappte über den Tisch, auf die Stühle, den Boden und ein paar Spritzer trafen die Wand, die auf ewig von diesem Ereignis gezeichnet sein würde, weil wir die Flecken nie mehr wegbekamen. Zumindest würde genau das passieren, wenn ich so abgelenkt nach meinem Kaffee greifen würde.

Aber Liz? Nicht die Spur von Ungeschicklichkeit. Sie erwischte den Becher beim ersten Versuch und führte ihn, noch immer ohne hinzusehen, an die Lippen, um einen Schluck zu trinken. Dann stellte sie den Becher genauso sicher wieder ab und zeichnete weiter.

Neid. Es gab nicht vieles, auf das ich wirklich neidisch war, aber auf eine solche Aktion? Definitiv. Wenn ich nur ein bisschen weniger Chaos stiften könnte, sobald ich mich in Bewegung setzte, wäre das ein gewaltiger Fortschritt. Ich würde nie vergessen, wie der allererste Chemieversuch gelaufen war, den ich mit Laborpartner in der Highschool hatte durchführen müssen. Sagen wir einfach, unser Lehrer beschloss danach, mich für den Rest des Jahres aus dem Labor zu verbannen. Dabei war es wirklich nicht meine Schuld gewesen, dass da so viele brennbare Materialien in der Nähe gestanden hatten und der Rauchmelder so sensibel war. Wenigstens hatte sich das im Studium ein klein wenig verbessert – oder die anderen Studierenden und Lehrkräfte waren einfach besser darin geworden, mögliche Unfälle vorherzusehen und zu verhindern, bevor sie mir passieren konnten.

»Ach, komm schon!« Coles empörter Aufruf riss mich aus meinen Gedanken. »Selbst ich weiß, dass man Peelings nicht essen sollte. Nicht mal hausgemachte, egal wie gut sie riechen«, ergänzte er und zwinkerte mir zu.

Ich ignorierte die Wirkung, die das auf mich hatte. Da war kein Flattern in meinem Bauch. Keine blöden Schmetterlinge. Nichts. Mir wurde nicht mal heiß. Kein bisschen. Nein, nein, nein.

»Und was hast du dann damit gemacht?«, hakte Lincoln nach und schob sich einen Bissen voll Rührei und Avocado in den Mund.

Cole rieb sich über den Ring an seiner linken Augenbraue. Bildete ich mir das ein oder … Nein … Cole Springman wurde nicht gerade rot. Aber seine Wangen verfärbten sich definitiv ein klitzekleines bisschen. »Sagen wir einfach, ich dachte, ich muss es mir *überall* hinschmieren.«

Schweigen am Tisch.

Parker war der Erste, der einen erstickten Laut von sich gab, aus dem jedoch schnell ein lautes Lachen wurde. »Du hast es …« Er deutete auf seinen Schritt. »Im Ernst jetzt?«

»Sophie hat gesagt, es ist gut für die Haut!«, verteidigte er sich. »Ein *Ganzkörper*-Peeling!«

»Ja, aber doch nicht für ... da unten«, widersprach ich, und starrte ihn ungläubig an. »Da war Zitronensaft drin!«

»Das hab ich gemerkt«, erwiderte er mit Grabesmiene.

Alle am Tisch prusteten los, und sogar Liz, die sonst nichts so schnell amüsieren konnte, verzog den Mund zu einem Grinsen. Und als sie das Tablet zu uns umdrehte, um uns zu zeigen, was sie gezeichnet hatte, wurde das Lachen nur noch lauter.

»Hast du ungefähr so ausgesehen?«, fragte sie Cole unschuldig. »Oder waren deine Augen noch größer? Mehr Tränen?«

Cole funkelte sie an. »Dafür wasche ich deine Klamotten ab jetzt extra mit. Und zwar so heiß, dass du in nichts mehr reinpasst.«

Vor Schreck ließ sie fast das Tablet fallen. »Das wagst du nicht, Springman.«

»Ach Lizzy ...« Cole lächelte süffisant. »Wollen wir wetten?«

»Wenn du das tust ...«

»Vielleicht habe ich das ja schon«, warf er ein.

Und plötzlich brach das reinste Chaos aus. Liz sprang so schnell auf, dass der Stuhl hinter ihr krachend zu Boden ging, und wollte sich auf Cole stürzen. Doch der war ebenfalls sofort auf den Beinen und wich ihrer Attacke aus.

»Ich muss los. Ciao!« Er rannte aus der Küche. Gleich darauf fiel die Wohnungstür hinter ihm zu.

»Na warte!«, brüllte Liz ihm nach, doch Cole war längst verschwunden.

Lincoln, Parker und ich sahen uns stumm an. Ich musste mich zusammenreißen, um nicht erneut in Lachen auszubrechen. Auch Parkers Mundwinkel bebten verdächtig, während Lincoln nur den Kopf schüttelte und aufstand.

»Beruhige dich, Liz. Trink deinen Kaffee. Mal noch ein bisschen zur Entspannung«, riet er ihr und hob den Stuhl für sie auf.

»Sag mir nicht, was ich tun soll, Lincoln!«

Diesmal konnte ich das Kitzeln in meiner Kehle nicht unterdrücken und gluckste laut. Als sich alle Blicke auf mich richteten, vor allem der von Liz, die eindeutig auf der Suche nach einem neuen Opfer war, versuchte ich mich an meinem unschuldigsten Lächeln. »Denk dran, dass ich die einzige andere Frau hier und damit deine natürliche Verbündete bin«, erinnerte ich sie.

»Hey!«, kam es gleichzeitig von den Jungs.

Doch Liz atmete tatsächlich tief durch und ließ sich wieder auf ihren Stuhl fallen. »Du hast recht. Sorry. Aber bei meinen Klamotten bin ich empfindlich. Vor allem seit Cole – «

»Deine Lieblingsjeans zu heiß gewaschen und zerstört hat«, beendeten wir alle ihren Satz.

Das Ganze war ein riesiges Drama gewesen. Der erste richtige Streit in der WG. Zwar ließ Liz ihre Klamotten immer noch überall herumliegen, aber wehe Cole – oder irgendeiner von uns – wusch etwas davon mit seinen Sachen mit. Dann brach die Hölle los.

»Es war die beste Jeans aller Zeiten!«, beharrte sie grummelnd und wandte sich an mich. »Sophie, du verstehst das doch, oder?«

Ich nickte sofort. »Eine richtig tolle Jeans zu finden, ist ungefähr so schwer wie die Liebe seines Lebens zu finden.«

»Ganz genau!« Liz schlug mit der Hand flach auf den Tisch. »Und Cole hat diese Liebe getötet.«

Sekundenlang sahen wir uns alle an, dann prusteten wir wieder los. Diesmal sogar Liz.

Kapitel 9

Cole

Shit. Ich war schon wieder zu spät dran – und das, obwohl ich so überstürzt aus der Küche geflüchtet war, um Liz' Rache zu entgehen. Normalerweise störte ich mich nicht besonders daran, nicht pünktlich zu sein, aber in letzter Zeit war das sogar für meine Verhältnisse ein paarmal zu oft passiert. Außerdem war ich heute für einen Kurs zu spät, der für den Game-Design-Wettbewerb wichtig sein könnte. Also doppelt scheiße.

Ich riss die Tür zum richtigen Gebäude auf und rannte durch den Flur. Die Stille um mich herum war erdrückend und führte mir nur noch deutlicher vor Augen, dass ich zu spät war. Verdammt. Ich hetzte am Schwarzen Brett mit den ganzen Flyern, Infozetteln, Ausdrucken und WG-Gesuchen vorbei, blieb zwei Schritte später jedoch abrupt stehen und kehrte zurück. Irgendetwas hatte meine Aufmerksamkeit erregt. In Windeseile scannte mein Blick die ganzen Anzeigen und bunten Papiere, bis mir etwas ins Auge sprang, das mich überrascht die Brauen hochziehen ließ.

Es war kein spontanes Konzert einer Indie-Rockband in der Stadt und auch keine LAN-Party oder eine neue Convention, die ich unbedingt besuchen wollte, sondern ein Flyer für einen Töpferkurs in einem Museum in der Stadt. Hatte Sophie nicht bei unserem Filmabend erzählt, dass sie so etwas schon immer mal ausprobieren wollte? Ohne weiter darüber nachzudenken, steckte ich den Flyer ein, dann eilte ich weiter.

Wenige Minuten später erreichte ich die richtige Tür, holte tief Luft und öffnete sie so leise wie möglich.

Das Klackern von Tastaturen erfüllte den Raum, untermalt von gedämpften Stimmen. Doch als ich hereinkam, verstummten die Geräusche nach und nach und die Blicke von mehr als zwanzig Leuten richteten sich auf mich. Ganz toll.

Professor Garcia warf mir nur einen kurzen Blick zu, kommentierte meine Verspätung aber mit keinem Wort. Wahrscheinlich hatte er sich, genau wie ich, bereits daran gewöhnt und es aufgegeben, mich deswegen zurechtzuweisen. Umso besser für uns beide.

Mit dem Rucksack in der Hand schlängelte ich mich an den Tischen vorbei zu meinem Platz in der hintersten Reihe und ließ mich auf den einzigen freien Stuhl fallen. Ich nickte meinem Sitznachbarn Michael zu, dessen Finger bereits wieder über die Tastatur flogen, während sein Blick wie gebannt am Monitor klebte, und holte meine Sachen heraus.

Es war nicht so, dass ich den Programmierkurs nicht ernst nahm – er war nur viel zu leicht. Dabei war er ein Pflichtkurs für alle, denn wenn wir lernen wollten, Games zu designen, mussten wir auch wissen, wie sie programmiert wurden. Zumindest die Grundlagen. Allerdings hatte ich mir die schon in der Highschool und damit lange vor diesem Studium selbst beigebracht. Ab und zu lernte ich hier zwar noch den einen oder anderen Trick, aber im Prinzip langweilte ich mich nur.

Mit dem anhaltenden Tastaturklackern als Hintergrundmusik schaltete ich den Rechner an. Die anderen mochten schon vor gut fünfzehn Minuten angefangen haben, aber es sollte kein Problem sein, sie einzuholen. Ich ließ die Finger knacken und wollte gerade loslegen, als ein lautes Vibrieren alle anderen Geräusche übertönte. Mein Smartphone meldete sich mit einer neuen Nachricht, was mir einige genervte Blicke meiner Kommilitonen einbrachte. Ich erwiderte sie gleichgültig und zuckte mit den Schultern. Was denn? Wenigstens hatte ich diesmal daran gedacht, den Ton auszuschalten.

Dennoch wartete ich, bis sich alle wieder ihrem eigenen Kram widmeten und auch Professor Garcia mich nicht mehr in Gedanken ermordete, wenn ich seinen Gesichtsausdruck richtig deutete. Erst dann griff ich nach dem Handy und schaltete das Display ein. Sofort ploppte die neue Nachricht auf. Sie war von Sophie. Gestern Abend hatte sie mir noch schnell erklärt, was Schritt drei nach dem Self-Care-Tag war und hatte sich danach schneller in ihr Zimmer zurückgezogen und die Tür hinter sich geschlossen, als ich gucken konnte. Natürlich meldete sie sich jetzt aus diesem Grund bei mir und nicht weil … keine Ahnung … sie wissen wollte, was ich so trieb oder ob ich gerade an sie dachte.

Nicht vergessen: Schreib all die Dinge auf, die dich an mir nerven! Und wehe, das wird keine lange Liste :D

Ich starrte auf die Worte, bis das Display schwarz wurde. Dann steckte ich das Smartphone mit einem Seufzen wieder weg. Wie zum Teufel sollte ich mir Sachen überlegen, die mich an Sophie störten, wenn sie mir eine solche Erinnerung schickte – und auch noch ein Emoji ans Ende packte? Wie sollte ich etwas finden, das mich an ihr nervte, wenn alles, was ich wollte und woran ich denken konnte, war, ihr näher zu kommen? Ihre weiche Haut unter meinen Fingern zu spüren und mitzuerleben, wie sich der Ausdruck in ihren Augen veränderte, wie er dunkler und verlangender wurde. Sie noch besser kennenzulernen und um all die feinen Nuancen ihres Charakters, ihrer Vorlieben und Abneigungen zu wissen, die sonst keiner kannte? Herauszufinden, was sie traurig machte und sicherzustellen, dass es meine Schulter war, an der sie sich ausweinte und anlehnte, wenn sie nicht mehr konnte. Zu wissen, was ihr ein Lächeln auf die Lippen zauberte und dafür zu sorgen, dass sie jeden einzelnen Tag einen Grund zum Lächeln hatte. Und sei es nur, weil ich einen doofen Witz gerissen hatte.

Sophie wollte wissen, was mich an ihr nervte? Mich nervte, dass sie davon überzeugt zu sein schien, dass dieser Plan half. Nein, das war nicht richtig. Was mich wirklich ankotzte, war, dass sie uns nicht einmal eine Chance geben wollte. War es in ihren Augen wirklich so abwegig, mit mir zusammen zu sein? Ja, wir mochten in vielen Dingen ziemlich unterschiedlich sein, aber wir ergänzten uns auch ganz hervorragend, sonst wären wir keine besten Freunde. Aber dass mehr aus uns werden könnte, schien für sie völlig unvorstellbar zu sein.

Ich löste meine zu Fäusten geballten Hände und zwang mich dazu, tief durchzuatmen. Nach ein paar Sekunden klärten sich meine Gedanken wieder und eine andere Frage trat in den Vordergrund, während ich den Monitor vor mir anstarrte. Wenn ich mit meiner Vermutung richtiglag und es für Sophie so abwegig war, mehr in mir zu sehen als nur einen guten Kumpel ... warum hatte sie mich gestern Abend dann beinahe geküsst? Genauer gesagt, warum hatte sie zugelassen, dass ich sie fast küsste? Denn das war etwas, das beste Freunde eindeutig nicht taten.

Allein bei der Erinnerung daran wurde mir deutlich wärmer und ein Kribbeln breitete sich in meiner Magengegend aus, das ich so nicht gewohnt war. Zumindest nicht so heftig. Um ehrlich zu sein, wusste ich überhaupt nicht mehr, was mit mir los war. Normalerweise hatte ich einfach nur Spaß und sobald es zu ernst wurde, beendete ich eine Beziehung, weil ich mich auf nichts Langfristiges festlegen wollte. Allerdings hatte keine meiner Ex-Freundinnen bisher derart meine Gedanken beherrscht, wie Sophie es tat.

Lag es daran, dass sie nicht nur irgendjemand war, den ich auf dem Campus oder beim Feiern kennengelernt hatte? Daran, dass wir zusammenwohnten und seit Jahren befreundet waren? Daran, dass ...

»Alles klar?«, fragte Michael plötzlich und riss mich aus meinen Grübeleien.

Wir waren so etwas wie Programmierpartner. Nicht, weil wir unbedingt miteinander hatten arbeiten wollen, sondern weil unser Dozent uns Anfang des Semesters zusammengesteckt hatte. Jede Menge Zweierteams, die gemeinsam an einem Projekt arbeiten und das Ergebnis am Ende des Semesters präsentieren sollten. Diese Gruppenarbeit würde mehr als die Hälfte unserer Punktzahl ausmachen – und war damit sogar noch wichtiger als die Prüfung am Ende des Kurses.

Mit Michael hatte ich einen ganz passablen Partner abbekommen, so viel konnte ich zugeben. Allerdings war es nicht so, dass er freiwillig mit mir ein Team gebildet hatte. Kurz nach der Einteilung hatte ich sogar mitbekommen, wie er Prof Garcia darum gebeten hatte, einem anderen Partner zugeteilt zu werden. Wahrscheinlich nicht allzu verwunderlich, denn sein bester Kumpel Peterson war letztes Jahr in einem anderen Kurs mein Teamkollege gewesen – und hasste mich seither.

Aber was konnte ich schon dafür, dass Peterson zwar ein Genie war, wenn es ums Programmieren und Designen, und vor allem um das Aufspüren und Fixen von Bugs ging, während unserer Präsentation jedoch kaum den Mund aufbekam? Natürlich hatte ich da den meisten Teil vorgetragen.

Schlechtes Gewissen? Als ob. Ich hatte diese ganze dämliche Präsentation gerettet, indem ich eingesprungen war, als Peterson mit Lampenfieber oder so einem Scheiß gekämpft hatte.

Dafür, dass ich dadurch auch mehr Punkte als er bekommen hatte und unser Dozent mich für die Ideen und die gelungene Ausarbeitung gelobt hatte, die zum größten Teil von Peterson stammte, konnte ich nun wirklich nichts. Hätte der Kerl halt was gesagt. Doch so hatte ich das Lob eingesteckt und konnte ganz wunderbar damit leben.

Dummerweise war nun ausgerechnet Peterson mein größter Konkurrent beim Game-Design-Wettbewerb. Und genau wie ich würde er alles daransetzen, zu gewinnen. Ich wusste, dass ich ihn nicht beim reinen Programmieren schlagen konnte. Dafür war der Kerl zu gut und mir um einiges voraus, auch wenn wir im selben Studienjahr waren. Also musste ich ihn anders schlagen, nämlich beim Design. Bei der Story. Und das würde ich auch, denn ich wollte diesen Sieg. Ich wollte diesen verdammten Praktikumsplatz, selbst wenn er in Kalifornien und damit am anderen Ende des Landes war.

»Cole?«, meldete sich wieder Michael zu Wort und starrte mich aus seinen grauen Augen an, ohne die geringste Regung zu zeigen.

Ach ja, er hatte mich was gefragt.

Ich nickte knapp und widmete mich endlich meiner Arbeit. »Alles bestens.«

Bloß keine Schwäche zeigen, denn die würde Michael sofort an Peterson weitertragen, da war ich mir sicher. Und das Letzte, was ich gebrauchen konnte, war irgendjemand, der hinter meinem Rücken tratschte und Dinge an meinen Erzfeind weitergab, die ihn nicht das Geringste angingen.

Wenige Sekunden später flogen auch meine Finger über die Tastatur, während ich mich leise mit Michael über die aktuelle

Aufgabe austauschte. Doch in Gedanken war ich ganz woanders.

Gott, ich brauchte wirklich etwas Ablenkung. Nicht von Sophie, wie sie mir mit ihrem Zwölf-Schritte-Plan weismachen wollte, sondern von der Uni und den ganzen verbissenen Leuten hier. Wobei ich neuerdings auch nicht viel besser war. Zumindest nicht, seit die erste Erinnerungsmail zu diesem Wettbewerb in mein Postfach geflattert war.

Oh Shit. Wurde ich etwa zu einem von ihnen? Zu den ehrgeizigen, vor sich hin brütenden wild herumtippenden Kommilitonen, für die es kein Leben und keine Freude außerhalb ihrer Computer gab? Nicht falsch verstehen – ich liebte mein Studium und den Beruf, den ich damit anstrebte. Aber ich liebte es auch, frei zu haben, auszuschlafen, nur zum Spaß zu zocken, Zeit mit meinen Freunden und am Strand zu verbringen. Nur weil man seinen Job liebte, musste man nicht völlig darin versinken und für den Rest der Welt unerreichbar werden, oder?

Plötzlich fiel mir wieder der Flyer ein, den ich vorhin vom Schwarzen Brett mitgenommen hatte. Je länger ich darüber nachdachte, desto besser gefiel mir die Idee mit dem Töpferkurs. Ich hatte zwar keine Ahnung von Ton und Gestaltung außerhalb eines Computermonitors, aber hey ... wie schwer konnte das schon sein?

Kapitel 10

Sophie

Nach dem Frühstück und einer schnellen Nachricht an Cole hatte ich mich den anderen angeschlossen und wir waren gemeinsam zu unseren Kursen gefahren. Obwohl Pensacola keine Großstadt wie Miami, New York oder Los Angeles war, gab es mehrere Colleges, die gar nicht so weit auseinanderlagen. Parker war heute unser Chauffeur und hatte erst Lincoln am State College, anschließend Liz vor dem Campus des West Florida Media & Arts College und dann mich vor den Gebäuden abgesetzt, die zur Naturwissenschaftlichen Fakultät der University of West Florida gehörten. Parker selbst besuchte ebenfalls die UWF, sein erstes Seminar fand jedoch ein paar Straßen weiter statt. Da er bereits seinen Master machte, hatte er nicht mehr so viele Pflichtveranstaltungen vor Ort und dafür umso mehr Hausarbeiten und Projekte, um die er sich von zu Hause aus oder in der Bibliothek kümmern musste. All das neben seiner Karriere als Streamer, der er ebenfalls jeden Tag mehrere Stunden widmete und bei der er für Zehntausende begeisterter Zuschauer – und mindestens genauso viele Zuschauerinnen – die verschiedensten Games zockte.

Mittlerweile ließ er zu, dass wir ihm alle ein bisschen halfen, aber hin und wieder, wenn er so müde aussah wie an diesem Morgen, machte ich mir noch immer Sorgen um ihn. Auch wenn Parker inzwischen wieder ganz der Alte zu sein schien, wusste ich, dass es noch lange dauern konnte, bis es ihm wieder richtig gut ging. Aber letzten Endes lag es an ihm, rechtzeitig die Notbremse zu ziehen und um Hilfe zu bitten. Etwas, was er inzwischen tatsächlich machte, statt sich wie früher bis zum Umfallen totzuarbeiten.

Ich sah seinem Wagen nach, bis er um die Ecke bog, dann steuerte ich das rote Backsteingebäude mit der Glasfront zu meiner Rechten an. Noch bevor ich es erreichte, spürte ich ein Vibrieren in meinem Rucksack und zog mein Handy hervor. Mein erster Gedanke war, dass Cole auf meine Nachricht reagierte – schneller, als ich erwartet hatte. Aber das war nicht der Fall. Doch als ich den Namen auf dem Display las, wanderten meine Mundwinkel trotzdem ganz von allein nach oben.

»Hi, Grandpa«, begrüßte ich ihn und drehte kurz vor der Tür ab, um in Ruhe telefonieren zu können. Dummerweise hatte ich nicht bedacht, dass jemand hinter mir sein könnte, sodass die Person prompt in mich reinlief. Oder ich in sie. *Uff!*

»Oh, sorry. Alles okay?«, erklang eine männliche Stimme.

Ich nickte nur, setzte ein schnelles Lächeln auf und wandte mich ab, ohne dem Typen überhaupt richtig ins Gesicht zu schauen. Vermutlich einer meiner Kommilitonen, der ebenfalls in seinen nächsten Kurs wollte.

»Hallo Sophie!«, dröhnte es durch das Telefon in meiner Hand. »Alles in Ordnung bei dir?«

Wie immer, wenn ich mit meinem Großvater sprach oder ihn sah, breitete sich eine angenehme Wärme in mir aus. Es war ein schönes Gefühl, wenn jemand an mich dachte und sich um mich sorgte. Es fühlte sich an wie zu Hause.

»Ja«, erwiderte ich sofort und entfernte mich ein paar Schritte. »Bin nur in jemanden reingelaufen. Aber keiner ist gestorben, das ist doch schon mal was.«

Das tiefe Lachen meines Großvaters drang an mein Ohr. Wenn man uns zusammen sah, würde man nie darauf kommen, dass wir verwandt waren. Er war ein Riese von einem Mann und selbst im hohen Alter noch so kräftig und beeindruckend wie ein Grizzlybär. Er behauptete auch immer, es einmal mit so einem Tier aufgenommen – und gewonnen – zu haben. Ob das der Wahrheit entsprach oder nur seinem Wunschdenken, hatte ich nie herausgefunden, aber vielleicht gefiel mir die Geschichte auch einfach zu gut, um genauer nachzufragen. Im Gegensatz zu ihm war ich klein und zierlich. Einzig die Brille und die Augenfarbe hatten wir gemeinsam. Und unsere Liebe zu Naturwissenschaften. Ohne Grandpa wäre ich heute vermutlich gar nicht hier.

»Das beruhigt mich, Kleines«, erwiderte er und ich konnte ihm das Schmunzeln deutlich anhören. »Störe ich gerade?«

Nun war ich diejenige, die schmunzelte. Grandpa mochte der geordnetste, akkurateste Mensch der Welt sein, aber er wusste nie, wie spät es gerade war. Er lebte einfach nach seinem eigenen Rhythmus und hatte keine einzige Uhr in seinem Haus. Mehr als einmal hatte er mich mitten in einem Kurs oder sogar im Labor während eines Versuchs angerufen und ich hatte ihn ganz schnell abwimmeln müssen.

»Ich muss zwar gleich in mein erstes Seminar, aber ich hab noch ein paar Minuten. Was gibt's?«

»Na, na, ein Großvater wird doch auch mal ganz ohne Grund seine Enkelin anrufen dürfen. Wir haben uns ewig nicht mehr gesprochen.«

Ertappt presste ich die Lippen aufeinander. Das schlechte Gewissen meldete sich umgehend. Auch wenn Grandpa und ich uns nicht ständig sahen, besuchte ich ihn normalerweise mehrmals im Monat. Ein paarmal war er auch schon in der

WG gewesen und hatte Cole, Parker, Lincoln und Liz kennengelernt, und zu unser aller Überraschung hatte er sich als vermutlich einziger Mensch auf der Welt tatsächlich gut mit unserem Vermieter, dem alten und grummeligen Mr Oakley, verstanden. Aber Grandpa hatte auch eine so einnehmende, herzliche Art, dass man ihn einfach mögen musste.

»Tut mir leid. Ich war viel unterwegs und in diesem Semester ist so unheimlich viel zu tun, weil ich auch noch ein Tutorium betreue und dann stehen die Prüfungen im Dezember an und …«

»Das war nur ein Witz, Sophie«, unterbrach er mich. »Du weißt, dass ich mich immer freue, wenn wir uns sehen, aber das soll nie eine Verpflichtung für dich sein. Außerdem ist dein Studium sehr wichtig.«

Ich lächelte. Obwohl es nur uns zwei gab, hatte mein Großvater mir schon immer viele Freiheiten gelassen und mich zur Selbstständigkeit erzogen. Dennoch spürte ich auf einmal ein schmerzliches Ziehen in der Brust – und mir wurde klar, dass ich ihn vermisste. In den letzten Monaten war mir das nicht bewusst gewesen, weil ich so darauf fokussiert gewesen war, im neuen Semester alles zu geben und meinen Zwölf-Schritte-Plan durchzuziehen, um über meinen besten Freund hinwegzukommen, doch jetzt merkte ich umso deutlicher, dass ich es total vernachlässigt hatte, ihn zu besuchen.

»Wie wär's, wenn ich am Wochenende vorbeikomme?«, schlug ich vor. »Du könntest einen Pie backen und wir machen es uns richtig schön gemütlich?«

Ein klägliches Seufzen. »Wusste ich's doch, dass du nur wegen des Kuchens kommst. Der Pie ist dir wichtiger als ich.«

Ich lachte auf. »Grandpa …«

»Schon gut. Das ist immer noch besser als gar keine Zuneigung von meiner einzigen Enkelin.«

Wieder kam mir ein Lachen über die Lippen. »Bist du jetzt fertig mit dem Selbstmitleid?«

Ich konnte förmlich vor mir sehen, wie er eine Grimasse schnitt. »Nein, ich will mich noch ein bisschen darin suhlen. Aber ich bin froh, zu hören, dass es dir gut geht. Und dass du vorbeikommen willst.«

»Ich auch«, erwiderte ich ehrlich und warf einen kurzen Blick auf meine Armbanduhr. Mir blieben nur noch wenige Minuten und ich musste einmal durch das ganze Gebäude, um zum richtigen Raum zu gelangen.

»Das ist gut. Ich will dich auch gar nicht länger aufhalten. Da ist nur eine kleine Sache, die heute Morgen ins Haus geflattert kam.«

Ich hatte mich bereits in Bewegung gesetzt und blieb jetzt stirnrunzelnd mitten im Gang stehen. »Was für eine kleine Sache?«

»Es nennt sich Strafzettel und dein Name steht drauf.«

Oh. Ups. Ich hatte den mittlerweile getrockneten Papierklumpen in meinem Zimmer ganz vergessen. Zwar fuhr ich den Wagen, aber er war noch immer auf meinen Großvater zugelassen, weil er alle Kosten außer denen fürs Benzin übernahm. Und die mehr oder weniger regelmäßigen Strafzettel, die ich sammelte und über die er natürlich umgehend informiert wurde. Dabei hatte ich nicht mal falsch geparkt! Na gut, irgendwie schon, aber jeder parkte dort. Das war allgemein bekannt. Normalerweise passierte nichts, aber wenn die Cops es darauf anlegten, verpassten sie der gesamten Straße saftige Strafzettel, genau wie mir an jenem Abend nach der Uni.

»Ich kümmere mich darum. Kannst du mir vielleicht eine Kopie davon mailen?«

Er schnaubte belustigt. »Ich frage gar nicht erst, was du mit dem Original angestellt hast.«

Ich verzog das Gesicht, musste aber auch lächeln. »Danke, Grandpa. Du bist der Beste.«

»Ja, ja, ich weiß. Und jetzt ab mit dir in deinen Kurs! Ich will nicht der Grund dafür sein, dass du keine Bestleistungen zeigst.«

Mein Magen zog sich ein klein wenig zusammen, aber ich ignorierte es wie jedes Mal. Grandpa war beim Militär gewesen. Bestleistungen gehörten ebenso zu seinem Alltag wie Ordnung und Sauberkeit. Auch wenn er mich nie zu etwas gezwungen, sondern immer nur ermutigt hatte, meinen Weg zu gehen, fühlte ich mich dennoch verpflichtet, alles zu geben. Immer und überall. Damit er stolz auf mich war. Völlig egal, was mir das abverlangte.

»Bin schon unterwegs«, sagte ich und legte mehr Enthusiasmus in meine Stimme, als ich fühlte. »Wir sehen uns am Wochenende!«

Er verabschiedete sich und legte auf. Rasch schob ich das Handy zurück in meinen Rucksack, dann sprintete ich los. Es kam einem Wunder gleich, dass ich den richtigen Raum ohne weitere Zwischenfälle erreichte, wenn auch in der letzten Sekunde, verschwitzt und keuchend. Der Professor warf mir einen etwas merkwürdigen Blick zu und schloss die Tür direkt hinter mir. Wer in diesem Kurs zu spät kam, hatte Pech gehabt und musste draußen bleiben – eine Erfahrung, die ich schon bei meinen Kommilitonen und Kommilitoninnen erlebt hatte und auf die ich getrost verzichten konnte.

Außerdem würde das im schlechtesten Fall Auswirkungen auf meinen Notendurchschnitt haben und das wollte ich unter keinen Umständen riskieren. Aber solange ich immer mein Bestes gab und die höchste Punktzahl erreichte, war alles gut. Das musste es einfach sein.

Kapitel 11

Sophie

Drei Tage später fuhr ich mit Cole in seinem Wagen durch die Straßen Pensacolas. Obwohl es Freitagnachmittag war, waren wir nicht auf dem Weg zur Uni oder zum Strand, sondern … wohin eigentlich? Um ehrlich zu sein, hatte ich nicht die geringste Ahnung.

Diese Woche hatte ich alle Aufgaben und Hausarbeiten lange vor der Abgabefrist erledigt, mein Zimmer aufgeräumt, die Küche geputzt und sogar diesen dämlichen Strafzettel bezahlt, bevor Grandpa noch eine Mahnung bekam und mich deswegen anrief. Wäre nicht das erste Mal. Außerdem hatte ich Cole noch zweimal daran erinnert, endlich die Liste von Schritt drei zu schreiben und sich zu notieren, was ihn alles an mir nervte. Bisher hatte er allerdings noch nichts vorweisen können und ich wusste nicht, ob das ein gutes oder nicht doch eher ein schlechtes Zeichen war.

Ich war so in Gedanken versunken, dass ich gar nicht mitbekam, wie die Häuser an uns vorbeirauschten, bis wir langsamer wurden und schließlich ganz stehen blieben. Ich riss den Kopf herum, als Cole den Motor ausschaltete und den Schlüssel abzog.

»Was machen wir hier?«

»Ablenkung suchen.« Mit dem Schlüssel in der Hand deutete er auf das herrschaftlich anmutende beigefarbene Gebäude vor uns, in dem sich das Städtische Kunstmuseum befand. »Das ist doch Punkt vier auf deiner Liste, oder nicht?«

Ich öffnete den Sicherheitsgurt und stieg aus. »Ja, aber das bedeutet Ablenkung *von mir*. Und nicht, dass wir etwas zusammen unternehmen.«

Schon gar keinen Besuch in einem Museum. Nichts gegen das Kunstmuseum – ich war früher mit der Schule und auch einmal mit Grandpa hier gewesen und mochte es. Aber Cole? Cole war definitiv niemand, der seinen Freitagnachmittag damit verbrachte, sich Gemälde und Dinge in Schaukästen anzuschauen, selbst wenn das Museum innen sehr viel farbenfroher war als es von außen wirkte. Doch auf meine Worte folgte nur ein Schulterzucken.

»Ich hab das hier am Schwarzen Brett gefunden.« Er zog ein zerknittertes Stück Papier aus der Hosentasche und hielt es mir hin, als ich noch immer wie angewurzelt neben dem Wagen auf dem Bürgersteig stehen blieb. »Du wolltest doch schon immer mal Töpfern ausprobieren«, erklärte er, noch während ich den Flyer auseinanderfaltete. »Oder hast du mir damals beim Cocktailtrinken und neulich beim Filmabend nur Quatsch erzählt?«

Ich blinzelte überrascht. »Das hast du dir gemerkt?«

Seine Mundwinkel wanderten ein Stück nach oben. »Ich merke mir alles, was du mir sagst.«

Ein gefährliches Kribbeln machte sich in meinem Bauch bemerkbar. Es war viel zu vertraut und ich unterdrückte die Empfindung sofort. Ich war über Cole hinweg. Da war ich mir absolut sicher. Wir waren nur noch Freunde. Aber auch als Freunde war es irgendwie schön, dass er sich das gemerkt hatte. Es war schön zu wissen, dass ich ihm wichtig genug war, diese ganze Aktion zu starten und mich hierher zu bringen, auch wenn es bei Schritt vier eigentlich darum ging, dass er sich von mir ablenkte, und nicht, dass wir noch mehr Zeit miteinander verbrachten. Aber vielleicht konnte ich diesmal ein Auge zudrücken, schließlich hockten wir auch nicht in der WG ständig aufeinander und Cole würde noch viele Möglichkeiten haben, sich von mir abzulenken. Ganz bestimmt.

»Also gut.« Ich gab ihm den Flyer zurück. »Dann lass uns töpfern gehen.«

Wir nahmen die Stufen zum Eingang hinauf und betraten das Museum. Im Inneren begrüßten uns eine Reihe großformatiger bunter Gemälde. Auch die Wände waren teilweise bunt gestrichen, was dem Ganzen ein warmes Ambiente gab. Unsere Schritte hallten auf dem hellen Holzboden wider. Im Vorbeigehen spähte ich in einen Raum hinein, der völlig leer wirkte. Erst bei genauerem Hinsehen entdeckte ich die Spirale – oder sollte es ein Schneckenhaus darstellen? –, die eine Künstlerin oder ein Künstler aus Treibgut auf den Boden gelegt hatte. Lauter kleine Muscheln und Steine, vertrocknete Algen, ein altes rostiges Schloss und vieles mehr.

»Sicher, dass der Töpferkurs hier stattfindet?«, fragte ich leise, da ich nirgendwo Hinweise und oder Schilder entdecken konnte, die in irgendeiner Form darauf hindeuteten.

Cole hielt den Flyer in die Höhe. »Steht hier.«

Zugegeben, im Kunstmuseum hätte ich nicht mit einem Töpferkurs gerechnet … eher an einer Uni, im Kindermuseum oder in einem hübschen kleinen Laden mit lauter selbst gemachten Sachen. Aber es hatte etwas, durch den stillen Eingangsbereich mit den hohen Decken zu schlendern, von der Mitarbeiterin am Empfang zu einer diskreten weißen Treppe am anderen Ende des Raumes geführt zu werden und die Bereiche zu betreten, die sonst nur den Mitarbeitern vorbehalten waren.

Im ersten Stock folgten wir einem langen Gang, bogen ab und fanden uns gleich darauf im richtigen Zimmer wieder. Es roch bereits nach feuchtem Ton und die anderen Teilnehmer warfen uns bei unserem Eintreten neugierige Blicke zu.

»Herzlich willkommen«, begrüßte uns die Kursleiterin mit einem strahlenden Lächeln. Sie musste um die fünfzig sein, hatte ein paar graue Strähnen in ihrem ansonsten honigblonden Haar, das sie zu einem lockeren Knoten zusammengebunden trug. Sie war schlank und trug schwarze Kleidung unter einer bunt geblümten Schürze. Auch ihr Haar schützte ein Tuch mit demselben Muster.

Es waren Momente wie diese, die mich eiskalt erwischten. Momente, in denen ich mich fragte, ob meine Mom heute wohl genauso aussah. Ob sie genauso herzlich war wie diese Frau und neben ihrem Job als Lehrerin in ihrer Freizeit irgendwelche Kurse gab, um andere an ihrer Leidenschaft teilhaben zu lassen. Und jedes Mal wurde mir schmerzhaft bewusst, dass ich es nicht wusste. Ich hatte keine Ahnung, wie meine Mutter heute aussah, wo sie lebte oder was sie arbeitete. Ich wusste nicht, ob sie überhaupt jemals einen Gedanken an mich verschwendete oder jede Erinnerung schon vor langer Zeit aus ihrem Gedächtnis verbannt hatte.

Eine sanfte Berührung an meinem Arm. »Soph?«

Ich zuckte zusammen und starrte in Coles besorgtes Gesicht. Falten waren auf seiner Stirn erschienen und er betrachtete mich mit einem Ausdruck, den ich nie zuvor bei ihm gesehen hatte.

»Alles okay?«, fragte er und strich weiter über meinen Arm.

Die kleinen Härchen auf meiner Haut richteten sich auf, ganz so, als würde jeder Millimeter von mir auf ihn und diese Berührung reagieren. Ich schluckte mehrmals und nickte. »Ja … alles okay.«

Er wirkte nicht überzeugt, doch ihm blieb keine Zeit, weiter nachzuhaken, denn die Kursleiterin bat alle darum, ihre Plätze einzunehmen. Cole zog seine Hand zurück und ging voraus. Sofort fehlte mir die Wärme seiner Berührung, aber ich schob diese Empfindung ebenso beiseite wie die leise Wehmut, die mich kurzzeitig überfallen hatte. Meine Eltern waren nicht da. Das waren sie nie gewesen. Ich hatte mich schon lange damit abgefunden. Außerdem war es ja nicht so, als hätte ich ein trauriges Leben gehabt oder wäre ganz allein auf der Welt. Ich hatte schließlich meinen Grandpa. Wir waren ein eingespieltes Team und mehr brauchte ich nicht. Schon gar keine Mutter, die sich noch nie für mich interessiert hatte.

Entschieden verdrängte ich all diese Gedanken und folgte Cole zu zwei Stühlen mit kleinen Töpfertischen direkt davor. Es gab nur sechs solcher Plätze, da der Raum nicht besonders groß war. Zwei Wände waren in einem intensiven Hellgrün gestrichen, davor standen Regale voller Kisten und Körbe, Dosen, Pinsel und allerlei Farbmaterial. Direkt daneben nahmen jede Menge Bücher zum Thema Töpfern und Keramik ein ganzes Regalbrett ein. An der Wand gegenüber hing ein riesiges Holzbrett mit lauter Farbmustern. Es sah selbst gemacht aus, denn die Schrift verblasste bereits, während die Farben nach wie vor strahlten.

»Alle bereit?« Die Kursleiterin klatschte in die Hände. »Bitte legt euch die Schürzen um und bindet euch falls nötig die Haare zurück.«

Erst jetzt fielen mir die Schürzen auf, die auf dem kleinen Tisch lagen und einmal weiß gewesen sein mussten. Mittlerweile hatten sie wohl jede Menge Waschgänge hinter sich, dennoch zierten beide noch immer ein paar blasse Farbspritzer.

Ich band mir das Haar zu einem Knoten auf dem Kopf zusammen, legte mir anschließend eine der beiden Schürzen an und friemelte mit den Bändchen in meinem Nacken herum.

»Warte.« Cole tauchte hinter mir auf und schob sanft meine Hände beiseite. »Lass mich.«

Unbewusst hielt ich die Luft an, als er begann, die Bänder in meinem Nacken zu verknoten. Trotzdem drang mir etwas von seinem vertrauten Geruch in die Nase und stieg mir sofort zu Kopf. Verflucht. Was war in diesem Duschgel und warum musste es so eine Wirkung auf mich haben?

Seine Fingerknöchel streiften meine Haut. Nur mit Mühe konnte ich ein Erschauern unterdrücken, nicht jedoch die kleine Gänsehaut, die sich von der Stelle in meinem Nacken auszubreiten begann. Genauso wenig wie das plötzliche Hämmern in meiner Brust.

Er ist dein bester Freund, erinnerte ich mich selbst. *Wir sind nur Freunde, nicht mehr. Nur. Freunde. Er will nichts Festes oder sogar Langfristiges. Das ist immerhin Cole. Außerdem könnte er schon bald für ein halbes Jahr weg sein.*

Doch egal, wie oft ich mir die Worte in Gedanken vorsagte, mein Körper ignorierte sie und beschloss, lieber auf Coles Nähe zu reagieren, als hätte es die letzten paar Monate nie gegeben. Als hätte ich nie aktiv daran gearbeitet, diese blöden, unpassenden Gefühle für ihn loszuwerden. Stattdessen konnte ich nur an seinen warmen Atem in meinem Nacken und an jede noch so kleine Berührung denken, wann immer seine Fingerknöchel meinen Rücken streiften. Genauso wie an seinen Duft und die Wärme, die sein Körper ausstrahlte, als würde ich mitten im Winter vor einem wärmenden Kaminfeuer stehen.

»Zu fest?«, fragte er leise und zog leicht an den Bändchen an meinem unteren Rücken.

Meine Kehle war plötzlich ganz trocken, also schüttelte ich nur den Kopf.

Ich spürte, wie er auch diese Bänder verknotete, genauso

wie ich spürte, dass er noch zwei, drei Sekunden innehielt und direkt hinter mir verharrte. Vielleicht wurde ihm erst jetzt bewusst, wie nahe wir uns plötzlich waren. Vielleicht wollte er diesen Moment aber auch genauso wenig beenden wie ich.

Ein lautes Klatschen ertönte und ich zuckte vor Schreck zusammen. Instinktiv packte Cole mich an der Taille und hielt mich fest, bevor ich das Gleichgewicht verlieren und hinfallen konnte. Einen Herzschlag lang lehnte ich mich an ihn, dann machte ich mich hastig los und setzte mich mit klopfendem Herzen an meinen Platz.

Was stimmte nicht mit mir? Ich wollte meinem besten Freund dabei helfen, diese unnötigen Gefühle loszuwerden – und sie nicht noch befeuern. Außerdem war ich über ihn hinweg. Ich hatte den Zwölf-Schritte-Plan durchgezogen, um Cole endlich wieder nur als besten Freund sehen zu können, ganz ohne mir mehr zu erhoffen. Und es hatte funktioniert! Bevor er mir gesagt hatte, was er für mich empfand, hatte es funktioniert. Ich war über ihn hinweg gewesen. Mehr noch: Ich war glücklich gewesen. Zufrieden. Entspannt. Warum ließ ich dann solche Momente wie den gerade eben zu? Und schlimmer noch: Warum genoss ich sie?

Ich schloss die Augen und atmete tief durch. Als ich sie wieder öffnete, begegnete ich ausgerechnet Coles Blick.

Pure Hitze schoss durch mich hindurch. Ich zwang mich dazu, wegzusehen und mich auf das zu konzentrieren, was unsere Kursleiterin erzählte. Deswegen waren wir doch hier, oder nicht? Um uns abzulenken und zu töpfern. Um etwas Neues auszuprobieren. Etwas, das schon lange auf meinem Wunschzettel stand. Nicht mehr und nicht weniger. Und ganz sicher waren wir nicht hier, um die Töpferszene aus *Ghost – Nachricht für Sam* nachzuspielen. Nein, ganz bestimmt nicht.

Dennoch spürte ich es noch immer tief in mir rumoren, als wir uns endlich an der Töpferscheibe an die Arbeit machen durften.

Der Ton fühlte sich feucht und kalt unter meinen Händen an. Glitschig, aber irgendwie auch gut. Und wenn ich ihn nicht zu fest, aber auch nicht zu locker hielt, konnte ich ihn tatsächlich mit meinen Fingern formen. Das Problem war nur, dass mir der Ton auf der Scheibe immer wieder entglitt und meine Vase in sich zusammenfiel. Verzweifelt sah ich zu Cole hinüber, doch ihm erging es nicht anders. Sein Werk glich auch nach dem vierten Versuch noch immer eher einem formlosen Klumpen als einer Vase. Ganz egal, was er versuchte und wie sehr er sich anstrengte, das Material blieb ein Klumpen.

Immer wieder lief die Kursleiterin an den Teilnehmenden vorbei, kommentierte und lobte die Bemühungen und gab jede Menge Tipps, von denen ich auch gerne ein paar gehört hätte, doch dafür sprach sie zu leise. Ein kurzer Blick auf die anderen Leute zeigte mir, dass zumindest zwei von ihnen tatsächlich zu wissen schien, was sie mit dem Ton anstellen sollten. Die anderen beiden hatte genauso seltsam geformte Klumpen vor sich wie Cole und ich. Immerhin ein kleiner Trost. Ich hätte echt nicht gedacht, dass Töpfern so schwierig sein konnte.

»Was machen wir hier eigentlich?«, fragte ich, als meine Vase zum sechsten Mal in sich zusammenfiel und sah zu meinem besten Freund hinüber.

Cole schüttelte den Kopf. »Ich habe nicht die geringste Ahnung ...«, murmelte er und kniff die Augenbrauen zusammen, wie er es immer tat, wenn er hochkonzentriert an etwas dran war. Doch Töpfern lag ihm eindeutig nicht so sehr wie Game Design, Surfen oder Zocken.

Für einen kurzen Moment nahm die graubraune Masse vor ihm tatsächlich so etwas wie eine Form an. Eine Form, die entfernt an eine Vase oder an eine Flasche erinnerte. Doch dann verwandelte sich alles wieder in ein unförmiges Etwas.

Ich gab einen erstickten Laut von mir und versuchte es mit einem Räuspern zu übertönen. Doch Cole schien es gehört zu haben.

Er hob den Kopf und warf mir einen finsteren Blick zu. »Lachst du mich etwa aus?«

»Iiich?«, brachte ich heraus. Meine Stimme klang unnatürlich hoch und gleichzeitig gepresst, weil ich noch immer gegen mein Lachen ankämpfte. »Das würde ich nie wagen.«

In der einen Sekunde musterte mich Cole mit diesem skeptischen Blick, in der nächsten traf mich etwas Kaltes, Nasses mitten auf der Brust und fiel von der Schürze in meinen Schoß.

Erst starrte ich darauf, dann sah ich ungläubig zu Cole. »Hast du mich gerade allen Ernstes mit Ton beworfen?«

»Iiich?«, ahmte er mich nach und blinzelte unschuldig. »Niemals.«

Ich kniff die Augen zusammen. »Na warte …«

Ehe ich genauer darüber nachdenken und mich selbst stoppen konnte, flog eine Handvoll Ton durch die Luft und traf Cole am Hals. *Ups.* Eigentlich hatte ich auf seine Schürze gezielt, aber im Zielen war ich noch nie besonders gut gewesen.

»Das hast du nicht wirklich getan«, knurrte er und zerstörte sein Kunstwerk endgültig, indem er einen großen Batzen von dem Zeug in die Hand nahm. »Das bedeutet Krieg!«

Ehe ich mich versah, flog die Ladung durch die Luft und geradewegs auf mich zu. Ich quietschte und ging in Deckung, dennoch streifte etwas von dem kalten glibberigen Zeug meine Wange. Ich zog eine Grimasse und versuchte mir mit dem Unterarm den Ton aus dem Gesicht zu wischen.

Ganz großer Fehler. Denn Cole nutzte die ausbleibende Verteidigung sofort aus und holte zum nächsten Angriff aus.

Diesmal schrie und lachte ich gleichzeitig, während mein bester Freund kleine Tonklumpen nach mir warf und ich alles versuchte, um zu kontern. Aus dem braven Töpferkurs war plötzlich eine Tonschlacht geworden – und ich konnte mich nicht daran erinnern, wann ich zuletzt so viel Spaß gehabt und so viel gelacht hatte.

»Ihr zwei!« Die erboste Stimme der Kursleiterin donnerte durch den Raum. »Was soll das? Wir sind hier nicht im Kindergarten! Hört sofort auf damit!«

Ertappt zog ich den Kopf ein, genau wie Cole, doch in seinen Augen blitzte es noch immer abenteuerlustig auf. Ich wusste genau, was das bedeutete: Wir waren noch nicht fertig miteinander. Während er für einen kurzen Moment abgelenkt war, grub ich meine Finger in den Ton, holte blitzschnell aus und klatschte ihm das Zeug in den Nacken.

Cole zuckte zusammen und sträubte sich wie eine Katze gegen das kalte matschige Zeug, das ihm unter seinem Shirt den Rücken hinablief.

Die Kursleiterin brüllte uns an, aber ich hörte kaum, was sie sagte, denn Cole packte mich an der Hand und zog mich mit sich. »Schnell weg hier!«

In letzter Sekunde schnappte ich mir meinen Rucksack und stürmte gemeinsam mit ihm aus dem Raum und den Gang hinunter. Ich konnte kaum einen Schritt vor den anderen setzen, weil ich so lachen musste. Wir waren mit Ton verschmiert, trugen noch immer die Schürzen und rannten, als wäre der Teufel persönlich hinter uns her. Aber es war auch so unglaublich befreiend, dass ich nicht aufhören konnte. Nicht, als wir die Treppe nach unten nahmen und ich beinahe auf einer Stufe ausrutschte und uns beide in die Tiefe riss – zum Glück war da ein Geländer, an dem ich mich festhalten konnte! Und auch nicht, als wir durch die Vorhalle rannten wie zwei ungezogene

Schüler, vorbei an Besuchern und Mitarbeiterinnen, deren verwunderte Blicke uns folgten.

Cole erreichte die Eingangstüren als Erster und stieß sie mit einer Hand auf, da er mich mit der anderen noch immer festhielt. Trotz des halben Parkours durchs Museum hatte er mich keine Sekunde lang losgelassen. Und er tat es auch jetzt nicht, als wir nach draußen traten und ...

Etwas Feuchtes streifte meine Wange. Dann noch mal. Dicke Tropfen landeten auf meinem Kopf und meinen Schultern. Es regnete. Ausgerechnet jetzt.

Ohne nachzudenken, riss ich mich von Cole los und machte eine Kehrtwende, um zurück ins Museum, zurück ins Trockene zu gelangen. Doch ich hatte nicht mit seinen schnellen Reflexen gerechnet. In der nächsten Sekunde schlang er bereits die Arme von hinten um mich und hielt mich fest.

»Es regnet!«, rief ich und bohrte meinen Ellbogen in seine Rippen. »Wir werden klatschnass!«

Er ächzte hinter mir, aber ich konnte ihn auch lachen hören und spürte, wie sein ganzer Körper davon vibrierte. »Ist doch perfekt, das wäscht den ganzen Ton ab.«

Dieser ... dieser ... *Argh*. Darum ging es doch gar nicht!

»Du bist furchtbar«, stieß ich hervor, versuchte aber nicht länger, mich aus der Umarmung zu befreien.

Auf einmal lachte er nicht mehr. »Ich weiß.« Sein Atem streifte meinen Nacken und bescherte mir erneut eine Gänsehaut.

Aber vielleicht kam das auch nur vom Regen, der verflixt noch mal *kalt* war und meine ganze Kleidung innerhalb von Sekunden durchnässte.

Nur langsam lockerte Cole seine Arme und drehte mich nach einem Moment wieder zu sich herum. Er war genauso nass wie ich. Sein Shirt klebte an seinem Oberkörper und sein kurzes, sonst immer leicht verstrubbeltes Haar war ganz platt gedrückt. An seinem Gesicht liefen Tropfen hinunter, aber womöglich war das auch nur meine Brille, die lauter Tropfen abbekommen hatte, sodass ich jetzt kaum noch etwas erkennen konnte. Zumindest nichts, das weiter weg war. Nichts, das nicht Cole war.

Er legte eine Hand an meine Wange und rieb mit dem Daumen über meine tonverschmierte Haut. Dass mein Herz dabei unnötigerweise einen Schlag lang aussetzte, ignorierte ich ebenso wie die Art, wie er mich ansah, und bei der mir die Knie weich zu werden drohten.

Nein. Ich würde nicht wieder in diese Falle tappen. Viel zu lange hatte ich mir Momente wie diesen gewünscht, sie mir wieder und wieder ausgemalt. Momente, die zu mehr führten, als beste Freunde tun sollten – und ich war immer wieder enttäuscht worden, da Cole nicht dasselbe für mich empfunden hatte wie ich für ihn. Und das war okay. Rückblickend war ich anschließend sogar immer dankbar dafür gewesen, weil das bedeutete, dass wir unsere Freundschaft nicht für so etwas Dummes wie ein paar Hormone aufs Spiel setzen würden.

Doch jetzt ... jetzt sah er mich so an, wie ich es mir das ganze letzte Jahr über erträumt hatte, und berührte mich so sanft, als befürchtete er, ich könnte jede Sekunde einen Rückzieher machen. Was genau das war, was ich tun sollte. Das Vernünftige. Völlig egal, wie schnell mein Herz schlug, oder wie heftig ich auf diese simple Berührung und auf diesen Blick aus seinen dunklen Augen reagierte.

»Ist der Ton weg?«, zwang ich mich zu fragen, doch was lockerleicht klingen sollte, war gedämpft und fast ein bisschen heiser.

Cole rieb noch mal mit dem Daumen über meine Wange und sah zu der Stelle, dann glitten seine Finger weiter, über meinen Kiefer hinunter auf meinen Hals, wo mein Puls kräftig pochte. Auch über diese sensible Stelle strichen seine Finger, bis er bei meinem Schlüsselbein ankam und ich das Gefühl hatte, mich an ihm festhalten zu müssen, weil ich kaum noch gerade stehen konnte.

Als sich unsere Blicke diesmal trafen, verschlug es mir den Atem.

»Jetzt schon«, erwiderte er rau.

»Danke …« Es kostete mich viel zu viel Willenskraft, einen Schritt zurück zu machen und mich damit von ihm zu lösen.

Zumindest von seinen warmen Händen, denn sein Blick folgte mir weiter, auch als ich die Schürze abmachte und zusammen mit seiner zurück ins Museum brachte. Und auch dann noch, als wir gemeinsam zum Auto gingen. Ich konnte ihn selbst dann noch auf mir spüren, als wir zurück in die WG fuhren und ich wenig später unter der Dusche stand. Und als ich abends unter die Bettdecke kroch, tauchten die Erinnerungen an diesen Nachmittag, an diesen Moment wieder auf und hüllten mich ein wie ein schöner Traum.

Dabei wusste ich doch nur zu genau, dass es nicht mehr war als das: ein Traum. Cole wollte nichts Langfristiges. Er suchte nur nach etwas Spaß im Hier und Jetzt. Dass er an diesem Wettbewerb teilnahm und nicht das geringste Problem mit der Aussicht zu haben schien, bald für sechs Monate wegzuziehen, bestätigte das nur noch. Mehr als ein plötzliches, unerklärliches und ganz sicher nicht längerfristiges Interesse war da nicht. Außerdem hatte ich jede Wunschvorstellung von uns beiden, in der wir mehr als Freunde waren, längst aufgegeben.

Nur warum tat dieser Gedanke dann so weh?

Kapitel 12

Cole

Es war Samstagmorgen, nur einen Tag nach dem Töpferkurs mit Sophie, der mir auch jetzt noch immer nicht aus dem Kopf gehen wollte. Nicht der Kurs an sich, sondern das Danach. Wie wir Hand in Hand durch das Museum gerannt waren und draußen im Regen gestanden hatten. Wäre dies einer von Sophies Liebesfilmen gewesen, wäre es in diesem Moment zu einem dramatischen Kuss im Regen gekommen. Nicht bei uns. Natürlich nicht.

Es war unmenschlich früh, als ich an diesem Morgen an die Kaffeemaschine ging. Und das nicht als allererste Tat des Tages, oh nein. Ich hatte bereits Sport gemacht, geduscht, mich rasiert, an Sophies Zimmertür geklopft, um sie zu wecken, und mich in den Anzug gezwungen, zu dem mich meine Familie jedes Mal verdonnerte, wenn einer von uns heiratete. Bald müssten doch alle im Hafen der Ehe angekommen sein, oder nicht? Ach nein, zwei Cousinen ließen sich bereits wieder scheiden und mein Cousin dritten Grades wollte bald zum zweiten Mal heiraten. Wenn das so weiterging, wurde ich diesen verdammten Anzug nie wieder los.

Das Mahlen der Kaffeemaschine erfüllte die Küche. Es grenzte an ein Wunder, dass sie nicht das ganze Haus aufweckte, aber Teagan hatte auf das Ding bestanden, damit wir alle richtigen Kaffee tranken, statt nur das *abartige Pulverzeug*, wie sie es nannte. In Wahrheit wollte sie einfach nur selbst guten Kaffee trinken, wenn sie hier war – was ziemlich oft war, seit sie ebenfalls nach Pensacola gezogen war. Vor allem an den Wochenenden.

Auch jetzt kam sie mit vom Schlaf zerknautschten Gesicht in die Küche getrottet, die dunklen Haare zu einem unordentlichen Knoten gebunden, aus dem die lilafarbenen Spitzen hervorragten. Sie war barfuß und trug nur ein übergroßes Shirt, von dem ich mir ziemlich sicher war, dass es Parker gehörte.

»Guten Morgen, du wundervolles Wesen!« Sie ging an mir vorbei, ohne mich eines Blickes zu würdigen, und umarmte die Kaffeemaschine.

Ich prustete los. »Dir auch einen guten Morgen, Tea-Tea.«

Sie fuhr herum und funkelte mich an. »Wag es ja nicht, mich so zu nennen.«

»Warum nicht?«, neckte ich sie und angelte an ihr vorbei meinen Becher aus der Maschine. »Darf das nur Park-Park?«

Ihre Mundwinkel zuckten, aber sie kämpfte gegen ihr Lächeln an und bohrte stattdessen den Zeigefinger in meine Brust. »Es ist viel zu früh und ich hatte noch keinen Kaffee. Willst du dich wirklich mit mir anlegen, Cole?«

»Ich? Mit dir?« Grinsend schüttete ich jede Menge Zucker in meinen schwarzen Kaffee. »Das würde ich nie wagen«, murmelte ich und führte den Becher an die Lippen. Auch wenn ich es nicht laut aussprechen würde, weil ich Teagan auf keinen Fall recht geben wollte, schon gar nicht so früh am Morgen … aber es gab doch nichts Besseres als einen frisch gebrühten, richtig guten Kaffee nach dem Aufstehen. Erst recht nicht, wenn der Geruch der gemahlenen Bohnen die ganze Küche erfüllte und –

»Guten Morgen!«, rief Liz so überschwänglich, dass ich mich vor Schreck verschluckte.

Ich hustete und spuckte Kaffee. Mit wenigen Schritten war ich beim Waschbecken und stellte den Becher ab, während ich noch immer röchelte und um mein Leben kämpfte. Was zum Teufel war heute los? Normalerweise war niemand so früh wach, schon gar nicht am Wochenende ... außer vielleicht Lincoln. Aber heute? Da kam nicht nur Teagan vor acht Uhr in die Küche, sondern auch Liz. Gut gelaunt. *Liz.* Das passte einfach nicht zusammen.

»Alles okay?«, rief sie und warf einen kurzen Blick über meine Schulter. »Stirbst du gerade? Kann ich dein Zimmer haben?«

»Fick dich«, knurrte ich und wischte mir mit dem Handrücken über den Mund. »Warum bist du schon so früh auf? Und was soll ...« – ich fuchtelte in ihre Richtung – »... das da?«

»Das da?«, wiederholte sie amüsiert und bediente sich an der Kaffeemaschine, nachdem Teagan fertig war und ihr Platz machte. »Das nennt sich Lächeln. Du solltest es auch mal probieren.«

»Ich bezweifle, dass das heute noch was wird«, kommentierte Teagan trocken und nippte an ihrem Kaffee. Dann deutete sie auf mich.

»Was ist?« Fragend sah ich an mir herab – und erstarrte. Oh, verdammt noch mal. Das konnte doch nicht wahr sein, oder?

Auf meinem Hemd waren mehrere Kaffeeflecken gerade dabei, sich immer weiter in den blütenweißen Stoff zu saugen. Echt jetzt? Ausgerechnet heute?

Die Wohnungstür wurde geöffnet und gleich darauf tauchte Lincoln in der Küche auf. Er war verschwitzt und trug Sportsachen, wirkte aber beneidenswert ausgeruht. »Was ist denn hier los?«

»Cole hat sich eingesaut«, erklärte Liz und deutete mit einem liebreizenden Lächeln auf mich.

»Ja, weil du mich erschreckt hast«, grummelte ich.

»Seit wann so schreckhaft, Springman?«

Ich sparte mir eine Antwort darauf und machte auf dem Absatz kehrt. Noch war genug Zeit, um mich umzuziehen, außerdem musste ich sowieso noch auf Sophie warten. Die mittlerweile hoffentlich wach war. Zurück in meinem Zimmer warf ich die Tür hinter mir zu, knöpfte das ruinierte Hemd auf und warf es über die Stuhllehne. Wie gut, dass ich für Situationen wie diese vorgesorgt hatte. Okay, zugegeben, nicht für genau solche Situationen. Aber dank meiner heiratsfreudigen Familie war ich mir absolut sicher, noch irgendwo ein Hemd zu haben, das ich anziehen konnte. Ich musste es nur finden … Was sich als schwieriger herausstellte, als erwartet, denn nachdem ich meinen Kleiderschrank einmal von oben bis unten durchsucht hatte, stand ich noch immer mit leeren Händen da. Hm. Seltsam.

Als Nächstes sah ich im Flur nach, dann in unserem winzigen Bad und schließlich sogar im Keller, wo Waschmaschine und Trockner standen. Und siehe da! Endlich wurde ich fündig. Mein Hemd hing sauber und frisch gewaschen an einem Kleiderbügel. Von Kaffeeflecken war keine Spur zu sehen. Im Grunde war es perfekt, wenn man mal von einer winzigen Kleinigkeit absah.

Mit dem Kleiderbügel in der Hand machte ich mich auf den Weg nach oben und nahm dabei immer zwei Stufen auf einmal. »Was ist das?«, rief ich, sobald ich zurück in der Küche war.

Die Frage war an alle gerichtet, aber es war Liz, die darauf antwortete.

»Hm, lass mich nachdenken …« Sie betrachtete das Kleidungsstück aus zusammengekniffenen Augen, ganz so, als würde es sich dabei um einen Kriminalfall handeln, den es zu lösen galt. Schließlich zuckte sie mit den Schultern. »Könnte dein Hemd sein.«

»Das *ist* mein Hemd«, korrigierte ich sie. »Und es ist rosa.«

»Oh.« Liz mimte die Unschuld in Person und trank seelenruhig von ihrem Kaffee. Es fehlte nicht viel, damit ein Heiligenschein über ihrem Kopf erschien. »War es das nicht vorher schon?«

»Nein, verdammt!«, knurrte ich mit zusammengebissenen Zähnen. »Vorher war es weiß. So wie ein gutes Hemd sein sollte. *Weiß!*«

»Huh …«, machte sie. »Wie seltsam. Muss wohl beim Waschen zwischen meine roten Socken geraten sein.«

»Ist das dein fucking Ernst?!«

Stille. Lincoln und Teagan interessierten sich plötzlich sehr für ihr Frühstück, und Parker, der in diesem Moment im Türrahmen auftauchte, warf nur einen kurzen Blick herein und drehte dann wieder um.

Ich fixierte Liz mit einem mörderischen Blick. »Das war eins meiner Lieblingshemden!«

»Ach, komm schon, du hast mindestens fünf Stück von der Sorte im Schrank für die ganzen Hochzeiten und Familienfeiern. Außerdem hast du mir damit gedroht, meine Klamotten mitzuwaschen. Was du übrigens oft genug getan hast. Oder muss ich dich wirklich an meine Lieblingsjeans und an den Pulli neulich erinnern?«

»Das war *ein Versehen!* Keine blutdurstige Racheaktion!«

Sie zuckte mit den Schultern und lächelte süffisant. »So ein Pech aber auch.«

Bevor ich ihr an die Gurgel gehen konnte, trat Lincoln dazwischen und rettete unsere Mitbewohnerin und seine beste

Freundin vor dem sicheren Tod. Und mich davor, ein Verbrechen zu begehen, für das ich zu viele Zeugen und kein Alibi hatte.

»Ich kann dir ein Hemd von mir leihen, wenn du das da nicht tragen willst«, bot er an.

Ich musterte ihn von oben bis unten und runzelte die Stirn. Obwohl ich auch mehr oder weniger regelmäßig trainierte, hatte ich nicht dieselbe Statur wie Lincoln. Dort, wo ich eher schlaksig gebaut war, hatte er Muskeln. Außerdem waren seine Schultern ein ganzes Stück breiter als meine. Ein Hemd von Linc würde wie ein nasser Sack an mir herabhängen und auch nicht viel besser aussehen als das knallbonbonrosafarbene Kleidungsstück in meiner Hand.

»Nett gemeint, Kumpel, aber ich passe.«

Irgendeine Lösung würde mir schon einfallen. Vorzugsweise in den nächsten paar Minuten, weil wir gleich los mussten. Und von meiner Begleitung war immer noch nichts zu sehen.

»Ist Sophie inzwischen wach?«, fragte ich in die Runde.

Teagan nickte. »Ich hab sie eben ins Bad huschen sehen.«

»Okay.« Ich atmete tief durch, sah noch mal auf das rosa Hemd hinab und schnitt eine Grimasse, dann kehrte ich in mein Zimmer zurück.

Dort hing noch immer das weiße Hemd über der Stuhllehne. Ich betrachtete es einen Augenblick lang abwägend. Die Kaffeeflecken würde ich nie so schnell rausbekommen und im schlechtesten Fall würde ich mit einem halb nassen und noch immer fleckigen Hemd zur Hochzeit meines Bruders aufkreuzen. Wäre das besser als das rosa Etwas in meiner Hand? Nicht wirklich.

Seufzend nahm ich es vom Bügel und schlüpfte in die Ärmel. Von allen Farben auf der Welt war das hier die eine, die mir so überhaupt nicht stand und weder zu meinen vielen Armbändern noch zu den Tattoos auf meinen Armen passte. Hätte Liz das Hemd nicht mit knallgrünen Socken oder irgendeiner anderen Farbe waschen können? Musste es unbedingt pink sein?

Ein kurzes Klopfen, dann ging die Tür hinter mir auf.

»Hey, bist du fer…« Sophie brach mitten im Satz ab.

Mit den Händen noch an den Knöpfen drehte ich mich zu ihr um. Was auch immer mir für eine freche Antwort auf den Lippen lag, sie war in dem Moment, in dem ich Sophie sah, wie aus meinem Kopf ausradiert.

Sie trug ein Kleid. Das allein verschlug mir schon die Sprache, denn ich konnte an einer Hand abzählen, wie oft ich Sophie bisher in einem Kleid gesehen hatte. Es war aus einem dünnen glänzenden Stoff in irgendeinem Farbton zwischen Grün und Blau, den ich nicht mal dann benennen könnte, wenn der Highscore in meinem Lieblingsgame davon abhängen würde. Aber die Farbe stand ihr unglaublich gut und betonte ihre Augen. Zwei dünne Träger hielten das Kleid, das obenrum eng anlag und den Blick auf ihr Dekolleté mit den kleinen festen Brüsten zog. An der Taille wurde es von einem schmalen Gürtel in derselben Farbe wie das Kleid gehalten, und ab da fiel der Stoff locker bis zu den Knien. Obwohl es nicht viel von ihren Beinen zeigte, betonte es sie auf eine Weise, die meinen Blick magnetisch anzog. Vielleicht lag das aber auch an den hohen Schuhen, die schon von Weitem so aussahen, als könnte man sich mit den Absätzen prima den Hals brechen.

Aber das war noch nicht alles. Sophie hatte irgendetwas mit ihren Haaren angestellt, sie auf einer Seite festgesteckt, sodass sie auf der anderen über ihre Schulter in sanften Locken herabflossen. Hinter den Brillengläsern waren ihre Augen geschminkt und strahlten mit dem Lipgloss auf ihren Lippen um die Wette.

Noch hatte keiner von uns ein Wort gesagt, aber ich war nicht der Einzige, der starrte. Auch sie musterte mich. Genauer gesagt meinen Oberkörper, wodurch mir nicht nur angenehm warm wurde, sondern was mich daran erinnerte, dass ich noch immer mit halb offenem Hemd mitten im Zimmer stand. Langsam schloss ich die nächsten Knöpfe.

»Ich bin fertig, wenn du es bist«, verkündete ich und räusperte mich, da meine Stimme auf einmal so verflucht rau klang.

Sophie nickte und befeuchtete sich die Lippen, was meinen Blick automatisch auf ihren Mund lenkte. Als würde sie sich in diesem Moment ebenfalls bewusst werden, was sie da eigentlich tat, hörte sie sofort damit auf und räusperte sich ebenfalls.

»Warum ist dein Hemd rosa?«

Ich seufzte tief. »Das ist der neueste Trend, was sonst?«

Kleine Falten erschienen auf ihrer Stirn. »Liz?«

»Jepp.«

Ihre Mundwinkel zuckten. »Aber du hast es verdient.«

»Hey!«, protestierte ich und griff nach der Krawatte, um sie mir etwas ungelenk umzubinden. »Auf wessen Seite stehst du eigentlich?«

»Liz ist die einzige andere Frau hier – Teagan zählt nicht, weil sie nicht hier wohnt. Ich brauche Verbündete.«

»Ich bin auch dein Verbündeter«, brummte ich und zerrte an der Krawatte, um mich nicht damit zu erwürgen. »Ich bringe dir regelmäßig Schokolade.«

Ein Lächeln umspielte ihre Lippen und brachte ihr ganzes Gesicht zum Strahlen. *Shit.* War sie schon immer so schön gewesen? Wie konnte es sein, dass mir das nie zuvor aufgefallen war?

»Stimmt«, bestätigte sie und trat viel zu dicht vor mich. Sie schob meine Hände beiseite und zupfte an meiner Krawatte herum. »Ihr seid beide meine Verbündeten, aber wenn ich mich entscheiden muss, dann wähle ich Liz.«

»Warum?«, fragte ich eine Spur leiser und ließ sie meine Krawatte richten. Das Kribbeln in meinen Fingern, die gerade nichts anderes wollten, als Sophie zu berühren, ignorierte ich lieber.

»Weil Liz einem echt Angst machen kann, wenn man nicht auf ihrer Seite steht. Wie sie ja gerade eindrucksvoll bewiesen hat.« Ein letztes Mal strich Sophie über den Stoff, dann trat sie einen Schritt zurück und betrachtete ihr Werk.

»Und?«, fragte ich gespielt besorgt und schaute kurz an mir hinab. »Kannst du mich so mitnehmen?«

»Du siehst ganz passabel aus. Zumindest passabel genug, um mich nicht total bei deiner Familie zu blamieren.«

Grinsend schnappte ich mir das Jackett. »Wow, danke.«

»Immer wieder gerne.« Sie wandte sich ab, aber ich sah noch das amüsierte Lächeln auf ihren Lippen, ehe mein Blick etwas tiefer wanderte, über ihren schmalen Rücken glitt und an ihrem Hintern hängen blieb, der in diesem Kleid einfach phänomenal aussah.

Ich seufzte tief. Ich war so was von verloren.

Kapitel 13

Sophie

Ich liebte Hochzeiten. Nein, genauer gesagt liebte ich die Hochzeiten und ausgelassenen Feiern von Coles Familie. Gut möglich, dass mir der Vergleich fehlte, weil ich ansonsten noch nie auf anderen Feierlichkeiten dieser Art gewesen war, aber ich genoss es jedes Mal aufs Neue.

Erst kam die rührende Zeremonie in der Kirche, bei der ich mich wirklich zurückhalten musste, um nicht loszuschluchzen wie bei einem guten Liebesfilm. Dennoch füllten sich meine Augen mit Tränen, als sich Coles Bruder Chris und seine Angebetete Lucia ihre Eheversprechen und anschließend das Jawort gaben, während sie ihre beiden unendlich niedlichen Töchter an den Händen hielten. *Hach* ...

Direkt im Anschluss ging es in mehreren Autos zurück zu Coles Elternhaus, das etwas außerhalb von Pensacola lag und riesig war. Vor allem im Vergleich zu dem schlichten Bungalow mit den drei Zimmern, in dem ich aufgewachsen war.

Als ich aus dem Auto stieg, hielt ich mir die Hand schützend über die Augen und betrachtete die Villa. Sie erstreckte sich über zwei Etagen, was nicht viel zu sein schien, doch dafür gab es endlos viele Zimmer, mehrere Balkone, eine Dachterrasse, auf der Cole, seine Geschwister und ich am Ende jeder Feier immer landeten, einen traumhaft schönen Wintergarten voller Pflanzen, die Coles Großmutter Caterina hegte und pflegte, sowie einen riesigen Garten mit Pool. Wenn man online nach Fotos von Traumhäusern suchte, fand man die Villa der Springmans ganz bestimmt unter den ersten Ergebnissen. Palmen säumten die Einfahrt, in der bereits zahlreiche Autos parkten. Da Cole und ich ganz kurz vor der Zeremonie in der Kirche aufgetaucht waren, fanden die ganzen Begrüßungen, Umarmungen und das Schulterklopfen erst jetzt statt.

»Schickes Hemd«, zog ihn Cohan, sein drittältester Bruder auf. »Hast du das extra für die Hochzeit gekauft? Wär doch nicht nötig gewesen.«

Cole zuckte lässig mit den Schultern. »Ich wollte diesmal eben mehr zu den Brautjungfern passen als zu euch Idioten.« Mit dem Kinn deutete er auf eine Gruppe junger Frauen in pastellfarbenen Kleidern. Zwei von ihnen trugen tatsächlich einen Farbton, der seinem Hemd ähnelte.

Auf diese Retourkutsche schien Cohan nicht gefasst gewesen zu sein und er versuchte prompt, seinen kleinen Bruder in den Schwitzkasten zu nehmen. Doch Cole war schnell. Er wich geschickt aus, griff nach meinem Handgelenk und zog mich weiter, bevor sich Cohan noch mehr blamierte. Statt beleidigt zu sein, winkte der uns jedoch nur gut gelaunt nach.

Wir gratulierten Coles zweitältestem Bruder Chris und Lucia, die in ihrem Hochzeitskleid unglaublich schön aussah und genauso sehr strahlte wie ihr neuer Ehemann.

»Sophie, *tesoro!*« Von irgendwoher tauchte Coles Mutter auf, kam mit ausgestreckten Armen auf mich zu und zog mich so fest an sich, dass mir die Luft wegblieb. Genauso schwungvoll schob sie mich wieder von sich und betrachtete mich von oben bis unten.

Sie war genauso groß wie ich, hatte eine kurvige, rundliche Figur und dieselben schwarzen Haare wie Cole. Auch ihre braunen Augen ähnelten sich, aber hier hörten die Gemeinsamkeiten auch schon wieder auf. Von Piercings, Armbändern und Tattoos keine Spur. Auch war ihr Hautton ein, zwei Nuancen dunkler als der ihres Sohnes. In dem weinroten Kleid, das sie auch schon bei der Trauung getragen hatte, sah sie unglaublich gut aus.

»Wie immer ganz zauberhaft«, stellte sie mit einem strahlenden Lächeln fest und bestätigte mich wieder mal darin, dass man diese Frau einfach gernhaben musste. Auch wenn mich ihre Direktheit und ihr manchmal etwas aufbrausendes Temperament anfangs ziemlich überwältigt hatten. »Aber du musst dringend mehr essen, Kind.«

»Sie isst doch schon wie ein Scheunendrescher«, verkündete Cole neben mir und erntete dafür einen Klaps gegen den Hinterkopf von seiner Mom. »Hey!«

Ich grinste erleichtert. »Er hat aber recht. Und ich freue mich so, so sehr auf das Essen!«

Das war die Wahrheit – und noch ein Grund, warum ich Cole so bereitwillig zu allen möglichen Familienfeiern begleitete. Es gab immer leckere Gerichte – und die in rauen Mengen. Wo ich andernorts seltsame Blicke erntete, fiel es hier nicht weiter auf, wenn ich mir eine zweite und sogar eine dritte Portion holte, weil es einfach so gut schmeckte. Und weil ich Hunger hatte. Nur weil ich dünn war, bedeutete das nicht, dass ich mich nur von Salat ernährte. Im Gegenteil. Ich liebte Salat, alles andere wäre eine Lüge, aber ich war auch ein großer Fan von selbst gekochtem Essen und von Hochzeitsmenüs. Vor allem, wenn es wie heute als Hauptgang Filet Mignon mit Trüffelkartoffeln und saisonalem Gemüse gab. Vom Dessert, einer Salted-Caramel-Torte mit Vanillecreme, ganz zu schweigen. Eine von Coles Cousinen war Konditorin und ich konnte es gar nicht erwarten, von ihrer neuesten Kreation zu probieren – und mindestens zwei riesige Tortenstücke davon zu verdrücken.

»Na, wenn das so ist ...« Coles Mom tätschelte mir liebevoll den Kopf, darauf bedacht, meine Frisur nicht zu zerstören, wofür ich ihr dankbar war. Es hatte heute Morgen echt lange gedauert, mein Haar so hinzukriegen und ich war stolz darauf, auch wenn die Locken nicht mehr allzu lange halten würden. Schade eigentlich. Aber zumindest hatte ich daran gedacht, Liz' Glätteisen wieder auszuschalten, nachdem ich mich fertig gemacht hatte. Glaubte ich zumindest. Oder ... etwa nicht? Oh Gott, würde das ganze Haus in Flammen stehen, wenn wir zurückkamen? Aber dann hätte bestimmt schon jemand angerufen, da war ich mir relativ sicher. Dennoch zog ich möglichst unauffällig mein Handy hervor und warf einen kurzen Blick aufs Display. Keine verpassten Anrufe und im WG-Gruppenchat beschwerte sich nur Parker darüber, dass wir keine Energydrinks mehr im Haus hatten. Alles gut. *Puh.*

»Wie kommt es eigentlich, dass du Sophie noch vor deinem Sohn begrüßt, Mom?«

Wieder verpasste ihm seine Mutter einen Klaps. »Stell dich nicht so an. Ich habe fünf von euch, aber nur eine einzige Tochter. Natürlich begrüße ich deine Freundin zuerst.«

Ich presste die Lippen aufeinander, erwiderte aber nichts darauf. Seine Mutter wusste genau wie der Rest der Familie, dass wir nur Freunde waren, auch wenn ich vermutete, dass sie insgeheim darauf hoffte, es würde eines Tages mehr daraus werden.

Cole umarmte seine Mom, dann schlenderten wir weiter durch das Haus und in den Garten, wo die eigentliche Feier stattfand. Stimmen und Musik empfingen uns. Die ersten paar Dutzend Gäste waren schon eingetroffen und die Band spielte am anderen Ende des Grundstücks in einem extra für die Hochzeit aufgestellten Pavillon. In dessen Mitte stand ein endlos langer Tisch mit weißer Tischdecke, schimmernden Tellern und Blumengedeck. Die ersten Kerzen brannten schon, obwohl es noch helllichter Tag war. Kellner liefen mit Tabletts voller Champagnerflöten herum.

Ich schnappte mir eine davon und trank einen Schluck.

»Hast du eigentlich die Liste geschrieben?«, fragte ich, während die Flüssigkeit erst meinen Hals und gleich darauf meinen Magen wärmte.

Cole nippte an seinem Glas und sah mich verständnislos an. »Welche Liste?«

»Die mit all den Dingen, die dich an mir nerven?«

Das war ein sehr wichtiger Teil des Zwölf-Schritte-Programms, daher würde ich Cole, wenn nötig, weiterhin so lange damit nerven, bis er es endlich getan hatte. Außerdem waren wir mit dem katastrophalen Töpferkurs schon irgendwie bei Schritt vier gelandet, dabei war die Liste doch noch Schritt drei. Und das hatte auch einen guten Grund. Die richtige Reihenfolge war wichtig.

»Ach so. Ja, klar«, behauptete er und warf mir einen kurzen Blick zu.

Ich musste den Impuls unterdrücken, weiter nachzuhaken, denn ein kleiner, masochistischer Teil von mir wollte erfahren, was diese Dinge genau waren. Aber ich hielt mich zurück, weil ich nur zu gut wusste, dass uns das nicht weiterbringen würde. Außerdem würde er dann vielleicht auch wissen wollen, was mich an ihm nervte, und das konnte einfach nicht gut enden. Dennoch ließ mich der Gedanke daran nicht so schnell los, während wir weiter durch den Garten schlenderten und andere Familienmitglieder und Freunde des Brautpaares begrüßten.

Bestimmt nervte ihn meine Tollpatschigkeit und dass er mir ständig zu Hilfe oder zu meiner Rettung eilen musste. Wobei ich das nie von ihm verlangt hatte, schließlich wusste ich inzwischen sehr gut, mit meinen kleinen Unfällen umzugehen. Vielleicht auch die Zeit im Monat, in der er jedes Mal Schokolade für mich besorgte. Nicht, weil er mich so gern hatte oder mich trösten wollte, wenn ich mit Bauchkrämpfen im Bett lag, da war ich mir ziemlich sicher. Das war purer Selbstschutz, da ich an diesen paar Tagen am liebsten jeden Menschen eigenhändig erwürgen würde und die Jungs schon das eine oder andere Mal meine Launen hatten ertragen müssen. Zumindest bis Cole irgendwann damit angefangen hatte, mich mit Schokolade ruhigzustellen. Manchmal auch mit Eis und Kuchen. Cleverer Mistkerl.

Wider Willen musste ich lächeln und trank noch einen Schluck von meinem Sekt.

»Sophie!« Eine junge Frau mit dunklen Locken und strahlend braunen Augen tauchte vor mir auf und griff nach meiner Hand. »Ich bin so froh, dass du da bist. Diese Typen treiben mich in den Wahnsinn.«

»Diese Typen sind deine Brüder«, kommentierte Cole trocken.

Cecile streckte ihm die Zunge raus. »Ich mag Sophie trotzdem lieber als euch.« Damit zog sie mich fort.

»Hey!«, rief Cole uns nach. »Was soll das denn heißen?«

Ich sah zurück und zuckte nur mit den Schultern, auch wenn mich mein Grinsen mit Sicherheit verriet. Von allen Familienmitgliedern mochte ich Cecile am liebsten, und das nicht nur, weil sie Coles kleine Schwester und damit quasi das Nesthäkchen der Familie war. Als ich das erste Mal mit Cole hergekommen war, hatten Cecile und ich uns sofort angefreundet, weil wir einfach auf einer Wellenlänge lagen. Wir liebten alte Filme, auch wenn ihr Geschmack eher in Richtung der Achtziger ging, aber es gab ein paar Sachen, die wir uns schon mehrfach zusammen angeschaut hatten. Außerdem war da ihre große Liebe zu gutem Essen – und dazu, Cole und die anderen Jungs zu ärgern. Es machte so viel Spaß, den Geschwistern dabei zuzusehen, wie sie sich so lange gegenseitig neckten, bis ein richtiges Duell daraus entstand, das nur derjenige gewinnen konnte, der die meisten Sprüche und Beleidigungen raushaute. Vielleicht etwas seltsam, aber auch sehr unterhaltsam.

»Wie geht's dir?«, wollte Cecile wissen, sobald wir uns etwas von den anderen entfernt hatten, und hakte sich bei mir unter. Wie ich trug sie ein knielanges Kleid, nur dass ihres in einem leuchtenden Dunkelblau war und kurze Ärmel statt dünner Träger hatte. »Wir haben uns ewig nicht mehr gesehen. Wann war das letzte Mal?«

Da musste ich nicht lange überlegen.

»Bei der Hochzeit deiner Cousine Estelle«, antwortete ich und trank mein Glas aus. Dann sah ich mich nach einer geeigneten Stelle um, damit ich es loswerden konnte.

»Ach ja, richtig. Bei ihrer Scheidungsparty warst du aber nicht dabei, oder?«

Ich runzelte die Stirn und gab das Glas einem vorbeilaufenden Kellner mit. »Sie ist schon wieder geschieden?«

Cecile zuckte mit den Schultern. »Hat nur zwei Monate gehalten, dann hat er sie mit einer anderen betrogen.« Sie schnitt eine Grimasse. »Ich will nie heiraten. Das ist so anstrengend.«

Ich lächelte nur, auch wenn sie wahrscheinlich recht hatte. Aber ich mochte all diesen Trubel und das Chaos, die solche Familienfeiern mit sich brachten – die vielen Menschen, Gespräche und die ganzen Neckereien, wie es sie nur in einer

Familie oder unter engen Freunden gab. Selbst wenn das bedeutete, bei all den Verlobungspartys, Hochzeiten, Scheidungen und dem ganzen Drama dabei zu sein. Vielleicht lag das aber auch daran, dass ich das Ganze nicht vierundzwanzig Stunden lang, sieben Tage die Woche miterlebte, sondern immer nur in kleinen Dosen. Denn das war schon mehr als genug.

Während ich mit Cecile an meiner Seite durch den Garten spazierte, vorbei an Palmen und dem Pool, der in der Sonne schimmerte, warf sie immer wieder Blicke zurück.

»Hey.« Schließlich stieß sie mich mit dem Ellbogen an. »Was läuft da eigentlich?«

Verwirrt runzelte ich die Stirn. »Wovon redest du?«

Statt einer Antwort schnippte sie mir gegen den Arm. Fest.

»Aua!«

»Ich rede von dir und Cole. Irgendetwas hat sich zwischen euch verändert, oder?«

Mir wurde siedend heiß und dann schlagartig eiskalt. Ich schüttelte den Kopf, erst langsam, dann wesentlich entschlossener. »Gar nichts hat sich zwischen uns verändert.«

»Lügnerin. Er sieht dich anders an als früher«, stellte Cecile nach einem weiteren Blick zurück fest. Oh Gott, beobachtete er uns etwa? Nachdenklich tippte sie sich mit dem dunkelblau lackierten Fingernagel gegen das Kinn und musterte mich von oben bis unten. »Und du ihn auch.«

»Was?«, rief ich wesentlich lauter als beabsichtigt und blieb abrupt stehen. Einige Leute drehten sich zu uns um; instinktiv zog ich den Kopf ein, bevor ich meine Aufmerksamkeit wieder zurück auf Cecile richtete. »Das stimmt doch gar nicht! Ich sehe ihn gar nicht anders an.«

Nicht mehr. Wir waren beste Freunde, verflixt noch mal. Musste ich ein Schild basteln, das wir uns beide umhängen konnten, damit es auch wirklich jeder verstand? Damit es vor allem mein verflixtes Herz verstand? Denn das pochte in diesem Moment schon wieder viel zu schnell. Viel zu hoffnungsvoll. Dabei hatte ich das Ganze doch hinter mir. Oder ... etwa nicht? Hatte ich mir die ganze Zeit nur etwas vorgemacht?

Aber bevor Cole mich an jenem Abend zur Seite genommen und mir gestanden hatte, dass er ... dass er Gefühle für mich hatte, da hatte ich nichts in seiner Gegenwart empfunden. Kein Herzklopfen. Kein Kribbeln im Bauch. Keine Nervosität. Keine schwitzigen Hände. Und das war gut so gewesen. Ich mochte diesen Zustand. Ich mochte unsere Freundschaft. Und die würde ich genauso wenig aufs Spiel setzen wie mein eigenes Seelenheil. Vor allem nicht, wenn die reelle Chance bestand, dass er mich genauso fallen lassen würde wie alle anderen vor mir, sobald es ihm zu langweilig oder zu intensiv wurde. Ich kannte Cole schließlich und hatte das bereits diverse Male miterlebt. Nur dann wäre ich diejenige, die ihn mit der Nächsten sehen müsste. Und noch mal würde ich das nicht ertragen. Wir waren besser dran als Freunde. Ende der Geschichte.

Zum Glück tauchte in diesem Moment jemand in meinem Sichtfeld auf, der mir bekannt vorkam und ich stupste Cecile an. »Schau mal!«, sagte ich und deutete in die Richtung. »Ist das nicht Marcus?«

Sie erstarrte, als sie meinem Blick folgte und ihren Ex-Freund entdeckte. Eine Reihe von Flüchen rollte über ihre Lippen, leise genug, dass nur ich sie hören konnte, aber dennoch beeindruckend kreativ. »Was zum Teufel macht *er* denn hier?«

Und damit stapfte Cecile auch schon davon. Irgendwie tat mir Marcus jetzt ein bisschen leid, denn ihre Miene war mörderisch gewesen. Aber ich würde mich da ganz sicher nicht einmischen.

Obwohl ich zum ersten Mal seit meiner Ankunft allein war, fühlte es sich nicht so an. Dafür kannte ich zu viele Leute hier, wechselte immer mal wieder ein paar Worte mit jemandem oder winkte zur Begrüßung. Small Talk war nicht meine Stärke, aber in dieser Gruppe von Menschen fühlte es sich mühelos an. Wenn es nach mir ginge, durfte Coles ganze Verwandtschaft nie damit aufhören, zu heiraten und Feste zu feiern.

Apropos Feste. Ich legte mir die Hand auf den Magen, um das Knurren zu unterdrücken. Wann wurde eigentlich die Vorspeise serviert? Ich konnte es kaum erwarten, mich auf die Leckereien zu stürzen.

Mein Hunger schien mich anzutreiben, denn ich war unbewusst in den Teil des Gartens gewandert, in dem die imposante mehrstöckige Hochzeitstorte samt Geschirr bereitstand. Die anderen Erwachsenen hielten gebührend Abstand, aber auf der Rückseite des Aufbaus entdeckte ich zwei kleine Mädchen, die ganz heimlich von der Torte naschten. Coles und Ceciles Nichten, die kleinen Künstlerinnen.

Ich sah mich kurz um und ging dann zu den beiden hinüber. Die eine, Lilly, hatte leuchtend blondes Haar, ihre Schwester Heather so dunkles Haar wie ihr Onkel und ihre Tante. Sie tuschelten und kicherten leise und wiegten sich in dem Glauben, dass niemand bemerkt hatte, was sie da taten. Doch als ich näher kam, fiel Heather ein Stück vom Kuchen aus den Händen und landete mit einem satten Platschen erst auf ihrem Kleid und dann im Gras.

»Oh nein!«, rief sie flüsternd und ein panischer Ausdruck erschien auf ihrem Gesicht, das von dunkelbraunen Locken und einem Blumenkranz umrahmt wurde.

Ich war mit wenigen Schritten bei ihnen und ging neben den beiden in die Hocke. »Alles in Ordnung bei euch?«

»Sophie!« Lilly fiel mir um den Hals und verteilte mit ihren kuchenverschmierten Patschehändchen bestimmt etwas Vanillecreme in meinem Haar. So stürmisch, wie sie mich umarmt hatte, löste sie sich auch wieder von mir. »Sieh nur, was Heather angestellt hat!«

»Das war ich nicht!«, behauptete Heather, deren Gesicht ganz rot wurde, und verschränkte die Arme vor der Brust. Wie ihre Schwester trug sie das zauberhafte Kleid eines Blumenmädchens.

»Oh, Liebes, das war nicht deine Schuld.« Beruhigend strich ich ihr über den Rücken. »Das war die Schwerkraft.«

Die Mädchen sahen erst sich an, dann drehten sie die Köpfe zu mir. »Die ... was?«

»Die Schwerkraft«, wiederholte ich mit einem kleinen Lächeln und hob ein Stück von dem Kuchen auf, nur um es gleich darauf wieder loszulassen. Natürlich fiel es genau wie zuvor auf den Boden, während Heather und Lilly mit großen Augen dabei zusahen. »Das ist eine ganz besondere Kraft der Erde. Wisst ihr, die Erde hat uns alle nämlich so lieb, dass sie auf uns aufpasst und uns immer wieder zu sich zurückzieht. Wie wenn ihr springt. Dann landet ihr auch wieder auf euren Füßen, oder?«

Sie nickten gleichzeitig.

»Und genauso ist es mit der Torte. Ohne die Schwerkraft würden wir nämlich alle plötzlich abheben und ins Weltall fliegen.«

»Wirklich?«, rief Heather mit großen Augen.

»Boah!«, machte Lilly.

»Ja, zum Beispiel so!« Wie aus dem Nichts tauchte Cole auf, packte Heather und hob sie hoch.

Sie quietschte vergnügt auf und breitete die Arme aus, um brummend ein Flugzeug nachzuahmen. »Sieh mal, Sophie! Ich fliege!«

»Tust du das wirklich?« Cole tat kurz so, als würde er sie fallen lassen, woraufhin Heather aufkreischte, dicht gefolgt von einem Kichern.

»Das war die Schwerkraft«, erklärte ich mit einem amüsierten Lächeln auf den Lippen.

»Also ist Onkel Cole stärker als die ganze Erde?«, wollte Lilly wissen und hüpfte neben mir vor Aufregung auf und ab.

Nur mit Mühe schaffte ich es, mein Lachen zu unterdrücken und ernst zu bleiben. »Kann man so sagen.«

»Wow …«

Cole setzte seine Nichte ab, die eine kleine Pirouette drehte und dann zusammen mit ihrer Schwester davonrannte. »Sieh mal, Mama! Sieh mal! Das ist die Schwerkraft!« Sie sprangen beide in die Luft und griffen dann nach einem der Gedecke auf dem großen Tisch, um auch das hochzuwerfen.

Ich verzog das Gesicht, aber Cole schüttelte nur grinsend den Kopf. »Da hast du ja was angerichtet.«

»So war das eigentlich nicht geplant gewesen …«, murmelte ich. Als ich das mal bei der Nachhilfe, die ich in der Highschool gegeben hatte, auf diese Weise erklärt hatte – nur ohne die Torte –, hatten meine Schüler und Schülerinnen nicht gleich alle möglichen Gegenstände vom Tisch gezogen und auf den Boden fallen lassen.

Cole lachte nur und warf mir einen amüsierten Seitenblick zu. »Ich dachte schon, meine Schwester hätte dich entführt.«

»Ich mag deine Schwester.«

»Das würdest du nicht sagen, wenn du sechzehn Jahre lang mit ihr zusammengelebt hättest. Dagegen sind du und Liz die besten und pflegeleichtesten Mitbewohnerinnen der Welt.«

Bei dieser Aussage zog ich die Brauen in die Höhe und drehte mich zu ihm. »Wie bitte?«

»Ich meine, das seid ihr sowieso! Die allerbesten!«, ruderte Cole zurück und hob beschwichtigend die Hände. »Keine Frage! Zumindest, wenn Liz nicht gerade meine Hemden zerstört.«

Mein Blick fiel auf sein rosa gefärbtes Hemd und ich musste gegen mein Lachen ankämpfen. Wo er recht hatte …

Bevor wir weiter auf das Thema eingehen konnten, verkündete Coles Vater lautstark, dass das Essen jetzt serviert wurde und sich alle Gäste bitte an ihre Plätze begeben sollten.

»Gott sei Dank.« Ich legte mir die Hand auf den Magen. »Ich bin am Verhungern.«

In den nächsten Stunden gab es jede Menge leckere Speisen und Getränke, Spiele und Reden, die von Familienmitgliedern und Freunden von Braut und Bräutigam gehalten wurden und für viele Lacher sorgten. Die Zeit verging wie im Flug und obwohl wir schon frühmorgens zur kirchlichen Trauung aufgebrochen waren, machte sich keinerlei Müdigkeit bemerkbar, weder bei Cole und mir noch bei den anderen Gästen.

Am frühen Abend ging die Sonne unter und tauchte den Garten in ein malerisches Licht. Nach und nach verdunkelte sich der Himmel und es wurde kühler, vor allem dank der frischen Brise, die vom Meer herkam. Coles Eltern waren wie immer auf alle Eventualitäten vorbereitet. Kleine Lagerfeuer erhellten den Garten, in den Bäumen leuchteten Lampions in allen Größen, während niedliche kleine Solarlaternen die Wege markierten und den Pool deutlich genug abgrenzten. In dessen Wasser spiegelte sich der Schein all dieser Lichter, sogar von den Kerzen, die auf dem langen Tisch standen und sanft im Wind flackerten. Es war ein geradezu magischer Anblick.

Der große Pavillon bot Schutz vor Regen, falls das Wetter umschlagen sollte, doch danach sah es nicht aus. Keine Wolke weit und breit. Wenn ich den Kopf in den Nacken legte, konnte ich nur eine Vielzahl von Sternen ausmachen. Wie eine Reflexion der ganzen Lichter hier unten schimmerten sie am Nachthimmel.

Mittlerweile war der Pavillon zur Tanzfläche umfunktioniert worden. Am Rande spielte eine Band seit Stunden einen schönen Song nach dem anderen und direkt vor ihnen wiegten sich einige Paare zu der sanften Melodie. Gerade entdeckte ich Coles frischgebackene Schwägerin Lucia, die mit seinem Dad tanzte, und musste unweigerlich lächeln, weil die beiden ein so schönes Bild abgaben.

Als Kind hatte ich unzählige Puppen gehabt und häufig Partys, Hochzeiten und Familienfeiern nachgestellt. Und immer waren die Eltern dabei gewesen. Der Vater, der die Braut zum Altar führte. Die Mutter, die den neuen Sohn unter glücklichen Tränen in die Familie aufnahm. Umarmungen, Gelächter, Gespräche, Tanzen und ganz viele Fotos – all das hatte dazugehört, lange bevor ich das erste Mal auf einer richtigen Hochzeit eingeladen war. Eine Zeit lang hatte ich sogar mit dem Gedanken gespielt, Hochzeitsplanerin zu werden, doch dann war mir klar geworden, dass es mir gar nicht um die Trauungen ging, sondern um die Familien. Um die Liebe. Um die Menschen, die nicht einmal ahnten, wie es sich anfühlte, verlassen und vergessen zu werden.

Ich trank einen Schluck von meinem Wein, um den Kloß zu vertreiben, der sich plötzlich in meiner Kehle gebildet hatte, während ich die Tanzenden vom Rand aus beobachtete. Es war ein schöner Tag gewesen und ich fühlte mich so wohl, umringt von Coles Familie, da wollte ich jetzt nicht damit anfangen, mich irgendwelchen dunklen Gedanken und Gefühlen hinzugeben. Dafür waren Momente wie diese zu kostbar.

»Alles klar?« Cole trat neben mich, die Hände lässig in den Taschen seiner Hose. Das Sakko hatte er irgendwann im Laufe des Abends abgelegt. Obwohl er so einige Kommentare zu seinem schweinchenrosa Hemd hatte einstecken müssen, trug er es nach wie vor mit Stolz.

Ich atmete tief ein, und als ich ihm antwortete, wusste ich, dass es die Wahrheit war. »Ja. Alles gut.«

Sein Blick glitt von mir zur Tanzfläche und wieder zurück. Ohne Vorwarnung nahm er mir das Weinglas aus der Hand und stellte es auf einen kleinen Stehtisch neben uns, dann griff er nach meinen Fingern und zog mich näher an sich.

Ich erstarrte sofort. »Was tust du da?«

»Wonach sieht es denn aus?« Fragend zog er die dunklen Brauen hoch. Er hatte einen konzentrierten Gesichtsausdruck, als er meine rechte Hand in seiner linken positionierte. »Du stehst schon seit einer Ewigkeit hier herum, ohne dich zu bewegen. Also bringe ich dir das Tanzen bei.«

»Aber … aber …«, protestierte ich und ignorierte das nervöse Flattern in meiner Magengrube. »Du weißt, dass ich das überhaupt nicht kann!«

Zumindest wenn es um so was wie Standardtänze ging. Bei unseren gelegentlichen *Just-Dance*-Spielesessions in der WG sah das anders aus – einige dieser Choreografien hatte ich eindeutig drauf. Aber das hier? Das war etwas völlig anderes. Bisher war ich jedem noch so kleinen Tanz auf Feiern und Hochzeiten ausgewichen, ganz egal, ob es darum ging, mit Cole oder einem der anderen Gäste zu tanzen. Ich hatte mich nie überreden lassen. Doch diesmal ließ Cole mir keine Wahl.

Er schmunzelte. »Deshalb bringe ich es dir ja bei. Wird auch höchste Zeit.«

»Jetzt? Hier?«

Ich sah mich hektisch um. Der Garten hatte sich nicht wirklich geleert. Überall schwirrten noch Leute herum, standen oder saßen in Grüppchen beisammen oder machten die Tanzfläche unsicher, während die Band munter spielte. Coles Nichten Heather und Lilly rannten kreischend an uns vorbei, eine von ihnen zog einen Luftballon hinter sich her.

War das eine gute Idee? Zwei Freunde, nein, zwei beste Freunde, die daran arbeiteten, jegliche Gefühle füreinander loszuwerden, die über das Platonische hinausgingen, und jetzt auf einmal eng umschlungen miteinander tanzten? Okay, *eng umschlungen* war übertrieben, vor allem wenn ich mir die anderen Pärchen so anschaute. Dennoch war ich Cole selten so nahe gewesen wie jetzt.

Ohne auf meinen Einwand einzugehen, platzierte er meine linke Hand auf seiner Schulter. Durch das dünne Hemd spürte ich die Hitze, die sein Körper ausstrahlte, viel zu deutlich, und schluckte hart. Als er seine rechte Hand an meine Taille legte, kostete es mich alles an Selbstbeherrschung, bei der unerwarteten Berührung nicht zusammenzuzucken. Dennoch verkrampfte ich mich unwillkürlich und spürte, wie mir die Hitze in die Wangen schoss.

»Entspann dich«, murmelte Cole und drückte meine rechte Hand beruhigend. »Wir versuchen es ein paar Minuten, und wenn es dir nicht gefällt oder du dich unwohl fühlst, hören wir auf, okay?«

»Und reden nie wieder darüber, falls ich mich total blamiere?«, schlug ich vor und nickte einmal. »Deal.«

Seine Mundwinkel zuckten. »Deal. Aber du wirst dich nicht blamieren. Und wenn doch, blamieren wir uns gemeinsam.«

Aus irgendeinem Grund entschied sich mein Magen ausgerechnet jetzt, einen kleinen Purzelbaum zu schlagen. Gott, was war hier los? Das war nur Cole. Nur ein Tanz. Außerdem waren wir umringt von seiner ganzen Familie. An dieser Situation war nichts Besonderes oder gar Romantisches. Wir waren nur zwei Freunde, die miteinander tanzten. Das war alles. Und wenn ich mir das lange genug einredete, glaubte es vielleicht auch der verräterische kleine Teil in mir, der sich viel zu sehr nach Hoffnung anfühlte. Hoffnung auf ... was? Darüber dachte ich lieber nicht allzu genau nach, außerdem musste ich mich auf die Bewegungen konzentrieren, die Cole mir gerade beibrachte.

Ich folgte den Schritten genauso wie den Choreografien bei *Just Dance,* bis ich sie auswendig konnte. Und plötzlich ... Du lieber Himmel! Wir tanzten. Wir tanzten wirklich miteinander!

»Siehst du?«, neckte er mich leise, während wir förmlich über den Boden schwebten. »Ist gar nicht so schwer.«

Nur leider war unsere improvisierte Tanzfläche kein schicker Parkettboden, sondern eine unebene Grünfläche. Als ich in eine kleine Mulde trat, gab mein Knöchel nach und ich geriet unwillkürlich ins Straucheln.

Cole reagierte blitzschnell und zog mich fest an sich, ehe ich zu Boden gehen konnte.

»Whoops«, murmelte er dicht an meinem Ohr. »Hast du dir wehgetan?«

»Nein«, krächzte ich und versuchte mit all den Sinneseindrücken zurechtzukommen, die plötzlich auf mich einströmten.

Sein Atem strich über meinen Hals und löste eine kribbelnde kleine Gänsehaut aus. Außerdem war da noch sein Duft. Ich wusste, dass Cole gut roch, schließlich wohnten wir zusammen und ich kannte das Duschgel, das er benutzte. Und vielleicht hatte ich im letzten Jahr auch mal heimlich die Flasche in die Hand genommen und daran geschnüffelt. Vielleicht sogar öfter als nur einmal. Doch ihm jetzt so nahe zu sein und seinen Duft zu inhalieren, war etwas völlig anderes.

Statt mich sofort wieder loszulassen oder von sich zu schieben, hielt Cole mich fest. Meine rechte Hand ruhte noch immer in seiner, während meine linke jetzt auf seinem Schulterblatt lag. Ob sich das für ihn genauso warm und intensiv anfühlte wie seine Hand auf meinem unteren Rücken? Ob er genau wie ich das Gefühl hatte, nicht atmen zu können und gleichzeitig so viel Sauerstoff zu inhalieren, dass ihm ganz schwindelig wurde? Ob es in seiner Brust genauso heftig hämmerte wie in meiner?

»Entspann dich«, wisperte er wieder, diesmal jedoch viel zu nahe an meinem Ohr, und entlockte mir damit einen weiteren kribbeligen Schauer. »Wir tanzen nur.«

Das stimmte. Es war nur ein Tanz. Doch das hier fühlte sich völlig anders an als alles, was ich bis eben bei den anderen auf der Tanzfläche beobachtet hatte. Da war kein Abstand mehr zwischen uns wie es sich gehörte und wie ihn auch seine Schwägerin und sein Dad eingehalten hatten. Auf einmal waren da nur noch Cole, die sanften Klänge von Skylar Greys Version von *Stand by Me* und der etwas unebene Boden unter meinen hohen Schuhen. Wann immer ich einzuknicken oder zu straucheln drohte, verstärkte Cole den Griff an meinem Rücken. Beinahe so, als könnte ich niemals fallen und niemals aus dem Gleichgewicht geraten, so lange er mich nur festhielt.

Meine Muskeln lockerten sich nach und nach, bis ich schließlich sogar den Kopf an seine Schulter bettete. Doch mein Herz schlug mir noch immer bis zum Hals – und ich konnte auch seines spüren. Für den langsamen Song, bei dem wir uns nur ein bisschen hin und her wiegten, pochte es viel zu schnell.

Ich sollte das hier beenden, das wusste ich. Ich sollte mich sofort von ihm losmachen und einen gesunden, einen *freundschaftlichen* Abstand zwischen uns bringen, aber ich ... konnte nicht. Nicht, wenn sich das hier so gut, so friedlich anfühlte. Nicht, wenn ich in diesem Augenblick nirgendwo sonst sein wollte als genau hier. Denn in diesem Moment war all das nicht mehr wichtig.

Die ruhige Melodie verklang und die Band ging ohne Pause in einen neuen Song über. Einen Song, dessen erste Takte mir aus irgendeinem Grund ziemlich bekannt vorkamen und die mein Herz aus ganz anderen Gründen schneller schlagen ließen. Ich hob den Kopf und starrte Cole an.

Kapitel 14

Cole

Obwohl ich diesen Tanz mit Sophie mehr genoss, als gut sein konnte, hatte ich nur darauf gewartet, dass die Band endlich mit diesem Lied begann. Und als die ersten Töne von *Narcotic* von Liquido erklangen, wanderten meine Mundwinkel automatisch nach oben. Der Song war uralt, aus den späten Neunzigern, und gehörte zu Sophies absoluten Lieblingsliedern. Ich konnte gar nicht mehr zählen, wie oft sie die Lautstärke in ihrem Zimmer aufgedreht hatte, wann immer er gerade lief.

»Was …? Wie …?« Sophie starrte mich aus immer größer werdenden Augen an, dann verpasste sie mir einen Schlag gegen die Schulter, der mich ächzen ließ. »Ich liebe diesen Song!«

Behutsam führte ich sie in eine Drehung. »Ich weiß.«

»Niemand kennt ihn! Schon gar nicht Leute in unserem Alter.«

Ich grinste nur noch breiter. »Ich weiß.«

Gleich darauf war sie wieder in meinen Armen und strahlte mich an. »Du bist echt unglaublich!«

Nein, ich war verloren. Hoffnungslos verloren.

Aber ich zuckte nur mit den Schultern, als wäre es eine Kleinigkeit, auch wenn ich meine Belustigung über ihre begeisterte Reaktion nicht verbergen konnte. »Ich weiß.«

Bevor sie etwas darauf erwidern konnte, führte ich sie pünktlich zum schnellen Refrain in eine neue Drehung und zog sie genauso schwungvoll wieder an mich. Und dann gleich noch mal. Lachend landete Sophie in meinen Armen und schlang die eigenen um meinen Hals. Ihre Wangen waren leicht gerötet und ihre Augen strahlten. Es war ein Anblick, bei dem das Hämmern in meinem Brustkorb nur noch stärker wurde – und das hatte nichts mit dem Song zu tun, sondern ganz allein mit der Person, mit der ich gerade tanzte.

Shit. Alles in mir reagierte auf Sophie, als hätten sich meine Gedanken, mein Körper und meine Emotionen wie eine Kompassnadel auf sie eingestellt. Das Einzige, was ich nicht begriff, war, warum es so lange gedauert hatte. Warum ich nicht schon viel früher verstanden hatte, wie wundervoll sie war und wie viel sie mir eigentlich bedeutete. Vielleicht wäre es dann nicht zu spät gewesen. Vielleicht hätten wir eine Chance gehabt, statt nur einen Plan, mit dem Sophie mir dabei helfen wollte, alles, was ich für sie empfand, genauso schnell wieder loszuwerden, wie es aufgetaucht war.

Nur lag genau darin das Problem. Denn all das war nicht einfach so von einem Tag auf den anderen gekommen, so viel wurde mir in diesem Moment klar. Während ich mich schneller mit ihr zu einem ihrer absoluten Lieblingssongs bewegte und Sophie immer wieder herumwirbelte, bis sie sich lachend an mich schmiegte, wurde mir bewusst, dass ich mich schon viel früher in sie verliebt hatte. Ich hatte es nur nicht gemerkt, weil es so langsam geschehen war. So unaufdringlich. Ich war nicht eines Morgens aufgewacht und fand meine beste Freundin plötzlich heiß. Sophie war schon immer attraktiv gewesen, ihre Tollpatschigkeit schon immer irgendwie niedlich, wenn auch lebensgefährlich, und die Art, wie sie uns alle zusammenstauchen konnte, schon immer beeindruckend. Genau wie ihre Intelligenz, die sie viel zu oft versteckte, weil sie nicht gerne im

Mittelpunkt stand. Aber sie war clever, und das hatte absolut nichts mit ihrem naturwissenschaftlichen Studium zu tun, für das sie sich Tag und Nacht abrackerte, um Bestnoten zu erhalten.

»Was ist los?«, fragte Sophie nach einer Weile, als das Lied vorbei war und wir uns wieder zu einer langsameren Nummer hin und her wiegten. Ihre Augen leuchteten noch immer glücklich, ihre Wagen waren noch röter geworden und ein Lächeln lag auf ihren Lippen.

»Hm?«, machte ich abgelenkt, da es mir schwerfiel, mich auf etwas anderes zu konzentrieren als auf Sophie. Und auf das, was ihre bloße Gegenwart in mir auslöste.

»Du bist ungewöhnlich still«, stellte sie fest und kräuselte ganz leicht die Nase. »Normalerweise bedeutet das nichts Gutes.«

Meine Mundwinkel zuckten und ich zog sie eine Spur fester an mich. »Ach, ist das so?«

Sie schnappte überrascht nach Luft, nickte aber. »Wenn du zu lange zu ruhig bist, bedeutet das meistens Ärger.« Jetzt waren ihre Worte nur noch ein Flüstern und ihr Blick huschte zwischen meinen Augen und meinem Mund hin und her.

Mir wurde schlagartig heiß. Bewegten wir uns überhaupt noch zur Musik oder waren wir mittlerweile stehen geblieben? Welches Lied lief gerade überhaupt? Ich wusste es nicht, nahm es nicht wahr. Es spielte auch keine Rolle mehr.

Sophie sah so wunderschön und glücklich aus. Und ich … ich konnte einfach nicht anders. In diesem Moment hätte mich weder meine gesamte Familie noch ein verdammtes Erdbeben davon abhalten können, den Kopf ein Stück nach vorne zu neigen und ihr näher zu kommen. Nur ein kleines bisschen näher, bis ich ihren warmen Atem auf meinem Gesicht fühlen und ihren Duft noch intensiver inhalieren konnte. Nur ein kleines bisschen näher, um mit meinen Lippen über ihre streichen zu können ... und Sophie zu küssen.

Ich rechnete damit, dass sie erstarren, dass sie mich wegdrücken oder mir sogar eine Ohrfeige verpassen und mich anherrschen würde, was zum Teufel mir eigentlich einfiel. Und ich würde all das kommentarlos hinnehmen, weil ich es verdient hätte. Wir waren Freunde – und ich nutzte es gerade schamlos aus, dass wir in einem romantischen Setting miteinander tanzten.

Sophie erstarrte auch – doch sie drückte mich nicht weg und ihre Hand kollidierte auch nicht schmerzhaft mit meinem Gesicht. Dennoch klopfte mir das Herz bis zum Hals, weil ich keinen Schimmer hatte, was ich hier eigentlich tat und welche Konsequenzen das nach sich ziehen würde. Sophie hatte sich dazu bereit erklärt, mir zu helfen, und ich ... ich gab diesem Impuls nach und überrumpelte sie mit diesem Kuss.

In den ersten Sekunden stand Sophie stocksteif da und auch wenn ich es nicht wollte, war ich bereit, mich zurückzuziehen und die Strafe für diese ungeplante Aktion auf mich zu nehmen. Doch dann spürte ich, wie sie sich sanft an mich schmiegte ... und den Kuss nicht beendete, sondern ihn zu erwidern begann.

Das musste ein Traum sein. Viel zu schön, um wahr zu sein. Gleich würde ich in meinem Bett aufwachen und mich selbst dafür verfluchen, weil ich solche Dinge über meine beste Freundin träumte. Doch nichts dergleichen passierte. Ich wachte nicht auf. Ich blieb mit hämmerndem Puls reglos stehen, genauso geschockt über ihre Reaktion wie sie vermutlich über diesen Kuss.

Und dann ... dann gab es kein Zurück mehr. Ich ließ ihre Finger los und legte beide Hände an ihr Gesicht. Aus dem sanften Streichen, dem zögerlichen Tasten wurde mehr, ein

Suchen, ein Sehnen, bis ich ihre Lippen fest auf meinen spürte, bis ihr Geschmack und ihr Duft meine Sinne überfluteten. Sie schmeckte süß und nach dem Wein, den sie getrunken hatte, aber auch ganz nach Sophie. Ganz nach der Frau, die sich so still und heimlich in meinen Kopf und mein Herz geschlichen hatte, dass mich die Erkenntnis, wie viel sie mir wirklich bedeutete, völlig überrumpelt hatte. Doch jetzt, da sie da war, wollte ich gar nichts mehr daran ändern. Ich wollte all diese verrückten und verwirrenden Gefühle gar nicht loswerden. Ich wollte Sophie. Ich wollte *uns.*

In der einen Sekunde lag ihr Mund noch warm und weich auf meinem, in der nächsten stand ich mit gespitzten Lippen allein da. Sophie hatte sich so schnell von mir losgemacht und war einen Schritt zurückgetreten, dass ich kaum reagieren konnte.

»Das ... das war ...«

Phänomenal? Unglaublich? Besser als jeder andere Kuss meines Lebens? Doch in Sophies Miene spiegelte sich kein einziger von meinen Gedanken wider. Stattdessen wirkte sie beinahe ... unglücklich.

»Das hätte niemals passieren dürfen«, stieß sie hervor, während ihr Blick hektisch hin und her zuckte. »Ich ... tut mir leid.« Damit ließ sie mich stehen und verschwand zwischen den anderen Gästen.

Ich blieb allein neben der Tanzfläche zurück. Irgendwie verloren. Zurückgelassen – und genau so fühlte sich das auch an. Absolut beschissen.

Ich fuhr mir mit den Fingern durchs Haar, atmete tief durch und wandte mich von den anderen tanzenden Paaren ab. Ziellos wanderte ich durch den Garten, während Stimmen, Gesprächsfetzen und vereinzeltes Lachen zu mir durchdrangen. Alle waren glücklich – und das war ja auch ein toller Tag mit

Grund zum Feiern gewesen. Doch nach Feiern war mir überhaupt nicht mehr zumute. Eher danach, mich hemmungslos zu betrinken.

Ohne nachzudenken, steuerte ich das Getränkebuffet an und nahm mir ein Bier aus der Wanne voller Eis. Ich öffnete es und trank zwei große Schlucke. Für ein paar Sekunden schien es zu helfen, doch dann war der Moment schon wieder vorbei und es ging mir genauso beschissen wie zuvor.

Als jemand neben mich trat, spannte ich mich unwillkürlich an, nur um dann festzustellen, dass es sich nicht um Sophie, sondern um meinen jüngeren Bruder Carter handelte. Ich atmete seufzend aus und unterdrückte die Enttäuschung. Ich hatte keine Ahnung, wohin Sophie geflüchtet war, wusste aber, dass ich mich ihr früher oder später stellen musste. Eher früher als später, schließlich waren wir zusammen hergekommen, also würden wir auch zusammen wieder zurück nach Pensacola und in die WG fahren. So hatte ich mir diesen Tag wirklich nicht vorgestellt – und den ersten Kuss mit ihr auch nicht.

Carter räusperte sich. »Ich hab dich eben mit Sophie gesehen ...«

Na toll. Ich fragte mich, wie viele von meinen Verwandten uns dabei beobachtet hatten, wie wir uns küssten, und mir heute Abend und in den kommenden Tagen damit in den Ohren liegen würden.

»Das hatte nichts zu bedeuten«, zwang ich mich zu sagen und trank noch einen großen Schluck Bier.

»Sah aber ganz anders aus.« Er warf mir einen bedeutungsvollen Blick zu und wackelte dabei mit den Brauen.

Ich rollte nur mit den Augen. »Was willst du?«, knurrte ich, da ich nicht in der Stimmung für seine altklugen Sprüche war.

»Na ja ... wie formuliere ich das jetzt am besten?«, überlegte er laut. Dann deutete er mit dem Glas in der Hand um sich. »Du hast noch nie eine deiner Freundinnen mit hierher gebracht.«

»Und? Dafür hab ich Sophie mitgebracht.«

»Als beste Freundin«, ergänzte Carter gedehnt. »Als die sichere Option. Nicht als deine *feste* Freundin.«

Ich runzelte die Stirn. Irgendetwas an seinen Worten und an der Art, wie er sie sagte, löste ein ganz seltsames Gefühl in meinem Bauch aus. Eindeutig keins der guten Sorte. »Was soll das bedeuten?«

»Du gehst auf Nummer sicher, Cole. Sobald etwas ernst zu werden droht, machst du dicht oder suchst schnell das Weite. Sophie ist die Einzige, die länger an deiner Seite war, aber auch nur als gute Freundin.«

»Und weiter?«, hakte ich nach, da ich noch immer nicht begriff, worauf mein kleiner Bruder hinauswollte.

»Mensch, Cole. Du bist genau wie unsere liebreizende Cousine Estelle – du bindest dich nicht gerne langfristig.«

»Estelle hat vor zwei Monaten geheiratet«, warf ich trocken ein und nippte an meinem Bier.

»Und lässt sich schon wieder scheiden«, konterte Carter. »Schnell zu heiraten, nur um das Ganze kurze Zeit später wieder aufzulösen, ist kein Zeichen dafür, dass man sich langfristig binden möchte.«

»Und wenn schon.«

Dann hatte es bisher halt noch nie für längere Zeit mit einer meiner Ex-Freundinnen geklappt. Das hatte überhaupt nichts zu bedeuten. Höchstens, dass sie nicht die Richtigen für mich gewesen waren und ich eindeutig nicht der Richtige für sie, da ich es nicht gleich auf Zusammenziehen, Verlobung, Hochzeit, ein Haus mit Hund, Kindern und Garten und all dem Mist anlegte. Am liebsten dachte ich gar nicht erst so weit in die Zukunft. Wozu auch? Meine bisherigen Beziehungen hatten eh nie lange genug gehalten, um mir über solche Dinge den Kopf zu zerbrechen, also würde ich jetzt auch nicht damit anfangen. Dennoch hallten Carters Worte auf unangenehme Weise in meinem Bewusstsein nach. Ich warf ihm einen fragenden Blick zu, da er noch nicht fertig zu sein schien. Wie es aussah, war ich mitten in eine Therapiestunde reingestolpert.

»Na ja«, begann er und es überraschte mich, ihn dabei zu erleben, wie er herumdruckste. Normalerweise meldete sich Carter nur dann zu Wort, wenn er ganz genau wusste, was er sagen wollte. Und meistens lohnte es sich dann auch, ihm zuzuhören. Herumdrucksen passte nicht zu ihm.

»Spuck's schon aus«, knurrte ich.

»Bist du sicher, dass du Sophie auf diese Weise willst? Ihr seid ein gutes Team als beste Freunde, aber wenn du mit ihr als fester Freundin genauso umgehst wie mit deinen bisherigen Beziehungen, sprich, wenn du dich auf nichts Ernstes einlassen kannst oder willst, wirst du sie früher oder später verlieren. In jeder Hinsicht.«

Ich erstarrte. Ein kalter Klumpen begann sich in meinem Magen zu bilden, als hätte sich das Bier und alles, was ich an diesem Tag gegessen und getrunken hatte, dort festgesetzt und würde jetzt langsam zu Eis gefrieren.

»Nur so ein Gedanke.« Carter klopfte mir auf die Schulter und ließ mich neben dem Getränkebuffet stehen.

Mit einem Mal hatte ich keine Lust mehr auf das Bier. Obwohl ich das Gerede meines kleinen Bruders als genau das abtun wollte, als Gerede, hatte er dennoch einen Nerv getroffen. Dabei war das völliger Schwachsinn. Sophie war nicht wie meine ehemaligen Beziehungen. Das mit ihr und mir war völlig anders. Es musste einfach anders sein. Oder ...?

Aber was, wenn sich Carters Worte bewahrheiteten, wenn Sophie und ich – auch wenn es im Moment mehr als unwahrscheinlich war – tatsächlich eines Tages zusammenkamen und ich irgendwann mit ihr Schluss machte, weil sie etwas Langfristiges wollte und ich eben nicht? Wir würden uns trotzdem Tag und Nacht in der WG über den Weg laufen und am Frühstückstisch zusammensitzen müssen. Das wäre unerträglich. Aber noch unerträglicher wäre ein Leben ganz ohne meine beste Freundin – und das nur, weil ich unbedingt mehr gewollt hatte.

Hatte ich einen Fehler gemacht? Hätte ich sie nicht küssen sollen? Hätte ich meine eigenen Wünsche zurückstellen und diesen dämlichen Zwölf-Schritte-Plan ernster nehmen müssen? Gefährdete ich gerade unsere Freundschaft, nur weil ich mehr in ihr sah als meine Mitbewohnerin und beste Freundin? Aber war ich überhaupt dazu in der Lage? Konnte man Gefühle einfach so abschalten?

Verdammt. Ich wusste es nicht. Ich hatte nicht die geringste Ahnung. Außerdem schwirrte mir bereits der Kopf von diesen vielen unbeantworteten Fragen.

Ich wollte gerade wieder nach meinem Bier greifen und mit ein paar Schlucken all diese Gedanken runterspülen, als mein Handy vibrierte. Ich zog es aus der Hosentasche und starrte einen Moment lang auf das Display. Es war eine neue Nachricht von Sophie.

Zögerlich entsperrte ich das Display und öffnete die Nachricht:

Bin nach Hause gefahren. Sehen uns in der WG.

Sie war ohne mich zurückgefahren? Mit wem? Und warum war sie gegangen, ohne vorher Bescheid zu geben? Ohne sich zu verabschieden?

Shit. Deutlicher hätte sie eine Abfuhr nicht machen können.

Kapitel 15

Sophie

Abstand. Abstand war gut. Abstand und Ablenkung waren überlebenswichtig. Vor allem, wenn die eigenen Gefühle verrücktspielten, weil der Mitbewohner und beste Freund, für den man über ein Jahr lang geschwärmt hatte, einen plötzlich küsste. Und das mitten im Zwölf-Schritte-Programm! Ich hätte wissen müssen, dass dieser gemeinsame Töpferkurs keine gute Idee gewesen war, genauso wenig wie Cole zur Hochzeit seines großen Bruders zu begleiten. Auch wenn ich ihm das schon vor Monaten zugesagt hatte … Aber ich hätte dennoch einen Rückzieher machen können. Wie ich auch Nein zu dem Töpferkurs hätte sagen können.

Warum hatte ich es dann nicht getan?

»Weil ich nicht anders konnte«, murmelte ich vor mich hin und biss die Zähne zusammen. »Ich konnte einfach nicht anders!«

Keine Reaktion. Von wem auch? Ich saß allein in meinem Auto, die traurige Melodie aus dem Radio war mein einziger Begleiter. Fehlte nur noch, dass es in Strömen regnete, um meine aktuelle Stimmung zu unterstreichen, aber nein. Die Sonne strahlte über Pensacola und bescherte uns einen weiteren wunderschönen Herbsttag. Genau wie gestern. Genau wie auf der Hochzeit.

Seufzend setzte ich den Blinker, warf einen kurzen Blick

in Seit- und Rückspiegel und bog dann ab. In ein paar Minuten würde ich beim Haus meines Großvaters ankommen, und wenn ich weiterhin so eine Trauermiene zog, würde er sofort merken, dass irgendetwas nicht stimmte.

Dabei war alles gut. Es *musste* gut sein. Cole und ich hatten uns gestern Abend kurz geküsst. Es war ein Ausrutscher gewesen. Ein Fehler, der so nie, nie, niemals wieder passieren würde. Unter keinen Umständen und ganz egal, wie gut es sich angefühlt hatte. Wir waren immer noch beste Freunde, außerdem wohnten wir zusammen. Das konnte nur in einer gewaltigen Katastrophe enden.

Abgesehen davon funktionierte mein Zwölf-Schritte-Plan. Er funktionierte! Nicht nur ich war der beste Beweis dafür, sondern auch meine alten Schulfreundinnen und Liz, die dank des Programms über ihren Ex in Australien hinweggekommen war. Also würde es auch funktionieren, was diese doofen Gefühle zwischen Cole und mir anging. Es musste einfach.

Während die Häuser Pensacolas an mir vorbeirauschten und ich mich von der Innenstadt entfernte, sagte ich mir diese Worte immer wieder vor, bis ich sie selbst glaubte. Es musste nicht nur funktionieren, es *würde* auch funktionieren. Eine andere Option gab es nicht.

Ich fuhr von der Interstate runter und genoss es, die Stadt immer weiter hinter mir zu lassen. Normalerweise war es hier unheimlich grün, aber der Herbst hatte mittlerweile Einzug gehalten, obwohl es noch immer vergleichsweise warm war. Die Blätter an den Bäumen hatten sich verfärbt und waren zu großen Teilen bereits herabgefallen. Gelb und Braun dominierten das Bild, während ich der Straße folgte und noch ein paarmal abbog, bis ich die Gegend erreichte, die die klangvolle Bezeichnung Rolling Hills trug. Entgegen des poetischen Namens war es hier ziemlich flach. Mein Großvater bewohnte einen Bungalow aus rotem Backstein mit einer weißen Eingangstür und beigefarbenen Fensterläden, umringt von vielen Bäumen und Büschen und lauter kleinen Teichen und Tümpeln. Obwohl er einige Nachbarn hatte, fühlte man sich hier dennoch beinahe allein in der Natur. Als hätte er nur auf das Vorfahren des Wagens gewartet, ging in diesem Moment die Tür auf und mein Großvater trat heraus. Er war ein großer Mann mit breitem Kreuz und weißem Haar, das er mal wieder schneiden lassen sollte, sich neuerdings aber lieber zu einem kleinen Zopf im Nacken zusammenband. Dafür pflegte er seinen Bart umso akribischer und stutzte ihn regelmäßig, damit er nicht irgendwann aussah wie der Weihnachtsmann. Trotz seines hohen Alters war er fit, hackte das Holz für den Kamin selbst hinterm Haus und gärtnerte liebend gerne. Es hatte unglaublich vieler Überredungskünste und vorsichtiger Schubser in die richtige Richtung bedurft, bis er eingewilligt hatte, dafür zu zahlen, dass jemand anderes seinen Rasen mähte. In der Regel waren das Jugendliche aus der Gegend, die sich ein bisschen Taschengeld dazuverdienen wollten.

Wie so oft trug Grandpa ein gebügeltes Hemd mit Motiv – diesmal waren es kleine Regentröpfchen –, eine lässige Jeans und sauber geputzte Schuhe. An manchen Dingen ließ sich seine Zeit bei der Armee bis heute ablesen, sein gepflegtes Äußeres und das ordentliche Haus gehörten eindeutig dazu.

Ich schaltete den Motor aus, schnappte mir meine Tasche und stieg aus.

»Hey Grandpa«, begrüßte ich ihn und versank wenige Schritte später sofort in der Bärenumarmung.

»Hallo Kleines.« Er strich mir über das Haar, wie er es schon machte, seit ich denken konnte. Die Geste hatte etwas unheimlich Vertrautes, genauso wie die Umarmung, der bekannte

Geruch nach Seife und Pfefferminz und der Duft von Apfelkuchen, der selbst hier draußen in der Luft hing.

Ich löste mich von ihm und sah ihn mit großen Augen an. »Ist das …?«

Ein Lächeln umspielte seine schmalen Lippen und die Falten rund um seine grauen Augen wurden tiefer. »Dachtest du etwa, ich vergesse mein Versprechen? Der Pie ist noch im Ofen, müsste aber bald fertig sein.«

»Ich liebe dich. Das weißt du, oder?«

Er lachte tief und grölend auf. »Mich oder den Kuchen, Mädchen? Das ist hier die Frage.«

Grinsend schob ich mir den Riemen meiner Tasche über die Schulter. »Euch beide. Dich vielleicht ein klitzekleines bisschen mehr.«

»Ein klitzekleines bisschen, so so«, murmelte er und schüttelte amüsiert den Kopf. Dabei wusste er doch am allerbesten über meine innigen Gefühle für alles Essbare Bescheid.

Auf dem Weg hierher hatte ich zwei Müsliriegel gefuttert, dennoch knurrte mir wieder der Magen und ich konnte es gar nicht erwarten, ins Haus zu kommen und mich auf den selbst gemachten Apfelkuchen zu stürzen. Doch bevor ich das tun konnte, spürte ich plötzlich eine Hand an meiner Schulter.

Die Augen meines Großvaters füllten sich mit Sorge. »Was ist los, Sophie?«

»Nichts«, log ich, auch wenn sich dabei alles in meinem Bauch verknotete. Ich hatte Grandpa nie zuvor angelogen. Kein einziges Mal. Nicht bei schlechten Noten. Nicht, als ich mich einmal spätabends rausgeschlichen hatte und auch nie, wenn es um Jungs ging. Nur jetzt. Wegen Cole. Zum allerersten Mal. In Gedanken verfluchte ich ihn und mich dafür, aber ich konnte nicht anders. Ich konnte Grandpa nicht davon erzählen. Nicht, wenn ich selbst noch so damit zu kämpfen hatte, und erst recht nicht, weil ich nur zu genau wusste, wie gern er Cole hatte. Wie voreingenommen er bei diesem Thema wäre.

»Sicher?«, hakte er jetzt nach und musterte mich von oben bis unten, als könnte er irgendwo an mir einen Grund für meine aktuelle Stimmung finden.

Aber so lange nicht irgendwo »*Ich dachte, ich hätte es überwunden, habe aber immer noch Gefühle für meinen besten Freund, und gestern hat er mich geküsst*« geschrieben stand, bezweifelte ich, dass Grandpa fündig würde. Zumindest hoffte ich das inständig.

»Na gut«, gab er schließlich nach und ich wagte es, aufzuatmen. »Komm erst mal rein. Und dann kannst du mir erzählen, was dir auf dem Herzen liegt.«

Nur über meine Leiche.

Ich folgte ihm zwar in das Häuschen und legte meine Tasche im Eingangsbereich auf der kleinen Kommode ab, wie ich es immer tat, aber ich hatte nicht vor, ihm von gestern Abend zu erzählen. Dieser Moment mit Cole … dieser Kuss … das würde mein Geheimnis bleiben. Niemand musste etwas davon erfahren. Nicht mein Großvater, nicht unsere Mitbewohner, nicht Coles Fami… *verflixt*. Wie viele von seinen Verwandten hatten uns wohl gesehen? Es konnten nicht allzu viele sein, oder? Schließlich waren sie doch alle mit sich selbst beschäftigt gewesen, hatten getanzt oder mit anderen Familienmitgliedern und Freunden geplaudert. Sicher hatte uns keiner dabei beobachtet, wie wir uns plötzlich küssten. Ganz bestimmt.

Und wenn ich mir das noch ein paarmal sagte, glaubte ich vielleicht tatsächlich daran – ganz egal, wie ich mich dabei fühlte. Aber meine Emotionen waren gerade sowieso das reinste Chaos und damit kein guter Ratgeber. Waren Gefühle das überhaupt jemals?

Von innen sah das Haus fast noch genauso aus wie damals, als ich hier im Flur meine ersten Schritte getan hatte. Nur dass über die Jahre immer mehr und mehr Bilder die Wände schmückten, da neue von Grandpa und mir dazugekommen waren und andere, nämlich jene, die meine Mutter zeigten, ersetzt hatten. Da war zum Beispiel ein Schnappschuss, wie er mir das Fahrradfahren beibrachte, oder das Foto meines Highschoolabschlusses. Die Prom-Night. Ein spontanes Selfie, das beim Wandern entstanden war. Wie ich meinen ersten Fisch fing, nachdem Grandpa mir das Angeln beigebracht hatte. Diese Wände enthielten so viele Erinnerungen, allerdings nicht nur meine eigenen, sondern auch die an meine Mutter. Ich wusste, dass Grandpa mir zuliebe viele der Bilder abgenommen und ersetzt hatte, aber mir war auch bewusst, wie schwer ihm das gefallen sein musste. Immerhin war sie seine Tochter, und ich hätte niemals von ihm verlangt, sie komplett aus seinem Leben zu löschen. Also hingen auch noch einige Bilder von ihr an den Wänden, etwa als Kleinkind gleich neben dem Hochzeitsfoto meiner Großeltern. Auf ein paar wenigen Aufnahmen war meine Mutter älter und sah mir so verflucht ähnlich, dass sich jedes Mal, wenn ich sie ansah, alles in mir zusammenzog und ich das Gefühl hatte, all diese Momentaufnahmen würden mich ersticken.

Hastig wandte ich den Blick ab und folgte Grandpa in die Küche. Wie der ganze Rest des Hauses war sie heimelig eingerichtet. Unverputzte Backsteinwände und jede Menge Holz dominierten das Bild. Den Frühstückstisch und die Stühle hatten Grandpa und sein eigener Vater vor langer Zeit selbst geschreinert. Die Tischdecke stammte noch aus Grandmas Zeit, genau wie das Geschirr, das sie zu ihrer Hochzeit ausgesucht und das Grandpa nie ausgetauscht hatte, nicht mal achtzehn Jahre nach ihrem Tod. Damals wie heute lag die aktuelle Zeitung auf dem Tisch, die er von vorne bis hinten las. Und natürlich die Karamell-Bonbons, die wir beide so liebten und die er mir schon als Kind immer zur Belohnung geschenkt hatte.

In der Küche war der Duft nach Apfelkuchen noch intensiver und ich nahm mir einen Moment Zeit, den Geruch einfach nur tief in mich aufzunehmen. Grandpa schnappte sich zwei Topflappen, öffnete den Ofen und holte die Kuchenform heraus. Vorsichtig stellte er sie auf dem dafür vorgesehenen Untersetzer ab. Ich machte mich in der Zwischenzeit nützlich und kochte uns einen Kaffee. Bis der in Grandpas uralter Maschine fertig wurde, war der Kuchen meist schon abgekühlt.

»Wie läuft das Studium?«, fragte er unvermittelt.

Offenbar hatte er es nicht aufgegeben, herausfinden zu wollen, was nicht mit mir stimmte, auch wenn ich noch so sehr behauptete, dass alles in Ordnung war. Aber das war nicht der einzige Grund, aus dem er fragte. Physik, Naturwissenschaften allgemein waren schon immer ein Thema gewesen, das ihn interessiert hatte. Ein Thema, das uns immer verbunden hatte, auch wenn ich mich in letzter Zeit nicht mehr mit ganz so viel Begeisterung und dafür eher aus Pflichtgefühl damit beschäftigte.

»Gut.« Das Lächeln erschien so selbstverständlich auf meinem Gesicht, dass es mich selbst gruselte. Wie oft hatten wir das hier schon durchgespielt? Wie oft hatte ich Grandpa begeistert von meinen Seminaren, Versuchsreihen und Vorlesungen erzählt, obwohl ich mich immer öfter regelrecht dazu zwingen musste, die gleiche Leidenschaft dafür zu empfinden wie er?

Als Grandpa in meinem Alter gewesen war, hatte er unbedingt in der Wissenschaft arbeiten und der Welt mit seinem Beitrag helfen wollen. Leider hatte er jedoch weder das Geld noch die Chance auf einen Studienplatz gehabt, also war er zur Armee gegangen und hatte seinem Land auf diese Weise gedient. Doch auch wenn er heute zufrieden auf sein bisheriges Leben zurückblickte, merkte ich ihm nur zu deutlich an, wie sehr es ihn freute, dass ich etwas studierte, wofür wir beide brannten und was uns miteinander verband.

Schon als Kleinkind hatte ich tausend Fragen gestellt und er hatte mir alles geduldig erklärt. So ähnlich, wie ich früher schon meine Nachhilfeschüler und -schülerinnen, und auch gestern Coles Nichten Heather und Lilly über die Schwerkraft aufgeklärt hatte, hatte Grandpa mir physikalische Gesetze erklärt. Ich kannte schon Geschichten über Newton und Einstein, bevor ich überhaupt in die Schule gekommen war. Und später hatte ich in dieser Richtung weitergemacht – weil es ihn glücklich machte. Weil ich es liebte, wie die Augen meines Großvaters vor Stolz strahlten, wann immer ich eine gute Note in einem naturwissenschaftlichen Fach nach Hause gebracht hatte. Und als ich ihm verkündet hatte, Physik studieren zu wollen, hatte er mir gestanden, dass ich ihm damit einen Traum erfüllte, den er sich selbst nie hatte erfüllen können.

Ich wünschte nur, es wäre auch mein Traum. Ich wünschte, ich könnte dieselbe Begeisterung aufbringen wie er und es würde mir nicht nur darum gehen, die meisten Punkte zu erzielen. Nicht, um mich gegen meine Kommilitonen und Kommilitoninnen zu behaupten, sondern um mir selbst zu beweisen, dass ich es konnte. Um Grandpa stolz zu machen. Ob ich selbst Freude daran hatte, war zweitrangig, sowohl im Studium als auch beim Tutorium, wobei mir Letzteres wesentlich mehr Spaß machte. Also erzählte ich Grandpa auch jetzt davon, was ich gerade lernte, wo ich mich noch ein bisschen mehr reinhängen musste, welche Prüfungen in wenigen Wochen im Dezember anstanden und dass ich mich gerade auf eine Klausur vorbereitete, die der Prof überraschend vorgezogen hatte und die bereits nächste Woche stattfinden sollte.

»Wenn es dir in der WG zu bunt wird, kannst du jederzeit herkommen, um zu lernen. Und natürlich auch sonst immer«, fügte er hinzu.

Ich lächelte warm und platzierte den Apple Pie auf dem Tisch. »Danke, Grandpa.«

Bisher war das zwar nie notwendig gewesen, aber es war schön zu wissen, dass es diese Option gab. Und wenn wir uns dadurch häufiger sahen, war das vielleicht gar keine so schlechte Sache. Ich könnte es ja mal probieren, sobald die Lernphase begann. Oder schon jetzt, um Cole aus dem Weg zu gehen. Ich hatte ihn seit der Hochzeit seines Bruders nicht mehr gesehen. Genauer gesagt seit diesem Kuss …

Bevor mich die Erinnerung einholen konnte, öffnete ich eine Schublade und nahm Gabeln heraus, um sie zu dem Kuchen auf den Tisch zu legen. Dabei fiel mein Blick wie von selbst auf die Fotos, die in Bilderrahmen auf dem Regalbrett über der Frühstücksecke standen. Genauer gesagt, auf ein ganz bestimmtes Foto, bei dem sich mein Magen zusammenzog.

Jedes Mal, wenn ich hier war, schien es mich anzustarren, bis ich gar nicht anders konnte, als ebenfalls hinzuschauen. In die Gesichter meiner Eltern und mir, als ich gerade mal ein wenige Wochen altes schreiendes Bündel gewesen war. Meine Mutter hatte das gleiche lange blonde Haar wie ich heute. Die gleichen braunen Augen. Manchmal tat es mir körperlich weh, in den Spiegel zu schauen, weil ich sie darin sah. Nicht mich. Sie. Von meinem Vater hatte ich meine dünne Figur und angeblich auch die Fähigkeit geerbt, ständig über meine eigenen Füße zu stolpern. *Vielen Dank auch.*

Das Foto war im Sommer aufgenommen worden, gar nicht lange, bevor alles auseinandergebrochen war. Zu jener Zeit hatten sie noch glücklich gewirkt und strahlten in die Kamera. Aber vielleicht war das damals schon gespielt gewesen. Eine Lüge, um zu vertuschen, was wirklich in ihnen vorging.

Ich wusste nicht, warum Grandpa das Bild aufhob und wie er Tag für Tag draufschauen und daran erinnert werden konnte, was sie getan hatten. Ich hätte es nicht gekonnt, darum befand sich auch kein einziges Foto meiner Eltern in meinem Besitz. Grandpa hatte immer wieder versucht, mit mir über sie zu reden, aber ich hatte jedes Mal abgeblockt. Als Kind hatte er mir erzählt, meiner Mom ginge es nicht gut und sie brauche etwas Zeit, um gesund zu werden. Irgendwann hatte ich jedoch begriffen, dass das eine Lüge war. Mein Großvater hatte es nur gut gemeint, doch die Wahrheit, nämlich die, dass sie mich einfach verlassen hatte, war dadurch umso schmerzhafter gewesen.

Also hatte ich es auch abgelehnt, mir die Kiste mit den ganzen Aufnahmen zu schnappen und ein paar davon auszusuchen, als ich ausgezogen war. Ich hatte genug Bilder von Grandpa und mir. Mehr brauchte ich nicht. Der Rest meiner Familie existierte nicht – und das war nicht meine Entscheidung gewesen, sondern ihre.

Entschlossen wandte ich mich ab und riss den Blick von diesem Foto los, auch wenn ich nicht ausblenden konnte, dass es da war. Aber ich konnte mich auf etwas anderes konzentrieren – zum Beispiel darauf, wie mein Großvater den Kuchen anschnitt. Ganz behutsam tat er mir ein Stück auf und reichte mir den Teller.

»Danke.« Ich lächelte und stellte ihn auf den Tisch. Dann ging ich zur Kaffeemaschine, die endlich durchgelaufen war, und goss uns beiden eine Tasse ein. Bis ich damit zur Frühstücksecke zurückkehrte, hatte Grandpa sich selbst auch schon ein Stück abgeschnitten und saß auf seinem gewohnten Platz.

Ich ließ mich ihm gegenüber auf den Stuhl fallen und schüttete jede Menge Milch und Zucker in meinen Kaffee. Erst dann widmete ich mich dem Apple Pie.

»Und?«, wollte Grandpa mit funkelnden Augen wissen, sobald ich den ersten Bissen genommen hatte.

In Momenten wie diesen konnte ich mir nur zu lebhaft ausmalen, wie er als kleiner Junge gewesen sein musste. Energiegeladen, pausbäckig und voller Hoffnung, gelobt zu werden und anderen eine Freude zu bereiten. In den letzten Punkten ähnelten wir uns sehr, auch wenn wir ansonsten ziemlich verschieden waren. Ganz selten ließ Grandpa eine Bemerkung fallen, dass ich ihn an seine Tochter erinnerte, stoppte sich dann aber, bevor ich etwas dazu sagen konnte. Um ehrlich zu sein, wusste ich auch gar nicht, ob ich das kommentieren oder überhaupt darüber nachdenken wollte. Diese Frau hatte sich dazu entschlossen, kein Teil meines Lebens zu sein, also wollte ich auch nichts mit ihr zu tun haben. Nicht persönlich und auch charakterlich nicht. Und schon gar nicht beruflich, etwa indem ich mein Studium dazu nutzte, um ebenfalls Lehrerin zu werden. Wie sie. Schlimm genug, dass ich ihr wie aus dem Gesicht geschnitten war, doch wenn es nach mir ging, endeten die Ähnlichkeiten da.

Ich kaute und schluckte den Bissen hinunter, zeigte jedoch keine Regung, um Grandpa noch ein wenig länger auf die Folter zu spannen.

»Sophie …«, tadelte er leise, aber mit einem amüsierten Zucken in den Mundwinkeln, während ich in aller Seelenruhe den nächsten Bissen aß. »Wenn du mich noch länger warten lässt, sterbe ich an einem Herzinfarkt.«

Ich lachte auf – und verschluckte mich prompt an einem Krümel. Tränen schossen mir in die Augen und ich klopfte mir hustend auf die Brust. Grandpa stellte ein Glas Wasser vor mir auf den Tisch, auf das ich mich sofort stürzte. Es dauerte noch ein paar Sekunden, bis ich mich wieder von meinem Beinahe-Erstickungsanfall erholt hatte und wieder tief durchatmen konnte.

»Das war nicht lustig«, keuchte ich, doch Grandpa schüttelte den Kopf. Er kannte solche Momente von mir nur zu gut. Als ich wieder normal atmen konnte, grinste ich ihn an. »Der Pie ist köstlich. Wie immer.«

Ein Lächeln erhellte sein Gesicht. »Das freut mich. Weißt du, ich habe ein neues Rezept mit Kürbis entdeckt, das würde sich ganz fantastisch für Thanksgiving eignen.«

Thanksgiving ... *Oh, verflixt.* Ich war so auf mein Studium fokussiert gewesen – und darauf, Cole zu helfen, aber das ignorierte ich ganz bewusst –, dass ich völlig vergessen hatte, dass vor den Prüfungen ja noch Thanksgiving anstand. Bisher hatten Grandpa und ich immer ganz gemütlich zu zweit gefeiert. Liz und Lincoln blieben normalerweise in der WG und bestellten sich etwas Leckeres, während Cole und Parker nach Hause zu ihren Familien fuhren und das Fest mit ihnen zelebrierten.

»Das klingt toll!«, sagte ich so begeistert wie möglich und schob mir einen großen Bissen in den Mund. »Kannesch kaum erwarten!«

Grandpa lächelte und widmete sich seinem eigenen Kuchenstück.

In den nächsten zwei Stunden ignorierte ich das Foto meiner Eltern auf dem Regalbrett und konzentrierte mich ganz auf meinen Großvater. Wir redeten über mein Studium und eine Versuchsreihe, die ich gerade durchführte, ich erzählte ihm witzige Geschichten aus der WG und davon, wie ich einem sehr dankbaren Erstsemester während des Tutoriums dabei hatte helfen können, seinen Punktedurchschnitt so anzuheben, dass er nicht mehr Gefahr lief, durch seinen *Physik-I*-Kurs zu fliegen. Ich zählte auf, welche Themen als Nächstes im Tutorium anstanden und was ich mir überlegt hatte, um den Stoff mit den Leuten durchzuarbeiten. Grandpa wiederum unterhielt mich mit seinem Alltag und Erzählungen von seinen neuen Nachbarn. Er fragte kein weiteres Mal, ob alles okay war und kommentierte es auch nicht, dass ich Cole mit keinem Wort erwähnt hatte. Vielleicht ahnte er etwas, vielleicht aber auch nicht. Hoffentlich nicht. Ich musste mich schon mir selbst gegenüber verantworten, ich konnte und wollte das nicht auch noch vor meinem Großvater tun.

Schließlich stand ich seufzend auf. »Ich muss leider los. Ich hab den anderen versprochen, mit ihnen an den Strand zu fahren. Irgendeine Sommer-Abschiedsparty oder so.«

Dabei hatten wir bereits Mitte November. Aber so schnell wurde es nicht kühl, nicht einmal hier im nördlichsten Teil Floridas. Die Sommer dauerten ewig, was ich liebte und mir auch gar nicht anders vorstellen konnte. Außerdem gab es immer ein paar Mutige, die sich selbst im Winter in die Fluten stürzten und im Meer schwimmen gingen, was auch der Grund dafür war, dass Lincoln das ganze Jahr über am Strand arbeiten konnte. Doch heute Abend hatte er frei, soweit ich wusste, und wir würden die letzten Sonnenstrahlen alle zusammen genießen.

»Aber natürlich.« Grandpa stand ebenfalls auf. »Lass das ruhig stehen«, sagte er, als ich aufräumen wollte. »Ich mache das schon. Fahr du zu deinen Freunden und grüß sie schön von mir.«

Ich lächelte. »Das werde ich, danke.« Wie jedes Mal ging ich zu ihm hinüber, stellte mich auf die Zehenspitzen und gab ihm einen Kuss auf die Wange.

Im Eingangsbereich griff ich nach meiner Tasche und öffnete die Tür. Der Kiesweg knirschte unter meinen Schuhen, als ich zurück zu meinem Auto ging.

»Bis nächstes Mal!«, rief Grandpa und winkte mir von der Tür aus nach. »Und bring Cole gerne mal wieder mit.«

Zum Glück saß ich schon im Wagen, sodass er nicht sah, wie ich bei diesen Worten erstarrte. Gleichzeitig hasste ich mich selbst für diese Reaktion. Würde es zwischen meinem besten Freund und mir je wieder so sein wie früher? Oder war das für immer verloren? Und das alles nur wegen eines dummen Kusses …

Gott, was hatte ich nur getan?

Kapitel 16

Cole

Meine Finger flogen über das Handydisplay, während um mich herum die Gespräche weitergingen, untermalt vom Rauschen der Wellen und Knistern des Lagerfeuers. Ich wollte nur ganz schnell ein paar Ideen für das Game notieren. Außerdem eine Erinnerung daran, zwei Profs zu fragen, ob sie mich bei dem Wettbewerb betreuen wollten. Laut den Regeln sollten und durften wir diese Unterstützung in Anspruch nehmen – und ich wäre schön blöd, es nicht zu tun, auch wenn ich damit ziemlich spät dran war.

Nach der Hochzeitsfeier meines Bruders, nein, genauer gesagt, nach dem Kuss mit Sophie und ihrer Abfuhr hatte ich mich in die Arbeit gestürzt. Und in Ablenkung. Wie praktisch, dass genau das die nächsten Schritte in Sophies Programm waren: Ablenkung, Abstand und etwas mit Freunden zu unternehmen. Also hatte ich mich mit Dominic in die Arbeit im VR-Center gestürzt und ihn nebenbei zu meinen Ideen für das Spiel befragt. Ich war mit den Jungs ins Fitnesscenter und anschließend ins Kino gegangen. All das ohne Sophie – und damit genau so, wie ihr Plan es von mir verlangte. Abgesehen davon war Ablenkung ohnehin meine bevorzugte Go-to-Methode bei Problemen, und diesmal gab es dank des Wettbewerbs und der knappen Zeit reichlich davon.

»Hey Cole«, rief Teagan von der anderen Seite des Lagerfeuers. Sie hatte es sich neben Parker gemütlich gemacht, der den Arm locker um sie gelegt hatte.

Ich sah nicht mal auf, sondern tippte konzentriert weiter. Ursprünglich hatte ich an eine aufwendige Grafik gedacht, mich jetzt aber spontan für einen anderen, vertrauteren Stil entschieden, nämlich etwas, für das ich schon früher viel positives Feedback bekommen hatte: Pixel Art. Kleine Pixelfiguren in einer ebenso niedlichen pixeligen Welt, in der sie gegen Monster kämpfen mussten. Ich machte mir noch eine Notiz, an die Marktanalyse zu denken, um nicht aus Versehen etwas zu kopieren, was es schon gab. »Hm?«

»Er hängt doch sonst nicht so viel am Handy rum …«

»Vielleicht hat er eine neue Freundin.«

»Oder zockt gerade.«

»Das ist wahrscheinlicher.«

Ein helles Lachen und Schritte, die sich näherten. Dann fiel ein Schatten über mich. »Nope. Er schreibt irgendwas.«

Ich schob Liz mit einer Hand weg, während ich mit der anderen weitertippte. In solchen Momenten musste alles aus meinem Kopf raus – denn wenn ich es nicht sofort aufschrieb, waren all die guten Ideen fort.

»Cole!«

»Was ist?« Ich riss den Kopf hoch und starrte in die Gesichter meiner Freunde und Mitbewohner. Und in Sophies.

Automatisch spannten sich die Muskeln in meinem Nacken und Rücken an. Scheiße, war ich so vertieft gewesen? Ich hatte sie nicht mal kommen gehört oder dass die anderen sie begrüßten. Dennoch saß sie jetzt neben Teagan und Lincoln im Sand, als wäre sie schon die ganze Zeit hier gewesen. Dabei hätte ich das definitiv mitbekommen. War ja nicht so, als könnte ich an etwas anderes denken, als an sie – okay, und an das Game.

»Was schreibst du da?«, wollte Teagan wissen.

Aus dem Augenwinkel sah ich, wie Sophie das Gesicht den letzten Sonnenstrahlen entgegenreckte und die Augen schloss. Eine simple Bewegung, aber aus irgendeinem Grund hämmerte es plötzlich in meinem Brustkorb los.

»Nur ein paar Notizen für den Wettbewerb.«

Lincoln hielt mit der Flasche auf dem Weg zum Mund inne. »Was für ein Wettbewerb?«

Schweigen in der Runde.

Mit einem Mal spürte ich Sophies Blick wieder auf mir. »Ein Game-Design-Wettbewerb von einer großen Firma aus Kalifornien«, erklärte sie langsam.

»Genau.« Ich räusperte mich. »Sie bieten ein Praktikum für sechs Monate bei ihnen im Unternehmen an. Dazu gehört auch die Teilnahme an einigen wichtigen Conventions, auf die man sie begleiten kann. Und die Chance, das Gewinner-Game weiterzuentwickeln und womöglich bei ihnen zu veröffentlichen.«

»Klingt spannend«, murmelte Lincoln und nahm endlich den Schluck aus seiner Flasche.

»Klingt nach einer riesigen Chance«, korrigierte Parker ihn und beugte sich etwas vor. »Warum hast du bisher nichts davon erzählt?«

Ich zuckte mit den Schultern. Plötzlich waren die anderen kleinen Grüppchen, die am Strand zusammensaßen, und auch die über uns hinwegfliegenden Möwen total interessant. »Ich wollte keine große Sache daraus machen. Ihr wisst schon, falls ich nicht gewinne.«

»Aber falls du gewinnst …«, spann Teagan den Faden weiter und ließ das Ende offen.

Ich sah sie über das Feuer hinweg an und nickte. Als jemand, der gerade erst angefangen hatte, das Gleiche zu studieren wie ich, konnte sie wahrscheinlich von allen am besten verstehen, wie wichtig das hier war. Was für eine gigantische Chance.

Liz sah zwischen uns hin und her. »Dann müssen wir uns also einen neuen Mitbewohner suchen?«

»Quatsch. Es ist nur für sechs Monate.«

Liz und Lincoln wechselten einen Blick und auch Parker schien nicht völlig überzeugt zu sein. Einzig Sophie zeigte keinerlei Reaktion, beinahe so, als hätte ich überhaupt nichts gesagt. Dafür war Teagan umso begeisterter und begann mich mit allen möglichen Fragen zu löchern.

Ich wusste nicht, mit welcher Reaktion von meinen Freunden ich gerechnet hatte. Sicher nicht damit, dass sie in Jubelschreie ausbrachen. Aber ein wenig mehr Unterstützung war doch nicht zu viel verlangt, oder? Außerdem war es ja nicht so, als hätte ich verkündet, morgen meine Sachen packen und für immer ausziehen zu wollen. Alles hing von diesem Wettbewerb ab. Den ich unbedingt gewinnen wollte, auch wenn mir erst jetzt so richtig klar wurde, was das bedeuten würde: von Pensacola wegzuziehen. Meine Freunde und Familie zu verlassen und sie nur unregelmäßig, vielleicht sogar erst nach dem Praktikum wiederzusehen. Sophie so lange nicht zu sehen.

Und plötzlich mischte sich etwas Beklemmendes unter meine Entschlossenheit. Würde ich mich davon abhalten lassen? Sicher nicht. Aber es fühlte sich auch nicht besonders gut an.

»Ich komme zurück«, sagte ich nachdrücklich und sah von einem zum anderen, um ihnen irgendeine Reaktion zu entlocken. »Außerdem muss ich den Wettbewerb erst mal gewinnen, um überhaupt dieses Praktikum machen zu können.«

»Aber *wenn* du ihn gewinnst ...«, meldete sich Sophie zu Wort. Der Blick, den sie mir dabei zuwarf, war nicht zu deuten. Es war, als hätte sie eine unsichtbare Mauer zwischen uns hochgezogen und ich konnte ihr nicht mehr an der Nasenspitze ablesen, was in ihr vorging, so wie sonst. Oder hatte ich mir das nur eingebildet und es in Wahrheit nie gekonnt?

Ich schluckte hart. »Wenn ich gewinne, bin ich für sechs Monate weg, ja.«

Aus irgendeinem Grund hörte sich das endgültiger an, als es tatsächlich war. Schließlich ging es nur um einen begrenzten, absehbaren Zeitraum. Und wie es danach weitergehen würde? Mal sehen. Erst musste ich mein Studium beenden, aber wenn das Praktikum gut lief, könnten sich ganz neue Optionen für mich ergeben. Das war eine echte Chance, in der Gamingbranche Fuß zu fassen, und die würde ich nicht einfach an mir vorbeiziehen lassen. Selbst wenn das bedeutete, alles hinter mir zu lassen, was mir wichtig war.

Wir wechselten das Thema, redeten über die bevorstehenden Prüfungen, Thanksgiving und die immer kürzer und kühler werdenden Tage, aber die Stimmung blieb seltsam gedrückt. Meinetwegen? Nur weil ich *vielleicht* wegziehen würde? Irgendwie konnte ich mir das nicht vorstellen. Das konnte keine so große Sache sein. Scheiße, ich wollte nicht, dass es eine so große Sache war. Es war nur ein Praktikum. Nur ein Wettbewerb. Und die Chancen, dass ich verlor, vor allem gegen Peterson, waren verflucht hoch. Aber wenn ich es doch irgendwie schaffen sollte …

»Lasst uns schwimmen gehen!«, schlug Lincoln vor und holte mich damit aus meinen Überlegungen. Ehe auch nur einer von uns reagieren konnte, sprang er schon auf und riss sich das Shirt vom Leib. Darunter kam ein gebräunter, sehr trainierter Oberkörper zum Vorschein. Der Angeber.

»Was?«, rief Liz entsetzt und deutete um sich. »Jetzt?«

Mittlerweile war es fast dunkel geworden. Am Horizont war zwar noch ein heller Streifen zu sehen und die Wolken am Himmel leuchteten rosa, aber die ersten Sterne funkelten bereits über uns und ein kühler Wind wehte vom Meer her.

Parker lachte. »Hast du plötzlich Angst vor ein bisschen Wasser?«

Sie funkelte ihn an, stand aber ebenfalls auf. »Es ist November, okay? An anderen Orten liegt zu dieser Zeit schon Schnee.«

Lincoln zuckte nur mit den Schultern. »Hier nicht.«

»Ich wollte schon immer mal im Winter schwimmen gehen«, fügte Teagan mit einem breiter werdenden Grinsen hinzu.

Parker stieß sie mit der Schulter an. »Wolltest du nicht.«

»Stimmt«, gab sie zu und war innerhalb von Sekunden auf den Beinen. »Aber ich will ein Wettrennen veranstalten und dich dabei schlagen.«

»Ach wirklich?« Auch Parker stand jetzt auf. »Als ob du auch nur die geringste Chance gegen mich hättest, Tea-Tea.«

»Wollen wir wetten?«

Ich starrte sie alle nacheinander an. »Seid ihr irre?«

Keiner hörte auf mich. Bis auf Sophie waren alle bereits aufgesprungen und verschwanden nun in einer Fontäne aus Sand Richtung Meer.

Sophie deutete mit dem Finger aufs Wasser und schüttelte den Kopf. »Ich gehe da nicht rein.«

»Nein?« Ein langsames Lächeln breitete sich auf meinem Gesicht aus.

Sie wusste, was das zu bedeuten hatte und stand ebenfalls auf, aber nur, um vor mir zurückzuweichen. »Wag es ja nicht, Cole. Ich warne dich!«

Die anderen waren schon vorausgerannt, also gab es niemanden, der ihr jetzt noch helfen konnte. Ich wackelte mit den

Brauen, was ihr ein Lachen entlockte. Dennoch hob sie warnend die Hand und wich langsam vor mir zurück.

»Pass lieber auf, wo du hinläufst.« Ich deutete hinter sie. »Sonst muss ich dich noch auffangen und … wobei, mach ruhig. Dann trage ich dich einfach ins Wasser.«

»Wehe!«

Ich grinste nur und machte einen Satz auf sie zu. Sophie quietschte auf, strauchelte, schaffte aber eine beeindruckende Drehung, ohne sich auf die Nase zu legen. Stattdessen rannte sie plötzlich los – und ich ihr hinterher.

Und mit einem Mal war diese ungewohnte, angespannte Stimmung zwischen uns verschwunden und wir waren wieder ganz wir selbst. Sophie und Cole. Beste Freunde. Und als bester Freund war es meine Pflicht, dafür zu sorgen, dass sie genauso nass wurde wie der Rest von uns.

Kapitel 17

Sophie

Etwas über eine Woche nach der Hochzeitsfeier lag ich morgens im Bett und starrte an die Decke, während ich mir in Gedanken immer wieder dieselben Sätze wie ein Mantra vorsagte. *Aus Cole Springman und mir kann niemals etwas werden. Niemals. Hast du das endlich verstanden, dummes Herz?*

Die Gründe dafür waren logisch und ich hatte sie im Zuge von Schritt sieben vor ein paar Monaten sehr ausführlich aufgeschrieben. Glücklicherweise hatte ich den Zettel aufgehoben, denn jetzt musste ich mich nur auf die Seite rollen, die Matratze ein kleines Stückchen anheben und ertastete bereits das Papier. Mit einem tiefen Seufzen ließ ich mich zurück in die Kissen fallen und faltete den Zettel auf. Darauf waren in meiner eigenen geschwungenen Handschrift all die Gründe aufgeführt, warum Cole und ich kein Paar sein konnten. Niemals.

1. Ich bin nicht sein Typ. Er mag hübsche Mädchen mit Kurven und einem frechen Mundwerk, eben Frauen, mit denen er Spaß haben kann und die nicht zu viel von ihm verlangen.

2. Er ist nicht mein Typ. Ich stehe nicht auf tätowierte, gepiercte Gaming-Nerds, die liebevoll und vorlaut, humorvoll und selbstbewusst, heiß und gleichzeitig fürsorglich sind. Kein bisschen. Das lässt mich völlig kalt. Außerdem hält er die Gummibärenbande für eine bessere Serie als Pokémon. Ernsthaft?!

3. *Coles Beziehungen halten nie lange. Nie. Will ich wirklich unsere Freundschaft für ein paar Wochen oder Monate wegwerfen, die wir als Paar verbringen?*

4. *Ich habe keine Ahnung, wie unsere Mitbewohner es aufnehmen würden, wenn wir plötzlich zusammen wären. Diese WG war nie für Paare gedacht und bisher sind wir alle sehr gut damit gefahren. Will ich wirklich riskieren, dass der Haussegen schief hängt?*

5. *Nach der Trennung werde ich ihm unter keinen Umständen noch mal über den Weg laufen wollen. Schon gar nicht in der WG. Was ziemlich unpraktisch ist, da ich nicht vorhabe, mir eine neue Wohnung zu suchen – und mir auch keine eigene leisten könnte.*

6. *Ich wünsche mir eine Liebe, die lange hält, und eine Beziehung, an der wir gemeinsam arbeiten und für die wir Seite an Seite kämpfen können. Ich will keine kurzfristigen Abenteuer. Auch nicht mit Cole.*

7. *Ich will meinen besten Freund nicht verlieren.*

Als ich die Liste an diesem Morgen erneut las, schnürten mir die Worte die Kehle zu. Denn sie stimmten noch immer. Ich hatte mit allem, was da stand, recht, vor allem mit dem letzten Punkt. Ich konnte und wollte nicht zulassen, dass ich meinen besten Freund verlor. Cole gehörte zu den wichtigsten Menschen für mich, war vielleicht sogar, neben meinem Großvater, die wichtigste Person in meinem Leben. Es war schon schlimm genug gewesen, nach diesem Kuss nicht mit ihm zu reden und ihn kaum zu sehen. Aber wenn ich ihn verlor … und eines hoffentlich sehr, sehr fernen Tages auch noch Grandpa, dann … dann wäre ich ganz allein. Dann hatte ich niemanden mehr.

Bei der Vorstellung zog sich alles in mir zusammen und ich blinzelte mehrmals, um das Brennen in meinen Augen zu vertreiben. *Nein.* Einfach nein. Das würde ich nicht zulassen. Darauf, wie lange Grandpa noch bei mir war, hatte ich keinen Einfluss. Ich konnte nur die Zeit mit ihm genießen, die mir blieb. Aber Cole? Unsere Freundschaft? Darauf hatte ich sehr wohl einen Einfluss. Und ich würde nicht zulassen, dass wir sie riskierten. Nicht mal für einen Kuss wie den auf der Hochzeitsfeier seines Bruders.

Entschieden faltete ich den Zettel wieder zusammen, rollte mich auf die Seite und schob ihn zurück unter die Matratze. Ich konnte nur hoffen, dass Cole sich weiterhin an den Plan hielt und brav seine eigenen Listen schrieb. Nur so würde es funktionieren. Nur so konnten wir unsere Freundschaft retten.

Und ich … womöglich sollte ich das ganze Programm selbst noch mal durchlaufen, denn offensichtlich waren noch ein paar Restgefühle da, sonst wäre dieser Kuss niemals passiert und ich würde nicht eine Woche später noch immer ständig daran denken müssen. Andererseits war seit dem Abend am Strand wieder alles beim Alten. Cole stürzte sich in den Wettbewerb und saß ständig in seinem Zimmer vor dem Rechner oder im VR-Center, um zu planen, zu designen, zu programmieren und sich mit Dominic auszutauschen.

Das war ein weiterer Punkt für meine Liste: Wenn Cole diesen Wettbewerb gewann, war er weg. Er würde für ein halbes Jahr am anderen Ende des Landes wohnen. Uns würden über zweitausend Meilen trennen. Das war schon für eine Freundschaft schwierig – aber für eine Beziehung? Ich würde mich ganz sicher nicht jetzt auf Cole einlassen, nur um kurze Zeit später eine Fernbeziehung führen oder mich wieder von ihm trennen zu müssen. Ganz egal, wie sehr ich ihm diesen Sieg auch wünschte.

Und er hatte es verdient, zu gewinnen, so sehr wie er sich reinhängte. Teagan hatte vor Kurzem erzählt, dass Cole und auch Dominic im VR-Center so vertieft in Coles Game für den Wettbewerb gewesen waren, dass sie einfach doppelt so lange wie sonst hatte spielen können, weil keiner ihr gesagt hatte, dass ihre Zeit vorbei war. Nicht dass sie das den Jungs gegenüber erwähnt hätte, dafür hatte sie es zu sehr genossen, auf die bunten Würfel bei *Beat Saber* einzuschlagen.

Und ich? Ich stürzte mich ebenfalls wieder ins Studium. Das Tutorium hatte ich diese Woche ausnahmsweise ausfallen lassen müssen, weil ich mich rund um die Uhr auf die vorgezogene Prüfung vorbereitet hatte. Um ehrlich zu sein, hatte ich nicht damit gerechnet, dass die Studenten und Studentinnen, die ich betreute, darüber so enttäuscht sein würden, obwohl ich einen Ersatz für sie organisiert hatte. Sie hatten sogar behauptet, niemand könnte ihnen den Stoff so gut erklären, dass sie ihn so schnell und einfach verstanden. Die Worte hatten ein warmes Gefühl in meiner Brust hinterlassen. Aber es half nichts – ich musste leider lernen und mich auf die anstehende Klausur vorbereiten.

Obwohl ich Cole in den letzten Tagen ungewohnt selten zu Gesicht bekommen hatte, war alles wieder okay zwischen uns. Das musste es sein. Zumindest hoffte ich es.

»Wir sind Freunde«, sprach ich laut aus, nur um es mir selbst und dem Universum noch mal zu versichern.

Da waren keine echten Gefühle, schon gar nicht auf seiner Seite. Er hatte mir zwar gestanden, sich in mich verliebt zu haben, und dann war da auch noch dieser Kuss gewesen, aber wir arbeiteten aktiv daran, all das hinter uns zu lassen. Wobei ... vielleicht noch nicht aktiv genug. Ich sollte ihn unbedingt daran erinnern, dass wir auch die restlichen Punkte erledigen mussten.

Plötzlich konnte ich es gar nicht erwarten, endlich bei Schritt zwölf anzukommen und das Programm für uns beide abzuschließen. Dann wäre alles wieder wie früher zwischen uns. Vielleicht würde diese Erfahrung unsere Freundschaft sogar stärken und in ein paar Monaten oder auch Jahren lachten wir bereits darüber. Wer wusste das schon?

Entschieden strampelte ich die Bettdecke weg und setzte mich auf. Dummerweise merkte ich nicht, dass sich meine Füße dabei in der Decke verhedderten, sodass ich bei dem Versuch, aufzustehen, prompt ins Straucheln geriet. Sekundenlang hüpfte ich auf einem Bein durchs Zimmer, bis ich mich befreit hatte. Und das, ohne auf der Nase zu landen. Immerhin etwas. Warum konnte ich nicht wie andere Leute grazil aus dem Bett steigen und ins Bad schweben? Oder meinetwegen auch auf allen vieren kriechen, solange ich nirgendwo anstieß, verhedderte oder mir sonst irgendwie wehtat. Das wäre doch mal eine schöne Abwechslung.

Seufzend setzte ich meine Brille auf und machte mich für die Uni fertig. Heute war der Tag der vorgezogenen Prüfung in *Moderne Physik II* und ich wollte auf keinen Fall zu spät kommen. Bis auf Parker waren schon alle aus dem Haus. Ich schnappte mir einen Apfel und ein Sandwich aus dem Kühlschrank und machte mich auf den Weg.

Rund dreißig Minuten später steuerte ich das riesige Backsteingebäude mit der Glasfront an, in dem sich die Naturwissenschaftliche Fakultät befand. Kurz darauf betrat ich den Hörsaal und setzte mich an meinen Stammplatz. Jeder einzelne Sitz war besetzt, dennoch kam es mir ungewöhnlich ruhig vor. Bis auf ein paar geflüsterte Sätze und nervöses Scharren mit den Füßen war nichts zu hören. Kein wildes Tippen wie sonst. Kein Handyklingeln, weil irgendjemand wieder mal vergessen hatte, den Ton auszustellen. Alle waren schon jetzt hochkonzentriert.

»Wie Sie bereits wissen«, begann unser Dozent mit einem

Stapel Papieren in den Händen,»hatten wir das Glück, diese Prüfung vorverlegen zu können, da ich ab Dezember verhindert bin und mich nicht um die Korrekturen kümmern kann. Sie wurden per Mail darüber informiert, dass es sich hierbei um dieselbe Klausur handelt, die Sie regulär in der Prüfungsphase nächsten Monat geschrieben hätten.« Gedämpftes Murmeln. Zwar traute sich niemand, es laut auszusprechen, aber die Meinungen über diese vorgezogene Prüfung gingen auseinander. Ich fand es gut, weil ich so in der Prüfungsphase eine Klausur weniger zu schreiben hatte. Andere wiederum mochten es gar nicht, schon so früh mit Lernen anfangen zu müssen.

Unser Dozent begann die Reihen abzugehen und die Unterlagen zu verteilen.»Schalten Sie Ihre Handys und Laptops jetzt aus und legen Sie sie weg. Die Klausur beginnt, sobald jeder die Prüfungsblätter vor sich liegen hat.«

Aus irgendeinem Grund zitterten meine Hände und waren plötzlich ganz feucht, als ich das Smartphone ausschaltete und zurück in meinen Rucksack fallen ließ. Dabei war das völlig lächerlich. Ich konnte das. Ich war das ganze Semester über, ach was, meine ganze Studienzeit über eine Musterstudentin gewesen, die nur Bestleistungen zeigte. In den letzten Tagen hatte ich mir den Allerwertesten aufgerissen, um mich auf diesen Test vorzubereiten. – und sogar das Tutorium dafür ausfallen lassen. Ich würde das hier schaffen.

Mein Puls hämmerte und mir war viel zu warm, als es endlich losging und ich die vor mir liegenden Blätter auf das Zeichen unseres Dozenten hin umdrehen durfte. Auf den Papieren jagte eine Aufgabenstellung, Frage und Formel die nächste. All das müsste Sinn für mich ergeben. Ich sollte etwas ausrechnen oder erklären, aber die Wahrheit war, dass ich keine Ahnung hatte.

Ich starrte auf die Klausurfragen. Oh Gott ... Hatten wir das tatsächlich besprochen? Aber das mussten wir getan haben. Wir hatten es mit Sicherheit im Laufe des Semesters durchgenommen und ich hatte es auch gelernt. Ich musste mich nur daran erinnern.

Doch da waren keine Formeln, keine Leitsätze, keine Gesetze, die ich anwenden und an denen ich mich orientieren konnte. Ich saß im Hörsaal, umringt von unzähligen Kommilitonen, die alle über den Tisch gebeugt dasaßen und eifrig auf das Papier vor ihnen kritzelten. Und während sie eine Antwort nach der anderen, eine Lösung nach der anderen raushauten, war ich wie erstarrt, weil mein Kopf beschlossen hatte, all mein Wissen und alles Gelernte mit einem Schlag aus meinem Gedächtnis zu löschen. Tränen schossen mir in die Augen, aber ich kämpfte mit aller Macht dagegen an. So schwer konnte das doch nicht sein.

Komm schon, Sophie!, redete ich mir in Gedanken selbst gut zu. *Du kannst das.*

Aber nichts passierte. Statt wie die anderen alles Gelernte wiederzugeben, starrte ich nur auf den Zettel vor mir, bis die Sätze, Zahlen und Buchstaben vor meinen Augen verschwammen und nichts mehr einen Sinn ergab.

Dabei konnte ich es doch. Ich hatte in jeder Vorlesung aufgepasst und mitgeschrieben, hatte den ganzen Stoff gepaukt und erklärte die Grundlagen sogar den Erstsemestern, die ich im Tutorium betreute. Hatte ich nicht auch erst vor einer Woche Coles Nichten die Schwerkraft erklärt? Das fiel mir so leicht, während ich hier und jetzt nicht einmal einen vollständigen Satz zustande brachte.

Was war nur los mit mir? So etwas passte nicht zu mir. Ich war immer vorbereitet, hatte stets alle Antworten parat. Himmel, wenn mir etwas zu einfach vorkam, nahm ich mir sogar die nächsten Kapitel in den Lehrbüchern vor, um dem Stoff voraus zu sein. Und jetzt wusste ich plötzlich nicht mal mehr die einfachsten physikalischen Formeln und Gesetze? Das konnte nicht sein. So war ich nicht. Ich war keine Versagerin, auch wenn die Stimme in meinen Gedanken, die genau das behauptete, von Sekunde zu Sekunde lauter wurde.

Schließlich zwang ich mich dazu, anzufangen und irgendetwas hinzuschreiben, völlig egal, ob es die richtige Antwort war oder nicht. Ich musste es wenigstens versuchen, auch wenn meine Hände die ganze Zeit über zitterten und die Stimme in meinem Kopf mich anschrie, dass es falsch war, was ich da hinschrieb. Alles war falsch.

Als ich anderthalb Stunden später den Hörsaal verließ, fühlte ich mich wie in Trance. Die anderen redeten laut, lachten oder scherzten über die einfache Klausur. Ich zog den Kopf ein und hastete weiter. Raus aus der Masse an Menschen, die alle etwas konnten, das ich nicht mehr konnte. Ich redete mit niemandem, aber das war nicht weiter ungewöhnlich. Den meisten Kontakt zu meinen Kommilitonen hatte ich während der Kurse selbst und bei Gruppenarbeiten – in denen ich meist den theoretischen Part übernahm, auch wenn das oft bedeutete, allein mit den Notizen die Nächte durchzumachen. Abgesehen davon hatte ich zwar viele Bekannte in meinem Studiengang, aber keine richtigen Freunde. Es hatte einfach nie richtig gepasst. Also wunderte sich auch niemand darüber, dass ich heute stiller war als sonst – oder bemerkte, dass noch immer Tränen in meinen Augen brannten und ich geradezu aus dem Fakultätsgebäude stürmte.

Sonnenschein und ein herbstlich kühler Wind empfingen mich, konnten das beklemmende Gefühl in meiner Brust aber ebenso wenig vertreiben wie die kreisenden Gedanken in meinem Kopf. Denn ich wusste nur zu gut, was mein Blackout während der letzten Stunden zu bedeuten hatte: Ich hatte versagt. Ich hatte die Prüfung vermasselt.

Für andere mochte das keine große Sache sein, aber für mich schon. Keine tröstenden Worte und auch kein Schönreden konnten etwas daran ändern. Ich hatte es versaut und es würde meinen Notendurchschnitt runterziehen. Vielleicht war es nicht das Ende der Welt, aber im Moment fühlte es sich so an.

Konnte ich denn wirklich gar nichts? Versagte ich jetzt etwa auf ganzer Linie? Das Studium war immer mein Safe Space gewesen, die eine Sache, bei der ich wusste, dass ich gut darin war, wenn ich mich nur genug bemühte. Wenn ich genug lernte, meinen Kommilitonen half, mich für Aufgaben für Extrapunkte meldete und all meine Energie reinsteckte. Wenn ich mich nur genug anstrengte, konnte mir nichts passieren.

Gott, hatte ich mich geirrt. Heute würde ich mein Vergangenheits-Ich nur zu gerne für diesen dämlichen Trugschluss ohrfeigen. *Sei immer lieb und brav und fleißig, dann wird dir nichts Böses widerfahren. Keine schlechten Noten, keine enttäuschten Dozenten, keine Sorgen, die sich Grandpa deinetwegen machen muss. Keine Eltern, die dich verlassen.*

Ich biss die Zähne zusammen, als dieser Gedanke in meinem Kopf auftauchte und beschleunigte meine Schritte noch mehr, bis ich regelrecht über den Campus rannte. War es wirklich das? Führte alles immer wieder zu diesem einen Punkt zurück?

Ich erreichte den Wagen, schloss ihn auf und setzte mich hinein. Tief durchatmen. Einfach nur atmen. Ich musste nicht daran denken, wenn ich nicht wollte. Ich musste mich nicht damit beschäftigen. Passiert war passiert. Ich sollte nach vorne schauen und mich in Zukunft noch mehr anstrengen. Genau. Mehr arbeiten, mehr Zeit investieren und vielleicht mal mit dem Prof reden, ob ich vor Dezember noch ein Referat halten konnte, um die vermasselte Prüfung auszugleichen. Das klang nach einem soliden Plan. Und an alles andere dachte ich einfach nicht.

Kapitel 18

Cole

Ich konnte mich nicht daran erinnern, wann ich das letzte Mal so gelacht hatte. Ganz zu schweigen davon, wann wir in der WG zuletzt Just Dance gespielt hatten. In den letzten Tagen war ich so mit meinem Gamekonzept für den Wettbewerb beschäftigt gewesen, dass ich meine Freunde seit der Strandparty letzte Woche kaum zu Gesicht bekommen hatte. Das war heute Abend anders.

Teagan und Parker hüpften und verdrehten sich zum aktuellen Song von Sean Paul, beide so darauf konzentriert, den jeweils anderen zu schlagen, dass sie gar nicht mehr auf ihre Umgebung achteten. Zum Glück hatten wir Couchtisch und Sessel in weiser Voraussicht an die Wand geschoben, um ausreichend Platz für dieses Spiel zu schaffen, sonst hätte sich schon längst jemand wehgetan. Überraschenderweise nicht Sophie, denn obwohl sie sonst gerne über Hindernisse stolperte, die niemand außer ihr wahrnahm, war sie bei Just Dance erstaunlich gut. Auch als wir zusammen auf der Hochzeit meines Bruders getanzt hatten, hatte sie sich ziemlich gut geschlagen …

Uuund meine Gedanken wanderten schon wieder zu diesem Abend. Fuck. Ich musste echt damit aufhören, allerdings war das leichter gesagt als getan. Seit der Hochzeit meines Bruders vor über einer Woche hatte ich sie zwar kaum noch zu Gesicht bekommen – und ich hatte den starken Verdacht, dass sie mir absichtlich aus dem Weg ging –, aber das konnte nicht ewig so weitergehen. Irgendwann mussten wir uns wieder gegenübertreten und über diese Sache reden. Auch wenn ich keinen Schimmer hatte, was ich sagen sollte.

Ich lenkte meine Aufmerksamkeit zurück auf den Fernseher. Der Song näherte sich seinem Ende und es war ein Kopf-an-Kopf-Rennen. Bei den letzten Takten gab Teagan noch mal alles – und gewann.

»Ha!«, machte sie und stieß die Faust in die Luft. Dann drehte sie sich mit einem breiten Lächeln im Gesicht zu Parker herum. »Ich wusste doch, dass ich dich besiegen kann.«

»Das macht dich viel glücklicher, als es sollte«, merkte Parker schwer atmend an, schnappte sich trotzdem Teagans Hand und zog sie an sich, um ihr einen kurzen festen Kuss auf den Mund zu drücken.

Als Parker danach noch immer breit schmunzelte, runzelte Teagan die Stirn. »Warte mal. Hast du mich etwa *absichtlich* gewinnen lassen?«

»Als ob ich das jemals tun würde.« Doch sein Grinsen strafte seine Worte Lügen.

»Parker!«, rief sie aufgebracht. »Ich will eine Revanche. Sofort!«

Mit einem Ruck zog er sie näher an sich. »Du kriegst alles, was du willst«, raunte er dicht vor ihren Lippen. »Später.«

Ein Räuspern ertönte vom anderen Ende des Sofas, dann warf Liz die leere Chipsrolle nach den beiden. »Hey, ihr seid nicht allein. Hört sofort auf oder nehmt euch ein Zimmer!«

Als die zwei sich grinsend voneinander lösten, hatten Teagans Wangen einen gesunden Rotton angenommen.

Ich schüttelte amüsiert den Kopf und rutschte etwas zur Seite, um Teagan auf der Couch Platz zu machen. »Wenn es dir so viel Spaß bereitet, Parker fertigzumachen, solltet ihr unbedingt mal zusammen ins VR-Center kommen und euch austoben.«

»*Ich* bin regelmäßig da«, erwiderte Teagan und sah mit hochgezogenen Brauen zu ihrem Freund hinüber. »Aber der liebe Donovan weigert sich ja hartnäckig.«

Parker verzog das Gesicht, als würde es ihm körperliche Schmerzen bereiten, seinen Vornamen laut ausgesprochen zu hören. »Ja, weil ich weiß, dass du mich fertigmachen und mir das bis in alle Ewigkeit vorhalten wirst. Muss ich dich wirklich an Guild Wars 2 erinnern?«

Ein seliges Lächeln trat auf ihre Lippen. »Hach, die guten alten Zeiten.«

Parker kniff die Augen zusammen. Dass Teagan ihn damals, als sie sich noch nicht persönlich gekannt hatten, während eines Livestreams vor Zehntausenden von Zuschauern so blamiert hatte, war unvergessen. Ich war zwar nicht dabei gewesen, hatte ihn aber sehr laut und sehr deutlich in seinem Zimmer fluchen hören. Mehrfach. Irgendwo im Internet gab es auch einen Clip, der zeigte, wie Parker wieder und wieder von Teagans Spielfigur gekillt wurde. Wenn ich so darüber nachdachte, hatte ich ihn bestimmt irgendwo auf meiner Festplatte abgespeichert und könnte ihn mal wieder hervorkramen.

»Tötet euch nicht«, meldete sich Sophie erstmals zu Wort. Sie war den ganzen Abend über ungewöhnlich still und abwesend gewesen. »Oder noch nicht. Erst müssen wir weiterspielen.« Sie deutet auf Lincoln, Liz und mich.

Linc stand als Erster auf. »Na, dann wollen wir ihnen mal zeigen, wie es richtig geht.« Gespielt galant hielt er Liz die Hand hin, die jedoch nur schnaubte, seine Hand ignorierte und sich ächzend vom Sofa erhob.

Ich tat es ihr gleich, da das nächste Lied drei Personen benötigte. Wir spielten die einzelnen Songs so lange durch, bis es eindeutige Gewinner gab. Die Verlierer mussten dann zur Strafe *Obsesión* von Aventura tanzen, was jedes Mal wieder für jede Menge Lacher sorgte. Einmal hatten Parker und ich eine solch dramatische Performance abgeliefert, dass Sophie Tränen gelacht und Liz vor lauter Kichern Schluckauf bekommen hatte, der den ganzen Abend über nicht weggehen wollte, was die Stimmung nur noch weiter angeheizt hatte.

»Macht ihr mal.« Sophie stand plötzlich von ihrem Platz auf dem Boden auf. Ihrem Platz, der so weit weg von meinem war, wie es in diesem Raum nur möglich war. »Ich hole mir noch einen Snack«, behauptete sie und verließ das Wohnzimmer, obwohl gerade mit *Samba De Janeiro* einer ihrer geliebten Neunziger-Jahre-Songs begann.

Irritiert sah ich ihr nach. Womöglich eine Spur zu lang, denn neben mir räusperte sich jemand. Als ich den Kopf wandte, begegnete ich Lincolns wissendem Blick. Doch er sagte nichts, wofür ich ihm dankbar war. Seit unserem kleinen nächtlichen Gespräch auf dem Balkon hatte keiner von uns das Thema noch mal angeschnitten. Und was gab es da auch zu erzählen? Dass ich mit Sophies Hilfe ihrem selbst entwickelten Programm folgte, was bisher … absolut fantastisch lief? So fantastisch, dass wir inzwischen nicht nur miteinander getanzt, sondern uns auch geküsst und seither kaum noch ein Wort miteinander gewechselt hatten?

Ich schnaubte innerlich, während ich den ersten Tanzschritten auf dem Fernseher zu folgen versuchte. Allerdings war ich abgelenkt und verpasste schon bei den simplen Bewegungen am Anfang meinen Einsatz. Verflucht.

Vielleicht war es ein Fehler gewesen. Nicht nur dieser Zwölf-Schritte-Plan, sondern zu glauben, dass aus Sophie und mir tatsächlich etwas werden konnte. Natürlich musste mir ausgerechnet in diesem Moment wieder Carters kleine Ansprache einfallen. Ich biss die Zähne zusammen und vertrieb die Erinnerung daran, zusammen mit allen anderen Gedanken und Zweifeln. Hier und jetzt, bei diesem Spieleabend mit meinen Freunden, hatten sie keinen Platz. Außerdem wollte ich gewinnen, also setzte ich alles an Tanzkünsten, Gelenkigkeit und Konzentration ein, was ich zu bieten hatte, um meine beiden Mitbewohner zu besiegen.

Ich hatte zwar einen schlechten Start hingelegt, dafür machte ich meinen Rückstand direkt beim ersten Refrain wieder wett, und beim zweiten hatte ich sowohl Lincoln als auch Liz eingeholt. Na also. Ging doch.

Ein Scheppern aus der Küche übertönte die Musik, dicht gefolgt von einem Fluchen, das ganz und gar nicht nach Sophie klang. Normalerweise fluchte sie nämlich nur, wenn sie sich wirklich ärgerte – oder wehgetan hatte.

Ich hielt mitten in der Bewegung inne und durchquerte dann mit wenigen Schritten das Wohnzimmer. Als ich in der Küche ankam, stand Sophie am Tresen, neben ihr auf dem Boden lag ein ziemlich großes, ziemlich scharfes Messer.

»Shit, Sophie.« Ich war mit einem Satz bei ihr. »Was ist passiert?«

»Bin mit dem Messer abgerutscht.« Sie zuckte mit den Schultern, als wollte sie es herunterspielen, aber ich konnte ihr ansehen, dass sie Schmerzen hatte.

»Lass mich sehen.« Behutsam griff ich nach ihrem Handgelenk und zog es näher.

Sie öffnete die zur Faust geballten Finger und verzog das Gesicht, als Blut herausquoll. Mist. Ich konnte nicht viel erkennen und drückte ihre Finger wieder zusammen. Dann führte ich sie zu einem der Küchenstühle, damit sie sich hinsetzte.

»Bin gleich zurück.« Ich hob das Messer vom Boden auf und legte es in die Spüle, dann marschierte ich ins Bad, wo sich der

Medikamentenschrank mit dem Erste-Hilfe-Zeug befand und holte unser Notfallset heraus.

»Alles klar?«, rief Liz mir zu, als ich auf dem Rückweg wieder am Wohnzimmer vorbeikam. Das Lied hatten sie pausiert.

»Braucht ihr Hilfe?«

Ich schüttelte den Kopf. »Nur ein kleiner Unfall. Wir sind gleich wieder dabei.«

Da das leider nichts Ungewöhnliches bei Sophie war, nickten die anderen nur und ließen mich machen.

Zurück in der Küche breitete ich den Inhalt des Notfallsets auf dem Esstisch aus, zog einen zweiten Stuhl heran und setzte mich Sophie schräg gegenüber. Diesmal hielt sie mir die Hand deutlich weniger zögerlich hin.

»Es ist nicht so schlimm«, behauptete sie, klang aber selbst nicht wirklich überzeugt. »Oder?«

»Halb so wild«, murmelte ich und konzentrierte mich ganz darauf, die Wunde zu säubern, um überhaupt etwas erkennen zu können. Als Sophie zischend die Luft einsog und zusammenzuckte, fuhr ich ebenfalls zusammen. »Sorry ...«

»Schon gut.« Sie schluckte hart und sah überallhin, nur nicht zu mir oder auf ihre Hand, die ich gerade verarztete.

Einen Moment lang blieb mein Blick an ihrem Gesicht hängen, an den leicht zusammengekniffenen braunen Augen, den aufeinandergepressten Lippen, von denen ich noch ganz genau wusste, wie sie sich auf meinen angefühlt hatten, dann riss ich mich zusammen und konzentrierte mich auf das, was in diesem Moment wichtig war.

»Der Schnitt ist nicht so tief«, stellte ich fest, auch wenn es mir gar nicht gefiel, dass er noch immer blutete. »Das wird gleich etwas brennen. Tut mir leid.«

Zum ersten Mal wandte Sophie mir wieder das Gesicht zu und musterte mich. »Warum entschuldigst du dich?«

»Weil ich dich nicht gerne leiden sehe.« Ich griff nach dem Desinfektionsmittel und sprühte mehrere Male auf die offene Wunde.

Sophie zischte und wollte die Hand instinktiv wegziehen, aber ich hielt sie fest.

»Schon vorbei«, sagte ich und drückte eine Kompresse auf die Stelle. »Halb so wild, siehst du?« Mit geübten Bewegungen bandagierte ich ihre Hand, dann drückte ich einen Finger nach dem anderen Richtung Innenfläche, bis sie wieder eine Faust ballte. »Üb noch ein bisschen Druck aus, damit die Blutung ganz aufhört.«

»Okay ...«, erwiderte sie zögerlich und ballte die Hand zusammen. »Das klingt jetzt vielleicht komisch, aber irgendwie bin ich deiner Familie gerade ziemlich dankbar.«

»Meiner Familie?«

»Ja. Weil es immer jemanden gab, der sich irgendwo wehgetan hat. Du, deine Brüder, Cecile, eure Cousins und Cousinen und so weiter. Dadurch hattest du viel Gelegenheit zum Üben.«

Meine Mundwinkel wanderten nach oben. »Du hast Lilly und Heather vergessen«, erinnerte ich sie an meine beiden Nichten.

»Stimmt.« Auf Sophies Gesicht zeichnete sich ein kleines Lächeln ab.

Ich musste den Impuls unterdrücken, ihr ein paar kürzere Haarsträhnen hinters Ohr zu streichen. Mittlerweile wunderte ich mich nicht mehr über solche Gedanken, dafür fiel es mir immer schwerer, ihnen nicht nachzugeben. Ganz besonders, wenn Sophie mich so ansah wie in diesem Moment. Vertrauensvoll. Dankbar. Und so verflucht verletzlich ...

»Das ... was auf der Hochzeit vorgefallen ist«, begann ich, aber Sophie unterbrach mich sofort.

»Dieser Kuss ... der hätte nie passieren dürfen.«

Ich senkte den Blick und presste die Lippen aufeinander. Ein Teil von mir ahnte bereits, dass sie recht hatte, trotzdem waren diese Worte wie ein Schlag in die Magengrube. Alles andere als angenehm. Aber sie hatte recht – und hatte ich das nicht schon selbst festgestellt?

Ich hob den Kopf. Irgendwie brachte ich so etwas wie ein Lächeln zustande. Denn obwohl dieser Moment, diese wenigen Sekunden mit ihr auf der Tanzfläche der Wahnsinn gewesen waren, war es wahrscheinlich klüger, das nicht zu wiederholen. Um unserer Freundschaft willen.

»Wir vergessen es einfach«, schlug ich leise vor, auch wenn es das Letzte war, was ich tun wollte. Vielleicht schwang deshalb auch ein fragender Unterton in meiner Stimme mit.

Sophie nickte. »Genau.«

»Sehr gut.«

»Perfekt.«

Einen viel zu langen Moment lang sah ich sie nur an. »Warst du deswegen heute Abend so ruhig?«, fragte ich eine Spur leiser, damit uns niemand aus dem Wohnzimmer hören konnte, auch wenn dort bereits das nächste Lied lief.

»Ja ... und nein.« Sie seufzte und lehnte sich auf dem Küchenstuhl zurück. Als sie sprach, wirkte sie alles andere als glücklich. »Ich hab heute eine Prüfung versaut.«

Ich runzelte die Stirn. »Bist du sicher?«

Denn in der Regel erhielt Sophie bei allem immer nur die höchsten Punktzahlen. Als würde sie etwas von meinen Gedanken ahnen, verdrehte sie jetzt die Augen.

»Ich hab wie verrückt dafür gelernt, so wie ich es immer tue, um meinen Schnitt zu halten. Aber heute ... keine Ahnung. Mein Kopf war einfach leer.« Sie schluckte schwer. »Ich hab noch nie eine Klausur vermasselt. Noch nie.«

»Shit …«

Womöglich nicht das, was sie hören wollte, aber wenigstens war es ehrlich. Zumindest wenn ich das winzig kleine, traurige Lächeln richtig deutete, das auf ihren Lippen erschien.

»Du sagst es.«

»Kann man da irgendwas machen?«

Nachdenklich betrachtete sie ihre verbundene Hand. »Vielleicht mit ein paar Extraleistungen. So oder so wird es meinen Schnitt runterziehen.«

»Das tut mir leid.«

»Mir auch.«

»Also …« Ich räusperte mich und schob das Verbandszeug auf dem Tisch etwas zusammen. »Was steht jetzt an? Was ist der nächste Punkt auf der Liste?«

Überrascht zog sie die Brauen hoch. »Wir machen weiter mit dem Plan?«

Ich zögerte nur den Bruchteil einer Sekunde. »Na klar machen wir weiter«, antwortete ich und schob jede unliebsame Empfindung beiseite. Bevor ich es mir anders überlegen konnte, stand ich auf, schmiss die verbrauchten Verpackungen weg und brachte das restliche Zeug zurück ins Bad. Als ich kurz darauf zurückkehrte, betrachtete Sophie mich mit einem seltsamen Ausdruck in den Augen.

»Was ist?«, fragte ich und blieb mitten in der Küche stehen. »Warum siehst du mich so an?«

Ein langsames Lächeln breitete sich auf ihrem Gesicht aus. In jeder anderen Situation wäre das vielleicht süß gewesen, doch jetzt war es besorgniserregend. Geradezu alarmierend. Und irgendetwas sagte mir, dass mir nicht gefallen würde, was gleich kam.

Sophie blinzelte unschuldig. »Als Nächstes steht ein Makeover an.«

Kapitel 19

Cole

Auf was zum Teufel hatte ich mich da bloß eingelassen? Ja, einen ähnlichen Gedanken hatte ich schon bei dem Part mit den kitschigen Liebesfilmen – ich würde Tom Hanks und Meg Ryan nie mehr mit denselben Augen sehen wie zuvor – und auch beim Self-Care-Nachmittag gehabt, doch zumindest Letzteres hatte sich als ganz nett herausgestellt. Also, bis zu diesem Zitronen-Peeling, das Dinge wegätzte, die nicht weg-geätzt werden sollten. *Brrr!*

Aber das hier? Ein komplettes Makeover?

»Was stimmt nicht mit meinen Klamotten?«, brummte ich und beobachtete Sophie dabei, wie sie ein Kleidungsstück nach dem anderen aus meinem Schrank riss und scheinbar wahllos auf dem Boden und meinem Bett verteilte.

Ich saß mit ausgestreckten Beinen auf meinem Schreib-tischstuhl. Die Monitore waren noch an, weil ich nach unserer Just-Dance-Party fast die ganze Nacht damit verbracht hatte, an meinem Game zu tüfteln. Außerdem hatte ich mich end-lich aufgerafft und Mails an zwei Professoren mit der Bitte geschickt, mich dabei zu betreuen. Dass ich schon mitten in der Umsetzung steckte, war wahrscheinlich nicht ideal, und ich hätte mich schon viel früher darum kümmern sollen, aber ... ach, egal. Würde schon schiefgehen. Außerdem war mein Kon-zept großartig, wer sollte da bitte Nein sagen?

»Mit deinen Klamotten ist alles in Ordnung«, unterbrach Sophie meine Gedanken und lenkte meine Aufmerksamkeit damit wieder auf das Chaos, das sie in meinem Zimmer veranstaltete. »Na ja, ungefähr mit der Hälfte davon.« Vage deutete sie Richtung Bett. »Den Rest kannst du vergessen.«

Wie bitte?

Ich rollte mit dem Stuhl zu dem Kleiderhaufen in der Mitte des Zimmers und hob das erstbeste Teil vom Boden auf. »Hey, das ist ein Shirt von der BlizzCon 2017! Das kannst du nicht aussortieren!«

»Doch, weil du noch zehn andere davon hast.«

»Aber nicht *davon*.«

»Du hast allein von der BlizzCon Anfang November drei Stück mitgebracht. Sie sind identisch. Außerdem habe ich nur die alten aussortiert, die schon so verwaschen sind, dass der Aufdruck nicht mehr zu erkennen ist. Die Dinger kannst du nicht mal zum Schlafen anziehen.«

»Ich schlafe ohne Shirt«, murmelte ich ohne nachzudenken.

Sophies Schultern spannten sich an. »Danke. Genau das Bild fehlte noch in meinem Kopf.«

Meine Mundwinkel zuckten. »Immer wieder gerne.«

Dann hielt ich das Shirt in die Höhe und betrachtete es genau. Leider ... und das gab ich wirklich nur ungern zu ... hatte Sophie ... recht. Ich hatte genau dieses Teil noch ein paarmal im Schrank hängen, weil ich mir auf jeder Convention und auf jedem Konzert gleich mehrere Shirts kaufte. Nur für den Fall der Fälle.

Ich hob ein anderes Kleidungsstück auf und schnitt eine Grimasse. Das Shirt hatte ich ewig nicht mehr getragen und es sah so aus, als hätte es durch mehr als nur einen Waschgang gelitten. Wahrscheinlich war es Liz in die Hände geraten. Der

Aufdruck war verblasst und bereits an einigen Stellen abgeblättert.

»Sieh das Ganze nicht als Makeover«, nahm Sophie den Faden wieder auf und warf eine Hose so achtlos hinter sich, dass sie mich beinahe am Kopf traf. »Sondern als eine Art … Computerupdate. Wir verbessern nur, was schon da ist. Bei Schritt acht geht es nicht nur darum, sich gut zu fühlen, sondern sein Styling zu aktualisieren, um auch nach außen hin zu zeigen, was sich innerlich verändert hat.«

Wenn ich das nach außen zeigen würde, was sich innerlich verändert hatte, würde Sophie nicht länger meine Klamotten auf zwei Seiten meines Zimmers verteilen, als wäre zwischen ihnen der Civil War ausgebrochen. Stattdessen würde sie auf meinem Schoß sitzen, während ich sie um den Verstand küsste. Vorzugsweise waren wir dabei beide nackt. Wie wäre das als Update?

»Was ist eigentlich mit deiner Liste?«, fragte sie wie nebenher und warf ein weiteres Convention-Shirt hinter sich auf den Kleiderhaufen auf dem Boden.

»Welche Liste?«

»Die mit all den Dingen, die dich an mir nerven«, kam es aus meinem Kleiderschrank, in dem Sophie halb verschwunden war. »Nach der Liste von Schritt sieben frage ich dich gar nicht erst. Aber hast du die erste wirklich schon geschrieben, oder das auf der Hochzeit nur behauptet, um mich abzuwimmeln?«

Ich legte den Kopf auf die Seite und beobachtete ihre Bemühungen, an das hinterste Kleidungsstück im Schrank zu kommen, während ich in mich hineinhorchte auf der Suche nach dem Impuls, ihr dabei helfen zu wollen. Aber … nope. Da war nichts. Dafür war der Anblick einfach zu gut. Womöglich lag mein Blick ein paar Sekunden zu lang auf ihrem Hintern, aber solange sie es nicht bemerkte, war mir das völlig egal.

Hmm, was hatte sie mich noch mal gefragt? Ach ja. »Die Liste ist erledigt.«

Okay, zugegeben, ich hatte nichts davon aufgeschrieben, war die Punkte aber zumindest in Gedanken durchgegangen und hatte sie abgespeichert. Solange Sophie also keine schriftliche Ausarbeitung von mir wollte, sollte das in Ordnung gehen. An die andere Liste, die mit den Gründen, warum es zwischen uns niemals klappen würde, hatte ich hingegen noch keinen einzigen Gedanken verschwendet.

»Gut.« Ein Rascheln war zu hören, dann tauchte Sophie wieder aus meinem Schrank auf. »Hier. Du solltest das anziehen.« Sophie hielt eine dunkle Jeans in die Höhe, die tatsächlich zu meinen Lieblingssachen gehörte, also war das schon mal beruhigend. Das schwarze Hemd hingegen weniger. Ich konnte mich nicht mal daran erinnern, wann ich das zuletzt getragen hatte.

»Warum?« Ich runzelte die Stirn. »Gehen wir auf eine Beerdigung?«

Sie seufzte hörbar. »Schwarz ist sexy. Dieses Hemd ist sexy. Und in Kombination mit dir ist das …«

»Super sexy?«

Sophie kniff die Augen zusammen und warf mir einen vernichtenden Blick zu, während ich mir alle Mühe gab, ernst zu bleiben. Auch wenn meine Mundwinkel verräterisch zuckten.

»In Kombination *mit dir* ist das ganz passabel«, korrigierte sie mich spitz.

»Ganz passabel?« Ich legte mir die Hand aufs Herz. »Das war eiskalt, Soph.«

Sie lächelte amüsiert. »Immer wieder gerne.«

»Was hast du überhaupt mit mir vor?«, fragte ich nach einigen Sekunden, in denen wir uns ein stummes Blickduell geliefert hatten, das keiner von uns gewinnen würde, weil niemand zuerst wegschauen wollte.

»Schritt zehn«, antwortete sie, als wäre das Erklärung genug. Als sie meinen leeren Gesichtsausdruck bemerkte, fügte sie hinzu: »Wir gehen mit Parker, Teagan und den anderen aus.«

»Warte mal. Schritt acht ist das Makeover, richtig?«

Sie nickte.

»Wo bleibt dann Punkt neun in deinem tollen Plan?«

Ein langsames Lächeln breitete sich auf Sophies Gesicht aus. Sie sagte kein Wort, doch das war mindestens so beunruhigend wie dieses gefährliche Lächeln. Was zur Hölle hatte sie als Nächstes vor?

Als wir diesen Deal geschlossen hatten, hätte ich echt darauf bestehen sollen, mal einen Blick auf diesen Plan werfen zu dürfen, um zu wissen, was mich erwartete – und um mich mental darauf vorzubereiten oder so. Aber nein, Sophie hatte mich ja praktisch dazu gezwungen, mich überraschen zu lassen. Das hatte ich jetzt davon. *Gut gemacht, Cole.*

Da sie nun mein Outfit ausgesucht hatte, ging ich irgendwie davon aus, dass wir jetzt fertig waren. Doch die Art, wie Sophie mich musterte, als wäre ich ein komplexes physikalisches Problem, das es zu lösen galt, gefiel mir nicht. Unbehaglich rutschte ich auf dem Gamingstuhl hin und her.

»Wann warst du das letzte Mal beim Friseur?«, fragte sie und tippte sich gegen das Kinn.

»Vor ungefähr zwei Monaten. Warum?« Kaum hatten die Worte meinen Mund verlassen, hob ich warnend die Hand. »Denk nicht mal dran. Niemand in dieser Wohnung lässt dich in die Nähe einer Schere.«

Sie verdrehte die Augen. »Na schön. Aber du könntest es ein bisschen stylen. Ich frage mal Lincoln.«

»Okay …?«

Was auch immer sie damit meinte. Ganz bestimmt nicht, dass Linc einen besseren Style hatte als ich.

»Außerdem muss der Bart ab.«

»Was hast du gegen meinen Bart?«, fragte ich und rieb über die Stoppeln, die inzwischen schon älter als nur ein paar Tage waren.

»Versuch ihn einfach ein bisschen in Form zu bringen, ja?«

Ich seufzte tief, nickte aber. Damit waren wir jetzt endlich fertig, oder nicht?

»Hast du schon mal überlegt, Eyeliner zu tragen?«

Ich starrte sie an, doch ihre Miene blieb völlig ungerührt. Sie meinte das tatsächlich ernst.

»Ähm ... nein? Aber ich hab meine Schwester, dich und Liz beim Schminken gesehen. Ich will so ein Ding nicht in der Nähe meiner Augen haben.«

Sophie prustete leise. »Es tut nicht weh, versprochen. Außer natürlich, du stichst dir damit ins Auge. Was du *nicht* tun solltest.«

»Warum willst du mir überhaupt einen Eyeliner andrehen?«

»Weil das einigen Männern unheimlich gut steht. Es hat so etwas Verwegenes, beinahe so, als wärst du ein heißer Pirat.«

»Gegenvorschlag: Du bleibst mir damit vom Leib, dafür darfst du mich an Halloween oder Karneval oder an einem anderen passenden Feiertag als Pirat schminken.«

Ihre Augen leuchteten auf. »Wirklich?«

Geschlagen warf ich die Hände in die Luft. »Meinetwegen. Warum nicht?«

»Darf Liz helfen?«

»Auf keinen Fall! Sie würde mir das Ding sofort ins Auge rammen.«

Kurz schien Sophie ernsthaft darüber nachzudenken, dann zuckte sie mit den Schultern. »Stimmt wahrscheinlich.«

Sehr beruhigend. Vielen Dank auch.

»Wie geht's eigentlich dem glücklich verheirateten Paar?«, wollte Sophie wissen und wechselte damit abrupt das Thema.

Ich blinzelte etwas überrumpelt. »Gut«, erwiderte ich automatisch, während ich noch herauszufinden versuchte, woher der plötzliche Themenwechsel kam. »Sie sind in einer hübschen kleinen Strandhütte auf Hawaii und flittern, was das Zeug hält. Wahrscheinlich werde ich in neun Monaten wieder Onkel. Falls nicht, wäre meine Mom sicher ziemlich enttäuscht.«

Noch während ich sprach, begann sie die Kleidungsstücke auf dem Boden zu sortieren und wich somit meinem Blick aus. »Muss schön sein.«

Ich hatte keine Ahnung, worauf sich ihre seltsam wehmütig klingende Aussage genau bezog, aber ob es nun ums Onkelsein, um Hawaii oder um Sex ging – die Antwort blieb dieselbe. »Ist es auch.« Ich setzte mich langsam auf und beobachtete sie genau. »Was ist los?«

»Nichts«, erwiderte sie und wirbelte zu mir herum, ein strahlendes Lächeln auf den Lippen. Zu strahlend. Solche Stimmungsschwankungen kannte ich nicht von meiner besten Freundin und ich kaufte ihr auch diese Show gerade nicht ab.

»Du kannst mit mir reden. Das weißt du, oder?« Ich musterte sie mit gerunzelter Stirn. »Diese ganze Sache … dieser Zwölf-Schritte-Plan ändert nichts. Wir sind immer noch beste Freunde.«

Ihre Schultern sackten herab und das aufgesetzte Lächeln verschwand ebenso schnell, wie es aufgetaucht war. »Ich weiß …«

Ohne weiter darüber nachzudenken stand ich auf, ging zu Sophie, nahm ihren Arm und führte sie zum Bett hinüber. Ich schob den Klamottenberg zur Seite, um ihr Platz zu machen und setzte mich dann neben sie.

»Was ist los, hm?«, hakte ich leise nach und versuchte in ihrem Gesicht zu lesen, was nicht mit ihr stimmte.

War es der Kuss? Hing er noch immer zwischen uns, obwohl wir darüber geredet und es, zumindest irgendwie, aus der Welt geschafft hatten? Oder war es etwas anderes? Ihr Studium? Ich wusste, dass sie nicht besonders glücklich wegen dieser vermasselten Prüfung war, aber das konnte nicht der einzige Grund sein, oder?

»Es ist nichts, ich muss nur ... Manchmal überkommt es mich einfach und ... und ich muss an meine Eltern denken«, gab sie widerwillig zu, nur um dann hastig hinzuzufügen: »Es muss schön sein, Teil einer so großen Familie zu sein ...«

Ich stupste sie an. »Du *bist* Teil der Familie. Meine Eltern und Geschwister mögen dich viel lieber als mich – und das schon echt lange.«

Das entlockte ihr zumindest ein kleines Glucksen. »Stimmt.«

Ich schnaubte. »Das ist eigentlich die Stelle, an der du mir widersprechen und sagen müsstest, wie sehr meine Familie mich liebt.«

»Ich dachte, hier geht's darum, mich aufzumuntern und nicht darum, dein Ego zu streicheln.«

»Du kannst jederzeit alles an mir streicheln, was du willst.«

Die Worte waren mir rausgerutscht, bevor ich sie aufhalten oder auch nur darüber nachdenken konnte. Früher waren solche Witze und Sprüche ganz normal gewesen und ohne jede Bedeutung – aber heute? Shit. Ich wusste es nicht mehr.

Zu meiner Erleichterung reagierte Sophie genau so, wie sie es immer getan hatte: Sie tat es mit einem Lachen und einem amüsierten Augenrollen ab.

»Träum weiter.«

Wenn sie wüsste ... Nein, in diese Richtung ließ ich meine Gedanken jetzt lieber nicht wandern. Schon gar nicht, wenn Sophie direkt neben mir saß. In meinem Zimmer. Auf meinem Bett. Ganz böse Gedanken.

»Das Hemd also?«, fragte ich und nickte zu dem guten Stück, das sie auf einen Bügel an die Schranktür gehängt hatte.

»Genau. Die Ärmel hochgekrempelt, damit man deine Unterarme und die Tattoos sehen kann.«

Ich blinzelte verdutzt. »Okay ...?«

Sie nickte vielsagend. »Viele Frauen stehen auf starke Arme und hochgekrempelte Ärmel. Vertrau mir.«

Irgendwie gefiel mir nicht, was sie damit andeutete. Andererseits konnte ich diese Vorlage nicht ungenutzt an mir vorbeiziehen lassen. Nicht, wenn ich die Chance hatte, mehr über Sophies ganz persönliche private Vorlieben herauszufinden.

»Was ist mit dir? Stehst du auch drauf?«

Ich rechnete mit einem einfachen Ja oder Nein. Ein Kopfschütteln oder Nicken hätte es auch getan. Womit ich eindeutig nicht gerechnet hatte, war, dass sie langsam mit den Fingerspitzen über meinen Unterarm fuhr, als würde sie die schwarzen und bunten Muster nachzeichnen wollen. Die kleinen Härchen auf meiner Haut stellten sich auf und ich bekam eine Gänsehaut. Die Wirkung, die diese winzige Berührung auf den Rest von mir hatte, ignorierte ich jedoch besser.

»Ich mag starke Arme, ja.« Sophie hob den Kopf und sah mich wieder direkt an. »Und ich mag deine Tattoos.«

Nicht Tattoos generell, sondern meine. Was sollte ich darauf bitte erwidern, wenn alles, woran ich denken konnte, war, ihr die Brille abzunehmen, mich zu ihr zu lehnen und sie um den Verstand zu küssen? Ehe ich auch nur bewusst darüber nachdenken konnte, was ich gerade tat, war ich ihr schon ein kleines Stückchen näher gekommen.

Sophie räusperte sich. »Wir sollten mit Schritt neun weitermachen.«

Ich blinzelte mehrmals und richtete mich wieder auf. »Schritt neun. Richtig.«

Da war ja was gewesen. Auch wenn ich diesen dämlichen Plan am liebsten in tausend Stücke zerrissen hätte. Weil er nicht funktionierte. All das, was ich für Sophie empfand, all meine Gedanken und Träume, in denen sie die Hauptrolle spielte, wurden nicht weniger, sondern mehr. Aber ich konnte auch nicht einfach aufhören und ihr die Wahrheit sagen. Denn wenn ich das tat, würde sie sich ganz vor mir zurückziehen, da war ich absolut sicher. Ich kannte sie schließlich schon eine ganze Weile. Und das wäre schlimmer als alles andere. Schlimmer als diese quälenden Momente zwischen uns, die nirgendwo hinzuführen schienen, ganz egal, wie sehr ich es mir auch wünschte.

»Was ist Schritt neun noch mal genau?« Ich rutschte auf den Boden und machte es mir dort bequem, während Sophie auf meinem Bett sitzen blieb. Ein bisschen Sicherheitsabstand konnte nicht schaden.

»Du nennst sieben Dinge, die du an mir toll findest.«

Ich runzelte die Stirn. »Warum ausgerechnet sieben?«

»Weil ich es sage. Also?«

»Würden neun nicht besser passen? Weil es auch Schritt neun ist und man sich das leichter merken kann?«

»Cole!«

»Schon gut, schon gut.« Abwehrend hob ich die Hände und sah auf das Chaos, das sie in meinem Zimmer veranstaltet hatte. Zum Glück hatte ich mich umgesetzt, denn so musste ich ihr bei dieser Aufgabe wenigstens nicht in die Augen schauen. »Sieben Dinge. Hm ... sieben Dinge, die ich an dir toll finde. Auch wenn ich keine Ahnung habe, wozu diese Übung eigentlich gut sein soll ... Also ... ähm ... du hast ... tolle Brüste?« Ich schielte zu ihr hoch.

Sophie schloss für einen Moment die Augen und schüttelte langsam den Kopf, aber ich konnte die Röte ganz genau sehen, die sich auf ihren Wangen ausbreitete. »Du bist so ein sexistischer Mistkerl.«

»Warum? Das ist nun mal das Erste, was mir ins Auge gesprungen ist.« Ich deutete auf die beiden Hübschen, die praktisch auf Augenhöhe mit mir waren, wenn Sophie auf dem Bett und ich auf dem Boden davor saß.

Sie blinzelte perplex. »Wow. Okay.« Sie lehnte sich zum Kopfende und schnappte sich mein Kissen. Gleich darauf setzte sie es sich auf den Schoß und legte die Arme darum, als wollte sie es umarmen. Oder sich vor meinen Blicken schützen.

»Hey, das war ein Kompliment«, sagte ich eine Spur sanfter und deutete auf sie. »Du hast einen tollen Körper. Das ist eine Tatsache und außerdem Punkt zwei auf meiner Liste.«

»Du bist ein Spinner.«

Ich lachte ungläubig auf. »Warum bin ich ein Spinner? Das ist *dein* Plan. Du wolltest, dass ich dir sage, was ich an dir toll finde. Mach mich nicht dafür verantwortlich, wenn dir die Antworten nicht gefallen.«

»Langsam glaube ich, das war ein Fehler.« Sie schüttelte den Kopf, aber ihre Mundwinkel zuckten verräterisch.

»Ach was.« Ich winkte ab und rieb die Hände aneinander. Das Ganze machte zunehmend Spaß. »Ich werde gerade erst richtig warm.«

Sophie vergrub das Gesicht im Kissen. »Das hab ich befürchtet«, nuschelte sie kaum hörbar.

»Du lachst über meine Witze«, fuhr ich unbeirrt fort. »Außerdem wirst du zum Drachen, wenn dir jemand dein Essen oder deinen Süßkram wegfuttert.«

»Was?«, rief sie und saß plötzlich kerzengerade auf dem Bett. »Das stimmt doch gar nicht!«

»Oh doch. Du hast Parker, Linc und mir schon mehrmals eine Scheißangst eingejagt. Wir haben gewettet, wer von uns den morgigen Tag noch erleben wird und wer nicht.«

»Aber ... aber ... wieso ist das dann etwas Gutes?«

Ich zuckte mit den Schultern. »Ich mag diese Seite an dir. Das zeigt mir, dass du auch mal an dich denken kannst, statt immer nur an andere.«

Sie starrte mich sprachlos an, die Lippen leicht geöffnet. Bevor ich noch mal in Versuchung geraten konnte, sie zu küssen, machte ich lieber schnell weiter.

»Ich mag, dass ich dir helfen kann und du es zulässt.« Wie zur Bestätigung deutete ich auf ihre verbundene Hand.

Ihre Brauen wanderten in die Höhe. »Dir gefällt meine Tollpatschigkeit?«

Warnend hob ich den Zeigefinger. »Das habe ich nicht gesagt. Nur, dass ich dir gerne helfe und mich freue, dass du es auch zulässt.«

»Oh.«

»Waren das schon sieben Dinge?« Nachdenklich rieb ich mir über das Piercing in meiner Augenbraue und betrachtete sie von oben bis unten, blieb mit dem Blick dann jedoch wie so oft an ihrem Gesicht hängen.

»Wenn du jetzt sagst, ich habe schöne Augen, werfe ich dieses Kissen nach dir«, warnte sie.

Meine Mundwinkel zuckten. »Aber du hast echt schöne Augen.«

Und schon traf mich das Kissen am Kopf. *Autsch!*

Gegen meinen Willen musste ich lachen und packte das Kissen, bevor Sophie es ein weiteres Mal als Waffe gegen mich verwenden konnte. »Was ist so schlimm daran?«

»Nichts. Aber das ist so ein Standardspruch, damit beeindruckst du niemanden. Schon gar keine Frau, die das schon unzählige Male in ihrem Leben gehört hat.«

»Ich dachte, hier geht's nicht darum, dich zu beeindrucken«, wandte ich ein und wackelte mit den Brauen.

Sophie erstarrte.

»Ha! Also doch.«

»Was? Gar nicht wahr!« Sie beugte sich vor und entriss mir das Kissen mit einem Ruck. Dabei streiften ihre langen Haare unwillkürlich meine Arme und ich bekam erneut eine kleine Gänsehaut.

Shit. Ich war so was von aufgeschmissen.

»In diesem Schritt geht es darum, sich klarzumachen, dass die andere Person auch nur ein Mensch und nichts Besonderes ist. Weißt du eigentlich, wie viele Leute da draußen schöne Augen und tolle Brüste haben? Und es gibt auch bestimmt mehr als genug Frauen, die sich von dir in irgendeiner Weise helfen lassen würden.«

Hm, so hatte ich das noch gar nicht betrachtet. Trotzdem verblassten all diese anderen Frauen aus dem einfachen Grund, dass sie nicht Sophie waren. Keine von ihnen war wie sie. Keine hatte es je geschafft, dass ich nicht nur an den Spaß dachte, den wir zusammen hatten, sondern mir mehr ausmalte. Mehr wollte. Normalerweise beendete ich eine Beziehung sofort, sobald es um Zukunftspläne ging. Aber Sophie war schon seit Jahren ein fester Bestandteil meines Lebens. Ich konnte es mir gar nicht mehr ohne sie vorstellen. Und ich *wollte* sie in meinem Leben haben. Jetzt und in Zukunft. Was auch immer das zu bedeuten hatte.

»Du verstehst dich gut mit meiner Familie. Wenn sie könnten, würden sie dich mit ziemlicher Sicherheit adoptieren.« Ich runzelte die Stirn bei der Vorstellung. »Was dich zu meiner

Stiefschwester machen würde – und das wäre irgendwie seltsam. Also belassen wir es lieber dabei, dass du mich einfach zu allen möglichen Feiern begleitest und sie sich jedes Mal mehr darüber freuen, dich zu sehen, als mich.«

»Und das ist okay für dich?«

»Machst du Witze?« Ich drehte mich zu ihr um. »Soph, ich bin froh, eine Pause von ihnen zu haben. Ich liebe sie alle, genauso wie das ganze Chaos, aber wenn sie sich mal auf jemand anderen stürzen, ist das wie ein Wellnessurlaub für mich.«

Ein winziges Lächeln stahl sich auf ihr Gesicht. »Wie unser Self-Care-Tag!«

»Genau.« Ich nickte heftig, nur um gleich darauf den Kopf zu schütteln. »Ohne das Peeling. Diese grausame Erfahrung wird mich bis an mein Lebensende verfolgen.«

Sophie lachte auf und schien ihre Bedenken damit endgültig loszulassen. Sehr gut. Ich hatte nicht gelogen, ich mochte es wirklich, sie zu meiner Familie mitzunehmen und jeder Einzelne von ihnen liebte Sophie. Sie gehörte einfach dazu. Ich hatte bloß nie so richtig begriffen, was sie alle sahen, wenn sie uns beide zusammen erlebten, aber so langsam begann ich es zu verstehen.

So verschieden Sophie und ich auch waren, wir … ergänzten uns. Und auf freundschaftlicher Ebene war mir das schon immer klar gewesen. Warum hatte es so lange gedauert, das auch auf einer anderen Ebene zu erkennen? Und warum hatte ich erst dann mehr als nur meine beste Freundin in Sophie sehen können, als es schon zu spät für uns war? Denn dass wir beide nie eine Chance gehabt hatten, war das eigentlich Tragische an dieser Situation. Nicht meine unerwiderten Gefühle, nicht dieser Plan, der sowieso nicht funktionieren würde. Wir hatten einfach nie eine Chance bekommen.

Kapitel 20

Sophie

Heute würde ein guter Abend werden. Ein toller Abend. Nein, ein ganz fantastischer Abend!

Ich stand vor dem Ganzkörperspiegel in meinem Zimmer und drehte mich hin und her, noch immer nicht ganz überzeugt davon, dass ich dieses Outfit wirklich tragen konnte und wollte. Das Oberteil war ärmellos, weiß, mit gerüschten Trägern und klebte wie eine zweite Haut an meinem Körper, wodurch meine kleinen Brüste zur Geltung kamen. Aber es war auch extravagant kurz und endete fast eine Handbreit über meinem Bauchnabel. Dazu trug ich einen weiten Rock, ebenfalls mit ein bisschen Rüschen. Der Stoff fiel bis zur Mitte der Unterschenkel, allerdings machte der Saum auf der rechten Seite einen kleinen Ausflug nach oben und endete an dieser Stelle nur in der Mitte meines rechten Oberschenkels. Das mochte für die meisten Leute nicht sonderlich gewagt sein, für mich allerdings schon, vor allem, weil ich sonst nie so viel Bein und Bauch zeigte. Andererseits fühlte sich der Stoff großartig an, der Rock schwebte förmlich um meine Beine und schwang bei jeder Bewegung mit. Ich hatte dieses Outfit schon im Sommer gekauft, dann aber doch nie angezogen. Wurde es nicht endlich Zeit dafür? Wobei ich natürlich auch andere Kleider im Schrank hatte. Kleider, die ebenfalls hübsch und eine sicherere Wahl waren als diese Kombi.

Ein Klopfen an der Tür riss mich aus meinen Gedanken. Mist. War es schon so weit? War ich zu spät?

»Ja?« Ich drehte mich um.

»Hey.« Teagan steckte den Kopf herein. »Wie sieht's aus? Bist du fertig?«

War ich das? Wieder betrachtete ich mich von Kopf bis Fuß im Spiegel und nagte unschlüssig an meiner Unterlippe.

»Ich glaube, ich ziehe mich noch mal um.«

»Was?«, rief Teagan überrascht und kam ganz in mein Zimmer. Sie drückte die Tür hinter sich zu, wofür ich ihr dankbar war, da auf diese Weise niemand sonst etwas von unserem Gespräch mitbekam. »Du siehst fantastisch aus. Warum willst du etwas daran ändern?«

Sie hatte leicht reden, mit der hautengen schwarzen Hose, den Stiefeln und dem Glitzertop, das einen Teil ihres Rückens freiließ und ein Dekolleté zauberte, bei dem nicht nur Parker die Augen aus dem Kopf fallen würden. Ich hingegen stand hier in einem Outfit, das viel zu kurz für meinen Geschmack war und zu viel Bein zeigte. Aber vielleicht, nein, sogar ganz sicher, war ich das einfach nicht gewohnt. Trotzdem konnte ich mir nicht vorstellen, dass das wirklich gut an mir aussah.

»Ich weiß nicht«, murmelte ich zögerlich. »Denkst du wirklich, dass ich so raus kann?«

»Soll ich Liz holen?« Teagan deutete mit dem Daumen hinter sich.

Ich stieß ein Geräusch hervor, das eine Mischung aus Schnauben und Lachen war. »Bitte nicht! Diese Frau weiß nicht mal, wie man das Wort Selbstzweifel schreibt, also wird sie keine große Hilfe sein.«

Nicht zum ersten Mal beneidete ich Liz um ihr Selbstbewusstsein – oder vielmehr um ihre Ist-mir-egal-Einstellung. Andere mochten das vielleicht für eine Show halten, doch ich wohnte lange genug mit ihr zusammen, um zu wissen, dass es echt war. Es war ihr schlichtweg gleichgültig, was andere dachten und welche Wirkung sie auf die Leute hatte. Wahrscheinlich hatte sie sich auch nicht tagelang Gedanken darum gemacht, was sie heute Abend anziehen sollte, sondern einfach etwas aus dem Schrank genommen und war zufrieden mit dem Ergebnis.

Ich seufzte tief. Warum war es mir so leichtgefallen, ein Outfit für Cole zusammenzustellen, aber an mir selbst scheiterte ich? Oder scheiterte vielmehr an der Unsicherheit, die immer stärker an mir nagte, je länger ich in den Spiegel starrte.

»Hey …« Teagans Stimme war etwas weicher geworden, gleichzeitig wirkte sie so, als würde sie gerade überall lieber sein als ausgerechnet hier in diesem Zimmer. »Ich bin nicht gut mit diesem Kram … oder mit … Gefühlen«, gab sie zu und verzog das Gesicht, was mir unwillkürlich ein Lächeln entlockte. »Aber was ich weiß, ist, dass es völlig egal ist, was alle anderen denken, und es ist auch egal, ob du das hier anbehältst oder dich noch mal umziehst. Das Wichtigste ist, dass *du* dich darin wohlfühlst. Das ist das Einzige, was zählt, okay?«

Ich nickte langsam. »Okay.«

Sie wirkte zufrieden. »Also? Umziehen oder anlassen?«

Ich warf einen letzten Blick in den Spiegel und atmete tief durch. Eigentlich … sah es gar nicht so übel aus. Es war eines der Outfits, die ich an anderen Frauen bewunderte, mich aber nie so richtig traute, selbst anzuziehen. Heute Abend schon. Heute würde ich es durchziehen, schließlich war es ein fantastischer Abend.

»Ich behalte es an«, entschied ich und griff nach meiner Handtasche. »Lass uns gehen.«

Teagan lächelte, dann verließ sie mein Zimmer und ich folgte ihr mit klopfendem Herzen.

Im Flur warteten bereits die Jungs auf uns, während ich aus dem Bad noch den Föhn hörte, weil Liz wieder mal nicht pünktlich fertig geworden war. Doch so hatten wir Zeit, uns noch ein bisschen zu unterhalten. Außerdem konnte ich einen nach dem anderen mustern, während ich mit vor dem Oberkörper verschränkten Armen dastand.

Parker trug ein dunkelblaues Hemd und eine ebenfalls dunkle, etwas zerschlissene Hose. Ob er sich mit Teagan abgesprochen hatte? Falls nicht, waren die beiden eindeutig auf einer Wellenlänge und wirkten zusammen wie ein richtiges Glamourpaar. Auch wenn Teagans lila gefärbte Haare und Tattoos nicht ganz zu diesem Bild passten, genauso wenig wie das abenteuerlustige Funkeln in Parkers blauen Augen.

Lincoln hatte sich hingegen ganz leger für ein Shirt mit V-Ausschnitt und langen Ärmeln, die sich um seinen Bizeps spannten, und eine Jeans entschieden. Neuerdings trug er auch einen Dreitagebart, der seinen Kiefer betonte und ihn noch attraktiver machte. Hey, wir mochten Freunde und Mitbewohner sein, aber ich war schließlich nicht blind.

Als Letztes landete mein Blick auf Cole, und bei seinem Anblick geriet mein Herzschlag kurz ins Stottern. Er trug tatsächlich das Outfit, das ich im Rahmen seines Makeovers für ihn ausgesucht hatte. Er hatte sich das kurze Haar mit ein bisschen Gel gestylt, nicht so viel, dass er eine Steinplatte auf dem Kopf hatte, aber genug, um es in Form zu bringen. Jetzt weckte es sofort den Wunsch in mir, mit den Fingern hindurchzufahren … Und das war gut, oder? Das würde die gleiche Reaktion auch bei anderen Frauen hervorrufen, und das war definitiv etwas Positives. Dachte ich zumindest. Mittlerweile wusste ich selbst nicht mehr, wie ich meine Reaktionen auf ihn deuten sollte.

Cole war meinem Rat gefolgt und hatte seinen Fünftagebart getrimmt. Jetzt waren die dunklen Stoppeln an Kiefer, Kinn und Wangen noch immer deutlich zu sehen, wirkten aber wesentlich gepflegter. Auf einen Eyeliner hatte er zwar bedauerlicherweise verzichtet – okay, alles andere hätte mich auch überrascht –, aber er hatte nicht nur das schwarze Hemd angezogen, das ich vorgeschlagen hatte, sondern auch die Ärmel bis zu den Ellbogen hochgekrempelt. Das betonte seine bunten Tattoos genauso wie die vielen Armbänder an seinem linken Handgelenk.

Die obersten zwei Knöpfe des Hemds hatte er auf seine typisch lässige Art offen gelassen. Dazu trug er die dunkle Jeans, die locker saß und es dennoch schaffte, seinen Hintern zu betonen, sowie etwas abgetragene Boots, die den legeren Eindruck abrundeten.

Alles in allem ein Anblick, bei dem mir unweigerlich ziemlich warm wurde – und das, obwohl ich Cole jeden Tag sah. Sogar mehrmals am Tag, sofern ich ihm nicht absichtlich aus dem Weg ging. Was aktuell zum Glück nicht nötig war – denn heute Abend hatte er sich wirklich Mühe gegeben und ausnahmsweise auf seine bedruckten Shirts verzichtet. Und der Unterschied war gewaltig.

Ich kam mit meiner Musterung wieder bei seinem Gesicht an – und er schien nur darauf gewartet zu haben. Als sich unsere Blicke trafen, verschwand die Wärme in mir und wurde durch Hitze ersetzt. Hitze, die mit jeder Sekunde zunahm, in der er mich von oben bis unten betrachtete, als wäre sein Blick eine einzige Liebkosung. Ich hielt unwillkürlich den Atem an und stieß ihn leise aus, sobald Cole mir wieder in die Augen sah. Seine Mundwinkel hoben sich, als wüsste er ganz genau, was das mit mir machte. Was *er* mit mir machte.

In Gedanken verfluchte ich ihn dafür, schließlich waren wir noch immer dabei, den Zwölf-Schritte-Plan durchzuführen und dafür zu sorgen, dass alles wieder so wie früher zwischen uns wurde. *Vor* seinen Gefühlen für mich und *vor* meiner dummen Schwärmerei. Doch bisher ließ die Wirkung zu wünschen übrig. So sehr, dass ich mich unweigerlich fragte, ob das hier noch immer der richtige Weg war. Halfen wir einander tatsächlich, über den jeweils anderen hinwegzukommen? Oder passierte nicht eher das genaue Gegenteil?

Bevor ich weiter darüber nachdenken konnte, knallte etwas im Bad und ich zuckte zusammen.

Die Tür öffnete sich und Liz stapfte in den Flur, in einem schwarzen Kleid, dessen tiefer Ausschnitt vorne von jeder Menge Ketten verdeckt wurde – oder ihn noch betonten, so genau konnte ich das nicht entscheiden. Das kurze Haar hatte sie passend zur Lederjacke in ihrer Hand dramatisch gestylt. Nachdem sie unsere wartende Gruppe mit einem Blick überflogen hatte, stieß sie einen leisen Pfiff aus. »Oh, hallo … Wer bist du und was hast du mit Cole gemacht?«

Er sah an sich herunter und hob dann stirnrunzelnd wieder den Kopf. »Ist das wirklich so eine krasse Veränderung?«

Liz und ich schüttelten gleichzeitig den Kopf. »Eine Verbesserung«, behauptete sie und ich konnte ihr nur stumm beipflichten, genau wie Teagan, die einen Daumen in die Höhe hielt.

Das Makeover hatte Cole in keinster Weise verändert, sondern seinen Look nur hier und da ein bisschen mehr betont. Es war wirklich mehr ein Upgrade gewesen und wenn ich ihn jetzt so ansah, fragte ich mich unweigerlich, was um alles in der Welt ich mir dabei gedacht hatte. Den Typen, für den ich ein ganzes Jahr lang geschwärmt hatte, noch anziehender zu machen, war eindeutig nicht meine brillanteste Idee gewesen. Erst recht nicht, wenn wir auch noch den Abend zusammen verbringen würden. Zum Glück war der Rest der Truppe ebenfalls dabei, sonst … ja, sonst was?

Darüber dachte ich lieber nicht genauer nach. Auch wenn mein Puls sich ein wenig beschleunigte und mein Bauch sich erwartungsvoll zusammenzog. Es war eindeutig Zeit für eine Ablenkung.

»Alle bereit?«, fragte ich und sah in die Runde, damit wir endlich von hier wegkamen und ich Cole nicht mehr die ganze Zeit anstarrte. Oder seinen heißen Blick auf mir spürte. Vielleicht hätte ich mich doch lieber noch mal umziehen sollen.

»Jepp. Lasst uns gehen, bevor Liz einfällt, dass sie noch was an ihren Haaren oder ihrem Make-up machen muss«, witzelte Parker.

»Hey!«, rief die empört und holte schon aus, um ihm einen Klaps gegen den Hinterkopf zu geben, allerdings wich Parker rechtzeitig aus. »Sei lieber froh, dass ich dreimal überprüft habe, ob ich das Glätteisen auch wirklich vom Strom genommen habe.«

»Ach, hat das eben so gepoltert?«, konterte er beim Hinuntergehen. »Und hey, das ist auch deine Wohnung mit deinen ganzen Sachen.«

»Stimmt. Aber ich hab kein sauteures Gaming-Equipment in meinem Zimmer stehen.«

»Uuuh«, machte Teagan und gab sich nicht die geringste Mühe, sich das Lachen zu verkneifen. »Das war unter der Gürtellinie. Weiter so.« Sie streckte die Hand aus und Liz schlug ein.

Parker warf ihr einen fassungslosen Blick zu. »Auf welcher Seite stehst du eigentlich, Tea-Tea?«

Ich folgte ihnen mit einem amüsierten Schmunzeln aus dem Haus und bis zu den Autos. Da wir zu sechst waren, passten wir nicht alle in ein Fahrzeug, also teilten wir uns auf. Irgendwie landete ich auf dem Beifahrersitz in Coles Wagen. Im ersten Moment erstarrte ich, atmete dann jedoch erleichtert aus, als sich Liz auf die Rückbank setzte. Nicht dass ich nicht mit Cole allein sein wollte, aber im Moment ... und wenn er so aussah wie jetzt ... war mir das eindeutig zu riskant. Selbst wenn sie sich dessen also nicht bewusst war, spielte Liz gerade die Anstandsdame und tief in meinem Inneren war ich ihr dankbar dafür.

Den anderen Teil in mir, der liebend gerne allein mit Cole zum Club gefahren wäre und auf dem Weg angehalten hätte, ignorierte ich mit aller Macht. Wir waren Freunde. *Nur Freunde.* Und wenn ich mir das bis an mein Lebensende einreden musste, um auch endlich mein dummes Herz und meine Hormone davon zu überzeugen. Cole war einer der wichtigsten Menschen in meinem Leben. Unter keinen Umständen würde ich das aufs Spiel setzen. Außerdem waren seine Gefühle für mich nur eine Phase. Ich hatte schon so viele Frauen kommen und gehen sehen – und keine von ihnen war je länger als ein paar Monate geblieben. Selbst wenn ich es also riskieren und mich darauf einlassen würde, wäre es innerhalb kürzester Zeit schon wieder vorbei. Und dann wäre alles zwischen uns einfach nur seltsam und angespannt und unsere Freundschaft würde den Bach runtergehen. Nein, danke.

Während der Fahrt diskutierten Cole und Liz über die Musik, die im Auto lief, während ich die meiste Zeit damit verbrachte, aus dem Fenster zu schauen und meine Reaktion auf meinen besten Freund wieder in den Griff zu bekommen. Wie konnte er so lässig neben mir sitzen und mir immer wieder dieses typische freche Grinsen zuwerfen, während ich die Anspannung in Person war?

Doch als Cole lauthals zu einem seiner heißgeliebten Rocksongs zu singen und hinterm Lenkrad zu performen begann, musste sogar ich lachen. Als der Wagen wenige Minuten später anhielt, war wenigstens ein Teil meiner Anspannung verschwunden.

Die anderen waren schon da und warteten auf uns, damit wir uns gemeinsam vom Parkplatz aus auf den Weg machen konnten. Soweit ich wusste, war keiner von uns bisher in diesem Club gewesen. Teagan hatte ihn vorgeschlagen, nachdem sowohl ihre Mitbewohnerin als auch ein paar ihrer Game-Design-Kommilitonen davon geschwärmt hatten, also hatten wir beschlossen, ihn am Wochenende auszutesten. Und hier waren wir nun.

Die Musik war schon beim Betreten laut, jedoch schien sich das vor allem auf die weite Tanzfläche zu konzentrieren. An der L-förmigen Bar, in den Sitzecken, an den Stehtischen und in den anderen Räumen, wo Billardtische, Dartscheiben und Kickertische standen, schien man auch miteinander reden zu können, ohne schreien zu müssen.

Wir hatten unsere Jacken in den Autos gelassen und steuerten als Erstes die Bar an, um auf den gemeinsamen Abend anzustoßen. Während wir auf unsere Getränke warteten und die anderen sich unterhielten, ließ ich meinen Blick über den Club und die vielen Feiernden auf der Tanzfläche wandern.

Zugegeben, ich ging nur selten aus und obwohl ich mich gerne bei Just Dance austobte, gehörte Tanzen nicht gerade zu meinen Stärken. Zu groß war die Gefahr, sich bei den Bewegungen zu verheddern, zu stolpern und mit jemandem zusammenzustoßen. Aber ich genoss es, Zeit mit meinen Freunden zu verbringen. Und vielleicht überraschte mich dieser Abend ja noch, genauso wie ich mich selbst mit der Wahl meines Outfits überrascht hatte.

Mal ganz davon abgesehen, dass ich nicht nur zum Spaß hergekommen war, sondern eine Mission hatte: eine Frau für Cole zu finden. Nicht dass er Probleme damit hätte, aber ich wollte lieber auf Nummer sicher gehen, damit er direkt zu Schritt elf im Plan übergehen konnte: ein Date. Und wenn er die Verabredung mit Miss Unbekannt genoss und Spaß dabei hatte, sah diese Sache zwischen uns schon ganz anders aus. Laut Plan wäre er dann geheilt. Genau wie ich.

Meine Fingerspitzen kribbelten vor Aufregung. Ich freute mich darauf, endlich wieder meinen besten Freund zurückzuhaben und so unbeschwert wie früher mit ihm umgehen zu können. Ohne blöde Gefühle. Ohne dieses Prickeln zwischen uns. Ohne alles verändernde Küsse, die mich selbst Tage später noch bis in meine Träume verfolgten.

Ich schluckte hart und schob mir die Brille auf der Nase hoch. Es war besser so. Das musste es einfach sein. Völlig egal, dass sich mein Magen allein bei der Vorstellung von Cole mit einer anderen Frau verkrampfte. Es war das Richtige. Für ihn. Für mich. Für uns beide. Aber vor allem für unsere Freundschaft. Denn so blieb sie erhalten, statt dass es mit uns nicht funktionierte und daran nicht nur eine kurzlebige Beziehung, sondern auch unsere Freundschaft zerbrach. Denn schlimmer noch, als Cole mit einer anderen Frau zu sehen wie letzten Sommer mit Mallory, wäre es, ihn ganz zu verlieren. Und das würde ich unter keinen Umständen zulassen.

Kapitel 21

Sophie

Die Zeit verging wie im Flug. Nach der ersten Runde Drinks zog es Liz und Teagan auf die Tanzfläche, während Lincoln und ich eine Runde Billard spielten und Parker seine Dartkünste unter Beweis stellte, bevor er sich Teagan anschloss. Mittlerweile hatten Cole, Lincoln und ich es uns in einer der vielen Sitzecken in einem der anderen Räume mit eigener kleiner Bar gemütlich gemacht. Hier war die Musik nicht ganz so laut, sodass wir uns fast in Zimmerlautstärke unterhalten konnten.

Lincoln war gerade mit einer hübschen Blondine beschäftigt, die sich neben ihn gesetzt und ihn einfach angesprochen hatte. Anscheinend war Interesse auf beiden Seiten vorhanden, denn unser Mitbewohner vergaß uns schnell und widmete sich ganz seinem Flirt. Was Cole und mich mehr oder weniger allein auf dem Sofa sitzend zurückließ, und mich daran erinnerte, was meine Mission an diesem Abend war. Ganz egal, ob es mir gefiel oder nicht.

Statt mich wie mein bester Freund entspannt zurückzulehnen, sah ich mich aufmerksam um, bis ich mit dem Blick an einer jungen Frau hängen blieb.

»Sie.«

»Hm?«, machte Cole und folgte meinem Blick.

»Sie sieht nett aus«, stellte ich fest und deutete mit dem Kopf in ihre Richtung.

Die Fremde schien in unserem Alter zu sein, hatte einen dunkelbraunen Bob und helle Augen, die im krassen Kontrast zu ihren Haaren standen. Sie trug ein kurzes schwarzes Kleid und lachte immer wieder über etwas, das ihre Freundin neben ihr sagte.

»Mhh.« Cole lehnte sich wieder zurück.

Überrascht drehte ich mich zu ihm um. »Was stimmt nicht mit ihr?«

Er zuckte bloß mit den Schultern. »Nicht mein Typ.«

»Nicht dein Typ?«, wiederholte ich fassungslos und lachte ungläubig auf. »Du hast keinen bestimmten Typ. Wenn wir all deine letzten Freundinnen nebeneinander aufstellen würden, wäre die einzige Gemeinsamkeit ihre Vagina.«

Seine Mundwinkel zuckten. »Was ist so schlimm daran?«

»Gar nichts«, behauptete ich und deutete wieder zu der hübschen Brünetten. »Aber dann kannst du sie auch ansprechen. Der vorletzte Schritt im Programm ist nämlich ein Date.«

Etwas veränderte sich in seinem Gesichtsausdruck, wurde geradezu verhalten. Hatte ich das mit der Verabredung etwa noch nicht erwähnt? *Oh. Ups.*

»Und deine Aufgabe ist es jetzt, mir ein passendes Date zu suchen?«, hakte Cole langsam nach.

Ich schüttelte den Kopf. »Das müsste ich nicht, wenn du dich selbst ins Zeug legen würdest.«

Was er den ganzen Abend über nicht getan hatte.

Betont munter gab ich ihm einen Klaps gegen den Arm. »Komm schon, Cole. Wir wissen beide, dass du alles andere als flirtfaul bist.«

Sein Blick wurde intensiver und für einen Moment sagte keiner von uns etwas, dafür wurde mein Herzschlag umso lauter. Denn meine Worte waren nicht nur so dahingesagt, sondern entsprachen der Wahrheit. Cole fiel es leicht, mit anderen ins Gespräch zu kommen und neue Leute kennenzulernen. Und er flirtete gerne. Sogar mit mir.

Und auch wenn ich nicht an diesen einen Abend im Garten seiner Familie denken wollte, als er mir das Tanzen beigebracht und mich geküsst hatte, wanderten meine Gedanken nun von selbst in diese Richtung. Weil ich gar nicht anders konnte. Dafür hatte sich dieser Augenblick zu sehr in mein Gedächtnis eingebrannt. Das warme Gefühl seiner Hand auf meiner Taille und seiner Finger, die sich um meine schlossen. Der vertraute Geruch, der von ihm ausging und der mich so anzog. Die Hitze, die sein Körper ausstrahlte, als wir viel zu nahe voreinander standen und uns zu einem meiner absoluten Lieblingssongs bewegten. Die pure Freude in meinem Inneren, als er mich in eine Drehung führte und gleich darauf wieder an sich zog. Der durchdringende Blick aus seinen dunklen Augen. Das Gefühl seiner Lippen auf meinen …

Ich räusperte mich und sah zur Seite. Mein Puls raste und meine Wangen glühten. Da wollte ich ihn mit einer anderen Frau verkuppeln und versank hier selbst in seinen Augen und in den Erinnerungen, die uns verbanden. Das musste ein Ende haben. Auf der Stelle.

»Okay.« Nervös befeuchtete ich mir die Lippen, wagte es jedoch nicht noch mal, zu Cole hinüberzusehen. Stattdessen schaute ich mich im Club um. »Wenn sie nichts für dich ist, wie wäre es dann mit … der Blondine dahinten an der Bar? Sie sieht einsam aus.«

»Und verzweifelt, so wie sie jeden einzelnen Typen abcheckt«, ergänzte Cole trocken.

Ich unterdrückte den Impuls, die Augen zu verdrehen und konzentrierte mich stattdessen auf meine Aufgabe. Es musste doch irgendeine Frau in diesem Laden geben, die Cole genug gefiel, um sie anzusprechen. Ich konnte den vorletzten Schritt schließlich nicht für ihn tun, das musste er schon allein hinkriegen. Doch ganz egal, wen ich vorschlug, Cole fand immer irgendeinen lächerlichen Grund, warum diese Person nicht infrage kam.

Zu verzweifelt. Zu schüchtern. Lachte zu laut. Hatte einen männermordenden Blick. War mehr an ihrer Freundin interessiert als an Männern. Zu blond. Zu groß. Zu düster angezogen. Zu ländlich. Zu sehr Großstadtmädchen.

»Ganz ehrlich?«, murmelte ich irgendwann und lehnte mich neben ihm zurück. »Wie du überhaupt jemals eine Frau abbekommen hast, ist mir ein Rätsel. Wie kann man nur so wählerisch sein?«

»Ich bevorzuge eben einen ganz bestimmten Typ – und das hat nichts oder nur wenig mit dem Aussehen zu tun.«

»Womit denn dann?«

Er drehte den Kopf zu mir und fixierte mich. Im ersten Moment glaubte ich nicht, dass er antworten würde, doch dann tat er es. »Sie hat Humor und wir können zusammen lachen. Sie ist bodenständig, unabhängig, gerne auch mal eigensinnig, und gibt mir das Gefühl, gebraucht zu werden. Sie hält sich an die Regeln, hat aber auch kein Problem damit, spontan dagegen zu verstoßen und etwas Verrücktes zu tun.« Mit jedem einzelnen Satz wurde sein Blick intensiver. »Sie kann sich durchsetzen, wenn sie will, und mir ordentlich die Meinung sagen. Du weißt schon …« Er schien einen Moment lang zu überlegen. »Zwanzig Prozent Engel, achtzig Prozent Teufel.«

Ich blinzelte und riss mich aus diesem Bann, den er mit seinen Worten gewoben hatte. »Hast du gerade allen Ernstes Fast & Furious zitiert?«

Seine Mundwinkel verzogen sich zu einem unschuldigen Grinsen. Zu unschuldig. »Vielleicht.«

Ich griff nach einem kleinen Kissen, das neben mir auf dem Sofa lag, und haute es ihm gegen den Bauch. Cole ächzte, lachte aber auch laut auf und schnappte sich das Kissen, bevor ich ihn damit noch mal attackieren konnte.

»Du bist echt unmöglich!«, zischte ich.

»Warum?«

»Warum? Das war eine ernst gemeinte Frage!«

»Und ich habe ernst gemeint geantwortet.«

Ich schüttelte den Kopf, weil ich ihm kein Wort glaubte. Das war so typisch für ihn. Etwas Wichtiges einfach nicht ernst zu nehmen, sondern es lieber ins Lächerliche zu ziehen. Cole machte es einem manchmal echt nicht leicht, über ein ernstes Thema zu reden. Obwohl er bei den wirklich wichtigen Dingen tatsächlich gut zuhören konnte, wenn er wollte.

»Also, wie sieht's aus?«, fragte er und legte den Arm hinter mir auf die Lehne.

Ich schnaubte hörbar. »Wenn du glaubst, dass ich mir nach der Aktion eben noch mal die Mühe mache, jemanden für dich auszusuchen, dann ...«

»Dann fällt das Date flach?«, warf er ein. In seiner Stimme lag sowohl eine leise Belustigung, als auch eine Herausforderung.

»Nein«, gab ich widerwillig nach und setzte mich auf, weil seine Finger viel zu nahe an meinem Nacken waren. »Du wirst auf dieses Date gehen und du wirst Spaß haben. Nur dann bestehst du das Programm.«

»Und was ist, wenn ich es nicht bestehe?«

Ich zuckte nur mit den Schultern, weil ich mich gar nicht erst mit dieser Möglichkeit befassen wollte. »Dann fangen wir, genauer gesagt *du*, wieder ganz von vorne an.«

»Ganz von vorne? Inklusive furchtbar kitschiger Liebesfilme, Self-Care und dieser ganzen Listen, die ich machen soll?«

Ich lächelte lieblich. »Exakt. Aber diesmal wirst du das ganz allein durchziehen müssen. Ohne meine Hilfe.«

Seine Augen weiteten sich, und er schien einen Moment nachzudenken. Dann setzt er sich mit plötzlicher Entschlossenheit auf. »Wir müssen ein Date für mich finden.«

Ich seufzte frustriert. »Das sage ich doch schon die ganze Zeit!«

»Ja, aber jetzt bin ich voll dabei. Also los.« Er machte eine scheuchende Handbewegung, als läge das Schicksal der Welt – oder eher seines Liebeslebens – in meinen Händen. Ganz toll.

»Manchmal würde ich dich liebend gerne …«

»Küssen?«

»Erwürgen«, presste ich hervor. »Ich stelle mir vor, wie ich die Hände um deine Kehle lege und zudrücke.«

Er stieß einen leisen Pfiff aus, grinste aber auch. »Wow, Sophie, solche Gewaltfantasien hätte ich dir gar nicht zugetraut. Heißt das, dass du auch im Bett gerne –«

Ich drückte ihm die Hand auf den Mund, um ihn zum Schweigen zu bringen. »Treib es nicht zu weit.«

Statt einer Antwort bekam ich nur ein gedämpftes Lachen zu hören.

Dieser Typ … Es grenzte echt an ein Wunder, dass ich ihn nicht schon längst im Schlaf ermordet hatte. Gleichzeitig war es aber auch überhaupt keine Überraschung, denn Cole schaffte es immer wieder, mich aus der Reserve zu locken und zum Lachen zu bringen. Außerdem zeigte er mir auf seine verquere Art, wie viel mehr ich schaffen und erleben konnte, wenn ich mich nur darauf einließ. Wenn ich meine Komfortzone für eine kleine Weile verließ. So wie jetzt, auch wenn es hier gar nicht um mich ging.

Also ließ ich den Blick wieder durch den Club wandern, diesmal fest entschlossen, jemanden zu finden, den Cole nicht einfach so ablehnen konnte. Es dauerte eine Weile und er war schon längst in ein Gespräch mit Lincoln neben uns vertieft, als ich sie entdeckte: die ideale Frau für Cole. Sie war hübsch, schien Humor zu haben, so wie sie ihre Freundinnen mit jedem Kommentar zum Lachen brachte, und interessierte sich als Bonus sogar für Videospiele, wenn ich den Aufdruck auf ihrem Top richtig deutete. Triple Win! Und wenn ich eines Tages bei ihrer Hochzeit Brautjungfer sein durfte, konnte ich mir selbst auf die Schulter klopfen, dass ich die beiden miteinander bekannt gemacht und verkuppelt hatte. Yay …

Ich trank einen großen Schluck meines Cocktails, der auf einmal viel zu süß schmeckte. Aber wenigstens half der Alkohol dabei, meine Zweifel und Bedenken auszuschalten. Genau wie meine Gefühle.

»Sie.« Ich deutete auf die attraktive Rothaarige. »Sprich sie an. Keine Ausreden.«

Cole zögerte und warf mir einen undeutbaren Blick zu. Dann jedoch stand er auf und durchquerte den Raum bis zu der kleinen Bar, wo die junge Frau zusammen mit ihren Freundinnen stand.

Da Lincoln und seine blonde Bekanntschaft verschwunden waren, ohne dass ich es gemerkt hatte, saß ich nun allein hier und mir blieb nichts anderes übrig, als Cole beim Flirten zu beobachten. Er sagte etwas zu der Rothaarigen, was eindeutig ihr Interesse zu wecken schien. Sie warf ihren Freundinnen ein kurzes Lächeln zu, dann konzentrierte sie sich ganz auf Cole. Und was auch immer er gerade von sich gab, es brachte sie dazu, den Kopf in den Nacken zu legen und schallend zu lachen. Auch auf Coles Gesicht war ein Grinsen zu sehen, das ich nur zu gut kannte. Er hatte Spaß. Offenbar hatte ich mit meiner Einschätzung richtig gelegen. Die beiden schienen direkt auf einer Wellenlänge zu sein. Wie … wundervoll.

Ich ignorierte den Knoten in meinem Bauch und trank noch einen großen Schluck von meinem Cocktail. Wenn Cole es richtig anstellte, stand Schritt elf und damit seinem Date nichts mehr im Weg. Eigentlich müsste ich stolz auf mich sein, weil ich es geschafft hatte, das in die Wege zu leiten und Cole so weit durch das Programm zu bringen. Nur warum fühlte es sich dann alles andere als gut an? Ich sollte mich für meinen besten Freund freuen, schließlich wollte ich doch, dass er glücklich war, oder nicht? Doch dann musste ich wieder an diesen kleinen Moment vorhin denken, als wir Blödsinn geredet und fast schon miteinander geflirtet hatten. Oder war es ein richtiger Flirt gewesen? *Argh*. Egal. Nicht dran denken. Genauso wenig wie an die letzten Wochen und alles, was zwischen uns vorgefallen war. All die kleinen und großen Momente, die über eine normale Freundschaft hinausgingen. Es war nur eine Phase. Eine Übergangsphase. Und wenn die abgeschlossen war, würde alles wieder genau so zwischen uns sein wie zuvor. Genau so, wie es sein sollte.

»Hallo.«

Beim Klang der fremden Stimme zuckte ich zusammen und verschüttete fast meinen Drink. Langsam drehte ich mich um – und blickte in das Gesicht eines Fremden. Er schien etwa in meinem Alter zu sein, hatte strahlend blaue Augen und ein nettes, fast schon etwas schüchternes Lächeln. Irgendwie süß.

»Ich bin Dan«, stellte er sich höflich vor.

»Sophie«, erwiderte ich automatisch und immer noch perplex, dass er sich neben mich gesetzt und mich angesprochen hatte. *Mich*. Trotz all den anderen wunderschönen Frauen, die hier herumschwirrten.

»Das kommt jetzt wahrscheinlich etwas plötzlich«, murmelte er und rieb sich mit der Hand über den Nacken, »und wahrscheinlich erlebst du das ständig.«

Fragend zog ich die Brauen hoch.

Er schien mein Schweigen als Ermunterung zu verstehen, um weiterzusprechen. »Wir sind vor einer Weile mal morgens auf dem Campus der UWF ineinandergelaufen. Du hast telefoniert, also wollte ich dich nicht stören. Aber als ich dich jetzt von dahinten gesehen habe, haben mich meine Freunde praktisch dazu gezwungen, herzukommen und mit dir zu reden.« Seine Wangen verfärbten sich ein klein wenig. »Also ... ähm ... entschuldige noch mal für den Zusammenstoß neulich. Und ... ähm ... wollen wir vielleicht mal zusammen ausgehen? Es muss kein Dinner sein, ein Kaffee reicht auch, oder ... wenn du essen gehen willst, dann ... dann frage ich mal meine Mitbewohner, weil ich mich noch nicht besonders gut in der Stadt auskenne, um etwas empfehlen zu können. Ich bin erst hergezogen, weißt du? Aber du kannst natürlich auch ...« Er hielt inne, als keine Reaktion von mir kam.

Zumindest keine, abgesehen von einem perplexen Blinzeln. Es war nicht so, dass mich noch nie ein Kerl angesprochen hatte, dafür gab es zu viele Idioten auf der Welt, und ich hatte auch schon ein paar Dates erlebt, manche gut, manche weniger gut und manche katastrophal. Trotzdem erwischte es mich diesmal eiskalt. Vielleicht, weil ich so auf Cole konzentriert gewesen war und darauf, ihm eine Verabredung zu beschaffen, während ich mich selbst völlig vergessen hatte. Vielleicht war ich generell viel zu sehr auf Cole fokussiert. Erst durch meine dumme Schwärmerei für ihn, dann indem ich ihn mir unbedingt aus dem Kopf schlagen wollte, und jetzt, indem ich ihm dabei half, seine eigenen Gefühle für mich loszuwerden.

Aber was war mit mir? Ich war über ihn hinweg und hatte genau wie er das Recht auf ein nettes Date. Und dieser Typ, dieser Dan mit seiner herumdrucksenden Art, den großen Händen und den unglaublich blauen Augen war irgendwie niedlich.

Definitiv attraktiv. Und jemand, über den ich gerne mehr erfahren würde. Vor allem, wenn er auf dieselbe Uni ging wie ich.

Meine Mundwinkel wanderten nach oben. »Gerne«, brachte ich nach einer viel zu langen Pause heraus.

»Ja?« Die Erleichterung war ihm förmlich ins Gesicht geschrieben. »Cool.«

Wir tauschten unsere Nummern aus, um später Ort und Zeit vereinbaren zu können, dann stand Dan auf und schlenderte zu seinen Freunden zurück. Ich sah ihm mit einem Lächeln und einem ganz neuen, warmen Gefühl im Bauch nach.

»Geschafft!« Wenige Sekunden später ließ sich Cole neben mich in die Polster fallen.

Ich zuckte zusammen und starrte ihn kurz ausdruckslos an.

»Das Date?«, erinnerte er mich und wedelte mit der Hand vor mir herum. »Alles klar, Soph? Du bist ein bisschen rot im Gesicht.«

Was? Ich? Niemals.

»Bestens«, zwang ich mich zu sagen, auch wenn das kuschelig warme Gefühl in meinem Bauch genauso schnell verschwand, wie es aufgetaucht war, und nun von einem nagenden Brennen ersetzt wurde. »Und Glückwunsch.«

Cole nickte, wirkte aber irgendwie nicht so zufrieden, wie er sein sollte, nachdem er eine Frau klargemacht hatte. Ich hatte das schon so oft miterlebt, dass ich den Unterschied deutlich bemerkte. Kein vorfreudiges Funkeln in den Augen, keine überschäumende Energie, keine besonders gute Laune. Er wirkte eher ... erleichtert. Möglicherweise sogar bedrückt.

Ich schüttelte den Kopf. Da saßen wir also, nachdem wir beide jemand Neues kennengelernt und ein Date ergattert hatten. Und statt uns zu freuen, wirkten wir beide eher so, als würden wir gleich unseren Hund begraben müssen. Nicht dass wir einen Hund hatten, aber ... Details.

Ich trank meinen Cocktail in einem Zug aus und stand etwas schwankend auf. *Huch.* Anscheinend war da doch mehr Alkohol drin gewesen, als ich gedacht hatte.

Cole setzte sich auf und beobachtete mich stirnrunzelnd. »Was hast du vor?«

»Nicht ich, sondern wir«, korrigierte ich ihn und griff nach seinem Arm, um ihn ebenfalls zum Aufstehen zu bewegen. »Wir suchen jetzt die anderen und haben Spaß. Ich glaube, ich habe Parker und Teagan vorhin schon wieder auf der Tanzfläche gesehen. Wird Zeit, dass wir ihnen zeigen, wie man anständig beim Billard verliert.«

Und damit zog ich ihn mit mir.

Heute war ein guter Abend. Und wenn ich alles andere ausblendete und einfach nur die Zeit mit meinen Freunden genoss, dann stimmte das auch. Dann war heute sogar ein ganz fantastischer Abend.

Kapitel 22

Sophie

Knapp eine Woche nach dem Ausflug in den Club traf ich mich mit Dan – und versuchte die Tatsache zu ignorieren, dass Cole heute ebenfalls sein Date hatte. Es war ein Freitagabend Anfang Dezember und mit fünfzehn Grad noch angenehm mild, auch wenn ich eine Jacke brauchte. Wir wollten uns vor einem Restaurant treffen, um zusammen essen zu gehen. Sehr klassisch, aber eindeutig besser als nur ein Kaffee. Zumal sich das hier wie ein richtiges Date anfühlte. Eines, für das man sich Zeit nahm und vorher zurechtmachte. Zumindest hatte ich das getan.

Ich hatte mich für eine schwarze Hose entschieden, die viel zu eng saß, aber nach dem Clubbesuch in diesem Outfit, in dem ich mich tatsächlich wohlgefühlt hatte, hatte ich beschlossen, in Zukunft mehr zu wagen. Darum jetzt auch die hautenge Hose, in deren Taschen nicht mal mehr Platz für ein Taschentuch war. Dazu hatte ich mich für ein beigefarbenes Top mit dünnen Trägern und aufgedruckten kleinen Blumen entschieden. Es saß perfekt, und betonte trotz seines lockeren Falls mein Dekolleté auf eine dezente Weise. Es war eines meiner absoluten Lieblingsteile und ich hoffte, dass es mir heute Abend Glück bringen würde.

Ich legte den Kopf in den Nacken und betrachtete das Backsteingebäude mit dem vielen Grün und den Palmen von außen.

Ich war noch nie hier gewesen, aber online hatte es eher leger ausgesehen, also hatte ich zu meinem Outfit einfach flache Chucks angezogen. Damit wirkte ich ganz bestimmt nicht overdressed, auch wenn ich mich ein bisschen so fühlte mit den offenen Haaren und den rot geschminkten Lippen. Sehr viel mehr hatte ich an Make-up allerdings nicht aufgelegt.

Es war das letzte Wochenende vor der Klausurenphase, also wollte ich das unbedingt genießen. Und dieses Date würde hoffentlich ein grandioser Auftakt werden.

Ein kurzer Blick auf mein Handy und ich stellte fest, dass ich mehr als pünktlich war. Automatisch schwebte mein Daumen erst über dem Gruppenchat unserer WG und dann über dem Nachrichtenverlauf mit Cole, aber ich klickte nicht darauf. Es gab keine neuen Nachrichten, also auch keinen Grund, irgendetwas zu schreiben. Cole war kurz vor mir aufgebrochen und vermutlich bereits bei seinem Date. Ich hatte nur gehört, aber nicht gesehen, dass er losgegangen war, um einen hoffentlich ebenso tollen Abend zu verbringen wie ich.

Bei dem Gedanken presste ich unwillkürlich die Lippen aufeinander. Es war okay. Nein, es war sogar mehr als okay. Cole war dabei, Schritt elf durchzuziehen und somit fast fertig mit dem Programm. Wenn das Date gut lief, würde er keinen einzigen Gedanken mehr an mich verschwenden, der über das Freundschaftliche hinausging. Und das war gut so! Wirklich gut. Dass sich mein Bauch bei der Vorstellung verkrampfte, spielte absolut keine Rolle.

»Sophie?«

Ich brauchte einen Moment, um mich zu sammeln, bevor ich mich umdrehte. »Hi Dan.«

»Hallo.« Er hatte sich ebenfalls etwas schick gemacht und trug ein Hemd zu seiner Jeans. Außerdem drang mir ein angenehmer Duft in die Nase, bestimmt sein Aftershave. Während ich ihn musterte, betrachtete er mich ebenfalls von oben bis unten und in seinen blauen Augen leuchtete es auf. »Du siehst ganz zauberhaft aus.«

»Danke«, erwiderte ich lächelnd – und ehrlich erleichtert. Das war schon das zweite Mal innerhalb kürzester Zeit, dass ich ganz bewusst etwas anzog, das meine Beine betonte. Dass ich dann auch noch Komplimente dafür erhielt, statt mich unwohl zu fühlen und dafür zu schämen, weil sie so dünn und knochig waren, bewies mir, wie wichtig es war, sich hin und wieder auch mal etwas zu trauen.

»Ich bin froh, dass es geklappt hat.« Er wippte etwas auf den Fußballen vor und zurück. War er etwa nervös?

»Ich auch.«

Das war ich wirklich. Ganz besonders, weil es mir heute Abend etwas zu tun gab – denn so würde ich nicht in meinem Zimmer herumsitzen und ständig darüber nachdenken, wie Coles Date wohl lief, was er gerade machte, ob sie sich gut verstanden und ob Marissa ihn nach Hause begleiten würde. Mist. An diese Möglichkeit hatte ich bisher noch gar nicht gedacht. Allein bei der Vorstellung wurde mir ganz flau im Magen.

»Alles in Ordnung?«, fragte Dan.

Ich nickte hastig. »Alles bestens. Ich hab nur … noch nichts gegessen und bin am Verhungern.«

»Dann lass uns reingehen.« Er deutete mir an, vorauszugehen und hielt mir sogar die Tür auf. Wow. Heutzutage war so etwas wirklich eine Seltenheit geworden.

Dan hatte reserviert, also führte uns eine hochgewachsene Kellnerin mit strahlendem Lächeln direkt an unseren Tisch. Er stand etwas abseits der anderen in einer gemütlichen, eher privaten Ecke, in die auch die ganzen Geräusche, das Summen der vielen Stimmen, das Klappern von Geschirr und die dezente Musik im Hintergrund kaum drangen.

»Ich hoffe, es gefällt dir.« Dan setzte sich mir gegenüber und zupfte an der Serviette herum.

Kurz ließ ich meinen Blick wandern, angefangen bei den Backsteinwänden über die Blumen, die in bunten Vasen im ganzen Restaurant verteilt standen, bis hin zu den liebevoll gedeckten Tischen mit den weißen Tischdecken und den Stoffservietten. »Es ist wirklich hübsch hier.«

Auch wenn ich vermutlich nie allein hergekommen wäre. Aber dafür waren Dates schließlich da, oder nicht? Man lernte nicht nur jemand Neues kennen, sondern erkundete auch fremde Orte und probierte neue Sachen aus.

In den ersten Minuten breitete sich peinliches Schweigen zwischen uns aus. Ich wusste nicht, was ich sagen oder erzählen sollte, und ihm schien es ähnlich zu gehen. Endlich erlöste uns die Kellnerin aus dieser angespannten Stille, indem sie unsere Getränkebestellung aufnahm.

»Also …« Dan räusperte sich mit einem nervösen Lächeln. »Was ich schon die ganze Zeit fragen wollte. Als wir auf dem Campus ineinandergelaufen sind … mit wem hast du da eigentlich telefoniert?« Sofort hob er abwehrend die Hände. »Entschuldige, wenn das zu persönlich ist, aber du hast so glücklich ausgesehen, dass ich neugierig geworden bin.«

Ich lächelte. »Mit meinem Großvater.«

»Steht ihr euch nahe?«

Ich nickte heftig. »Und wie. Er ist einer der wichtigsten Menschen in meinem Leben.«

Und damit war das Eis gebrochen. Meine Nervosität verschwand und ich erzählte Dan Geschichten von meinem Grandpa. Er berichtete mir von seiner Familie, die ebenfalls nicht sehr groß, ihm aber ganz offenkundig auch sehr wichtig war. Wir redeten übers Studium und den Campus und ich merkte nicht einmal, wie schnell die Zeit verflog.

Cole

Freitagabend. Heute war es so weit: Das Date stand an, das ich zwar selbst eingefädelt hatte, das aber mit einer Frau war, die Sophie für mich ausgesucht hatte. Ausgerechnet. Unser kurzer Flirt im Club und die Textnachrichten seither waren alle ziemlich locker gewesen. Entspannt. Und damit das komplette Gegenteil von dem, wie mir gerade zumute war.

Marissa war attraktiv, humorvoll und hatte ein umwerfendes Lächeln. Wie es der Zufall so wollte, studierte sie Grafikdesign und hatte früher immer mit ihrem kleinen Bruder gezockt, sodass uns der Gesprächsstoff keine Sekunde lang ausging. Sie kannte sich mit meinen Lieblingsspielen aus, was sie nicht nur mit ihren Fragen, sondern auch mit cleveren Kommentaren bewies. Alles in allem war Marissa geradezu perfekt. Und genau darin lag das Problem. Ich wollte kein Perfekt. Und ganz egal, wie toll Marissa auch war – sie war nicht Sophie.

Unter anderen Umständen hätte ich den Abend vollauf genießen können und mein Date mit nach Hause genommen oder wäre mit zu ihr gegangen, sofern sie das wollte. Und sie wollte, das konnte ich ihr nicht nur ansehen, sie machte das auch ziemlich deutlich.

»Wollen wir noch woanders hin?«, fragte Marissa nach dem Essen mit einem kleinen Lächeln. Nicht herausfordernd oder süffisant, sondern fast schon zurückhaltend.

Ein Teil von mir war versucht, Ja zu sagen. Einfach mit ihr zu gehen, die Nacht mit ihr zu verbringen und mir endlich meine beste Freundin aus dem Kopf zu schlagen. Ob es funktionieren würde? Könnte ich Sophie einfach vergessen, wenn ich mit einer anderen schlief? Irgendwie bezweifelte ich das.

Ich bezweifelte es sogar sehr. Zumal es sie verletzen würde, sobald sie davon erfuhr. Sophie mochte es zwar nicht zugeben, mochte sich mit Händen und Füßen dagegen wehren, aber ich wusste, dass sie auch etwas für mich empfand. Ich wusste es einfach. Ich spürte es in diesen viel zu seltenen Momenten, in denen es ganz still zwischen uns wurde, weil keine Worte nötig waren. Weil ein einziger Blick, eine einzige Berührung genügte. Oder ein Kuss.

Nein, das konnte ich weder Sophie noch mir selbst antun.

Also schüttelte ich langsam den Kopf. »Tut mir leid. Der Abend war wirklich nett, aber …«

»Aber …«, fuhr Marissa fort und betrachtete mich nachdenklich. »Da gibt es jemand anderen, nicht wahr?«

Ich zuckte leicht zusammen. Seit wann war ich so leicht zu durchschauen?

Sie lehnte sich seufzend zurück. »Hab ich's doch geahnt. Ich wollte es den ganzen Abend über nicht wahrhaben, aber ich hab's geahnt.«

»Sorry.« Ich verzog das Gesicht. »Es ist kompliziert.«

Sie lächelte mitfühlend. »Ist es das nicht immer?«

Eigentlich nicht. Bisher war es ganz leicht für mich gewesen, eine Frau kennenzulernen, mit ihr zusammenzukommen und gemeinsam eine gute Zeit zu haben, ehe wir nach ein paar Wochen oder Monaten wieder getrennte Wege gingen. Doch erst jetzt wurde mir klar, dass mein Bruder recht hatte. Es war nie etwas Ernstes gewesen. Weil von meiner Seite aus nie Gefühle im Spiel gewesen waren. Ich hatte meine Ex-Freundinnen zwar alle geschätzt, sie gemocht und ihnen jeden Wunsch erfüllt, solange wir zusammen waren, aber ich hatte immer gewusst, dass es früher oder später ein Ende haben würde. Dass es nur eine Phase war und wir nicht auf unbestimmte Zeit zusammenbleiben würden. Und das war okay gewesen. Es war immer okay gewesen, bis … ja, bis ich angefangen hatte, Sophie mit anderen Augen zu sehen.

Obwohl ich nicht mit Marissa nach Hause gehen würde, begleitete ich sie, ganz der Gentleman, der ich eigentlich nicht war, zum Taxi.

Sie öffnete die Tür, stieg aber nicht sofort ein, sondern drehte sich noch mal zu mir um. »Trotzdem danke für den schönen Abend«, sagte sie und stellte sich auf die Zehenspitzen. Ihre Lippen streiften meine Wange, dann lehnte sie sich zurück und lächelte warm. »Ich hoffe, es klappt mit ihr.« Spielerisch bohrte sie den Zeigefinger in meine Brust. »Versau es nicht.«

Ich schüttelte amüsiert den Kopf. »Ich gebe mein Bestes. Und danke. Pass auf dich auf, Marissa.«

Ich wartete, bis sie eingestiegen war und sah dem Taxi kurz nach, ehe ich mich ebenfalls auf den Weg zurück nach Hause machte.

In der Wohnung war es geisterhaft still. Keine einzige Lampe brannte, und als ich das Licht im Flur einschaltete, sah ich sofort, dass die Türen zu Parkers und Liz' Zimmern weit offen standen. Parker war mit Teagan unterwegs und Liz war mit ihren Freundinnen Cocktails trinken gegangen. Vor dem Morgengrauen würden wir sie nicht wiedersehen. Lincolns Zimmer befand sich direkt neben meinem auf der anderen Seite der Küche, aber ich wusste, dass er heute Abend ebenfalls ein Date mit irgendjemandem aus der Uni hatte, also war er auch nicht da.

Ich hatte es ganz bewusst vermieden, in die Richtung von Sophies Zimmer zu schauen, weil ich gar nicht wissen wollte, ob sie schon wieder zu Hause war – allein oder in Begleitung – oder noch unterwegs. Gleichzeitig brannte ich darauf, es zu erfahren. Vielleicht war das masochistisch von mir, aber es war mir egal. Ich musste einfach wissen, wie ihr Abend gelaufen war.

Als ich zu ihrem Zimmer sah, dessen Tür halb offen stand, wusste ich nicht, ob ich erleichtert oder frustriert sein sollte. Nein, das war gelogen. Die Antwort war offensichtlich: Ich war frustriert.

Wie lange wollten wir eigentlich noch umeinander herumtänzeln und hoffen, dass es unsere Freundschaft nicht gefährdete? Wie lange wollte Sophie noch leugnen, dass da etwas zwischen uns war? Aber wenn nicht mal dieser Kuss sie dazu brachte, mehr in mir zu sehen als nur ihren besten Freund und Mitbewohner, dann … *fuck.*

Ich fuhr mir mit der Hand durchs Haar und ging in die Küche. Hunger hatte ich zwar keinen mehr und ein Energydrink war mit Sicherheit eine beschissene Idee, aber das war mir egal. An Schlaf war sowieso nicht zu denken, also konnte ich auch weiter an meinem Game arbeiten. Zumal die Deadline schon in wenigen Tagen war, und es noch einiges zu tun gab. Keiner meiner Dozenten hatte sich bisher zurückgemeldet, um mir zu sagen, ob sie mich bei dem Projekt betreuen würden oder nicht, aber das beunruhigte mich nicht. Sie würden sich schon noch melden, und dann konnte ich ihnen ein fast fertiges Game präsentieren und ihr Feedback dazu einholen.

Doch gerade als ich nach der Dose greifen wollte, hörte ich die Wohnungstür ins Schloss fallen, dicht gefolgt von leisen Schritten. Von nur einer Person. *Gott sei Dank.*

Ich drückte die Kühlschranktür in dem Moment zu, in dem Sophie die Küche betrat.

Sie blieb abrupt stehen, als sie mich entdeckte. »Oh, hi.«

»Hi.« Ich drehte mich zu ihr um und konnte gar nicht anders, als meinen Blick langsam an ihr auf und ab gleiten zu lassen.

Sie sah wunderschön aus. Und heiß. Das Oberteil hatte nur hauchdünne Träger und fiel locker herab, die schwarze Hose dagegen klebte wie eine zweite Haut an ihr und betonte ihre schlanken Beine. Dazu trug sie schlichte Chucks, was womöglich abtörnend wirken sollte, an ihr aber einfach perfekt aussah. Genauso wie das lange Haar, das ihr offen über die nackten Schultern fiel, und in das ich meine Finger vergraben wollte. Es kostete mich dermaßen viel Selbstbeherrschung, nicht einfach zu ihr zu gehen, um … was genau zu tun? Sie in die Arme zu nehmen? Sie zu küssen?

Ich räusperte mich, als keiner von uns ein weiteres Wort hervorbrachte und zwang mich dazu, etwas zu sagen. Irgendetwas. Ganz egal was. »Schon zurück?«

»Mhm.« Langsam stellte sie die Handtasche auf dem Küchentisch ab. Bildete ich mir das ein, oder zitterte ihre Hand ein wenig?

»Wie war dein Date?«, presste ich hervor.

»Gut …«, erwiderte sie gedehnt und ohne mich aus den Augen zu lassen. Sie zögerte nur einen winzigen Moment. »Wie war deins?«

Ich ballte die Hände zu Fäusten. »Gut.«

Wieder ein kurzes Zögern. Diesmal flackerte etwas in ihren braunen Augen, doch sie sah rasch zur Seite. »Warum bist du dann hier?«

Langsam zog ich die Brauen hoch. »Wenn ich mich richtig erinnere, wohne ich immer noch hier.«

Ihr Blick flog zu mir zurück. »Nein, ich meine …«

»Ich weiß, was du meinst«, fiel ich ihr ins Wort. Diesmal konnte ich mich nicht davon abhalten und trat einen Schritt näher.

Zwischen uns befand sich noch immer der Küchentisch, trotzdem erstarrte Sophie, was mich augenblicklich dazu brachte, ebenfalls innezuhalten. Verdammt. War das hier wirklich so schrecklich? War die bloße Vorstellung, dass mehr zwischen uns sein, dass sich unsere Freundschaft weiterentwickelt haben könnte, so furchtbar für sie? Sah sie mich tatsächlich lieber mit irgendeiner anderen Frau an meiner Seite statt mit sich selbst?

»Warum bist du nicht mit ihr zusammen?«, versuchte sie es erneut, diesmal eine Spur leiser. »Mit ... wie hieß sie noch mal, Marissa?«

Ich biss die Zähne zusammen, doch die Worte verließen meinen Mund trotzdem. Weil ich sie nicht länger zurückhalten konnte, genauso wenig wie die Frustration, die von Tag zu Tag nur größer zu werden schien. Scheiß auf diesen dämlichen Zwölf-Punkte-Plan.

»Fuck, Sophie. Ist das wirklich das, was du wissen willst?«

Sie zuckte zusammen, wich aber nicht zurück und rückte auch nicht von ihrer Meinung ab. »Natürlich«, behauptete sie, als wäre es das Selbstverständlichste der Welt. Und vielleicht war es das sogar gewesen. Früher mal. Aber jetzt nicht mehr.

»Wir sind Freunde, also interessiert es –«

»Nein, verdammt!«, fiel ich ihr ins Wort. »Wir sind keine Freunde.«

»Was?« Sie wurde blass und starrte mich aus riesigen Augen an.

»Wir sind keine Freunde«, wiederholte ich mühsam beherrscht. »Wir sind mehr als das – und das weißt du genauso gut wie ich.«

»Das ist nicht ...« Sie schüttelte den Kopf, als müsste sie sich von ihren eigenen Worten überzeugen. »Wir sind nicht –«

»Doch«, funkte ich ihr erneut dazwischen und machte einen

Schritt auf sie zu. Dann noch einen, bis nicht mal der Küchentisch zwischen uns stand. »Und ich habe es satt, etwas anderes zu behaupten oder so zu tun, als wäre es anders.«

»Aber ... aber ... Der Zwölf-Punkte-Plan ...«

»Wir haben deinen Plan durchgezogen, oder nicht?«

»Schon, aber –«

»Haben wir ihn bis zum Ende durchgezogen?«

Sie schluckte hart, nickte dann jedoch. »Fast. Das Date war Nummer elf.«

»Was ist Nummer zwölf?«

»Freiheit.« Ihre Stimme war kaum mehr als ein Wispern und ihr Blick ließ mich keine Sekunde lang los. »Du bist über mich hinweg.«

»Sehe ich so aus, als wäre ich über dich hinweg?«

Sie starrte mich wortlos an. Inzwischen trennten uns nur noch ein, zwei Schritte voneinander, sodass ich jeden ihrer Atemzüge erkennen konnte. Genauso wie das schnelle Pochen ihres Pulses an ihrem Hals, und wie sich ihre Finger in die Arbeitsfläche hinter ihr krallten, weil sie irgendwann zurückgetreten war, bis sie den Küchentresen im Rücken hatte. Ich kannte Sophie gut genug, um zu wissen, dass es nicht Angst war, die diese Reaktionen auslöste, sondern etwas völlig anderes. Etwas, das auch in mir tobte, und das ich zusammen mit ihr genauer erforschen wollte. Ich wollte sehen, wohin es uns führte ... wenn sie es nur zulassen würde.

»Wäre das hier wirklich so schlimm?«, fragte ich leise und deutete zwischen uns hin und her. Denn eine Sache sollte ihr mittlerweile klar sein: Ihr Zwölf-Punkte-Plan hatte nicht funktioniert. Ich war definitiv nicht über sie hinweg – und sie auch nicht über mich. Zumindest hoffte ich das.

Statt ihre Gedanken laut auszusprechen, nickte sie nur stumm.

Ich zwang mich dazu, mich nicht zu rühren, obwohl alles in mir danach drängte, ihr noch näher zu kommen und sie an mich zu ziehen. Sie zu umarmen. Zu küssen. Ihr zu zeigen, wie gut das mit uns beiden sein könnte.

»Warum?« Es überraschte mich selbst, wie ruhig meine Stimme klang.

Wenn sie es wirklich nicht wollte, wenn sie nichts weiter als Freundschaft für mich empfand, war das hier ihre Chance, es mir ins Gesicht zu sagen. Ich würde es akzeptieren und meine eigenen Gefühle zurückstellen, um unsere Freundschaft zu retten. Irgendwie würden wir es hinkriegen, da war ich mir sicher.

Aber wenn sie doch etwas für mich empfand …

Wenn sie auch mehr wollte …

»Weil ich dich dann ganz verliere.« Sophies Worte waren nur ein Flüstern. »Wenn wir das hier … wenn das so weitergeht, dann …« Sie fuchtelte mit den Händen herum. »Dann wird es zwischen uns nie mehr so wie früher sein.«

»Gut.«

Sie erbleichte. »Was?!«

Diesmal hielt mich nichts mehr zurück. Ich machte einen Schritt auf sie zu, dann noch einen, bis ich so dicht vor ihr stand, dass sich unsere Schuhspitzen berührten. »Ich will nicht, dass es wieder so wie früher zwischen uns ist.«

Kapitel 23

Sophie

»Ich will nicht, dass es wieder so wie früher zwischen uns ist.« Ich starrte Cole mit hämmerndem Herzen an. Das konnte nicht wahr sein. Das konnte er unmöglich so meinen, oder …?

Langsam, fast schon zögerlich hob er die Hand, als würde er befürchten, dass ich gleich vor ihm zurückzuckte. Als ich es nicht tat, strichen seine Finger sachte über meine Wange und schoben mir ein paar Haarsträhnen hinters Ohr. Es war nur eine hauchzarte, viel zu kurze Berührung, dennoch raubte sie mir den Atem und hinterließ ein Prickeln auf meiner Haut.

»Ich will nicht, dass wir nur Freunde sind«, sagte er mit leiser, fester Stimme. »Versteh mich nicht falsch, wir sind fantastisch als Freunde, aber wir sind schon seit einer ganzen Weile mehr als das. Ich hab nur so verflucht lange gebraucht, um es zu realisieren.«

Okay, ich musste mich korrigieren. Das vorhin war gar kein Hämmern in meiner Brust gewesen, denn *jetzt* polterte und raste mein Herz nur so, als würde es jeden Moment aus meinem Brustkorb hüpfen.

»Was willst du damit sagen?« Irgendwie brachte ich die Worte hervor, auch wenn sie kaum hörbar waren.

Statt einer Antwort legte er beide Hände an meine Wangen und beugte sich so weit zu mir herunter, dass ich seinen Atem auf meinen Lippen spüren konnte. Aber er küsste mich nicht. Dieser Moment war nicht wie der Abend auf der Hochzeitsfeier, wo wir von der Atmosphäre, der Romantik, der Musik und dem Tanz einfach mitgerissen worden waren. Hier und jetzt gab es nur uns beide. Keine Ablenkungen. Nichts, das uns beeinflussen oder auf das wir später die Schuld schieben könnten. Was auch immer jetzt geschah, lag ganz allein bei uns.

Ein Zittern wanderte durch meinen Körper. Obwohl Cole mir so nahe war, rührte er sich nicht, sondern wartete ab. Er überließ mir die Entscheidung, wie es weiterging, und in diesem Moment hasste und liebte ich ihn dafür. Cole hatte es mir nie leicht gemacht, sondern mich vom ersten Tag an herausgefordert, mich dazu ermutigt, mich aus meiner Komfortzone herauszubewegen, etwas zu wagen, Spaß zu haben und weniger nachzudenken. Wenn doch mal etwas schiefging, war er immer zur Stelle gewesen. Immer. Und irgendetwas sagte mir, dass er das auch in Zukunft sein würde, völlig egal, wie es nach heute Nacht mit uns weiterging.

Nur mit Mühe riss ich meinen Blick von seinen Augen los und senkte ihn auf seinen Mund. Er lächelte nicht und seine Lippen waren leicht geöffnet. Obwohl er sich heute im Laufe des Tages noch mal rasiert hatte, bemerkte ich die Bartstoppeln auf seinen Wangen und fragte mich nicht zum ersten Mal, wie sie sich wohl auf meiner Haut anfühlen würden. Wie ein weiterer Kuss mit ihm wäre. Zart und vorsichtig? Sehnsüchtig? Hungrig?

Ich krallte die Finger noch fester in die Arbeitsfläche hinter mir, während ich Cole wieder in die Augen sah. Schlagartig wurde mir heiß. Ich hatte so sehr versucht, eine Situation wie diese hier zu vermeiden und mir die ganze Zeit eingeredet, dass ich über ihn hinweg war. Dass meine Gefühle nur eine Phase gewesen waren. Eine Phase, die ich längst überwunden hatte.

Ich hatte gelogen, das wurde mir jetzt klar. Ich hatte mir selbst und allen anderen nur etwas vorgemacht. Aber das konnte ich nun nicht mehr, weder Cole noch mir selbst gegenüber. Nicht, wenn er mich so ansah wie jetzt – geduldig und durchdringend. Verlangend. So, wie ich schon so verflucht lange von ihm angesehen werden wollte.

Dieses eine Mal schob ich all meine Ängste und Bedenken beiseite. Ich wollte nicht mehr nachdenken, sondern nur noch fühlen und endlich, endlich diesem Drängen nachgeben, das schon viel zu lange in mir tobte.

Bevor ich es mir anders überlegen konnte, stellte ich mich auf die Zehenspitzen und presste meinen Mund auf seinen.

Cole erstarrte, als hätte er nicht damit gerechnet, schlang dann jedoch den Arm um mich und zog mich an sich, als wollte er mich nie wieder loslassen. Mit einem Mal spürte ich nicht nur seine Lippen auf meinen, sondern auch, wie sich sein ganzer Körper gegen meinen presste. Die Wärme, die von ihm ausging, sprang auf mich über, und der vertraute Duft flutete meine Sinne.

Innerhalb von Sekunden wurde der Kuss inniger. Drängender. Coles Hand wanderte von meinem Gesicht über meinen Hals und meine Schulter abwärts, an meiner Seite entlang bis zu meiner Taille, wo er auch mit der anderen Hand fest zupackte. Scheinbar ohne die geringste Anstrengung hob er mich auf die Küchentheke hinter mir. Ich riss die Augen auf und starrte Cole schwer atmend an, während er zwischen meine Beine trat und wir uns auf einmal *noch* näher waren. Näher, aber nicht nahe genug.

Obwohl wir eben noch miteinander herumdiskutiert hatten, schienen Worte jetzt nicht mehr nötig zu sein. Wir wussten beide, was wir wollten, und als sich Cole diesmal zu mir lehnte, kam ich ihm sofort entgegen.

Dieser Kuss war anders als der zuvor, und anders als unser allererster Kuss auf der Hochzeit seines Bruders. Da war kein vorsichtiges Herantasten mehr. Ohne nachzudenken öffnete ich die Lippen unter seinen. Gleich darauf glitt seine Zunge in meinen Mund und fand meine. Die Empfindung war so kribbelnd, so elektrisierend, dass mir ein erstickter Laut entkam. Das schien Cole nur noch anzutreiben, denn er kam noch näher, schob eine Hand in mein Haar und stützte sich mit der anderen hinter mir auf der Arbeitsplatte ab. Genau wie ich, da ich plötzlich das Gefühl hatte, jedes bisschen Gleichgewicht zu verlieren und mich irgendwo festhalten zu müssen, auch wenn ich dabei etwas zur Seite stieß. Es fiel klirrend um und rollte über die Theke. Wir unterbrachen den Kuss keuchend.

»Wir sollten besser …«, begann Cole, ohne den Blick auch nur eine Sekunde lang von mir zu lösen.

Ich nickte sofort. »Ja.«

Er lächelte – und es brauchte nur das, damit mein Magen einen kleinen Sprung machte und sich ein Kribbeln von dort in meinem ganzen Körper ausbreitete. Ich war eindeutig nicht über Cole hinweg. Ich war so weit davon entfernt, über ihn hinweg zu sein, wie ich nur sein konnte. Aber zum ersten Mal war das okay für mich. Sogar mehr als okay, wenn er mich so ansah wie jetzt.

Behutsam half er mir von der Anrichte. Seine Finger fanden meine und er zog mich mit sich. Nicht in mein Zimmer, sondern in seins. Ehe ich mich versah, fiel die Tür hinter uns zu und wir küssten uns erneut. Und diesmal gab es kein Zögern mehr und keine Zurückhaltung.

Meine Brille verschmierte und verrutschte, doch das könnte mir gerade gar nicht gleichgültiger sein. Wer musste schon scharf sehen können, wenn man stattdessen nur fühlen konnte? Und ich wollte fühlen. Ich wollte Cole so sehr fühlen, dass ich gar nicht wusste, wohin mit mir, meinen Gedanken oder meinen Händen. Zuerst packte ich ihn an seinem Shirt, dann strich ich über seinen Rücken, nur um wieder nach dem Saum seines Oberteils zu greifen.

Als würde er meine Unruhe spüren, löste er sich ein kleines Stück und hielt meinen Blick fest, während er meine Hände behutsam beiseiteschob und sich dann das Shirt in einer fließenden Bewegung auszog. Ich merkte kaum, wie das Kleidungsstück neben ihm auf dem Boden landete, weil mein Blick so von seinem nackten Oberkörper und den Tätowierungen gefangen war, die sich von seinen Handgelenken bis hinauf zu seinen Schultern zogen. Ich rückte meine Brille zurecht und betrachtete die schwarzen Linien, bunten Farben, Symbole, Wörter und Gesichter, die seine Haut zierten. Am liebsten hätte ich mir stundenlang Zeit genommen, um alles davon mit den Fingern und Lippen zu erkunden. Später. Definitiv später. Doch jetzt …

Wieder griff Cole nach meiner Hand und führte mich langsam zu seinem Bett, auf dem diesmal nichts herumlag, bis auf ein paar Klamotten. Und selbst wenn es anders gewesen wäre, hätte ich es kaum wahrgenommen, weil all meine Sinne, mein ganzes Denken und Fühlen nur noch auf diesen Mann gerichtet waren. Seine Hände lagen an meinen Seiten und er war mir so nahe, dass ich seinen unsteten Atem auf meinen Lippen fühlen konnte. Aber statt mich erneut zu küssen, vergrub er die Finger fester in den Stoff meines Oberteils.

»Sicher, dass du das willst?«, fragte er leise.

Ich nickte sofort und damit schneller, als sich die Zweifel in meinem Kopf zurückmelden konnten. Morgen würde ich mich wieder mit ihnen auseinandersetzen, genauso wie mit all dem Ungeklärten zwischen uns – aber hier und jetzt? Auf keinen Fall.

»Sag es«, verlangte er und strich dabei ganz sachte mit dem Daumen über mein Kinn und meinen Kiefer entlang. »Ich muss es hören, Sophie.«

Ich schluckte schwer, brachte die Worte aber irgendwie heraus, auch wenn meine Stimme so atemlos und heiser war, dass sie kaum noch nach mir klang. »Ich will das hier. Und ich will dich.«

»Gut«, erwiderte er. Seine Mundwinkel wanderten langsam in die Höhe. »Ich will das hier und dich nämlich auch. So sehr.«

Ich könnte schwören, dass mein Herz bei seinen Worten kurz aussetzte, nur um danach umso schneller weiterzuschlagen.

Cole schob mein Top nach oben und ich hob die Arme an, um ihm dabei zu helfen, es auszuziehen. Kurz blieb ich mit der Brille daran hängen, aber dann hatten wir es geschafft und das Kleidungsstück landete auf dem Boden. Meine Atmung beschleunigte sich. Wenn man so nahe am Meer wohnte, kam man nicht umhin, all seine Freunde und insbesondere seine Mitbewohner in Badesachen zu sehen. Allerdings war das hier etwas völlig anderes als in einem Bikini am Strand zu sitzen, während Cole und die anderen Jungs nur in Badeshorts herumliefen. Dieser Moment in seinem Zimmer war so viel intimer. Außerdem trug ich keinen hübschen gepunkteten Bikini, sondern tiefblaue Seidenunterwäsche. Und in der hatte Cole mich eindeutig noch nie gesehen.

»Hey …« Auf einmal lagen seine Hände auf meinen Oberarmen und strichen sanft darüber.

Ich hatte nicht mal gemerkt, dass ich mit den Gedanken abgedriftet und dabei gewesen war, schützend die Arme vor der Brust zu verschränken. Normalerweise war ich nicht ganz so unsicher, was meinen Körper anging – abgesehen von meinen Beinen –, aber das hier war Cole. Mein bester Freund. Der Kerl, für den ich seit über seinem Jahr mehr als nur freundschaftliche Gefühle hegte und der mich nun endlich so sah, wie ich es mir die ganze Zeit über gewünscht hatte.

»Alles okay?«, fragte er leise und legte die Hand an meine Wange.

Ich lehnte mich in die Berührung und schloss für einen Moment die Augen, dann nickte ich.

»Du bist wunderschön«, flüsterte er.

Seine Worte und die Ehrlichkeit in seiner rauen Stimme schnürten mir die Kehle zu. Ich brachte keine einzige Silbe hervor, also streckte ich die Arme nach ihm aus, stellte mich auf die Zehenspitzen und kam ihm entgegen. Cole reagierte sofort und beugte sich zu mir hinunter, bis auch die letzten Millimeter zwischen uns verschwanden und sein Mund wieder auf meinem lag. Bis er mich näher an sich zog und ich seine warme Haut an meiner spürte, was mir einen erstickten Laut entlockte.

Dieser Kerl war überall so warm. Seine Haut war weich und fühlte sich selbst jetzt im Winter noch so an, als hätte er stundenlang in der Sonne gelegen. Ich wollte mich an ihn schmiegen und etwas von dieser Wärme in mich aufnehmen. Von dieser Empfindung bekam ich einfach nicht genug, genauso wenig wie von Coles Küssen, die mich zunehmend alles andere vergessen ließen. Alles, was nicht *er* war.

Das hier war es … Der Moment, den ich mir so lange so sehnsüchtig herbeigewünscht hatte. Monatelang hatte ich für meinen besten Freund geschwärmt, hatte mir vorgestellt, dass ich die Frau an seiner Seite und in seinen Armen wäre, dass ich diejenige war, die ihn zum Lächeln und zum Stöhnen brachte, diejenige, der er seine intimsten Geheimnisse anvertraute und mit der er einschlief. Und jetzt war ich tatsächlich diese Frau, zumindest in diesem Moment, auch wenn ich das noch nicht mal ansatzweise begreifen konnte.

Irgendwie landeten wir auf dem Bett, ich auf dem Rücken, Cole über mir. Doch als er sich über mich beugte, um mich erneut zu küssen, spürte ich ein unangenehmes Ziehen an meiner Kopfhaut. »Autsch!«

Cole erstarrte und richtete sich sofort auf den Unterarmen auf. »Was ist los? Hab ich dir wehgetan?«

»Nein, aber ...« Ich verzog das Gesicht. »Du liegst auf meinen Haaren.«

»Oh.« Er blinzelte verdutzt und verlagerte sein Gewicht. »Sorry.«

»Schon gut.« Ich zupfte an den einzelnen Strähnen, bis ich sie befreit hatte. Vielleicht hätte ich sie für diesen Abend lieber zusammenbinden oder flechten sollen – aber ich hatte schließlich nicht damit gerechnet, nach meinem Date mit Dan ausgerechnet mit Cole im Bett zu landen.

»Besser?«

»Wehe, du lachst«, warnte ich ihn.

Seine Mundwinkel bebten verdächtig. »Das würde ich nie tun.«

»Als ob! Du würdest –«

Er presste seine Lippen auf meine und mein Protest ging in ein gedämpftes Stöhnen über. Ein Stöhnen, das lauter wurde, sobald er nicht mehr nur meinen Mund küsste, sondern auch meinen Hals und dort diese eine Stelle fand, bei der ein heißes Kribbeln durch meinen ganzen Körper schoss. Ich vergrub die Zehen im Bettlaken und die Finger in Coles Haaren.

Dann wanderte er weiter, und ich konnte nicht mal protestieren, denn jetzt küsste er sich an meinem Schlüsselbein hinauf und schob den dünnen BH-Träger über meine linke Schulter. Das gleiche Spielchen wiederholte er auf der rechten Seite, bis ich kurz davor war, zu betteln, nur damit er mir dieses blöde Teil endlich ganz auszog.

Als hätte er meine Gedanken gehört – oder könnte sie mir spielend einfach vom Gesicht ablesen –, schob er seine Hand unter meinen Rücken und fummelte am Verschluss herum. Da ich noch immer auf der Matratze lag, war das gar kein so einfaches Unterfangen, und als Cole fluchte, entkam mir ein leises Kichern.

Er warf mir einen gespielt bösen Blick zu und richtete sich auf den Knien auf. Dann packte er meine Handgelenke und zog mich ebenfalls in eine sitzende Position. Ein kurzer Griff hinter mich, schon war der BH geöffnet und ich konnte ihn problemlos abstreifen, bevor er seinen Mund wieder auf meinen presste.

Gleich darauf lag ich wieder auf dem Bett und Cole richtete sich über mir auf. Sein Blick wanderte an mir hinab und war so voller Verlangen, voller Faszination, dass mir noch heißer wurde als ohnehin schon. Ohne ein weiteres Wort küsste er sich von meinem Hals aus abwärts über mein Dekolleté und schließlich zu meinen Brüsten.

Coles Lippen, seine Zunge und seine Hände fühlten sich unglaublich auf meiner Haut an und schon bald war ich nur noch ein keuchendes Etwas, das mehr wollte, weil ich nicht genug von Coles Berührungen bekam, von seinen Küssen und der Art, wie er mich ansah …

Zentimeter für Zentimeter küsste er sich an mir hinab, bis zu meinem Bauchnabel und noch ein paar Zentimeter darunter. Wieder entkam mir ein leises Geräusch, das wie eine Kombination aus Stöhnen und Keuchen klang.

Ohne mich aus den Augen zu lassen, richtete Cole sich neben mir auf und ließ seine Hand dorthin wandern, wo zuvor seine Lippen gewesen waren. Er schob den Knopf meiner Hose durch den Schlitz. Gleich darauf zog er den Reißverschluss hinunter. Quälend langsam. Und mit jeder Sekunde, die verging, schien mein Puls mehr zu rasen und mein Atem schneller zu gehen.

»Ist das okay?«, fragte Cole leise und legte die Hand flach auf meinen unteren Bauch.

Einen Moment lang wusste ich nicht, ob ich lachen oder schreien sollte, entschied mich stattdessen aber fürs Nicken. Später irgendwann würde ich mich dafür bedanken, dass er so rücksichtsvoll mit mir umging, doch hier und jetzt wollte ich einfach nur alles von ihm haben. Am liebsten sofort.

Doch ich hätte wissen müssen, dass Cole es mir nicht so leicht machen würde. Statt mich ganz oder wenigstens weiter auszuziehen, schob er nur die Hose über meine Hüften und begann mit den Fingern kleine Muster auf meinem Slip zu malen. Und mit jeder kreisenden Berührung kam er der Stelle näher, an der ich ihn unbedingt spüren wollte, war dabei aber noch immer so unglaublich langsam, dass ich mit ziemlicher Sicherheit gleich den Verstand verlieren würde.

»Cole …«

»Hm?« Seine Lippen waren wieder an meinem Hals und hauchten kleine Küsse auf meine Haut. »Sag mir, was du willst … was du brauchst.«

Himmel, wollte er wirklich, dass ich es aussprach? Reichte es nicht, dass ich mich bereits unter ihm wand und ihm mein Becken entgegendrängte? Allerdings war das hier Cole. Nichts sollte mich bei diesem Kerl überraschen. Damit, dass ich seine kleinen Spielchen so erregend fand, hätte ich allerdings nicht gerechnet.

»Berühr mich«, verlangte ich atemlos und biss mir auf die Unterlippe, sobald diese Worte meinen Mund verlassen hatten.

»So?« Wieder strichen seine Finger hauchzart über den Stoff meines Höschens.

»Cole!«

Sein tiefes Lachen erfüllte mein Ohr. Statt eines weiteren Kusses biss er kurz in meinen Hals und entlockte mir damit ein neues Stöhnen. Das nächste entkam mir, als er die Finger endlich, *endlich* unter den Bund meines Slips schob – und zwar genau dorthin, wo ich ihn schon die ganze Zeit hatte spüren wollen.

»Wie ist das, hm?«

Statt einer Antwort grub ich die Finger in seinen Arm und bohrte die Nägel in seine Haut.

»Das nehm ich als ›Ganz fantastisch, Cole!‹«

»Sei still.«

Wieder lachte er leise, hielt jetzt aber den Mund. Genauer gesagt setzte er ihn auf bessere Weise ein, als mich damit zu necken, nämlich indem er heiße Küsse auf meinem Hals, meinem Dekolleté und meinen Brüsten verteilte, während seine Finger weiter unten austesteten, was mich am lautesten stöhnen ließ. Als er einen Rhythmus gefunden hatte, der mich völlig verrückt machte, ließ ich mich voll und ganz gehen.

»Shit, Sophie.« Obwohl er fluchte, klang er fasziniert. Und angetan. Sehr angetan.

Ich klammerte mich an ihn, grub die Finger ins Bettlaken, ins Kissen, irgendwo hinein, während er weitermachte. Weiter, immer weiter, bis ich es keine Sekunde länger aushielt und mit einem erstickten, überraschten Stöhnen kam. Alles in mir zog sich auf herrliche Weise zusammen. Ich legte den Kopf in den Nacken, kniff die Augen zusammen und genoss jede einzelne Sekunde davon.

Nur langsam kam ich wieder von meinem Hoch herunter, und mein Brustkorb hob und senkte sich noch immer schwer, obwohl ich nichts weiter getan hatte, als auf dem Bett zu liegen und mich von Cole verwöhnen zu lassen. Der sah so aus, als hätte er gerade im Lotto gewonnen – oder diesen dämlichen Gaming-Wettbewerb. Ein Funkeln lag in seinen dunklen Augen und ein Lächeln auf seinen Lippen. Lippen, die gleich darauf wieder auf meinen lagen. Diesmal war der Kuss jedoch zärtlich, begleitet von einem sanften Knabbern an meiner Unterlippe.

»Ich bin noch nicht fertig mit dir«, wisperte er und es klang wie ein Versprechen.

Ich lächelte atemlos.

Ein letzter Kuss, dann richtete er sich auf den Knien auf, lehnte sich zur Seite und holte ein Kondom aus der Nachttischschublade. Irgendwie schaffte er es, seine restlichen Klamotten in irrsinniger Geschwindigkeit loszuwerden und half mir dabei, das auch mit meinen zu tun. Ohne mich aus den Augen zu lassen, riss er die Plastikpackung auf und streifte sich das Kondom über. Gleich darauf war er wieder über mir und nahm den Platz zwischen meinen Schenkeln ein.

»Bereit?« Er wackelte mit den Brauen und ich musste unwillkürlich lachen.

»Mach schon, du Idiot. Sonst frage ich dich gleich, ob er schon dri... *oh Gott!*«

»Du ... wolltest sagen?«, presste Cole mit rauer Stimme hervor. Er knabberte an meinem Ohrläppchen, während er die Hüften ein kleines bisschen zurückzog und gleich darauf wieder nach vorne stieß. Nur um dann völlig stillzuhalten.

»Ich ... das ...«, begann ich, brachte jedoch keinen vollständigen Satz zustande, weil sich das hier einfach zu gut anfühlte. Weil ich mehr davon wollte. Mehr davon brauchte.

Instinktiv drängte ich ihm mein Becken entgegen und stöhnte auf, als er sich in mir zu bewegen begann. Langsam zunächst, dann schneller, als könnte er es genauso wenig aushalten wie ich.

Er küsste mich. Wieder und wieder, bis ich alles vergaß, was nicht er, seine Berührungen und diese Hitze zwischen uns war.

Eine Hitze und ein Kribbeln, das von Minute zu Minute, von Sekunde zu Sekunde stärker wurde, bis ich mich so fest an ihn klammerte wie zuvor, nur dass er diesmal genauso den Verstand verlor wie ich.

»Cole …«, flüsterte ich, kurz bevor mich der Höhepunkt mit sich riss.

Er sagte kein Wort, aber seine Bewegungen wurden schneller, heftiger, bis er erstarrte und ein erlöstes Stöhnen seine Lippen verließ. Er sackte über mir zusammen, richtete sich jedoch gleich wieder auf den Ellbogen auf, um mir Raum zum Atmen zu geben. Als sich unsere Blicke trafen, zog er die Mundwinkel zu einem kleinen Lächeln hoch. Irgendwie hatte ich mit einem Spruch, mit einem Kommentar gerechnet, doch Cole blieb genauso stumm wie ich. Dafür lag ein zufriedener, geradezu glücklicher Ausdruck auf seinem Gesicht.

Seine Lippen streiften meine für einen trägen Kuss, bevor er sich ächzend von mir löste, um das Kondom zu entsorgen. Gleich darauf war er wieder bei mir und zog mich so selbstverständlich an sich, als hätten wir das hier schon unzählige Male getan. Als hätte es schon immer so zwischen uns sein müssen.

Und ich ließ mich darauf ein. Wenigstens in dieser Nacht hatten Zweifel, Ängste und Sorgen keinen Platz mehr. Es gab nur uns beide, eng umschlungen in diesem Bett. Ich merkte nicht mal, wie ich mich näher an ihn kuschelte und gleich darauf einschlief.

Kapitel 24

Sophie

Wärme. Das war das Erste, was mir auffiel, als ich am nächsten Morgen aufwachte. Ein warmer Körper drängte sich von hinten an mich und ein vertrauter Duft stieg mir in die Nase. Zu vertraut.

Cole.

Ich riss die Augen auf und spannte mich unwillkürlich an. Es dauerte ein paar Sekunden, bis die Erinnerungen an letzte Nacht in all ihren Details zu mir zurückkehrten. Das Date mit Dan, nachdem wir uns freundschaftlich, aber ohne jedes Knistern verabschiedet hatten. Wie ich nach Hause zurückgekommen war und ausgerechnet Cole mitten in der Nacht in der Küche getroffen hatte. Cole, der ebenfalls auf einem Date gewesen und allein zurückgekommen war. Genau wie ich. Alles, was danach passiert war, trieb mir jetzt, als die allerersten Sonnenstrahlen durch die Fenster ins Zimmer fielen, die Röte ins Gesicht.

Ich sollte es genießen, in Coles Armen aufzuwachen, schließlich war es genau das, was ich mir monatelang erträumt hatte. Doch die Realität sah anders aus. Panik begann sich in mir auszubreiten und wurde mit jedem schnellen Herzschlag nur noch heftiger. Denn mit einem Mal wurde mir klar, was passiert war. Ich hatte den größten Fehler begangen, den man in einer Freundschaft begehen konnte: Ich hatte mit meinem besten Freund geschlafen. Ich hatte zugelassen, dass dieses Kribbeln zwischen uns, diese dumme, dumme Anziehung die Kontrolle übernahm und jeden Funken Verstand ausschaltete. Denn anders als Cole wollte ich nicht, dass sich alles zwischen uns änderte. Ich wollte, nein, ich *konnte* ihn nicht verlieren. Nicht wegen so etwas. Dafür bedeutete mir unsere Freundschaft viel zu viel.

Aber jetzt hatte ich es vermasselt – und nicht die geringste Ahnung, wie ich das wieder in Ordnung bringen sollte.

Obwohl ich aufspringen und das Zimmer so schnell wie nur möglich verlassen wollte, zwang ich mich dazu, mich ganz langsam und vorsichtig zu bewegen, um Cole nicht zu wecken. Ich schaffte es, unter seinem Arm hindurchzuschlüpfen, mich aufzurichten und nach meiner Brille auf dem Nachttisch zu tasten. *Autsch.* Plötzlich bemerkte ich Muskeln in meinem Körper, die ich zuvor nicht gespürt hatte, und verzog das Gesicht, während ich mir die Brille aufsetzte. Darüber würde ich später nachdenken, jetzt musste ich erst mal zusehen, dass ich von hier wegkam.

Ich hatte nie zuvor einen Morgen danach erlebt, bei dem ich mich hatte wegschleichen müssen, also hatte ich auch keine Ahnung, wie man das am klügsten anstellte. Gab es irgendwelche Tricks, die garantierten, dass die andere Person auch ganz sicher nicht aufwachte? Wenn ja, hätte ich sie jetzt gerne gewusst. Stattdessen musste ich ganz auf meinen Instinkt vertrauen – und hoffen, dass mir meine Tollpatschigkeit nicht das Genick brach. Im wahrsten Sinne des Wortes.

Vorsichtig rutschte ich bis ans Ende des Bettes, die Decke wie einen schützenden Schild möglichst lange vor meiner Brust, immer darauf bedacht, sie Cole nicht wegzuziehen, da er sonst davon aufwachen könnte. Und mich vor allem nicht darin zu verheddern, als ich aufstand, was leichter gesagt war, als getan. Dass ich vollkommen nackt war, machte die Sache nicht gerade einfacher.

Hektisch sah ich mich nach meinen Klamotten um. Ich musste wenigstens meine Unterwäsche und das Shirt anziehen, bevor ich das Zimmer verließ. Die Wahrscheinlichkeit, irgendjemandem aus der WG so früh am Morgen über den Weg zu laufen, war zwar ziemlich gering, aber ich wollte nicht riskieren, plötzlich Lincoln oder Parker gegenüberzustehen.

Ich fand meinen BH auf dem Boden gleich neben dem Bett und zog ihn so schnell an, dass ich ihn falsch einhakte, doch das war mir egal. Mein Höschen zu finden, erwies sich als deutlich schwieriger. Mist. Wo um alles in der Welt war das abgeblieben? Ich erinnerte mich noch deutlich daran, wie ich auf dem Bett gelegen hatte, Cole neben mir, seine Hand unter meinem Slip ... Glühende Hitze schoss durch meinen Körper und ich biss mir fest auf die Lippen, um all die Gefühle zurückzudrängen, die beharrlich versuchten, an die Oberfläche zu brodeln. Erleichterung gemischt mit Verzweiflung, ein pures Glücksgefühl mit blanker Panik, eine tiefe Sehnsucht mit dem Wissen, dass diese Nacht alles zwischen uns verändert hatte, ob ich es wollte oder nicht. Und ... verdammt! Ich wollte es nicht. Ich wollte doch nur ...

Da! Mit einem Satz war ich bei meinem Slip, der direkt neben meiner Hose halb unter dem Bett lag, und zerrte beides hervor. Für einen winzigen Moment verlor ich dabei das Gleichgewicht, ruderte panisch mit den Armen und fiel auf die Knie. Gleich darauf hatte ich mich wieder gefangen, wagte es jedoch kaum, weiterzuatmen. Nicht einmal dann, als ich feststellte, dass sich Cole noch immer nicht gerührt hatte. Ich musste hier weg, bevor er es tat. Und zwar sofort.

Etwas ungelenk schlüpfte ich in mein Höschen, krabbelte zu meinem Oberteil neben der Tür und stand wieder auf. Bei der Bewegung stieß ich gegen das Regal, in dem sich nicht nur Bücher, sondern auch ein paar leere Dosen Energydrink befanden, die jetzt leise schepperten. Eine davon fiel herunter und rollte über den Boden.

Ich verzog das Gesicht und drehte mich ganz langsam zu Cole um. Er schlief noch immer tief und fest. Oh, Gott sei Dank.

Obwohl mir klar war, dass ich jetzt wirklich gehen sollte, konnte ich mich einfach nicht von dem Anblick lösen. Cole lag nicht mehr auf der Seite, sondern auf dem Rücken, den Arm ausgestreckt, als wollte er mich noch immer festhalten. Seine Tattoos hoben sich im hellen Tageslicht noch deutlicher von seiner gebräunten Haut ab. Unweigerlich wanderte mein Blick an ihm hinunter, folgte der schwarzen Tinte auf seinen Armen bis zu seinen Händen. Ich schluckte hart. Irgendwann im Laufe der Nacht hatte sich die Bettdecke um seine Hüften gewickelt, verhüllte ihn jedoch kaum. Seine Hüftknochen waren deutlich zu sehen und ein Bein schaute heraus. Ich müsste nur zu ihm rübergehen, etwas an der Decke zupfen und …

Nein.

Nein, nein, nein.

Ich schob diese Vorstellung entschieden beiseite. Gott, ich konnte nicht klar denken, wenn ich Cole so sah wie jetzt, dabei musste ich genau das tun: nachdenken. Mir überlegen, wie es jetzt weiterging. Und ob das, was wir getan hatten, unsere Freundschaft für immer verändert hatte. Oder sogar … zerstört.

Ich schluckte hart, wandte mich ab und schlüpfte aus dem Zimmer. So leise wie möglich zog ich die Tür hinter mir zu und stand gleich darauf in der Küche.

»Guten Morgen«, ertönte eine vertraute Stimme.

Ich zuckte so heftig zusammen, dass ich meine Klamotten fallen ließ. Gleichzeitig wurde mir siedend heiß. Wahrscheinlich nahm mein Gesicht gerade die Farbe einer Tomate an, während ich hastig die Sachen aufhob und ein möglichst unverbindliches, kein bisschen ertapptes Lächeln aufsetzte. »Morgen.«

Liz stieß einen leisen Pfiff aus. Natürlich entgingen ihr weder mein halb nackter Zustand noch das Zimmer, aus dem ich gerade gekommen war. »Gut geschlafen?« Sie gab sich nicht die geringste Mühe, ihr Grinsen zu unterdrücken, dabei trug sie selbst nur ein weites Shirt, das ihr bis zu den Oberschenkeln reichte, und ihre üblichen Plüschsocken.

Ich räusperte mich und schob die Brille auf meiner Nase hoch. »Jepp.«

»Dein Plan scheint ja richtig gut zu funktionieren.« Kopfschüttelnd schaltete sie die Kaffeemaschine ein.

Ertappt presste ich die Lippen aufeinander. »Das war nur ... nur ...«

»Sex?«, half sie mir aus. »Heißer, schweißtreibender Sex?«

»Oh Gott.« Ich hätte nicht gedacht, dass das überhaupt möglich war, aber mein Gesicht fühlte sich noch heißer an. Gab es nicht irgendein Loch, in das ich mich verkriechen konnte?

»Keine Sorge, dein kleines schmutziges Geheimnis ist bei mir gut aufgehoben«, trällerte Liz, stellte eine Tasse unter die Maschine und drückte ein paar Knöpfe.

Sekundenlang konnte ich sie nur anstarren, dann gab ich mir einen Ruck. Irgendwie schaffte ich es, einen Fuß vor den anderen zu setzen und mein Zimmer zu erreichen, ohne weiteren Mitbewohnern zu begegnen. Schlimm genug, dass Liz Bescheid wusste. Was sollte ich denn jetzt machen?

Cole und ich hatten miteinander geschlafen. Ohne darüber zu reden. Ohne irgendetwas zwischen uns zu klären. Bedeutete das wirklich, dass der Zwölf-Schritte-Plan auch bei ihm nicht geklappt hatte? Dass er sich tatsächlich in mich verliebt hatte? So richtig?

Was mich mit Glücksgefühlen und Schmetterlingen erfüllen sollte, löste nur eine dumpfe Leere in mir aus. Ein schwarzes Loch, das all die schönen Gefühle einsog, bis nur noch Angst zurückblieb. Wie sollte es jetzt weitergehen? Konnten wir einfach so weitermachen, als wäre diese Nacht nie passiert? Wollte ich das? Aber wenn wir einen Schritt weitergingen, wenn diese Nacht nur der Anfang von etwas anderem, von etwas Neuem war, dann …

Ich musste mich setzen. Noch in Unterwäsche ließ ich mich auf mein Schlafsofa sinken und legte die Klamotten neben mich. Dann griff ich nach einem knallgrünen Kissen und drückte es mir gegen die Brust.

Was, wenn es nicht funktionierte? Cole war abenteuerlustig, spontan und extrovertiert. Ich war … einfach nur ich. Das komplette Gegenteil davon. Wie sollte aus uns jemals etwas anderes als Freunde werden? Vor allem, wenn er mit ziemlicher Wahrscheinlichkeit schon bald für sechs Monate ans andere Ende des Landes ziehen würde? Ich kannte Cole gut genug. Selbst wenn er den Wettbewerb nicht gewann, würde er alles daransetzen, spätestens nach dem Studium ein Praktikum in einem der großen Unternehmen zu ergattern. Und keins davon war in Pensacola. Spätestens dann wäre er weg. Ich hingegen konnte mir nicht vorstellen Grandpa zurückzulassen und quer durchs Land zu ziehen …

Und wenn wir es trotz allem versuchten und scheiterten, dann … dann würde ich meinen besten Freund verlieren, genauso wie seine Familie, die inzwischen beinahe wie meine eigene war. Mir blieb dann nur noch Grandpa. Obwohl er fit für sein Alter war, führte mir jeder Besuch deutlicher vor Augen, dass auch er älter wurde. Eines Tages würde er nicht

mehr da sein. Er würde mich verlassen, genau wie meine Eltern. Genau wie Cole, wenn wir unsere Freundschaft für etwas so Sinnloses wie ein paar Gefühle riskierten. Und dann …
dann wäre ich ganz allein.

Das konnte ich nicht riskieren. Gegen die Entscheidung
meiner Eltern war ich machtlos gewesen. Genauso machtlos
war ich gegen die Zeit und wann sie mir meinen Großvater
nehmen würde. Aber was Cole anging, konnte ich etwas tun.
Ich konnte verhindern, dass es mit uns beiden so endete, dass er
mich einfach zurückließ wie alle anderen. Seine Freundschaft
war mir wichtiger als meine Gefühle. Wichtiger als Sex – ganz
egal, wie atemberaubend er gewesen war. Wichtiger als eine
potenzielle gemeinsame Zukunft, die ohnehin nur ein schöner
Traum war, aber keine Realität. Das hier war die Realität. Und
ich wollte meinen besten Freund unter keinen Umständen verlieren. Völlig egal, ob ich dafür meine eigenen Gefühle unterdrücken musste. Im Grunde war das nicht mal etwas Neues.
Das hatte ich schließlich schon die letzten zwölf Monate getan, auch wenn wir da noch nicht miteinander im Bett gewesen waren. Auch wenn ich da noch nicht gewusst hatte, wie es
sich anfühlte, ihn zu küssen, seine Hände und seinen Mund auf
meiner Haut zu spüren und ihm ganz nahe zu sein.

Ich presste die Lippen aufeinander. Egal. All das spielte keine Rolle. Nur unsere Freundschaft. Und das war es, woran ich
festhalten wollte. Ganz egal, wie sehr es wehtun würde. Und
das würde es, das wusste ich nur allzu gut.

Kapitel 25

Cole

Als ich am nächsten Morgen aufwachte, war ich allein. Die andere Seite des Bettes war leer. Obwohl Sophies Duft noch in der Luft und an den Kissen hing, war von ihr nicht das Geringste zu sehen.

Stirnrunzelnd stand ich auf, schnappte mir etwas zum Anziehen und verließ mein Zimmer. In der Küche begegnete ich nur Liz, die mir ungefragt mitteilte, dass Sophie nicht zu Hause war. Da ihre Zimmertür weit offen stand und weit und breit nichts von ihr zu sehen war, glaubte ich das sogar. Auch wenn ich nicht verstand, warum.

War letzte Nacht so schrecklich gewesen, dass sie es nicht über sich brachte, mir heute in die Augen zu sehen? Ernsthaft? Ein unangenehmes Ziehen meldete sich in meiner Brust. Bereute Sophie, was wir getan hatten? Würde sie diese Nacht am liebsten rückgängig machen? Oder wusste sie, genau wie ich, nicht so recht, wie sie mit dieser neuen Situation, mit diesen neuen Empfindungen und jetzt auch neuen Erinnerungen zwischen uns umgehen sollte? Denn so klar gestern nach dem Date alles für mich gewesen war, so verwirrt und ... ja, auch verunsichert war ich an diesem Morgen.

Und außerdem zu spät dran. Diesmal nicht für die Uni, sondern zum Brunch mit meiner Familie. Doch das war mir in diesem Moment egal. Ich checkte mein Handy in der Hoffnung, eine Nachricht oder einen verpassten Anruf von Sophie darauf zu finden, aber da war … nichts.

Bevor ich genauer darüber nachdenken konnte, was das in mir auslöste, textete ich ihr schnell.

Hey, wo steckst du?

Die Nachricht kam an, aber ganz egal, wie lange ich auf das blöde Display starrte, ich erhielt keine Antwort. Nach ungefähr fünf Minuten legte ich mein Smartphone seufzend beiseite, duschte schnell und machte mich dann auf den Weg zu meiner Familie.

Rund eine Stunde später saß ich bei meinen Eltern im Esszimmer und ließ mich von den vertrauten Geräuschen und Gerüchen einhüllen. Das Klappern von Geschirr, die vielen Stimmen, die alle durcheinanderredeten, bis sich niemand mehr richtig verstehen konnte, der Duft von Dads Pancakes und Grandmas Rührei mit Tomaten, Champignons und Grana Padano, das nur sie so hinbekam, hing schwer in der Luft. Und für eine kleine Weile lenkte mich all das tatsächlich von den Gedanken an Sophie ab, die weder auf meine erste noch auf meine zweite Nachricht reagierte, die ich ihr heimlich unterm Esstisch geschrieben hatte. Dafür wurde mir an diesem Vormittag beim gemeinsamen Brunchen nur zu deutlich bewusst, was mir fehlen würde, sollte ich diesen Wettbewerb wirklich gewinnen und für das Praktikum ein halbes Jahr von hier wegziehen. Aber ganz egal, wo ich wohnte, ob allein oder mit anderen zusammen, ganz egal, was ich machte, das hier würde immer mein Zuhause bleiben. So chaotisch und wundervoll es auch war.

Langsam ließ ich meinen Blick über den Tisch gleiten.

Chris und Lucia waren gerade erst von ihrer Hochzeitsreise auf Hawaii zurückgekehrt, beide braun gebrannt und mit einem tiefenentspannten Strahlen im Gesicht. Kein Wunder nach zwei Wochen am Strand, wo sie den lieben langen Tag herumgelegen und Cocktails aus Kokosnüssen geschlürft hatten. Diese glücklichen Idioten.

Cohan, der nur zwei Jahre älter war als ich, saß mit seiner Frau Annabeth links neben mir. Auf meiner rechten Seite beugte sich meine kleine Schwester Cecile zu unseren Nichten Lilly und Heather hinüber und heckte leise murmelnd irgendetwas aus, während Chris und Lucia so taten, als würden sie nichts davon mitbekommen. Doch ich bemerkte die amüsierten Blicke, die sie miteinander und mit meinem ältesten Bruder Cruz und dessen Frau Delilah austauschten.

Auf der anderen Seite des Tisches saßen mein Onkel und meine Tante mütterlicherseits zusammen mit zwei meiner Cousinen, Sara und der schon wieder frisch geschiedenen Estelle. Ihnen gegenüber waren meine Eltern gerade in eine leidenschaftliche Diskussion mit Tante Helena vertieft – entweder ging es um Essen oder Politik. Am Kopfende saßen meine Großeltern zusammen mit meinem Cousin Bernard, meinem jüngeren Bruder Carter und dessen Mann Santiago.

Die Lautstärke war wie immer hoch, überall wurde über etwas geredet, teilweise sogar über den halben Tisch hinweg diskutiert, jemand lachte laut auf und Besteck fiel klirrend zu Boden. Es war ein kunterbuntes Chaos, für das ich nie dankbarer gewesen war als an diesem Morgen, an dem meine Gedanken immer wieder in eine ganz bestimmte Richtung wandern wollten. Doch hier, umgeben von meiner Familie, passierte das mit jeder Minute, die verging, immer seltener.

Ich seufzte zufrieden, fast schon erleichtert und schob mir eine Gabel voll Rührei in den Mund.

»Wo steckt eigentlich Sophie?«, fragte meine Mom unvermittelt, als wäre ihr erst jetzt aufgefallen, dass meine beste Freundin fehlte.

Mit einem Mal wurde es ruhiger am Tisch.

Das Rührei blieb mir in der Kehle stecken und ich musste mich mehrmals räuspern, um überhaupt Worte hervorbringen zu können. Gleichzeitig gab ich mir alle Mühe, nicht unruhig auf dem Stuhl herumzurutschen. »Sie hatte heute leider keine Zeit.«

Die Lüge kam mir so leicht über die Lippen, dabei war ich mir ziemlich sicher, dass jeder der hier Anwesenden sie mir praktisch vom Gesicht ablesen konnte. Sogar meine beiden fünfjährigen Nichten. Und wie erbärmlich war das bitte?

»Oh«, machte Mom nach einem Moment. »Wie schade. Nimm ihr doch später wieder etwas mit, ja?«

Ich schob mir einen weiteren großen Bissen in den Mund, um nicht sofort antworten zu müssen. »Klar«, nuschelte ich und spülte mit einem Schluck Kaffee nach, doch die Bitterkeit blieb. Genauso wie die leise Stimme in meinem Kopf, die mit einem Mal wieder so verflucht laut geworden war.

Hatte ich Sophie letzte Nacht zu sehr gedrängt? Redete sie deswegen heute nicht mehr mit mir? Wäre es besser gewesen, sie heute Morgen direkt anzurufen, um das zu klären, statt ihr nur zu texten? Hatte ich es vermasselt? Sollte ich sie lieber erst mal in Ruhe lassen? Oder um sie kämpfen? Um uns? Aber wenn sie nicht mit mir zusammen sein wollte oder konnte, was konnte ich dann schon tun? Denn wie sonst sollte ich ihre Flucht aus meinem Bett bitte schön interpretieren? Und wenn genau das der Grund war für ihre plötzliche Funkstille ... welche andere Wahl blieb mir denn, als ihre Entscheidung zu akzeptieren und zu versuchen, ihr weiterhin ein guter Freund zu sein – und nichts als ein guter Freund?

Allerdings waren das alles nur Was-wäre-wenn-Szenarien, denn die Wahrheit war: Ich hatte nicht den blassesten Schimmer. Ich wusste nicht, was in Sophie vorging oder was sie heute früh aus meinem Bett getrieben hatte. Und sie hatte es nicht für nötig gehalten, mir irgendetwas davon mitzuteilen, sondern sich stattdessen einfach aus meinem Zimmer geschlichen. Und dann hatte sie auch noch die Flucht aus der WG angetreten und ignorierte meine Nachrichten.

»Was gibt's sonst bei dir so Neues?« Cohan stieß mich mit dem Ellbogen an und plötzlich lag die Aufmerksamkeit aller wieder auf mir. Wundervoll.

»Ja, erzähl doch mal, Cole!«, meldete sich jetzt auch noch Cruz zu Wort. Zwischen meinem ältesten Bruder und mir lagen zwölf Jahre, also hatten wir leider nie allzu viel miteinander zu tun gehabt. Als ich auf die Welt gekommen war, hatte er sich nicht für ein schreiendes Baby interessiert und als ich in einem Alter war, in dem man vernünftig mit mir reden oder irgendwas spielen konnte, war er schon erwachsen und aus dem Haus gewesen. Mittlerweile war unser Verhältnis zwar ganz gut, aber richtig eng würde es in diesem Leben wohl nicht mehr werden.

»Na ja …« Ich legte das Besteck beiseite und kratzte über die Stoppeln an meinem Kinn, während es in mir arbeitete. Normalerweise erzählte ich meiner Familie so gut wie alles, aber da war tatsächlich etwas, das ich bisher noch nicht erwähnt hatte. »Es gibt da diesen Wettbewerb, an dem ich teilnehme.«

»Ein Wettbewerb?«, fragte Tante Helena und zog die perfekt gezupften Brauen in die Höhe.

»Worum geht's dabei?«, meldete sich mein Cousin Bernard vom anderen Tischende. »Dir den Hintern platt zu sitzen und auf einen Monitor zu starren?« Er lachte über seinen eigenen Witz.

»Das war nicht nett, Bernard«, schimpfte Grandma, lehnte sich über den Tisch und gab ihm einen festen Klaps gegen den Hinterkopf. »Entschuldige dich sofort bei deinem Cousin.«

Ich verbarg mein Grinsen hinter meiner Tasse, da ich nur zu gut wusste, wie schmerzhaft Grandma austeilen konnte.

»Aua! Ist ja gut. Himmel ...« Bernard schüttelte den Kopf und wandte sich mir dann zu. »Tut mir leid, Cole.«

Ich nickte nur, da wir beide wussten, dass er die Worte nicht wirklich so meinte und sie nur aussprach, um unsere Großmutter zufriedenzustellen. Als Investmentmanager bei einer großen Bank verstand man wahrscheinlich nicht allzu viel von Games und deren Design. Aber hey, ich verstand genauso wenig von den ganzen Zahlen, mit denen Bernard jeden Tag jonglierte.

»Okay, aber jetzt mal ganz im Ernst«, meldete sich Cruz wieder zu Wort und sah von einem zum anderen. »Was für ein Wettbewerb ist das?«

»Ein Game-Design-Wettbewerb«, presste ich zwischen zusammengebissenen Zähnen hervor.

Inzwischen bereute ich es wirklich, das Thema angeschnitten zu haben. Ich liebte meine Familie und wusste, dass sie mich ebenso liebten, aber sie verstanden einfach nicht, was ich da eigentlich studierte und mit meinem Leben anfangen wollte. Bis auf Cohan, der alle paar Lichtjahre mal etwas zockte, hatte niemand irgendwelche Berührungspunkte mit dem Thema. Und es interessierte sie auch nicht. Zumindest bis heute. Bis ich in die heilige Inquisition gestolpert war.

»Das heißt, du designst ... ein Videospiel?«, schlussfolgerte mein Onkel.

Ich war kurz davor, die Augen zu verdrehen, beherrschte mich aber gerade rechtzeitig noch. Wenn auch nur, um nicht ebenfalls einen Klaps von Grandma verpasst zu bekommen.

»Ich entwickle ein komplettes Konzept für ein Spiel, designe es und programmiere den Anfang, genauer gesagt das erste Level, damit sie es in Aktion erleben können.«

»Huh …«, machte mein Onkel und trank seinen Kaffee aus. »Ich wusste gar nicht, dass man damit Geld verdienen kann.«

»Die Gamingbranche ist ziemlich groß«, warf Cohan ein, stieß mit dem Kommentar jedoch nur auf blanke Gesichter.

Schließlich zuckte Bernard mit den Schultern. »Es gibt immer jemanden, der Geld für ein paar Spiele zum Fenster rauswerfen will. Man kann sein hart verdientes Geld auch klüger ausgeben, aber hey, wenn es glücklich macht …«

Wow, ernsthaft? Vielen Dank auch, Kumpel. Ich schüttelte nur den Kopf.

»Wenn es wirklich das ist, was du machen willst …«, schaltete sich mein Vater zum ersten Mal ein und warf mir eines dieser nachsichtigen Lächeln zu, das so was bedeutete wie: Der Junge wird seinen Weg noch finden, lassen wir ihn sich erst mal austoben.

»Hast du denn überhaupt eine Chance, wenn es ein Wettbewerb ist?«, fragte Cruz und schob sich ein Stück Pancake in den Mund.

Ich starrte ihn wortlos an. Das Schlimme an der Sache war: Er meinte es nicht mal böse. Er hatte nur keine Ahnung von dem, was mir wichtig war, und nicht genug Vertrauen in mich, dass ich in der Lage wäre, das durchzuziehen. Und wenn ich so in die leicht beschämten Gesichter meiner Familie blickte, wurde mir klar, dass es dem Rest genauso ging. Sie unterstützten mich zwar in dem, was ich tat, aber sie bauten nicht darauf, dass ich es wirklich schaffen könnte. Dass ich etwas aus mir machen und in der Branche, die ich mir ausgesucht hatte, Erfolg haben könnte. Und diese Erkenntnis war verdammt bitter.

Ohne in irgendeiner Form darauf zu reagieren, schob ich den Stuhl zurück und stand auf. »Danke für das Essen, Mom, Dad, Grandma, Grandpa.«

Und dann ging ich. Ich hatte keinen Bock mehr auf den Mist. Vor allem musste ich mir nicht die Zweifel von ausgerechnet den Leuten anhören, die mich doch eigentlich unterstützen sollten. Leute, die mich besser kannten als meine Professoren und Kommilitonen, auch wenn sie keine Ahnung hatten. Weder, was ich alles für diesen verdammten Wettbewerb tun musste und wie viele Nächte ich mir deswegen bereits um die Ohren geschlagen hatte, noch, was das für meine berufliche Zukunft bedeuten könnte. Dabei war ich nicht mal zu dem Teil mit dem Praktikum in Kalifornien gekommen.

Ich trat auf die Terrasse hinaus und zog mein Handy hervor. Wie von selbst landete ich im Chatverlauf von Sophie und mir, doch die letzten Nachrichten blieben dieselben. Sophie hatte nicht geantwortet. Zum Teufel, sie hielt es ja nicht mal für nötig, ein Lebenszeichen von sich zu geben – im WG-Gruppenchat hatte sie heute auch noch nichts geschrieben, und ich war mir nicht sicher, ob mich das beruhigte oder eher das Gegenteil bewirkte.

Frustriert schloss ich die App und rief meine Mails auf – was keine gute Idee war, denn ich hatte tatsächlich zwei neue Nachrichten in meinem Postfach.

Sekundenlang konnte ich nur auf das Smartphone in meiner Hand starren, während meine Augen die Sätze wieder und wieder überflogen. Das war doch ein Witz, oder? Als hätten sie sich heimlich abgesprochen, hatten mir beide Dozenten geantwortet, die ich wegen des Gaming-Wettbewerbs angeschrieben hatte. Mir war zwar klar gewesen, dass ich mich viel zu spät bei ihnen gemeldet hatte – aber das hier? Diese Antworten? Und auch noch am Wochenende?

Denn die traurige Wahrheit lautete: Keiner der beiden wollte mich betreuen.

Damit hatte ich nicht gerechnet. Schon gar nicht mit der lächerlichen Begründung von Professor Morrison:

Da Sie in meinen Seminaren wenig bis gar keine Initiative gezeigt haben und regelmäßig zu spät kommen, sehe ich mich nicht dazu in der Lage, Sie bei diesem Projekt zu unterstützen, wünsche Ihnen aber dennoch viel Erfolg bei der Umsetzung.

Dann war ich eben ein paarmal, okay, ständig zu spät gekommen. Na und? Machte mich das zu einem schlechteren Gamedesigner?

Offenbar schon, wenn es nach meinen Profs ging, denn die zweite Mail klang nicht besser.

Aufgrund Ihres bisherigen Verhaltens in meinem Seminar möchte ich von einer Betreuung in dieser Sache absehen. Sollte sich Ihr Verhalten grundlegend ändern, Sie pünktlich erscheinen und dem Unterrichtsstoff aufmerksam folgen, sowie die anderen Studierenden nicht weiter stören, können wir gerne nächstes Jahr noch einmal über diese Möglichkeit reden.

Pff, als ob. Und das war noch nicht mal das Beste. Denn die Krönung kam am Ende, wo er mir unbedingt noch das hier reindrücken musste: *Abgesehen davon betreue ich bereits Mr Peterson bei diesem Wettbewerb, was zu einem Interessenskonflikt führen würde. Ich bin sicher, das verstehen Sie.*

Nein, verdammt. Das verstand ich ganz und gar nicht. Ich war ein guter, na gut, in einigen Fächern nur durchschnittlicher Student. Was machte es schon aus, wenn ich zu spät kam oder im Unterricht mal nicht aufpasste? Ich gab meine Sachen trotzdem ab, bestand die Klausuren und erntete Lob für meine kreativen Konzepte – die im Gegensatz zu vielen meiner Kommilitonen wenigstens Wiedererkennungswert hatten. Als ich an der Uni angefangen hatte, hatte ich keinen Vertrag unterschrieben, in dem ich meine Seele verkaufte und schwor, immer pünktlich zu sein.

Ich schob das Handy zurück in meine Hosentasche und begann auf der Terrasse auf und ab zu laufen.

Es war egal. Spielte keine Rolle. Kein bisschen. Dann würde ich das Game eben ohne Dozenten-Betreuung weiterentwickeln und beim Wettbewerb einreichen. Warum auch nicht? Dominic würde es testen und auf Bugs überprüfen. Das musste reichen. Ich brauchte meine Profs nicht. Ich würde es auch so schaffen. Ich musste einfach.

Plötzlich hörte ich Schritte hinter mir und blieb stehen.

»Lass es einfach«, brummte ich, ohne mich umzudrehen und nachzuschauen, wer mir gerade gefolgt war. Nach der Sache mit Sophie, den Absagen meiner Dozenten und diesem katastrophalen Brunch brauchte ich echt niemanden, der mir verklickern wollte, wie scheiße alles lief. Das merkte ich selbst, vielen Dank auch.

»Hey, ist ja gut.« Cohan trat neben mich. »Bis vor fünf Minuten wussten wir nicht mal etwas von diesem Wettbewerb, ganz zu schweigen davon, dass dir das so wichtig ist, okay?«

Ich wirbelte zu ihm herum. »Wie könnte mir das nicht wichtig sein? Dieser Scheißwettbewerb könnte über meine ganze Zukunft entscheiden!«

Wenn ich denn eine Chance hätte … und die war, wenn wir mal ganz ehrlich waren, verschwindend gering. Ich hatte viel zu spät angefangen, keine Betreuer von der Uni und nicht genug Zeit, um das programmierte Level von mehr als einer Person testen zu lassen. Davon, jemanden aus der Branche zu finden, der sich das ganze Konzept vorher anschauen und mir Feedback dazu geben könnte, ganz zu schweigen. Aber diese Rolle hätten ja auch meine Dozenten übernehmen sollen, schließlich lief dieser Wettbewerb über die Uni und war explizit für

Game-Design-Studenten ausgeschrieben. Dumm nur, dass beide Profs abgesagt hatten.

Ich starrte geradeaus auf die Autos, die in der breiten Einfahrt standen. »Das ist ein wirklich großes Ding. Die Firma, die den Wettbewerb ausgeschrieben hat, könnte das Game, für das sie sich entscheiden, professionell produzieren. Weißt du überhaupt, was das bedeutet? Ich könnte ein Spiel draußen haben, mit meinem Namen als Designer und Programmierer drauf, noch bevor ich überhaupt mit dem Studium fertig bin. Außerdem bekommt der Sieger die Chance auf ein halbjähriges Praktikum bei ihnen.«

»Klingt beeindruckend.« Cohan zögerte kurz. »Wo sitzt die Firma noch mal?«

Ich biss die Zähne zusammen. »Los Angeles.«

»Du willst nach Los Angeles ziehen?«

Von *wollen* konnte kaum die Rede sein, schließlich spielte sich mein ganzes Leben in Pensacola im schönen Nordwesten Floridas ab. Meine ganze Familie war hier. Meine Freunde. Sophie. Das hier war meine Heimat. Aber sollte ich wirklich gewinnen, konnte ich das Praktikum unmöglich ausschlagen. So eine Chance würde ich nie wieder bekommen.

Doch wenn ich das laut aussprach, würden mit ziemlicher Sicherheit wieder die ganzen Diskussionen losgehen, abfällige Kommentare inklusive, und darauf konnte ich getrost verzichten. Also zuckte ich nur mit den Schultern.

Cohan seufzte, als ich nichts weiter dazu sagte. »Niemand da drinnen meint es böse. Das weißt du hoffentlich.«

»Weiß ich.«

»Und es ist ja auch nicht so, als hättest du bisher viel von deinem Studium erzählt, oder den Eindruck erweckt, dass du dich sonderlich anstrengen würdest.«

Stirnrunzelnd sah ich ihm zu ihm hinüber. »Wofür?«

»Alles.« Er machte eine umfassende Geste. »Wann haben wir schon mal ein ernstes Gespräch über deine Zukunftspläne oder sonst irgendetwas geführt, was dir wichtig ist?«

Ich musste schwer nachdenken, doch selbst dann fiel mir keine solche Situation ein. Und das nicht, weil ich so ein Eigenbrötler war und alles mit mir selbst ausmachte, sondern weil … Cohan recht hatte. Für gewöhnlich nahm ich nichts ernst. Das hieß nicht, dass mir alles egal war, sondern nur, dass ich gerne in den Tag hineinlebte, ohne groß über das Morgen nachzudenken. Ohne daran zu glauben, dass etwas von dem, was ich tat oder nicht tat, jemals irgendwelche Konsequenzen haben könnte.

Bis das mit Sophie passiert war. Und dieser Wettbewerb.

Als könnten meine Gedanken sie auf magische Weise heraufbeschwören, vibrierte mein Handy. Ich zog es schnell hervor, in der Hoffnung, einen verpassten Anruf oder eine neue Nachricht von Sophie darauf zu finden, doch da war nichts. Nur Parker, der den Rest der WG im Gruppenchat darüber informierte, dass der Kaffee ausgegangen war. Ich schnitt eine Grimasse, sparte mir aber eine Antwort darauf.

Ich wechselte in das Chatfenster mit Sophie. Meine Finger kribbelten bereits vor Anspannung, aber ich wusste nicht, was ich ihr noch schreiben sollte. Zumindest fiel mir nichts ein, das nicht so vorwurfsvoll klang wie »Warum bist du heute Morgen abgehauen?«.

»Alles in Ordnung?«, fragte Cohan, den ich für einen Moment tatsächlich vergessen hatte, und deutete auf mein Handy. »Mit euch beiden, meine ich.«

Ich schnaubte, auch wenn mir mehr danach war, mir die Haare zu raufen. »Ganz ehrlich? Keine Ahnung.« Ich schaltete das Display aus, ohne Sophie noch etwas geschrieben zu haben, und steckte das Handy wieder ein.

»So etwas dachte ich mir schon.«

»Was? Warum?«

»Ich hab euch zusammen auf der Hochzeit von Chris und Lucia gesehen«, erinnerte er mich.

»Du und alle anderen in der Familie«, brummte ich.

Cohan warf mir einen vielsagenden Blick zu. »Ich hab auch gesehen, wie ihr euch auf der Tanzfläche geküsst habt.«

Shit. Dieses Erlebnis hatte ich bis gestern Abend so gut ich konnte aus meinem Gedächtnis verbannt, auch wenn es nie wirklich fort gewesen war. Es schwelte immer unter der Oberfläche, zusammen mit dem, was ich für meine beste Freundin empfand und nun vielleicht lieber wieder verdrängen sollte, damit wir weiterhin Freunde bleiben konnten. Damit diese eine Nacht – diese wundervolle, atemberaubende Nacht – nicht alles zwischen uns zerstört hatte. Falls das nicht schon längst geschehen war.

Es war seltsam, dass mir erst jetzt auffiel, wie oft Sophie und ich miteinander redeten. Wir sahen uns in der WG und verbrachten auch außerhalb Zeit miteinander, und wenn wir beide zu viel zu tun hatten oder viel unterwegs waren, texteten wir regelmäßig. Diese plötzliche Stille zwischen uns war … ungewohnt. Seltsam und ungewohnt und alles andere als angenehm.

»Ist es dir wirklich ernst mit ihr?«, fragte mein Bruder plötzlich.

Ich runzelte die Stirn, da mir die Andeutung in Cohans Worten nicht gefiel. Ja, okay, vielleicht hatten meine bisherigen Beziehungen nicht allzu lange gehalten, auch wenn ich zumindest einige davon als ziemlich ernsthaft empfunden hatte. Ein paar Monate, ein halbes und einmal sogar fast ein ganzes Jahr. Und irgendwie war meist ich derjenige, der dieses unangenehme Gespräch begann und einen Schlussstrich unter die Sache setzte.

»Das hier ist etwas anderes«, behauptete ich.

»Wirklich?« Cohan warf mir einen Blick zu, der deutlich zeigte, wie sehr er gerade an meinem Verstand zweifelte. »Komm schon, Mann. Ich kenne dich dein ganzes Leben lang und du bist nicht gerade bekannt dafür, dich langfristig in irgendwas reinzuhängen, weder in Beziehungen noch in Hobbys oder sonst etwas. Dein Studium ist das Einzige, das du irgendwie durchziehst, aber da ist das Ende schließlich absehbar und es geht um Videospiele.«

Ich gab es nur ungern zu, aber er hatte recht. Selbst im Studium gab ich nicht mein Bestes, sondern ging nur in die Kurse, weil es von mir verlangt wurde. Ich tat das Minimum, um gute Noten zu bekommen und es ins nächste Semester zu schaffen, aber hatte ich mich je richtig engagiert? Hatte ich mir tatsächlich mal Mühe gegeben, pünktlich zu kommen und aufzupassen oder mich sogar für Extraaufgaben gemeldet, wie Sophie es ständig tat, um ihren Notendurchschnitt zu verbessern?

Nein. Nie.

Shit. Hatte es wirklich erst die Sache mit Sophie und diesen verdammten Wettbewerb gebraucht, damit mir klar wurde, was für ein Loser ich eigentlich war?

Kapitel 26

Cole

»Wir müssen reden.«

Fast zwei ganze Tage lang hatte ich nichts von Sophie gesehen oder gehört. Aus zwei Nachrichten waren fünf geworden und jede davon war unbeantwortet geblieben. Ganz egal, was Sophie nach dieser Nacht dachte – das war einfach nicht okay. So behandelte man seine Freunde nicht – und als ich das letzte Mal nachgeschaut hatte, waren wir immer noch beste Freunde.

Heute Morgen hatte ich Sophie zwar verpasst, sie jedoch in dem Moment abgefangen, in dem sie die WG wieder betreten hatte. Jetzt standen wir im Flur voreinander, sie noch mit dem Rucksack in der Hand und mit geröteten Wangen, als wäre sie die Treppe hochgerannt, ich total übernächtigt, weil ich wegen ihr und der Arbeit am Game kaum ein Auge zubekommen hatte.

Langsam schüttelte Sophie den Kopf. »Nein, müssen wir nicht.«

»Sophie …« Ich machte einen Schritt auf sie zu.

»Nein«, wiederholte sie und machte einen großen Bogen um mich, um zu ihrem Zimmer zu gelangen. »Ich bin nur hier, damit ich … egal. Sorry, dass ich deine Nachrichten nicht beantwortet habe.«

Damit schlüpfte sie in ihr Zimmer und drückte die Tür leise hinter sich zu.

Sie hatte mich ausgesperrt. Sowohl emotional als auch ganz real im echten Leben. Sekundenlang starrte ich nur auf die geschlossene Tür und dachte darüber nach, wie sehr es mich zu einem Arschloch machen würde, wenn ich trotzdem reingehen und versuchen würde, sie zur Rede zu stellen, ließ es dann aber bleiben. Allerdings nicht, weil das Thema damit beendet war, denn das war es ganz und gar nicht.

Nach zwei weiteren Tagen wurde es für alle offensichtlich, dass Sophie mir aus dem Weg ging. Sie achtete darauf, dass sie möglichst selten zu Hause war, wir nie miteinander allein waren, und mied meinen Blick, als könnte sie mir tatsächlich nicht mehr in die Augen sehen. Die anderen in der WG hatten zwar noch nichts gesagt, aber man müsste schon komplett in seiner eigenen Welt gefangen sein, um die seltsame Stimmung zwischen Sophie und mir nicht zu bemerken.

Als ich am Morgen nach der Nacht mit Sophie allein, dafür jedoch mit jeder Menge Erinnerungen aufgewacht war, hatte ich zwar schon ein ungutes Gefühl gehabt, mir aber noch nicht allzu viel dabei gedacht. Doch Cohans Worte waren hängen geblieben und ließen mich einfach nicht mehr los – und Sophies Verhalten gab mir den Rest.

Wenn sie die gemeinsame Nacht bereute, dann sollte sie es mir verdammt noch mal sagen. Das wäre zwar echt beschissen, aber ich würde es akzeptieren. Auch wenn ich es kein bisschen bereute, und das nicht nur, weil der Sex gut gewesen war, sondern weil es *Sophie* war. Meine Sophie. Die Frau, mit der ich nicht nur im Alltag reden und lachen konnte, sondern auch im Bett. Wer hätte das gedacht?

»Gottverdammte Dreckskröte!« Teagans aufgebrachte Stimme riss mich aus meinen Gedanken und brachte mich sehr schnell zurück in die Gegenwart.

Liz und Teagan hatten einen spontanen Spieleabend organisiert, allerdings ohne Lincoln, da der mit seinen Arbeitskollegen verabredet war. Blieben noch Parker, Teagan, Liz, Sophie
und ich. Auch wenn ich mir ziemlich sicher war, dass unsere
Mitbewohnerin Sophie körperliche Gewalt angedroht oder sie
irgendwie erpresst hatte, um sie dazu zu kriegen, dabei zu sein.
Schließlich war ich auch hier.

Zuerst hatten wir Pizza bei D'Angelo bestellt und die gefuttert, danach saßen wir alle im Wohnzimmer. Parker hatte es
sich auf dem Sofa bequem gemacht, die Beine entspannt ausgestreckt, und verfolgte das aktuelle Game mit einem amüsierten Grinsen. Liz saß auf dem Sessel, die Knie angezogen,
den leeren Pizzakarton zu ihren Füßen, das Smartphone in der
Hand, und schien völlig vertieft.

Ich hingegen verfolgte das Rennen auf dem Bildschirm.
Dort battelten sich Sophie und Teagan gerade bei *Mario Kart*.
Beide saßen auf dem Teppich vor dem Fernseher, die Control-
ler fest umklammert, und bewegten die Oberkörper bei jeder
Kurve mit. Teagan war in Führung, da warf Sophie irgend-
etwas Explosives in ihre Richtung und … bäm! Schon hatte
Sophie aufgeholt.

»Willst du mich verarschen?!«, schrie Teagan und rutsch-
te noch etwas näher an den Fernseher, als könnte ihr das zum
Sieg verhelfen. Doch selbst ich sah vom anderen Ende des
Zimmers, dass ihr Luigi gleich verlor.

Schließlich warf Sophies Figur noch im Vorbeifahren einen
Boomerang auf Luigi – und raste gleich darauf über die Ziel-
linie.

»Jaaa!« Sophie stieß die Faust in die Luft, sprang auf und
hüpfte mit dem Controller in der Hand auf und ab. »Gewonnen! Dass ich mal die berühmt-berüchtigte TRGame besiegen
würde … Wenn das deine Fans wüssten!«

Teagan schnitt eine Grimasse und schmiss den Controller vor sich auf den Boden. »Nur bei diesem Spiel. Such dir jedes andere aus und ich mach dich fertig.«

»Das ist kein Witz«, warf Parker trocken ein und griff nach der Chipstüte auf dem Tisch. »Wenn Tea-Tea es sich in den Kopf gesetzt hat, zu gewinnen, kennt sie weder Freunde noch Gnade.«

Statt wütend zu sein, warf Teagan ihm nur eine Kusshand zu, stand dann auf und ließ sich anschließend neben ihn aufs Sofa fallen. Sophie hingegen machte sich auf den Weg in die Küche, vermutlich um sich noch was zu trinken oder neue Schokolade zu besorgen. Das war meine Chance. Denn wenn sie glaubte, dass ich so einfach aufgeben und hinnehmen würde, wie es jetzt zwischen uns war, dann hatte sie sich so was von geirrt.

Ich stand ebenfalls auf und folgte ihr, bevor mich irgendjemand dazu verdonnern konnte, die nächste Runde mitzuspielen. Und tatsächlich – Sophie stand in der Küche und goss sich gerade ein Glas Limonade ein. Sie warf mir nur einen kurzen Blick samt nervösem Lächeln zu und beeilte sich, den Raum so schnell wie möglich wieder zu verlassen. Doch als sie die Tür erreichte, die die Küche mit dem Flur verband, stellte ich mich ihr in den Weg.

»Hey.«

Sie blieb so abrupt stehen, dass die Limo in ihrem Glas hin und her schwappte. Sophies Augen weiteten sich, als hätte sie nicht damit gerechnet, dass ich sie aufhalten könnte. »Hey …«, erwiderte sie gedehnt.

»Können wir kurz reden?«

Ihr Blick zuckte fast schon panisch an mir vorbei Richtung Wohnzimmer und zu unseren Mitbewohnern, und ich konnte förmlich sehen, wie es in ihr arbeitete. Würde sie mich wieder abblocken und einfach stehen lassen? Doch dann nickte sie auf einmal.

Ich musterte sie genau. Oh, sie wollte nicht reden, das konnte ich ihr deutlich ansehen. Wir würden es dennoch tun, nein, wir *mussten* es tun, um diese seltsame Stimmung zwischen uns ein für alle Mal aus der Welt zu schaffen. Und das allein sollte doch auch für sie Grund genug sein, oder nicht?

Ehe ich auch nur einen Vorschlag machen konnte, deutete sie auf ihr eigenes Zimmer, stellte zur Sicherheit ihr Glas auf dem Küchentisch ab und schob sich dann an mir vorbei.

In ihrem Zimmer schaltete Sophie das Licht ein und blieb in der Mitte des Raumes stehen. Anscheinend würden wir uns für dieses Gespräch nicht gemütlich hinsetzen. Auch gut.

Ich drückte die Tür hinter mir zu, lehnte mich dagegen und verschränkte die Arme vor der Brust. »Du gehst mir aus dem Weg.«

Vielleicht nicht der beste Start, aber es war die Wahrheit. Und wenigstens hatte ich dieses Gespräch nicht damit begonnen, ihr vorzuwerfen, dass sie sich aus meinem Bett und anscheinend auch aus meinem Leben geschlichen hatte. Das war doch immerhin etwas, oder nicht?

»Was?« Sophie starrte mich an und begann dann langsam den Kopf zu schütteln. »Ich gehe dir nicht aus dem Weg, Cole. Das ist lächerlich.« Ihre Wangen röteten sich.

»Verdammt, Sophie, wir sind Freunde – oder nicht? Und jetzt flunkerst du mich auch noch an. Ernsthaft?« Ich stieß mich von der Tür ab und machte einen Schritt auf sie zu. Bevor sie protestieren und noch mehr Bullshit von sich geben konnte, sprach ich weiter und erinnerte sie an eine nicht ganz unwichtige Kleinigkeit. »Ich kenne dich jetzt lange genug, um zu wissen, wenn du lügst.«

Ein, zwei Sekunden lang funkelte sie mich aufgebracht an, dann biss sie sich auf die Unterlippe und wandte sich ab. Dass sie nicht wütend mit dem Fuß aufstampfte oder irgendetwas nach mir warf, lag allein an ihrer guten Erziehung. Vermutlich sollte ich mich bei ihrem Grandpa dafür bedanken.

»Also?«, hakte ich nach, da Sophie noch immer keinen Ton von sich gegeben hatte.

»Okay. Ja.« Sie seufzte tief und drehte sich wieder zu mir um. Dabei machte sie einen so unglücklichen Eindruck, dass ich zusammenzuckte. »Du hast recht. Ich gehe dir aus dem Weg.«

Obwohl ich es geahnt hatte, war es eine ganz andere Sache, es laut ausgesprochen zu hören. Auf die Enttäuschung, die sich in mir ausbreitete, war ich nicht gefasst gewesen. Genauso wenig auf die Bitterkeit, die wie aus dem Nichts in mir aufstieg.

Ich räusperte mich, damit man mir möglichst nichts davon anhörte. »Und warum?«

»Weil …« Sie breitete die Arme aus und suchte nach Worten. »Du und ich, das …«

»War verdammt gut?«, schlug ich vor.

Ihre Mundwinkel verzogen sich zu einem traurigen Lächeln. »Das war es wirklich, ja. Aber ich … ich will unsere Freundschaft nicht für so etwas riskieren. Für … eine Affäre oder Kurzzeitbeziehung.«

»Wer sagt denn, dass es nur so etwas wäre?«

Sie sah mich durchdringend an, als wartete sie auf irgendetwas von mir, auch wenn ich keine Ahnung hatte, was das sein könnte. Als nichts kam, schüttelte sie langsam den Kopf. »Wir wissen beide, dass es nur das wäre.«

So wie alle meine bisherigen Beziehungen. Ich biss die Zähne zusammen, konnte ihr aber nicht mal widersprechen, sosehr ich es mir auch wünschte. Weil sie recht hatte. Genau so waren meine bisherigen Beziehungen und Affären gelaufen – und es gab keine Garantie, dass es mit Sophie anders sein würde. Sie schluckte hart und ein Zittern ging durch ihren Körper. Alles in mir drängte darauf, sie in den Arm zu nehmen und all die Sorgen, Ängste und Unsicherheiten zu vertreiben, die sie plagten, auch wenn mir klar war, dass das letzten Endes nur sie selbst tun konnte. Nur Sophie. Außerdem wusste ich nicht, ob eine Umarmung in einer Situation wie dieser überhaupt angebracht war. Nicht mal als ihr bester Freund – und schon gar nicht als jemand, der mehr für sie sein wollte. Jemand, der für eine wundervolle Nacht mehr für sie gewesen war.

»Ich … ich kann nicht mit dir zusammen sein«, stieß sie hervor und sprach damit die Worte aus, die ich bereits befürchtet hatte.

»Du willst es nicht mal versuchen«, murmelte ich leise.

»Ich weiß nicht wie …«

»Zu schade«, erwiderte ich und atmete tief durch. Doch die Enttäuschung blieb. Genauso wie das unangenehme Ziehen in meiner Brust. »Denn wir wären großartig zusammen.«

»Ich weiß.« Tränen schwammen in ihren Augen, doch sie rührte sich nicht vom Fleck. »Aber ich … ich denke nicht, dass ich das kann.«

Das war nicht wahr. Sicher, Sophie dachte es vielleicht, glaubte sogar felsenfest daran, aber die Realität sah anders aus. Sie *wollte* es nicht. Dabei war ich mir in dieser Nacht sicher gewesen, dass sie dasselbe für mich empfand wie ich für sie. Dass es wenigstens eine winzig kleine Chance für uns beide gab, mehr als nur Freunde zu sein. So viel mehr. Aber wie es aussah, hatte ich mich geirrt. Wir hatten uns beide mitreißen lassen.

»Tut mir leid«, flüsterte sie erstickt.

»Nicht …« Ich schüttelte den Kopf und zwang mich zu einem Lächeln. Ihr zuliebe. »Kein Mitleid. Alles ist okay.«

Nichts war okay. Überhaupt nichts. Aber was sollte ich denn tun? Sie dazu überreden, mit mir zusammen sein zu wollen? Sicher nicht. Sophie traf ihre eigenen Entscheidungen und die musste ich akzeptieren, ob sie mir nun gefielen oder nicht. Und ja, die hier gefiel mir kein bisschen.

»Sind wir …«, begann sie und hielt inne. Suchte meinen Blick. »Sind wir noch Freunde?«

Da war er – der Todesstoß mitten ins Herz. So fühlte sich das also an. *Autsch* …

Trotzdem nickte ich und tat alles, um mich nach außen hin gelassen zu geben. Ganz entspannt. Typisch Cole eben. »Klar.«

»Okay.« Sie sah aus, als würde sie am liebsten aus ihrem eigenen Zimmer flüchten … aber sie rührte sich genauso wenig von der Stelle wie ich. Irgendetwas hielt uns beide hier, obwohl bereits alles gesagt war. Zumindest sollte es das sein.

Gerade als ich doch noch einen Schritt auf sie zu machen wollte, setzte sie sich in Bewegung. Ihr Blick war durchdringend, doch dann wandte sie sich hastig ab und verschwand durch die Tür.

Ich blieb mit heftig hämmerndem Herzen allein zurück, während die Stimmen der anderen aus der WG zu mir durchdrangen. Rufe, Beschimpfungen, Gelächter, untermalt von den Sounds des aktuellen Spiels.

Sophies blumiger, süßer Duft hing noch in der Luft und drang mir unwillkürlich in die Nase. Fuck. Ich stieß einen tiefen Seufzer aus und rieb mir über das Gesicht.

Wie zum Teufel sollte ich heute Abend und auch in Zukunft so tun, als wäre Sophie nur eine gute Freundin für mich? Wie sollte ich vergessen, wie sich ihre Lippen auf meinen angefühlt hatten, ihr warmer, zierlicher Körper unter meinem, ihr weiches Haar an meinem Gesicht, als ich mit ihr im Arm eingeschlafen war?

Mein Blick irrte durch Sophies Zimmer, über den Fernseher und die unzähligen DVDs und BluRays mit den Neunzigerjahre-Filmen, die sie so liebte, über die Poster an den Wänden, ihre CDs und die Kassettensammlung, auf die sie so stolz war, den Schreibtisch mit ihrem Laptop und dem knallig orangefarbenen Hocker bis zur Couch, auf der Sophie während unseres letzten Filmabends mit dem Kopf an meiner Schulter eingeschlafen war. War Schritt eins ihres Plans wirklich schon so lange her?

Fluchend wandte ich mich ab und verließ den Raum, ging allerdings nicht zu den anderen ins Wohnzimmer zurück. Ich konnte jetzt nicht in Sophies Nähe sein. Ich musste mich ablenken. Zum Glück wartete da noch ein Game auf mich, das es zu entwickeln galt. Nur dass auf einmal nicht mehr bloß die potenzielle Produktion und Veröffentlichung des Spiels für mich an erster Stelle standen, sondern der Praktikumsplatz, der mit dem ersten Platz einher ging. Und der mich weit, weit weg von hier bringen würde. Hoffentlich weit genug weg von Sophie, die jetzt auch keinen Grund mehr hatte, extra viel Zeit mit mir zu verbringen, denn schließlich war es mit ihrem Zwölf-Schritte-Plan vorbei. Wir waren fertig damit. Nicht nur mit dem Programm, sondern auch miteinander, denn wenn eines klar war, dann, dass es nicht funktioniert hatte. Nicht bei mir.

Ich war nicht über Sophie hinweggekommen. Ich hatte mich nur noch mehr in sie verliebt.

Kapitel 27

Sophie

Ich starrte mein blasses Spiegelbild im Badezimmer an, während immer wieder derselbe Gedanke in meinem Kopf auftauchte: Ich ging Cole aus dem Weg. Als er mich vor ein paar Tagen beim Spieleabend deswegen zur Rede gestellt hatte, hatte ich das zunächst noch abgestritten, doch inzwischen musste ich der Wahrheit ins Auge blicken. Nach unserem Gespräch sollte eigentlich alles zwischen uns geklärt sein. Doch wie es aussah, fiel es uns beiden schwer, so zu tun, als wäre nichts gewesen. Als hätte es die Küsse, das Lachen, die Berührungen und diese eine Nacht nicht gegeben. Allein bei der Erinnerung daran wurde mir schlagartig warm und ein Kribbeln breitete sich in meinem Magen aus. Die Art, wie Cole mich angesehen hatte, als ich unter ihm auf seinem Bett lag und …

Stopp. Schluss damit. Ich erlaubte mir nicht, schon wieder daran zu denken und schob all diese Gedanken, Gefühle und Erinnerungen entschieden beiseite.

»Autsch.« Ich verzog das Gesicht, als sich mein Unterleib nicht zum ersten Mal an diesem Tag zusammenkrampfte, und auch mein Spiegelbild zog eine Grimasse.

Seufzend wandte ich mich ab, schnappte mir einen Tampon aus der Schachtel in der obersten Schublade und ging zur Toilette hinüber. Ich schob mir Leggings und Slip über die Hüften, zog den vollgesogenen Tampon vorsichtig heraus und wickelte ihn in Klopapier ein, um ihn anschließend im Mülleimer zu entsorgen. Dann führte ich den neuen Tampon in meine Vagina ein und seufzte erleichtert, als ich fertig war. Na also. Das war gleich viel besser.

Während ich mich wieder anzog, dachte ich daran, was Liz neulich über Menstruationstassen und Periodenunterwäsche erzählt hatte. Vielleicht sollte ich es mal damit probieren?

Ich wusch mir die Hände und ließ anschließend heißes Wasser in eine Wärmflasche laufen. Je nachdem, wie heftig die Krämpfe wurden, würde ich nachher noch eine Schmerztablette nehmen müssen. Davon abgesehen war dieser Tag fürs Herumliegen und Filme gucken reserviert. Wenn mein Körper zu dieser Zeit des Monats schon auf Hochtouren arbeitete, konnte ich ihm auch die nötige Ruhe gönnen. Selbst wenn das bedeutete, dass ich nicht für die Prüfungen lernen konnte und meine Gedanken somit keinerlei Ablenkung hatten, sodass sie unweigerlich wieder zu Cole wandern würden. Ganz egal, ob ich im Bad war, durch den Flur schlurfte – wobei ich wirklich nur einen ganz kurzen Blick in Richtung seines Zimmers warf –, oder mich in meinem eigenen Zimmer wieder aufs Sofa kuschelte.

Wie es ihm wohl gerade mit dem Wettbewerb erging? Wahrscheinlich arbeitete er Tag und Nacht daran, zumindest würde das erklären, warum wir uns überhaupt nicht mehr gesehen hatten. Na ja, und weil ich auch weiterhin nur selten in der WG gewesen war.

»Erde an Sophie.« Liz wedelte mit der Hand herum. »Schläfst du?«

Ich zuckte zusammen und setzte mich so abrupt auf, dass ich mir den Kopf an der Lampe anstieß. *Aua …*

»Nein«, antwortete ich und rieb mir die schmerzende Stelle. »Was ist los?«

Liz stand mit verschränkten Armen in der offenen Tür. Seltsam. Ich hätte schwören können, dass sie bis eben geschlossen gewesen war.

»Ich hab dich gerade was gefragt. Man erwischt dich sonst ja nie mehr hier.«

Okay, also war es nicht nur Cole aufgefallen, dass ich ihm aus dem Weg ging, sondern auch noch allen anderen? Großartig. Wirklich ganz toll.

»Ich hab eben … viel zu tun«, behauptete ich und deutete auf die Unterlagen auf dem Boden, die ich heute nicht mal mit dem kleinen Finger angerührt hatte. Aber das musste Liz ja nicht wissen. »Prüfungsphase. Du kennst das doch.«

»Jepp. Aber du hast sonst auch viel zu tun. Hier. In deinem Zimmer.«

Ich runzelte die Stirn und ignorierte das unangenehme Rumoren in meinem Bauch, das mich schon seit dem Aufwachen begleitete. »Willst du damit andeuten, dass ich ein Stubenhocker bin?«

Zu meiner Überraschung fing Liz lauthals an zu lachen. »Oh, Süße. Du *bist* ein Stubenhocker, aber das ist völlig okay. Parker und die anderen sind das schließlich auch. Außer Lincoln. Der Kerl kriegt eindeutig zu viel Sonne und frische Meeresluft ab.« Sie zog die Nase kraus, als wäre das etwas ganz Furchtbares.

Ich gab einen undefinierbaren Laut von mir und lehnte mich wieder zurück, wobei ich die Wärmflasche fest an mich drückte. Wenigstens half die Wärme ein wenig, damit sich mein Uterus entspannte.

Unvermittelt tauchte Teagan neben Liz auf und steckte den Kopf herein. »Was für eine Mitleidsparty findet denn hier statt?«

Ich stöhnte auf. »Was wollt ihr alle von mir?«

Denn ich wollte nur meine Ruhe. Und für alle anderen wäre das auch wesentlich sicherer, denn in dieser Phase war ich nicht ich selbst. Dann sagte und tat ich Dinge, die mir später wirklich leidtaten.

»Sie hat ihre Tage«, informierte Liz sie.

Ich verdrehte die Augen, sagte jedoch nichts dazu. Ja, ich steckte mitten in dieser anstrengenden Zeit des Monats und ich gönnte mir einen freien Tag. Aber es war auch Examensphase, und nachdem ich diese vorgezogene Klausur in *Moderne Physik II* bereits versaut hatte, hatte ich Angst, bei jeder weiteren Prüfung wieder einen Blackout zu haben. Oder einfach nicht genug gelernt zu haben, weil ich mich nicht konzentrieren konnte. So gut es mir im Alltag gelang, jede Begegnung mit Cole zu vermeiden, indem ich von morgens bis abends bei Grandpa und in der Bibliothek lernte, so schlecht konnte ich die Gedanken an ihn aus meinem Kopf verbannen, ganz egal, wie sehr ich es auch versuchte. Sie waren allgegenwärtig. Sogar jetzt, wenn ich jede Person, die keine Gebärmutter hatte, am liebsten in der Luft zerfetzt hätte, einfach nur aus dem Grund, dass sie nicht jeden Monat Schmerzen hatte wie ich. Ein Glück, dass ich die Jungs heute noch nicht gesehen hatte.

»Oh.« Teagan sah von Liz zu mir. »Hat Cole keine Schokolade für dich besorgt?«

Es sollte mich nicht wundern, dass das inzwischen jeder hier wusste, aber … verflixt! Schon wieder war er in meinen Gedanken.

»Ich weiß es nicht«, brummte ich widerwillig und zog die Decke höher. »Ich habe dieses Zimmer nicht verlassen, außer um ins Bad zu gehen.«

»Hm«, machte Liz und kam unaufgefordert herein. Mit einem Satz warf sie sich neben mich aufs Sofa. »Es würde mich wundern, wenn er diesmal nicht … oh. *Oh!*« Sie sah mich interessiert von der Seite an. »Habt ihr euch nach dem Sex etwa die Freundschaft gekündigt?«

»Warte mal«, schaltete sich Teagan ein und starrte erst Liz fassungslos an, dann mich. Zum Glück besaß sie die Geistesgegenwart, endlich die Tür zu schließen. »Was?!«, rief sie dennoch viel zu laut. »Du und Cole …?«

Liz schüttelte gespielt mitleidig den Kopf, doch Teagan war noch nicht fertig.

»Ich meine, ich wusste zwar, dass da irgendwas zwischen euch ist, aber … wann ist *das denn* passiert? Und wieso habe ich nichts davon mitbekommen?«

Frustriert drückte ich mir ein Kissen gegen das Gesicht, auch auf die Gefahr hin, damit meine Brille zu verbiegen. »Wieso wusste jeder davon?«, nuschelte ich gedämpft.

»Weil es offensichtlich war, wie du ihn angesehen hast. Und er dich auch«, erklärte Liz überraschend behutsam und zupfte an dem Kissen vor meinem Gesicht. Erst noch ganz sachte, dann riss sie es mir einfach mit roher Gewalt aus den Händen.

Ich schnitt eine Grimasse. »Spielt doch alles keine Rolle mehr«, murrte ich. »Außerdem hat niemand hier irgendwem die Freundschaft gekündigt. Wir sind immer noch Freunde, ganz einfach.«

Die beiden warfen sich einen vielsagenden Blick zu, sagten aber kein weiteres Wort dazu, was mich nur noch mehr nervte.

»Was?«, fragte ich gereizt und setzte mich auf.

»Nichts«, behauptete Liz und fand die aufgestickten Blumen auf dem Kissen in ihrer Hand plötzlich sehr interessant.

»Die Sache ist die«, begann Teagan und verlagerte das Gewicht von einem Bein aufs andere, als wäre ihr diese ganze Unterhaltung unangenehm. Nun, da waren wir schon zu zweit. »Seid ihr wirklich noch Freunde, wenn ihr euch gegenseitig meidet? Nur so ein Gedanke«, fügte sie hinzu und hob abwehrend die Hände.

Ich biss mir auf die Zunge, um jedes Wort, das meinen Mund verlassen könnte, zurückzuhalten. Doch meine Gedanken konnte ich nicht auf dieselbe Weise unterdrücken, sie prasselten auf mich ein wie ein plötzliches Sommergewitter. Ein *unerwünschtes* Sommergewitter wohlgemerkt.

Hatte Teagan recht? Waren Cole und ich überhaupt noch Freunde, wenn wir seit Tagen nicht mehr miteinander geredet hatten und ich jede Begegnung mit ihm bewusst vermied? Konnten wir überhaupt noch Freunde sein, nachdem wir miteinander geschlafen hatten? Er hatte das zwar behauptet, aber so langsam begann ich daran zu zweifeln. Und je mehr ich daran zweifelte, desto deutlicher meldete sich die vertraute Panik tief in meinem Inneren.

Was, wenn ich es versaut hatte? Wenn ich aufgrund einer einzigen dummen Entscheidung meinen besten Freund verloren hatte? Wenn Cole mich nun genauso fallen ließ wie alle anderen, weil ihr Leben ohne mich darin so viel besser war? Würde seins ohne mich auch besser sein? Ich wollte nicht darüber nachdenken, wollte mich nicht mit dieser Vorstellung auseinandersetzen, aber einmal angefangen, konnte ich nicht mehr aufhören. Mein Gehirn hatte plötzlich ein Eigenleben entwickelt und malte ein Horrorszenario nach dem anderen aus. Würde ich Cole am Ende nicht nur an eine andere Frau verlieren, an eine Frau, die ihn glücklich machte, sondern auch als meinen besten Freund? Wären wir eines Tages nur noch lose Bekannte oder sogar Fremde füreinander? Wenn er diesen Wettbewerb gewann und für das Praktikum nach Kalifornien ging, könnte das schneller passieren, als mir lieb war. Zu schnell, um irgendetwas dagegen unternehmen zu können.

Bei dem Gedanken zog sich alles in mir krampfhaft zusammen – und diesmal hatte das nichts mit den Regelschmerzen zu tun, die meinen Unterleib in eine Szene aus *Alien* verwandelten. Zumindest gefühlt.

Unweigerlich musste ich daran denken, wie ich Cole aus Versehen meinen heißen Kaffee übergeschüttet hatte, als wir den Film das erste Mal gesehen und ich mich schon bei Minute vier dermaßen erschreckt hatte. Er hatte lediglich mit stoischer Miene behauptet, es wäre schon okay. Ihm wäre sowieso kalt gewesen.

Ein winziges Lächeln stahl sich auf mein Gesicht, als mir einfiel, wie er letzten Sommer seine Glücksarmbänder nach dem Duschen daheim vergessen hatte und kurz vor dem Campus noch mal umgedreht war, obwohl er schon viel zu spät dran gewesen war. Ich hatte sie im Bad entdeckt und war ihm nachgefahren, um sie ihm zu bringen. Wir hatten uns auf halber Strecke am Straßenrand getroffen, und sein Gesichtsausdruck, als ich ihm seine heißgeliebten Armbänder überreicht hatte, hatte dafür gesorgt, dass ich mich wie eine Superheldin fühlte.

Wie er nach meinem Einzug die Karamell-Bonbons besorgt hatte, die es immer bei Grandpa zu Hause gab und mit denen ich aufgewachsen war, nur damit ich kein Heimweh bekam.

Wie wir nach seiner Weisheitszahn-OP stundenlang zusammen auf seinem Bett gesessen und Filme geschaut hatten. Und wie er angefangen hatte zu zocken, aber nicht reden konnte, ich also bei den schwierigen Stellen an seiner Stelle geflucht hatte, was in jeder Menge Lachflashs geendet hatte.

Wie er mich zu fast allen Familienfeiern mitnahm, und mir vollkommen selbstverständlich immer etwas Essen mitbrachte, wenn ich mal doch nicht dabei sein konnte oder wollte.

Oder wie er mich zu Grandpa begleitete und mit ihm Karten spielte, manchmal sogar stundenlang, damit er ein bisschen

Gesellschaft hatte, während ich weiter an meiner Hausarbeit schrieb oder für eine anstehende Prüfung lernte.

Und das war nur ein Bruchteil all der Momente, die uns mittlerweile verbanden. Ich konnte, nein, ich wollte mir ein Leben ohne ihn nicht ausmalen. Aber was bedeutete das für die jetzige Situation? Würden wir es irgendwie schaffen, wieder normal miteinander umzugehen? Konnte ich das? Wollte ich das? Wollte ich wirklich, dass es wieder wie früher zwischen uns wurde?

Ja! Und ... *nein.*

Liz warf mir einen zweifelnden Blick zu. Irgendetwas an meinem Gesichtsausdruck musste ihr deutlich zeigen, was gerade in mir vorging. »Sicher, dass es okay für dich ist? Nur Freunde zu sein?«

Meine Gedanken und Gefühle waren ein solches Chaos, dass ich es nicht wagte, sie laut auszusprechen, also schob ich sie lieber weit von mir und zwang mich zu einem Lächeln. »Klar.«

Wir waren Freunde. Und bisher hatten wir alles überstanden, also würden wir auch das hier überstehen. Wir mussten einfach. Dennoch war da dieser kleine nagende Teil in mir, der sich fragte: *Was wäre, wenn ...?* Wenn ich mich morgens nicht aus seinem Zimmer geschlichen hätte? Wenn diese eine Nacht kein Ende, sondern der Anfang von etwas Neuem gewesen wäre?

Kaum dass diese Möglichkeit in meinem Kopf aufgetaucht war, meldete sich die vertraute Angst, legte sich wie lange, klamme Finger um meinen Hals und drückte unerbittlich zu. Es würde nicht funktionieren. Nicht auf lange Sicht. Oder? Und dann hätten wir alles zwischen uns zerstört und eine Freundschaft wäre unmöglich.

Ich konnte Cole nicht verlieren. Ich wusste nicht, wie ich damit umgehen, wie ich das ertragen sollte. Er war mein bester Freund und neben meinem Grandpa der wichtigste Mensch für mich. War es da nicht klüger, ein bisschen von ihm zu behalten, indem wir Freunde blieben, statt alles für eine ungewisse Zukunft aufs Spiel zu setzen? Für etwas, das nur in Schmerz enden könnte? Und was mich in permanenter Angst leben lassen würde, wieder verlassen zu werden?

Ich biss mir so fest auf die Unterlippe, dass es mir die Tränen in die Augen trieb.

»Ich muss noch für meine Klausuren lernen«, stieß ich hervor, ohne Teagan und Liz anzusehen.

Es war zumindest zum Teil die Wahrheit, auch wenn ich nichts lieber täte, als mich weiterhin auf dem Sofa unter meiner Decke einzurollen und einen kitschigen Liebesfilm nach dem anderen zu schauen. War ich etwa wieder in mein eigenes Zwölf-Schritte-Programm gerutscht, ohne es gemerkt zu haben? Egal. Denn ich würde diesem Drang nicht nachgeben, sondern mich aufraffen und mich erwachsen verhalten. Und eine erwachsene Person würde für ihre Prüfungen lernen, ganz egal, ob sie Liebeskummer oder Unterleibsschmerzen hatte oder mittlerweile so gut wie alles in ihrem Leben anzweifelte. Sogar dieses ganze verflixte Studium.

»Na gut, aber melde dich, wenn du irgendetwas brauchst«, sagte Teagan und ging zur Tür.

»Du kannst auch einfach gegen die Wand klopfen – oder etwas dagegenwerfen«, bot Liz mit einem knappen Lächeln an und stand schwungvoll auf. »Vielleicht höre ich es sogar und komme rüber.« Trotz ihrer Worte zwinkerte sie mir zu und verließ das Zimmer direkt nach Teagan.

Ein paar Sekunden lang starrte ich auf die geschlossene Tür, dann schob ich Decke und Wärmflasche beiseite und rappelte mich auf. Mit den Fingern fuhr ich mir hastig durch die verknoteten Haare und atmete tief durch. Erst dann war ich bereit, die Sicherheit meines Zimmers zu verlassen.

Doch als ich die Tür öffnete, stolperte ich beinahe über etwas, das direkt davorlag. Etwas, das vorhin noch nicht dort gewesen war, als ich wie ein Zombie aus dem Bad wankte.

Mein Herz polterte los, noch bevor ich genau erkannte, was es war. Langsam ging ich in die Hocke und hob die drei Tafeln Schokolade auf. Daneben lag eine schlichte kleine Karte, die ich mit zitternden Fingern öffnete. *Bitte töte uns nicht! :)*, stand in Coles Handschrift dort geschrieben.

Ich merkte nicht mal, dass ich lächelte, bis sich ein warmes Gefühl tief in mir ausbreitete. Er hatte an mich gedacht. Trotz allem, was zwischen uns vorgefallen war und womit er sich gerade selbst herumschlagen musste, hatte Cole an mich gedacht. Und selbst wenn er die Schokolade vorrätig hatte, wie Liz behauptet hatte, so hatte er sich dennoch an den Tag erinnert, sich sogar die Mühe gemacht, diese Karte zu schreiben und mir die Tafeln vor die Tür zu legen.

Und das war doch der Beweis dafür, dass wir Freunde bleiben konnten, oder nicht? Irgendwann würden wir zusammensitzen und über diese seltsame Phase in unserem Leben und die gemeinsame Nacht lachen. Irgendwann. Ganz bestimmt. Und ich konnte nur hoffen, dass es dann nicht mehr so wehtun würde …

Kapitel 28

Cole

Die Zeit saß mir das ganze Wochenende über im Nacken. Ich hatte zwar schon feste Abgabetermine für Hausarbeiten und andere Projekte gehabt, die ich für meine Kurse designen und programmieren sollte, von einfachen Plugins bis hin zu ersten simplen Games, aber noch nie hatte ich die Bedeutung des Wortes *Deadline* so gut verstanden wie jetzt. Wie in dieser Nacht.

Dienstagmorgen um acht Uhr war Schluss. Bis dahin konnten alle Teilnehmer ihre entwickelten Games einschicken, was bedeutete, dass mir noch … Ich warf einen schnellen Blick zur Zeitanzeige oben rechts am Monitor. Mir blieben noch sieben Stunden und einundfünfzig Minuten. Absolut zu schaffen. Total easy.

Fuck … Wem wollte ich hier eigentlich etwas vormachen? Selbst eine Woche wäre nicht genug Zeit, um all die Bugs zu fixen, die Dominic gerade beim Testen fand.

Ich saß mit Kopfhörern auf den Ohren vor meinem Rechner in meinem Zimmer, nachdem Dominic mich schon vor Stunden aus der Uni verbannt hatte. Pah! Als ob ich ihm die ganze Zeit vorgeschrieben hätte, was er tun sollte. Ich hatte ihm nur ein paar hilfreiche Tipps und Hinweise gegeben, mehr nicht. Doch anscheinend war ihm selbst das zu viel geworden, sonst wäre ich jetzt nicht hier, sondern würde neben ihm sitzen und mir Notizen auf dem Handy machen. Stattdessen sah ich ihm via Livestream und mit ausgeschaltetem Mikrofon zu. So konnte ich jeden seiner Kommentare hören, genauso wie sein Fluchen, er mich aber nicht. Was wahrscheinlich besser so war, denn mit jedem weiteren Punkt auf meiner nie enden wollenden To-do-Liste sank meine Laune nur noch mehr.

Dass ich Sophie schon seit Tagen nicht mehr gesehen hatte, machte es nicht viel besser. Im Gegenteil. Nach unserem klärenden Gespräch – wenn man es denn so nennen wollte – hatte ich mich so in die Arbeit gestürzt, dass ich kaum noch zu Hause war – und wenn, dann hockte ich nur vor dem Monitor. Aber sie? Sie war wie vom Erdboden verschluckt. Manchmal hörte ich, wie sie nach Hause kam, nur um gleich darauf wieder zu verschwinden. Gestern war der einzige Tag, den sie daheim geblieben war, und das auch nur, weil sie –

»Uuuund noch ein Bug!«, ertönte Dominics Stimme durch meine Kopfhörer und holte mich zurück ins Hier und Jetzt. Die pixelige Spielfigur steckte zappelnd in einer Wand fest, was eindeutig nicht so von mir geplant gewesen war. »Alter, da sind echt noch einige.«

Unwillkürlich verspannten sich meine Nackenmuskeln, und ich schaltete das Mikrofon ein. »Ich weiß. Mach einfach weiter.«

»Sicher, dass du nicht erst mal die Sachen fixen willst, die ich schon gefunden habe, und dann starten wir einen neuen Testlauf?«

Damit er in der zweiten Levelhälfte noch mehr Problemstellen entdeckte und der ganze Spaß von vorne begann? Nein, danke.

»Keine Zeit«, presste ich hervor. »Ich mach das alles heute Nacht.«

Genauer gesagt in den nächsten sieben Stunden und dreiundvierzig Minuten. Shit.

»Wie du willst, Mann.«

Ich schaltete das Mikrofon wieder aus und zwang mich dazu, mich nur noch auf das zu konzentrieren, was sich auf dem Monitor vor mir abspielte. Alles andere hatte keinen Platz mehr in meinem Kopf. Nicht Sophie, nicht die Nacht mit ihr und auch nicht unser letztes Gespräch. Nicht die Wut in meinem Bauch, dass mir gleich zwei Dozenten als Betreuer abgesagt hatten. Mit ihrer Hilfe wäre das hier nämlich deutlich weniger chaotisch abgelaufen, aber dafür hätte ich das Ganze nicht so lange vor mir herschieben dürfen, mich früher bei meinen Profs melden und vielleicht mal während ihrer Kurse aufpassen müssen. Und jetzt dachte ich schon wieder über alles nach, was ich verkackt hatte. Toll.

Die nächste Stunde schaffte ich es irgendwie, mich ganz auf das Game zu konzentrieren, auch wenn meine To-do-Liste von Minute zu Minute wuchs. Als Dominic das erste Level endlich durchgespielt hatte, bedankte ich mich bei ihm und entließ ihn in die Freiheit, während für mich die eigentliche Arbeit gerade erst begann.

Frustriert rieb ich mir mit den Händen über das Gesicht. Meine Augen brannten und ich hatte mich schon seit Tagen nicht mehr rasiert, aber das war mir egal. Wann hatte ich überhaupt das letzte Mal geduscht? Auch egal. Das Einzige, was im Moment zählte, war, dieses Game fertigzustellen. Alles andere konnte, nein, musste ich verdrängen. Allen voran meine Zweifel, die meine eigene Familie beim letzten Brunch nur noch befeuert hatte. Genauso wie meine Gedanken an Sophie. Ganz besonders meine Gedanken an Sophie.

Mit einem tiefen Seufzen stand ich auf und ging in die Küche, um mir den letzten Energydrink aus dem Kühlschrank zu holen. Ich hatte bereits die Hand ausgestreckt, da erstarrte ich mitten in der Bewegung. Denn im Kühlschrank befand sich nicht nur eine einsame Dose, sondern mindestens zehn. Direkt daneben waren zwei Flaschen meiner Lieblingslimo, die ich zuletzt beim Self-Care-Nachmittag mit Sophie getrunken hatte.

Ein blassgelbes Post-it klebte an den Dosen, das ich jetzt abmachte. In Sophies geschwungener Handschrift stand eine eindeutige Warnung darauf: *Finger weg! Die gehören Cole.*

Wärme breitete sich in mir aus und ich kam nicht gegen das Lächeln an, das an meinen Mundwinkeln zog. Trotz allem, was zwischen uns passiert war und wie … kompliziert es gerade war, hatte Sophie das hier für mich gemacht. Sie war extra losgezogen, um die Getränke für mich zu besorgen, von denen sie wusste, dass ich sie in der heißen Phase des Wettbewerbs brauchen würde.

Ich hatte keine Ahnung, ob oder was das zu bedeuten hatte, und auch nicht die Zeit, um mich jetzt damit auseinanderzusetzen. Das warme Gefühl in meiner Brust blieb jedoch, als ich den Zettel zurücklegte und eine der Dosen aus dem Kühlschrank nahm.

Als ich die Tür wieder zudrückte, hörte ich Schritte hinter mir und für einen winzigen Moment hoffte ich, dass es Sophie wäre. Dass ich sie endlich wiedersah, auch wenn sich ein Teil von mir nach unserem letzten Gespräch dagegen sträubte. Doch als ich mich umdrehte, entdeckte ich nicht Sophie in der Küche, sondern Parker.

Er wirkte etwas erschöpft, als er seinen gepackten Rucksack auf dem Küchentisch abstellte. »Wie läuft's?«

Ich schnaubte nur. »Wenn ich je wieder an einem Wettbewerb teilnehmen will …«

»Dann …?«

»Dann zwing mich verdammt noch mal dazu, rechtzeitig

mit dem ganzen Scheiß anzufangen«, beendete ich den Satz kopfschüttelnd.

Parker warf mir einen mitleidigen Blick zu. »Brauchst du Hilfe? Ich muss zwar gleich los, aber wenn du willst, kann ich das Game daheim mal testen.«

Ich schüttelte den Kopf. »Danke, Mann, aber fahr du lieber nach Hause.«

Parkers schwerkranke Mutter und sein Vater, der seine Frau ganz allein pflegte, brauchten ihn eindeutig mehr als ich. Außerdem blieb nicht mehr genug Zeit, damit auch Parker das Game anspielte und mir alle Bugs aufzeigte, die Dominik und ich womöglich übersehen hatten. Ein weiterer Testlauf wäre zwar ratsam gewesen, doch dafür war der Abgabetermin einfach schon zu nahe.

In Gedanken verfluchte ich mich dafür, mir so viel Zeit damit gelassen und das Ganze zunächst nicht richtig ernst genommen zu haben. Ich war mir sicher gewesen, gut genug zu sein, um das Game ganz easy designen und programmieren zu können. Ich war mir auch sicher gewesen, dass sich meine Dozenten nur so darum reißen würden, mich bei diesem Wettbewerb zu betreuen und mir ihren Input dazu zu geben – ganz egal, wie spät ich mich bei ihnen meldete. Genauso wie ich sicher gewesen war, am Ende kaum noch Fehler zu finden, die ich beheben musste.

Wie zum Teufel hatte ich so arrogant sein können? Und während ich nun mitten in der Nacht mit vor Müdigkeit brennenden Augen und viel zu viel Koffein im Blut an meinem Game arbeitete, während mir die Deadline im Nacken saß, hätte ich mir am liebsten selbst in den Hintern getreten. Denn all das war ganz allein meine Schuld. Ich hatte meine eigenen Chancen schon lange vor diesem Wettbewerb torpediert und war mir dessen nicht mal bewusst gewesen.

Vielleicht hatten meine Ex-Freundinnen, meine Dozenten und meine Familie doch recht, die allesamt dieselbe Meinung vertraten: Ich nahm nichts ernst. Ich gab mir keine Mühe. Aber ... scheiße, ich wollte das hier. Ich wollte es wirklich schaffen. Ich wollte gewinnen. Nicht mehr nur wegen dem, was dem Sieger winkte, sondern für mich selbst. Um mir zu beweisen, dass ich durchaus dazu in der Lage war, etwas ernst zu nehmen und mich reinzuhängen. Dass ich es schaffen konnte. Auch wenn jeder das Gegenteil zu glauben schien und es mir bisher nicht mal selbst klar gewesen war, wollte ich etwas aus meinem Leben und meiner Zukunft machen. Und ich wollte ... verdammt, ich wollte, dass Sophie ein Teil davon war. Jetzt und auch in Zukunft.

Also legte ich mich nur noch mehr ins Zeug. Die Vergangenheit konnte ich nicht mehr ändern, aber wenigstens heute Nacht alles geben. Ich arbeitete die nächsten Stunden durch, ohne mir eine einzige Pause zu gönnen – es sei denn, man zählte kurze Abstecher ins Bad oder in die Küche für noch mehr Koffein als Pausen.

Mitten in der Nacht tauchte von irgendwoher ein Karton von D'Angelo vor meiner Tür auf. Diesmal hing kein Zettel daran, aber ich konnte mir auch so denken, wer mich mit meiner Lieblingspizza aus unserer Lieblingspizzeria versorgt hatte, und das – zusammen mit der Extraportion Käse – gab mir die nötige Energie, um weiterzumachen.

Ich behob jeden Bug, den Dominic beim Spielen gefunden hatte, und konnte nur hoffen und beten, dass ich dadurch nicht versehentlich an anderer Stelle neue Fehler verursachte.

Es war sieben Uhr achtundfünfzig und die Sonne war bereits aufgegangen, als ich endlich auf *Senden* klickte und die Mail mit dem Spielekonzept, den Designs und dem Link zum Game verschickte. Danach starrte ich mehrere Minuten lang nur auf den Monitor, ohne die geringste Regung zu zeigen, ohne zu blinzeln oder irgendetwas zu empfinden. Ich fühlte mich einfach nur … leer.

Langsam, ganz langsam sickerte die Erkenntnis zu mir durch. Ich hatte es geschafft. *Ich hatte es geschafft.* Ich hatte mir den Arsch für diese Sache aufgerissen und es tatsächlich hinbekommen. Das Game war nicht perfekt und definitiv nicht das Beste, was ich entwickeln konnte, aber es war ein Anfang. Und es hatte nur diesen dämlichen Wettbewerb gebraucht, um endlich den Hintern hochzukriegen, nachdem ich die ganzen letzten Semester kaum einen Finger in meinen Kursen gerührt hatte. Was für eine Ironie.

Mittlerweile war es mir sogar egal, ob ich den Wettbewerb gewann oder nicht oder meine Mail aus Versehen im Spamordner landete. Ich war einfach nur froh, es endlich hinter mich gebracht zu haben. Außerdem konnte ich nicht mehr klar denken und jeder verdammte Muskel in meinem Körper tat mir weh.

Ächzend hievte ich mich hoch und riss beinahe all die leeren Dosen, den Pizzakarton und meine Notizen vom Schreibtisch, weil ich die Kopfhörer noch auf hatte. Ich schob sie mir runter, warf sie auf den Stuhl und schleppte mich zum Bett, ohne mir die Mühe zu machen, irgendetwas aufzuräumen. Noch im Gehen streifte ich mir das Shirt ab, zog die Hose aus und ließ mich dann mit dem Gesicht voran auf die Matratze fallen.

Ich schlief in dem Moment ein, in dem mein Kopf das Kissen berührte.

Kapitel 29

Sophie

Kein Blackout. Ende der Woche saß ich in meiner letzten Klausur des Semesters und wusste die Antworten auf alle Fragen und Aufgabenstellungen. Was nicht weiter verwunderlich war, schließlich war Analytische Geometrie und Differenzial- und Integralrechnung genauso wie Statistik ziemlich einfach, zumindest für mich. Weil es logisch war, Gesetzen, Regeln und Formeln folgte. Viel überraschender war dagegen, dass ich jede einzelne Prüfung seit meinem Blackout gemeistert hatte.

Doch zu meiner Verwunderung bedeutete das nicht, dass ich nun überglücklich war. Erleichtert – als ich meine Unterlagen vorne beim Prof abgab, mir meinen Rucksack schnappte und den Hörsaal ebenso wie das Gebäude verließ –, das ja. Aber nicht freudestrahlend. Ich war einfach nur froh, dass es vorbei war und ich bald Ferien hatte.

Sollte es nicht anders sein? Sollte ich mich nicht auf meine Kurse freuen – oder wenigstens auf die beruflichen Aussichten, die mir mein Bachelor in Physik brachte? Doch wenn ich daran dachte, war da nur Leere in mir. Leere und eine zunehmende Panik.

Ich war so in Gedanken versunken, dass ich einfach weiter über den Campus lief, ohne irgendetwas oder irgendjemanden um mich herum zu bemerken. Doch ausgerechnet in diesem Moment bog jemand um die Ecke, den ich kannte. Meine

Füße beschlossen, abrupt stehen zu bleiben, wodurch ich ins Straucheln geriet und ein paar Schritte nach vorne stolperte.

Ganz toll, Sophie. Sehr elegant. Und so unauffällig.

Denn jetzt kam niemand Geringeres als Mallory auf mich zu. Coles Ex-Freundin. Und mit ziemlicher Sicherheit auch die Person, die ihm letzten Sommer einen Brief voller Glitzer geschickt hatte, um sich an ihm zu rächen. Damals hatte ich mich darüber kaputtgelacht und sie dafür gefeiert, trotzdem war ich nicht besonders scharf drauf, ihr zu begegnen. Davon, mich mit ihr zu unterhalten, ganz zu schweigen. Doch leider war das hier ein kleiner Campus und man lief sich selbst dann früher oder später über den Weg, wenn man nicht denselben Studiengang belegte, sondern nur in denselben Fakultätsgebäuden ein und aus ging, wie das bei Mallory und mir der Fall war.

Jetzt blieb sie vor mir stehen und musterte mich kurz von oben bis unten. Mit ziemlicher Sicherheit hatte sie mein unfreiwilliges Stolpern mitbekommen. »Hallo Sophie.«

Ich zwang mich zu einem Lächeln, auch wenn mir nicht danach war. Dummerweise war ich für heute fertig, also konnte ich nicht mal meinen nächsten Kurs als Entschuldigung vorschieben, um ganz schnell weiterzugehen. »Hey Mallory. Wie geht's?«

Sobald die Worte meinen Mund verlassen hatten, verfluchte ich mich dafür. Ich hatte schon zu viele Begegnungen mit Coles Ex-Freundinnen hinter mir. Ich sollte es wirklich besser wissen, als diese gefährliche Frage auszusprechen.

Doch zu meiner Erleichterung – und grenzenlosen Überraschung – lächelte Mallory und wirkte dabei völlig normal. Geradezu entspannt. »Prima. Ich komme gerade aus meiner vorletzten Prüfung. Die letzte steht mir noch bevor. Du hattest Professor Todd letztes Semester doch auch in Allgemeiner Physik, oder?«

Ich blinzelte. »Ja. Er ist in den Klausuren ziemlich detailverliebt und vergibt nur selten die volle Punktzahl, ansonsten ist er aber ganz cool.«

»Das ist gut zu wissen. Danke.«

Ein peinliches Schweigen begann sich zwischen uns auszubreiten. Obwohl Mallory und ich vor wenigen Monaten noch zwei gemeinsame Kurse besucht und sie in meiner WG ein und aus gegangen war, als würde sie ebenfalls dort wohnen, hatten wir uns jetzt nicht mehr viel zu sagen. Was auch? *Sorry, dass mein bester Freund mit dir Schluss gemacht hat. Aber eigentlich bin ich froh darüber, weil ihr nicht zusammengepasst habt und ich mir die ganze Zeit gewünscht habe, er würde dich abservieren.* Ähm ... besser nicht.

»Also ...« Sie lächelte etwas unsicher und machte einen Schritt zur Seite. »Ich gehe dann mal besser. Du musst sicher auch weiter.«

Ich nickte und sah ihr einen Moment lang nach. Ihr langes Haar fiel ihr über den Rücken und schwang bei jedem Schritt mit, was ihre schmale Taille umso mehr betonte. Eigentlich hatte sie das perfekte Aussehen, war intelligent, humorvoll und im Bett sicher auch nicht schlecht. Nicht dass ich Letzteres beurteilen konnte, aber Cole wäre sicher nicht so lange mit ihr zusammen gewesen, wenn sie keinen Spaß zusammen gehabt hätten. Und trotzdem hatte er die Beziehung beendet, so wie alle anderen zuvor. Aber weshalb? Das hatte er mir nie so richtig erzählt.

Das Einzige, was er gesagt hatte, war, dass irgendwie die Luft raus gewesen war. Und dass es ihn genervt hatte, als Mallory damit anfing, Zukunftspläne mit Haus und Garten zu schmieden.

»Mallory?«, rief ich, bevor mir überhaupt klar wurde, was ich da eigentlich tat.

»Ja?« Sie blieb stehen und drehte sich zu mir um.

Ich wusste, dass ich diese Frage besser nicht stellen sollte, konnte mich aber auch nicht davon abhalten, es zu tun. Nicht, wenn mir diese Gelegenheit praktisch in den Schoß fiel und mich die Neugier schier umbrachte. Schließlich hatte jede Geschichte zwei Seiten, oder nicht? Und ich kannte nur eine davon.

»Das ... ist jetzt vielleicht eine komische Frage, aber warum hat Cole mit dir Schluss gemacht?«

Ein Schatten legte sich über ihr Gesicht, doch dann drückte sie den Rücken durch. »Er wollte sich auf nichts Langfristiges einlassen. Sobald ich angefangen habe, von der Zukunft zu sprechen, hat er dichtgemacht. Ich glaube, er kann sich einfach nicht langfristig jemanden an seiner Seite vorstellen.« Sie zuckte mit den Schultern, als hätte sie das inzwischen akzeptiert, es vielleicht sogar überwunden. »Außerdem bin ich mir inzwischen ziemlich sicher, dass er Gefühle für eine andere hatte, auch wenn es ihm vielleicht nicht bewusst war.« Sie warf mir einen vielsagenden Blick zu.

Mein Magen machte einen ungewollten Sprung.

Ich blinzelte, um mich selbst aus meiner Starre zu reißen. »Warum ...« Ich räusperte mich, weil meine Stimme plötzlich versagte. »Warum hat er nie etwas gesagt?«

Mallory verzog den Mund zu einem schiefen Lächeln. »Ich schätze mal aus dem gleichen Grund, aus dem du auch nie was gesagt hast.«

Ich schnappte nach Luft, doch Mallory fuhr bereits fort. »Ich weiß doch, wie du ihn angesehen hast. Ich war dabei.« Kurz presste sie die Lippen aufeinander und sprach dann weiter. »Deshalb weiß ich auch genau, wie *er dich* immer angesehen hat.«

Aber ... aber ... das würde ja bedeuten, dass er ... zur selben Zeit Gefühle für mich gehabt hatte, wie ich für ihn. Als

ich alles darangesetzt hatte, meinen Zwölf-Punkte-Plan umzusetzen, um mir Cole aus dem Kopf zu schlagen, hatte er …
Ich wusste nicht mal, was ich dazu sagen sollte. Davon, was ich
denken oder fühlen sollte, ganz zu schweigen.

Mit einem Mal wurde Mallorys Gesichtsausdruck ganz
weich, geradezu mitfühlend. »Er würde nie etwas tun, um eure
Freundschaft zu gefährden, Sophie. Damals nicht und heute
sicher auch nicht.« Damit winkte sie zum Abschied und wandte sich ab.

Doch ihre Worte hallten in mir nach, während ich ihr hin-
terhersah, und auch dann noch, als ich den Parkplatz erreichte
und in meinen Wagen stieg.

Mein Herz hämmerte wie wild in meiner Brust und in meinem Kopf kreisten die immer gleichen Worte, genau wie die
Erinnerung an Coles ernsten Gesichtsausdruck und an seinen
intensiven, eindringlichen Blick.

Ich habe mich in dich verliebt.

Ich schüttelte den Kopf, versuchte diese Gedanken ab-
zuschütteln – und vor allem dieses seltsame Gefühlschaos, das
das Gespräch mit Mallory in mir ausgelöst hatte.

Cole hatte nie etwas gesagt oder auch nur die geringste Andeutung gemacht. Sicher, er haute immer mal wieder einen
Spruch heraus oder flirtete ein wenig mit mir, aber das war
schon immer so gewesen. Ich hatte dem nie viel Bedeutung
beigemessen. Und als er mir endlich seine Gefühle gestanden
hatte, war es schon zu spät gewesen. Zumindest hatte ich das
geglaubt, weil ich fest davon überzeugt gewesen war, über ihn
hinweg zu sein.

Wir hatten uns beide zurückgehalten, um unsere Freundschaft zu schützen. Wir waren nicht ehrlich zueinander gewesen, er genauso wenig wie ich. Und das alles nur, um einander
nicht zu verlieren. Dabei hatte unsere Freundschaft doch genau

deshalb diese schlimmen Risse bekommen. So schlimm, dass ich es noch immer vermied, zu viel Zeit in der WG zu verbringen, um gar nicht erst das Risiko einzugehen, Cole über den Weg zu laufen.

Hatten wir wirklich unsere Freundschaft aufs Spiel gesetzt, indem wir alles versucht hatten, damit genau das *nicht* passierte? Wie ironisch war das bitte?

Aber was war, wenn Mallory sich irrte? Cole konnte unmöglich damals schon Gefühle für mich gehabt haben und erst jetzt damit herausgerückt sein, oder?

Gott, ich war so verwirrt. Und wütend. Und verletzt. Und aus irgendeinem dummen Grund … hoffnungsvoll. Dabei wollte ich nicht einmal darüber nachdenken, worauf genau ich eigentlich hoffte.

Wenn Cole wirklich … wirklich meinetwegen mit Mallory Schluss gemacht hatte, änderte das dann irgendetwas? Cole hatte noch nie eine wirklich lange Beziehung geführt, ganz zu schweigen davon, Zukunftspläne zu schmieden, die über das kommende Wochenende oder den nächsten Monat hinausgingen. Nur weil er plötzlich glaubte, in mich verliebt zu sein, bedeutete das nicht, dass sich etwas Grundlegendes an seinem Wesen geändert hatte. Gefühle hin oder her.

Nur warum raste mein Herz dann noch immer so sehr?

Wie in Trance startete ich den Motor, sah mich nach allen Seiten um und bog vom Parkplatz auf die Straße ab. Allerdings führte mich mein Weg nicht zurück in die WG, sondern in die entgegengesetzte Richtung zum Haus meines Grandpas. Heute Nachmittag würde es zwar keinen Kuchen geben, aber Grandpa wollte kochen. Natürlich würde er sich dabei wieder mal nicht von mir helfen lassen, dabei hatte ich das Essen wirklich nur ein einziges Mal versalzen. Wirklich. Na gut, ein anderes Mal wäre es fast komplett verbrannt und dann war da noch dieser eine Tag, als ich mich am Ofen verbrannt hatte. An Essen war danach nicht mehr zu denken gewesen. Allein bei der Erinnerung daran schien die mittlerweile kaum noch sichtbare Narbe an meinem Unterarm wärmer zu werden und die Haut begann zu prickeln.

Vielleicht war ich tatsächlich keine so große Hilfe in der Küche, wie ich mir gerne einbildete, aber ich konnte wenigstens beim Aufräumen und Abwaschen helfen. Das war das Mindeste.

Während der Fahrt wanderten meine Gedanken unweigerlich zurück zu dem Gespräch mit Mallory. Und zu Cole. Und jedes Mal schob ich sie von mir und versuchte an etwas anderes zu denken, also landete ich bei der letzten Klausur.

Wieso konnte ich mich nicht einfach darüber freuen? Ich wusste, dass meine Kommilitonen und Kommilitoninnen jetzt feiern gehen würden, obwohl wir noch ein paar Tage Uni vor uns hatten, ehe wir uns ganz in die Winterferien verabschieden konnten. Aber mir war nicht nach Feiern zumute. Zum einen wegen der Sache mit Cole. Die Stimmung zwischen uns war noch immer seltsam und befangen. Falls man das überhaupt so nennen konnte, schließlich war ich bis auf wenige unvermeidbare Ausnahmen kaum in der WG und bekam auch ihn so gut wie nie zu Gesicht. Dabei fehlte er mir. Mein bester Freund fehlte mir so sehr, dass es mir die Brust zuschnürte und mir die Tränen in die Augen trieb.

Aber ich wusste auch, dass das nicht der einzige Grund war, aus dem ich mich nicht über die geschafften Prüfungen freuen konnte. Nicht einmal, wenn ich mit ziemlicher Sicherheit wusste, dass ich die volle Punktzahl bekommen würde. Doch wo mich das früher mit Stolz erfüllt hatte, insbesondere wenn ich Grandpa davon erzählte, war da jetzt nur ein großes schwarzes Nichts.

Richtige Erleichterung verspürte ich erst, als ich meinen alten Wagen vor dem vertrauten Bungalow abstellte und dem Gedankenkarussell endlich entkommen konnte. Ich schnappte mir meinen Rucksack und stieg aus.

Wie immer ging die Tür auf, noch bevor ich sie erreichte, und als sich Grandpas Arme zur Begrüßung um mich schlossen, erwiderte ich die Umarmung ein wenig fester als sonst.

»Na, na«, brummte er und strich mir beruhigend über den Rücken. »Alles in Ordnung?«

»Ja.« Ich zwang mich dazu, zu lächeln und einen halben Schritt zurück zu machen. »Ich komme gerade von der Uni.«

»Na, dann schnell rein mit dir! Das Essen ist schon fertig.« Mit diesen Worten scheuchte er mich ins Haus, wo ich meinen Rucksack abstellte und den Blick auf gewisse Fotos wie immer vermied. Dann folgte ich ihm in die Küche. »Wie läuft die Prüfungsphase?«, fragte er und stellte sich wieder an den Herd.

Bei seiner Frage verkrampfte sich alles in mir. »Gut«, behauptete ich und zuckte mit den Schultern. »Heute war meine letzte Klausur.«

»Wirklich? Herzlichen Glückwunsch!« Kopfschüttelnd rührte er in den Töpfen herum. »Die Zeit vergeht so schnell. Ich kann mich noch genau daran erinnern, wie ich dir als kleines Mädchen erklärt habe, warum dein Ball immer wieder auf den Boden fällt, ganz egal wie hoch du ihn wirfst. Und jetzt steckst du mitten im Studium. Ich muss nur ein paarmal blinzeln und schon bist du eine Koryphäe in der Physik und machst die Welt zu einem besseren Ort.«

Ich presste die Lippen aufeinander. Statt darauf einzugehen, konzentrierte ich mich lieber auf etwas anderes, das er gesagt hatte. »Du hast mir auch alles über die Hebelwirkung beigebracht, bevor wir sie in der Schule durchgenommen haben. Genau wie Magnetismus, Thermodynamik und Lichtgeschwindigkeit«, erinnerte ich mich mit einem kleinen Lächeln.

Als Kind hatte es mir so viel Spaß gemacht, Grandpa zu lauschen und mir von ihm die Welt erklären zu lassen. Er war mein Held – damals wie heute. Und mein Vorbild, weil ich genauso werden wollte wie er. Bis mir klar geworden war, dass anderen Leuten Physik zu erklären gleichbedeutend damit war, es zu unterrichten. Und dass meine Mutter, die Frau, die mich einfach verlassen hatte, Lehrerin war.

Ich schüttelte den Kopf. *Nein, danke.* Ich wollte nichts mit dieser Person zu tun haben. Schlimm genug, dass ich das blonde Haar, meine Augenfarbe und die dünne Statur von ihr geerbt hatte. Da musste ich nicht noch eins draufsetzen und einen ähnlichen beruflichen Werdegang einschlagen wie sie.

Zum Glück konnte ich Grandpa während des Essens zu einem Themenwechsel bewegen. Er erzählte mir von seinen Nachbarn und seinen Plänen für den Garten, sobald die kühleren Monate vorbei waren und es wieder etwas wärmer wurde. Er hatte vor, sich einen neuen Grill anzuschaffen und lud auch gleich alle aus der WG zum Angrillen ein. Ich erwiderte die Einladung, denn Grandpas letzter Besuch bei uns war schon viel zu lange her. Anschließend überlegten wir noch, was wir an Weihnachten essen wollten und Grandpa erzählte mir von seinem Plan, sich nächstes Jahr endlich einen großen Traum zu erfüllen und den Pacific Crest Trail entlangzuwandern. Dieser Wanderweg war nicht nur ziemlich gefährlich, sondern auch unglaublich lang. Wenn er das wirklich umsetzte, wäre er mehrere Monate unterwegs. Ich würde ihn zwar ganz schrecklich vermissen, freute mich aber auch für ihn und versprach ihm, ihn bei allen Vorbereitungen zu unterstützen.

Später standen wir Seite an Seite in der Küche – ich spülte ab und er wartete mit dem Tuch in der Hand darauf, mir das tropfende Geschirr abzunehmen. Eine Weile arbeiteten wir schweigend, während mein Blick wieder und wieder zu dem gerahmten Foto zuckte, das ich sonst immer mied. Vielleicht lag es an den Klausuren und meinen düsteren Zukunftsgedanken, vielleicht auch an etwas völlig anderem, dennoch sah ich heute ständig hin, als hätte es etwas an sich, das mich magisch anzog – und gleichzeitig abstieß. Denn kaum, dass mir bewusst wurde, was ich da tat, schaute ich sofort wieder weg.

»Wir haben nie richtig darüber geredet.« Grandpa war meinem Blick gefolgt und betrachtete mich jetzt aufmerksam von der Seite. »Und du hast nie gefragt, nicht mal als kleines Mädchen, sondern bist immer ausgewichen, wenn ich versucht habe, es dir zu erklären.«

Ich tat, als wüsste ich nicht, wovon er sprach, und spülte weiter ab. Vielleicht eine Spur zu hartnäckig, denn auf dem Teller waren eindeutig keine Essenreste mehr. »Was denn? Und wonach hab ich nie gefragt?«

»Nach deinen Eltern und warum sie es getan haben. Warum sie dich verlassen haben.«

Der Schmerz kam schnell und heftig. Wie eine brennende Klinge, die jemand mit voller Wucht in meinen Brustkorb rammte. Es war ein Wunder, dass ich nicht zusammenzuckte und ins Straucheln geriet. Stattdessen versuchte ich mich möglichst unbeteiligt zu geben, während ich den mittlerweile glänzenden Teller behutsam auf die Abtropffläche stellte.

»Weil es keine Rolle spielt«, murmelte ich und griff nach dem Besteck. »Sie sind weg. Sie haben beide eine Entscheidung getroffen.«

Und die war, dass sie mich nicht in ihrem Leben gebrauchen konnten. Nein, dass sie mich nicht darin *wollten*. Ein kleiner, aber feiner Unterschied. Meine Mutter mochte relativ jung schwanger geworden sein, aber mit achtzehn hätte sie erwachsen genug sein sollen, um die Verantwortung für ihr Handeln zu übernehmen. Für ihren *Fehler*, als den sie mich offensichtlich betrachtete, sonst hätte sie mich niemals ohne ein einziges Wort vor der Tür ihres eigenen Vaters abgesetzt. Nicht mal ihm hatte sie Bescheid gesagt, sondern war einfach in ihr Auto gestiegen und losgefahren. Fluchtartig. Ohne Abschied. Aber wahrscheinlich mit dem Gefühl, als hätte sie sich endlich von einer großen Last befreit.

Ich schluckte die Bitterkeit hinunter und vermied es, Grandpa anzusehen. Dieses Thema hatte ich immer abgeblockt, weil ich unglaubliche Angst davor hatte. Angst vor der Wahrheit.

Natürlich hatte ich mich als Kind gewundert, warum ich nur einen Grandpa und weder eine Mommy noch einen Daddy hatte. Natürlich war ich von anderen Kindern deswegen gehänselt worden, während andere die wildesten Gerüchte über mich und meine Familie in die Welt gesetzt hatten. Es war eine schwierige, oft grausame Zeit gewesen und sie hatte mich gelehrt, mir meine Freunde sorgfältig auszusuchen. Und das hatte ich. Ich war zufrieden mit meinem Leben. Es gab absolut keinen Grund, in der Vergangenheit herumzustochern.

Dennoch hatte Grandpa immer wieder behutsam versucht, das Gespräch darauf zu lenken, aber ich hatte es nie zugelassen. Soweit ich wusste, hatte er seit einigen Jahren wieder Kontakt zu seiner Tochter, die mittlerweile irgendwo an der Westküste lebte und, dem wenigen, was ich über sie wusste, nach zu urteilen, glücklich war.

Schön für sie. Schön, dass es ihr Leben so viel besser und einfacher gemacht hatte, mich loszuwerden.

Meine Hände zitterten, als ich das saubere Besteck beiseitelegte. Nicht aus Traurigkeit und ganz sicher auch nicht, weil ich kurz davor war, in Tränen auszubrechen. Sie zitterten vor Wut. Vor Wut auf diese Frau, an die ich mich überhaupt nicht erinnern konnte, und Wut auf mich selbst, dass ich noch immer zuließ, dass sie so viel Einfluss auf mein Leben hatte. Sie war nicht mal da und es gab nichts, wirklich nichts, was ich ihr schuldete. Warum konnte ich sie dann nicht einfach vergessen, so wie sie mich offenkundig vergessen hatte? Wie erbärmlich war das bitte?

»Ich werde nie so sein wie sie.« Erst als ich die Worte hörte, merkte ich, dass ich meine Gedanken laut ausgesprochen hatte.

Grandpa seufzte leise. »Natürlich nicht, Sophie. Du bist du selbst. Und ich habe vollstes Vertrauen in dich, dass du nicht dieselben Entscheidungen treffen und dieselben Fehler machen wirst wie sie.«

Nur mit Mühe unterdrückte ich ein Schniefen und klammerte mich am Rande des Spülbeckens fest. »Was, wenn ich das schon getan habe?«

Er blinzelte und wurde blass. »Bist du schwanger?«

»Was?« Ich stieß ein ungläubiges Lachen aus. Es fühlte sich seltsam an, in einer Situation wie dieser zu lachen, tat gleichzeitig aber auch irgendwie gut. »Nein. Ich bin nicht schwanger. Ich weiß, wie man verhütet.«

Ganz im Gegensatz zu meinen Eltern.

Grandpa zog nur die Augenbrauen hoch und ich schnitt eine Grimasse, als mir klar wurde, dass ich meine Gedanken erneut laut ausgesprochen hatte. Ich musste wirklich damit aufhören.

»Reden wir nicht darüber«, murmelte ich und ignorierte die Hitze, die meine Wangen gerade in Brand setzte. »Was ich eigentlich sagen wollte, ist …«, begann ich und rang kurz mit mir. Aber wenn ich mich nicht mal meinem Großvater, dem Held in meinem Leben, anvertrauen konnte, wem dann? »Ich habe jemanden im Stich gelassen. Jemanden, den ich unbedingt in meinem Leben haben will, aber stattdessen habe ich ihn weggestoßen und ausgesperrt, weil ich ... weil ich Angst hatte.«

»Lass mich raten: Cole?«

Ich blinzelte irritiert. »Woher ...?«

Grandpa lächelte nur, als wäre es völlig offensichtlich gewesen – und anscheinend war es das auch. Für absolut jeden – außer für Cole und mich. Alle anderen hatten längst gewusst, was Sache war, während wir noch darum gekämpft hatten, das vermeintlich Beste für unsere Freundschaft zu tun. Bis ich es abrupt beendet hatte. In letzter Zeit hatte ich wirklich ein Talent dafür, alles zu vermasseln.

»Kriegt ihr das wieder hin?«, fragte Grandpa und trocknete den letzten Teller ab.

Ich nickte, auch wenn ich keine Ahnung hatte, ob das der Wahrheit entsprach. Schließlich hatte ich es bisher nicht mal versucht. Ich hatte mich so in meinen Ängsten vergraben und mein ganzes Leben von ihnen bestimmen lassen, dass ich kaum noch wusste, wie es ohne sie war. Aber das war feige von mir. Und unfair Cole gegenüber. Vor allem, nachdem er den Mut aufgebracht hatte, mir zu gestehen, dass er sich in mich verliebt hatte. Den Mut, den ich nie aufgebracht hatte. Denn wenn ich es getan hätte, wäre vielleicht alles ganz anders gekommen.

Wieder musste ich an das Gespräch mit Mallory denken und presste die Lippen aufeinander, als mein Magen einen Purzelbaum schlug. Ich musste mit Cole reden. Dringend. Aber vor allem musste ich mit ihm reden, bevor er ... bevor er eine Entscheidung traf, was diesen Wettbewerb und das Praktikum betraf. Denn wenn er gewonnen hatte und gehen würde ...

Nein. Ich würde mich nicht wieder in dieses Gedankenkarussell stürzen. Nicht mehr.

»Ich muss jetzt leider los«, sagte ich abrupt und trocknete mir hastig die Hände an einem Küchentuch ab. »Wir reden ein andermal weiter, okay? Danke für das Essen.« Ich stellte mich auf die Zehenspitzen und gab meinem Großvater einen Kuss auf die Wange. »Es war köstlich.«

»Das sagst du immer.«

Ich glucks te. »Weil es wahr ist. Hab dich lieb!«

»Hab dich auch lieb. Und bring nächstes Mal Cole mit, oder wenigstens deine Freundinnen!«, rief er mir nach.

Ich winkte noch einmal, dann verließ ich das Haus und eilte zu meinem Wagen.

Ich will nicht, dass es wieder wie früher zwischen uns ist.

Coles Worte hallten in meinem Kopf nach, zusammen mit allem, was seit dem Moment passiert war, in dem er sie ausgesprochen hatte. Und mit diesen Erinnerungen kehrten auch die Hitze in meinem Bauch und das Kribbeln auf meiner Haut zurück. Genauso wie die Frage, ob wir unsere Freundschaft durch unser Verhalten zerstört hatten. Ob es zu spät für … irgendetwas zwischen uns war. Schließlich hatte ich Coles Versuche, mit mir zu reden und alles zwischen uns zu klären, genauso abgeblockt wie Grandpa, wann immer er über meine Mutter sprechen wollte. Aber das war ein Thema, das zu meiner schmerzhaften Vergangenheit gehörte. Die Sache mit Cole hingegen … die betraf die Gegenwart. Und die Zukunft. *Unsere* Zukunft.

Hastig stieg ich in den Wagen, schnallte mich an und fuhr los.

Kapitel 30

Cole

»Und der Gewinner des Wettbewerbs ist …«

Ich hatte es nicht geschafft. Aus irgendeinem Grund wusste ich das, noch bevor unser Dozent freudestrahlend von seinem Laptop am Pult aufsah und den Mund aufmachte.

»Mr Peterson!«, rief er und applaudierte, genau wie alle anderen im Kurs es jetzt taten. »Herzlichen Glückwunsch.«

Vom meinem Platz in einer der hintersten Reihen des Kursraumes sah ich dabei zu, wie Peterson mit hochrotem Kopf aufstand und nach vorne ging. Ich spürte zwar, dass sich meine Mundwinkel zu einem Lächeln verzogen und meine Hände in einer langsamen Bewegung aufeinanderprallten, aber es war, als wäre ich gar nicht wirklich anwesend. Als würde ich all das nur beobachten, statt wirklich mitzuerleben.

Ich hatte nicht gewonnen. Natürlich nicht, damit hatte ich nach der nicht existenten Vorbereitung und katastrophalen Durchführung auch gar nicht gerechnet. Ich hatte einfach viel zu spät mit allem angefangen, auch wenn ich mir zumindest kurz vor der Deadline den Arsch dafür aufgerissen hatte. Womit ich allerdings nicht gerechnet hatte, waren die Enttäuschung und die Wut, als ich das Ergebnis jetzt hörte. Und das hatte nichts damit zu tun, dass Peterson wie von allen erwartet den Sieg davongetragen hatte.

Ich war nicht auf Peterson wütend, sondern auf mich selbst.

Und enttäuscht, weil ich wusste, dass ich es womöglich hätte reißen können, wenn ich mir mehr Mühe gegeben und das Ganze von Anfang an ernster genommen hätte. Wenn ich mich in meinen Kursen nicht wie ein arroganter Mistkerl verhalten hätte, dem alles egal war, solange er irgendwie durchs Studium kam. Wenn ich mich viel früher an meine Professoren gewandt hätte, um ihre Unterstützung zu bekommen und ihre Tipps umzusetzen. Wenn ich mehr Testspieler gehabt hätte – und mehr Zeit, die Bugs zu fixen. Meine Idee war gut, genau wie meine Vorstellungen vom finalen Design, davon war ich überzeugt. Aber nur mit einer guten Idee gewann man keine Preise. Die Umsetzung war bestenfalls mittelmäßig gewesen – und das, obwohl ich das ganze Wochenende durchgemacht hatte, um mein Projekt rechtzeitig abzugeben. Aber ein richtig gutes Game entstand nun mal nicht in so kurzer Zeit … und das hätte ich eigentlich von Anfang an wissen müssen.

Doch zu der Enttäuschung und der Wut mischte sich zu meiner Verwunderung auch noch etwas anderes: Erleichterung. Denn das bedeutete, dass ich nicht für ein Praktikum ans andere Ende des Landes ziehen musste, Tausende von Meilen entfernt von meinen Freunden und meiner Familie. Was natürlich nichts daran änderte, dass mir eine riesige Chance durch die Lappen gegangen war. Aber die Schuld dafür konnte ich nur bei mir selbst suchen.

Mir das einzugestehen, während ich dabei zusah, wie unser Dozent meinem größten Konkurrenten gratulierte, war alles andere als angenehm. Aber es war die Wahrheit. Ich hatte mich wie das letzte Arschloch verhalten – und wenn ich ganz ehrlich mit mir selbst war, dann schon lange vor diesem Wettbewerb.

War es das, was mein Bruder Cohan mir hatte deutlich machen wollen? Dass ich die Dinge zu locker sah und nichts richtig ernst nahm? Bisher war ich immer gut damit gefahren, doch dann war dieser Wettbewerb passiert – und die Sache mit Sophie. In beiden Dingen hatte ich Mist gebaut, wenn auch auf völlig unterschiedliche Weise. Was diese zwei Erfahrungen jedoch gemeinsam hatten? Ich hatte mich nur darauf verlassen, dass es schon irgendwie funktionieren würde. Weil es das ja immer tat. Bis ich mit dieser bequemen Einstellung zum ersten Mal in meinem Leben so richtig auf die Fresse geflogen war.

Auf dem Weg zurück zu seinem Platz kam Peterson unweigerlich auch an mir vorbei. Ich gab mir einen Ruck und setzte mich auf. »Glückwunsch, Mann.«

Er blieb abrupt stehen und starrte mich ungläubig an. In Sekundenschnelle verschwand der verblüffte Ausdruck jedoch und wurde von einer undurchdringlichen Miene ersetzt. »Danke. Nächstes Mal kriegst du es vielleicht auch hin. Aber du hast es wenigstens versucht.« Er warf mir ein gönnerhaftes Lächeln zu.

Ich erwiderte nichts darauf. Ich hatte es immer für übertrieben gehalten, dass er wegen dieser einen Gruppenarbeit noch immer wütend auf mich war, aber so langsam wurde mir klar, dass er jedes Recht dazu hatte. Zum einen, weil ich mich wirklich nicht sonderlich kollegial verhalten hatte. Und zum anderen, weil es Petersons Gefühle waren und ich sie ihm nicht absprechen konnte, ganz egal, was ich darüber dachte.

Vom Rest der Stunde bekam ich nicht mehr wirklich viel mit, weil es in meinem Kopf auf Hochtouren arbeitete. Den Wettbewerb mochte ich versaut haben, aber das hieß nicht, dass alles verloren war. Mir standen noch zwei Semester bevor und wenn ich mich richtig reinhängte, konnte ich mein Studium mit einer guten Note abschließen und hatte danach noch genug Chancen auf meinen Traumjob in der Gamingbranche. Doch obwohl ich mein Leben lang nur das gewollt hatte – neue Games zu entwickeln und zu designen – gab es mittlerweile etwas, das mir wichtiger war. Genauer gesagt: jemanden. Sophie hatte zwar gesagt, dass sie nicht wusste, wie sie mit mir zusammen sein konnte, aber ich hatte das einfach so hingenommen, ohne auch nur zu versuchen, um sie, um uns zu kämpfen. Ich hatte es uns beiden viel zu leicht gemacht. Typisch.

Sie musste wissen, dass ich nicht aufgeben würde. Dass ich nirgendwo hingehen, sondern warten würde, bis sie bereit war. Und dass ich ihr, selbst wenn dieser Tag nie eintreffen würde, dennoch ein guter Freund sein würde. Ein besserer als bisher.

Aber vorher hatte ich noch etwas Wichtiges zu erledigen ...

Als die Stunde zu Ende war und alle aufstanden, ließ ich mein Zeug liegen und fing Peterson ab, bevor er den Raum verlassen konnte.

Er blieb stirnrunzelnd stehen. »Was willst du, Springman?«

»Mich entschuldigen.«

Sekundenlang starrte er mich nur an, während sich der Kursraum um uns herum leerte. Irgendwann hatte er schließlich seine Sprache wiedergefunden. »*Du* ... willst dich bei *mir* ... entschuldigen?«

Das hier war eindeutig nicht meine Lieblingssituation, aber etwas, was ich schon längst hätte tun müssen. »Als wir damals diese Gruppenarbeit zusammen gemacht haben, hast du den größten Teil übernommen und mich mitgezogen. Du musstest mich sogar an den Tag erinnern, an dem wir den Vortrag gehalten haben«, fügte ich hinzu und konnte heute nur noch den Kopf schütteln über mein eigenes Verhalten. Warum hatte mir niemand gesagt, wie rücksichtslos und unzuverlässig ich gewesen war?

Peterson räusperte sich. »Ich erinnere mich.«

»Und als du beim Vortrag Lampenfieber hattest ... egal. Es war nicht richtig von mir, das ganze Lob und die bessere Note dafür einzuheimsen. Ich hätte den Dozenten darüber informieren sollen, dass du den Löwenanteil gemacht hast, und nicht ich. Das war scheiße von mir und es tut mir leid.«

Wieder starrte er mich an. Hätte er nicht geblinzelt, müsste ich mir Sorgen machen, dass er sich in einer Art Schockzustand befand.

Langsam schüttelte er den Kopf und begann seine Unterlagen in die Laptoptasche zu packen. »Wow …«

Okay …? Ich hatte sicher nicht damit gerechnet, dass er mir weinend um den Hals fiel, aber mit so einer Reaktion auch nicht. Egal. Ich hatte getan, was getan werden musste und wandte mich jetzt ebenfalls ab, um meine Sachen zu packen.

An der Tür blieb er stehen und drehte sich zu mir um. »Hey, Springman?«

»Ja?«

»Danke.« Peterson deutete mit dem Kinn auf mich. »Du bist ein echt guter Designer, und wenn du nicht so ein fauler Sack wärst … dann wäre der Wettbewerb vielleicht anders ausgegangen.«

Ich stieß ein Geräusch aus, das mehr ein Schnauben war, aber entfernt an ein Lachen erinnerte. »Danke. Ich arbeite daran.« Ich hob die Hand zum Abschied und sah ihm nach, als er den Raum verließ. Auf seltsame Weise fühlte ich mich erleichtert.

Ich hing mir den Rucksack um und ging die Stufen zwischen den Sitzreihen im Hörsaal hinunter.

»Mr Springman?«, erklang plötzlich die Stimme meines Dozenten, als ich fast die Tür erreicht hatte.

Stirnrunzelnd drehte ich mich zu ihm um. Professor Morrison stand noch hinter dem Pult und klappte den Laptop langsam zu. Nach einem kurzen Rundumblick stellte ich fest, dass wir die Letzten im Raum waren, und ging langsam zu ihm.

»Ja?«

»Ich habe mir das Game, das Sie für den Wettbewerb eingereicht haben, ebenfalls angesehen.«

Meine Brauen schossen nach oben. Denn warum hätte er das tun sollen? Er war nicht mein Betreuer gewesen, also warum interessierte ihn das überhaupt?

»Es hatte noch ein paar Fehler und die Story war etwas flach, aber das Pixel Art Design hat mir sehr gut gefallen.«

»Wirklich?«, wiederholte ich verblüfft und trat ein paar Schritte näher.

»Zu schade, dass es an den technischen Feinheiten gemangelt hat. Aber soweit ich weiß, wird es nächstes Jahr einen ähnlichen Wettbewerb geben, und ich hoffe, Sie wieder unter den Teilnehmern zu sehen, Mr Springman.«

Ich blinzelte verdutzt. »Na klar.«

»Sehr gut.« Professor Morrison schulterte seine Laptoptasche und musterte mich eindringlich. »Sie stecken voller Potenzial und ich würde mir wirklich wünschen, dass Sie sich mehr anstrengen. Nicht nur für einen Wettbewerb, sondern auch im Studium.«

Ich biss kurz die Zähne zusammen, denn das so direkt von ihm zu hören, war alles andere als angenehm. Bisher hatten alle meine Dozenten über mein Verhalten und meine mittelprächtigen Prüfungsleistungen hinweggesehen. Niemand hatte auch nur daran gedacht, das mir gegenüber mal anzusprechen. Und wozu auch? Ich war erwachsen. Wenn ich mich nicht um meine Zukunft scherte, warum sollten es dann andere tun?

Aber das war früher mal so gewesen. Vielleicht hatte es ja wirklich diesen Wettbewerb gebraucht, vielleicht hatte ich tatsächlich mal so richtig auf die Schnauze fliegen müssen, um zu erkennen, dass eben nicht alles gut ging. Zumindest nicht, wenn ich mich nicht verdammt noch mal anstrengte und mir den Arsch dafür aufriss.

Ich räusperte mich. »Ich weiß. Und ich weiß auch, dass das nicht okay von mir war. Wenn es irgendwie möglich ist, würde ich im nächsten Semester gerne … mehr tun. Irgendwelche Zusatzaufgaben oder so, um Ihnen zu zeigen, wie ernst es mir ist.«

Professor Morrison lächelte langsam. »Das sollte auf jeden Fall möglich sein.«

Nach dem überraschend positiven Gespräch mit meinem Dozenten verließ ich das Gebäude und schlenderte über den Campus, in der Hand einen Zettel mit diversen Aufgaben, von denen ich mir eine fürs kommende Semester aussuchen sollte. Darunter waren sowohl Referate über Game Design als auch Extrastunden in Programmieren, um meine technischen Skills aufzubessern, sowie ein mögliches Tutorium für die Erstsemester, das ich übernehmen könnte. Dass er mich dafür überhaupt in Erwägung zog, hatte mich zuerst irritiert, zumal mir seine Mail noch sehr lebhaft in Erinnerung geblieben war. Aber anscheinend legte Professor Morrison es wirklich darauf an, das Beste aus uns herauszukitzeln. Und jetzt, wo ich genug Tatendrang zeigte, würde er mich auch unterstützen.

Noch im Gehen textete ich Dominic und bedankte mich für seine Hilfe. Was den Wettbewerb anging, konnte ich nichts mehr tun. Das Ganze war erledigt. Aus. Finito. Vorbei. Vielleicht schrieben dieselben Entwickler oder auch eine andere Firma im nächsten Semester tatsächlich einen ähnlichen Wettbewerb aus, an dem ich teilnehmen konnte. Vielleicht bekam ich wieder so eine Chance, vielleicht auch nicht. So oder so konnte ich in der Hinsicht nichts mehr tun. Aber ich konnte mich reinhängen und etwas tun, was mein Studium anging. Meine Zukunft.

Und was Sophie betraf … Wenn sie mich tatsächlich nur als guten, als besten Freund in ihrem Leben haben wollte, würde ich genau das für sie sein. Denn ich wollte sie genauso sehr als Teil meiner Zukunft wissen. Aber wenn auch nur die geringste Chance darauf bestand, dass es mehr zwischen uns geben könnte ... dann würde ich nicht wieder so dumm sein, sie mir einfach durch die Lappen gehen zu lassen wie bei unserem letzten Gespräch in ihrem Zimmer. Diesmal würde ich um sie kämpfen. Um das, was wir beide sein könnten.

Obwohl ich den Wettbewerb, der mich so viele schlaflose Nächte gekostet hatte, nicht gewonnen hatte, fuhr ich mit einem Hochgefühl zurück nach Hause. Mit Entschlossenheit und der Hoffnung darauf, das zwischen Sophie und mir endlich zu klären. Wir würden einen Weg finden, da war ich mir sicher.

Ich nahm die Treppe nach oben, immer zwei Stufen auf einmal und öffnete schwungvoll die Wohnungstür.

Stille empfing mich. In der WG lief keine Musik wie sonst so oft, niemand brüllte herum und es piepte auch kein Rauchmelder, weil jemand das Essen hatte anbrennen lassen. Die Ruhe war geradezu erdrückend und fesselte mich für einen Moment an Ort und Stelle. Dann hörte ich gedämpfte Stimmen, die aus dem Wohnzimmer zu kommen schienen.

Ich stellte den Rucksack im Flur ab und ging in Richtung Wohnzimmer. Als Erstes entdeckte ich Sophie, die am Fenster stand, die Arme um sich geschlungen, während Teagan neben einem geisterhaft blassen Parker auf dem Sofa saß. Er nahm mich nicht mal wahr, sondern starrte nur auf das Handy in seiner Hand.

Mir wurde eiskalt.

»Was ist passiert?«

»Meine ... meine Mom ...«, begann er und rieb sich mit der freien Hand über das Gesicht. Dann sah er mich zum ersten Mal direkt an. »Meine Mom ist gestorben.«

Kapitel 31

Sophie

»Es tut mir so, so leid«, flüsterte ich, auch wenn ich das bereits gesagt hatte. Auch wenn ich wusste, dass es nichts ändern würde.

»Mir auch.« Parker schluckte hart. »Danke, Sophie.«

Ein angespanntes Schweigen breitete sich zwischen uns aus und mein Blick zuckte zu Cole, der in der Tür stehen geblieben war. Nie zuvor hatte ich ihn so ernst, so betroffen gesehen wie jetzt. Keiner von uns schien zu wissen, was zu tun war.

Als ich vor einer halben Stunde nach Hause gekommen war, war alles normal gewesen. Das übliche Chaos. Dann hatte Parker den Anruf bekommen – und alles hatte sich innerhalb von Sekunden geändert. Seine ganze Welt war plötzlich eine andere, und so dringend ich etwas tun, so gerne ich ihm helfen wollte, wusste ich doch, dass ich nichts tun konnte. Es gab nichts, das irgendeiner von uns tun konnte, um ihm diesen Schmerz zu nehmen. Wir konnten nur alles andere zurückstellen und versuchen, für ihn da zu sein.

Langsam legte Parker das Telefon auf den Tisch und atmete tief durch. Seine Schultern bebten, aber er riss sich zusammen, obwohl seine Augen verdächtig glänzten. »Ich muss …« Er fuhr sich mit den Fingern durchs Haar. Als er weitersprach, klang seine Stimme brüchig. »Ich weiß noch nicht genau, wann die Beerdigung sein wird, aber … Als Mom erfahren hat, dass sie krank ist, hat sie schon alles in die Wege geleitet. Ich muss hinfahren, um bei meinem Dad zu sein.«

»Ich komme mit«, sagte Teagan sofort. »Scheiß auf die letzten Vorlesungen. Das Semester ist sowieso fast vorbei und das hier ist wichtiger.«

»Ich glaub, ich hab noch Notizen aus meinen früheren Semestern«, meldete sich Cole zu Wort und nickte ihr zu. »Ich such sie dir raus, dann verpasst du nichts.«

Teagan warf ihm ein dankbares Lächeln zu.

»Wann wollt ihr los?«, fragte ich, nachdem das beschlossen war.

Teagan und Parker wechselten einen kurzen Blick. Schließlich war es Teagan, die mit entschlossener Stimme antwortete: »So schnell wie möglich.«

Ich sah zwischen Cole und den beiden hin und her und wünschte mir, Liz und Lincoln wären jetzt hier. Obwohl keiner von uns Parkers Mutter persönlich gekannt hatte, nahm uns diese Sache alle mit.

»Sollen wir mitkommen?«, hakte ich leise nach.

Doch Parker schüttelte den Kopf. »Das müsst ihr nicht. Es ist alles vorbereitet. Wirklich.« Diese Tatsache schien es nur noch schlimmer zu machen, da so weder für Parker noch für seinen Vater etwas zu tun blieb. Nichts, um sich von dem schmerzhaften Verlust abzulenken. Er rieb sich mit beiden Händen über das Gesicht, bis Teagan ihn an sich zog. Sie bedeutete uns mit einem kurzen Blick zur Tür, dass sie ein paar Minuten für sich brauchten.

Zögerlich setzte ich mich in Bewegung. Cole machte mir Platz und zog die Tür zum Wohnzimmer hinter sich zu.

Einen Moment lang konnte ich nur darauf starren, während wir etwas verloren im Flur herumstanden. Seit ich in diese WG eingezogen war, war die Tür zum Wohnzimmer immer offen gewesen. Tag und Nacht. Wir waren nicht nur eine Zweckgemeinschaft, die sich zufällig gefunden hatte, in der man sich ansonsten aber lieber aus dem Weg ging. Wir waren Freunde. Wir teilten unseren Alltag genauso wie unsere Hochs und Tiefs miteinander. Dass Parker um seine Mom trauerte, betraf uns alle – auch wenn ich verstand, dass er jetzt etwas Zeit für sich brauchte. Genauso wie ich die Hilflosigkeit nachempfinden konnte, die ich in Coles Gesicht las.

Ein Teil von mir wollte ihn in den Arm nehmen und einfach nur festhalten, um sich zu versichern, dass es ihm gut ging. Dass sich nicht *alles* plötzlich verändert hatte. Aber ich wusste nicht, ob er das wollte, ob das überhaupt angebracht war. Davon, was in einer Situation wie dieser überhaupt angebracht war, ganz zu schweigen.

Ich räusperte mich. »Ich … gebe mal besser den anderen Bescheid«, murmelte ich und mied Coles Blick, als ich mich in mein Zimmer zurückzog.

Aus irgendeinem Grund wollten meine Hände nicht aufhören zu zittern, und ich musste immer wieder an Parker denken. An den Ausdruck in seinen Augen. Seine Mom hatte sich nicht mal mehr an ihn erinnern können, dennoch hatte er sie aus tiefstem Herzen geliebt und war für sie da gewesen, so gut er konnte. Sie waren eine Familie gewesen – kaputt und voller Risse, aber dennoch eine Familie.

Ich hingegen … Ich blieb mitten in meinem Zimmer stehen und versuchte die Gedanken aus meinem Kopf zu vertreiben, während ich hastig eine Nachricht an Liz und Lincoln tippte, aber sie drängten immer wieder in den Vordergrund. Ich war am Leben. Ich war gesund. Ich hatte alles richtig gemacht, alles dafür getan, die perfekte Enkelin und Studentin zu sein. Trotzdem interessierte es weder meine eigene Mutter noch meinen Vater, wie es mir ging, was ich tat – oder zu was für einem Menschen ich geworden war. Sie waren nicht von einer schrecklichen Krankheit heimgesucht worden, die sie sogar ihre eigene Familie vergessen ließ. Es war ihnen einfach egal. *Ich* war ihnen egal.

Nach all der Zeit sollte das nicht mehr so wehtun, aber das tat es. Und ich hatte nicht die geringste Ahnung, warum all das ausgerechnet jetzt wieder hochkam. Hier ging es nicht um mich, sondern um Parker. *Er* hatte jemanden verloren, nicht ich. Dennoch stürmten all diese Gedanken und Gefühle auf mich ein, bis ich das Gefühl hatte, unter ihrer bloßen Anwesenheit zu ersticken.

»Alles okay?«, fragte Cole unvermittelt hinter mir.

Ich erstarrte. All diese verschiedenen Emotionen wirbelten in mir herum und ich … ich dachte nicht nach.

Ich drehte mich zu Cole um, war mit wenigen Schritten bei ihm und schlang die Arme um ihn. Die Wucht meiner plötzlichen Umarmung ließ ihn einen halben Schritt zurücktaumeln, doch dann legte er die Arme ebenfalls um mich und drückte mich fest an sich.

Eine ganze Weile, die sich wie eine kleine Ewigkeit und dennoch nicht lange genug anfühlte, standen wir nur so da, ohne ein Wort zu sagen, während ich seine Nähe und seine Wärme in mich aufsog. Ich spürte seinen heftigen Herzschlag, der mindestens genauso schnell war wie mein eigener.

Dann löste Cole sich ein Stück von mir.

»Hey …« Seine Stimme klang ein wenig rau. Er legte seine warmen Hände an meine Wangen und suchte meinen Blick. »Geht's dir gut?«

Ich schluckte hart, nickte jedoch, während ich alles gab, um mir nichts anmerken zu lassen. Hastig löste ich mich von ihm, wischte mir unter der Brille über die Augenwinkel und setzte ein Lächeln auf. »Prima«, behauptete ich. »Sorry für … das eben.«

»Soph …« Er machte einen Schritt in den Raum hinein. Einen Schritt auf mich zu.

»Es geht mir gut«, beteuerte ich eine Spur zu laut. Zu schnell. *Verflixt.* »Wir sollten uns um Parker kümmern. Ein Elternteil zu verlieren, ist nie einfach.«

Ich sprach die Worte zwar aus, war mir ihrer Ironie aber durchaus bewusst, schließlich lebten meine Eltern noch. Ich wusste zwar nichts Genaueres über sie, aber ich war mir relativ sicher, dass ich irgendwie davon erfahren hätte, wenn sie unerwartet verstorben wären. Wie sich das für mich angefühlt hätte, wusste ich jedoch nicht, schließlich kannte ich diese beiden Menschen überhaupt nicht. Grandpa war immer beide Elternteile für mich gewesen. Die bloße Vorstellung, ihn zu verlieren, dass er eines Tages nicht mehr da sein könnte, schnürte mir die Kehle zu. Wie mochte es da erst Parker gehen, der gerade seine Mom verloren hatte? Sie mochte krank gewesen und sich schon lange nicht mehr richtig an ihn erinnert haben, aber sie war immer noch … da gewesen. Und jetzt war sie für immer fort.

»Sprichst du aus Erfahrung?«, fragte Cole leise, geradezu bedächtig.

Ertappt presste ich die Lippen aufeinander.

Wie seltsam, dass ich seine ganze Familie kannte, er aber kaum eine Ahnung von meiner hatte. Sicher, er kannte Grandpa und verstand sich auch gut mit ihm, aber über meine Eltern wusste Cole noch weniger als ich. Ich … ich hatte es nie für nötig gehalten, ihm davon zu erzählen. Nein, das stimmte nicht. Ich hatte es ganz bewusst für mich behalten. Cole schien gespürt zu haben, dass ich nicht darüber reden wollte, und hatte keine Fragen gestellt. Wofür ich ihm unendlich dankbar war, denn wer gab schon gerne zu, dass weder die eigene Mutter noch der eigene Vater einen haben wollten? Dass man nur ein dummer Fehler war, den zwei Menschen so sehr bereuten, dass sie jeglichen Kontakt und jede Erinnerung daran vermieden? Nicht daran zu denken war das Beste, was ich hatte tun können. Schon immer. Genauso wie nicht darüber zu sprechen. Zumindest hatte ich mir das sehr, sehr lange eingeredet. Doch jetzt … jetzt war ich mir da nicht mehr so sicher.

»Was ist mit Parker?«, versuchte ich dennoch abzulenken.

Cole warf einen kurzen Blick zurück. »Er will noch mal mit seinem Dad telefonieren. Außerdem ist Teagan bei ihm.«

Ich nickte stumm, da ich kein Wort hervorbrachte. Himmel, ich musste mich setzen. Das alles sollte mich nicht so belasten. Das sollte es wirklich nicht, schließlich war ich die letzten zwanzig Jahre meines Lebens auch ganz wunderbar damit zurechtgekommen, oder nicht?

Verflixt. Ich wusste es nicht. Ich wusste gar nichts mehr.

Langsam ließ ich mich aufs Sofa sinken und grub die Finger ins Polster. Obwohl ich einen imaginären Punkt auf dem Boden anstarrte, registrierte ich aus dem Augenwinkel, wie Cole die Tür zudrückte und sich mir vorsichtig näherte. Ganz so, als würde er befürchten, ich könnte ihn jederzeit rausschmeißen. Als ich mich nicht rührte, setzte er sich neben mich.

Cole sagte kein Wort, sondern ließ mir Zeit. Und ich wusste, wenn ich reden wollte, würde er mir zuhören. Aber wenn ich das nicht wollte, würde er genauso bei mir sitzen bleiben und wir würden gemeinsam schweigen.

Früher hätte ich genau das getan. Ich hätte den Mund gehalten, hätte jegliche Versuche seinerseits, mit mir darüber zu reden, abgeblockt, und alles mit mir selbst ausgemacht. Oder besser noch: alles verdrängt und mich in mein Studium gestürzt, um Bestnoten zu erhalten für … ja, wofür eigentlich?

Weil mein Grandpa sonst nicht stolz auf mich sein würde? Für Eltern, die es einen Dreck interessierte, was ihre Tochter tat? Für eine Zukunft, die ich einfach nicht sah, weil ich mir mein zukünftiges Ich nicht in irgendwelchen wissenschaftlichen oder unternehmensberatenden Jobs vorstellen konnte? Das war nicht der Grund, weshalb ich angefangen hatte, Physik zu studieren.

»Ich war ein Unfall«, begann ich und lächelte, auch wenn mir nicht danach zumute war, während mein Blick noch immer auf den Boden gerichtet war. »Ein Fehler, den meine Eltern bitter bereut haben.«

Ein Teil von mir hatte mit Mitleid und tröstenden Worten gerechnet, aber Cole blieb ganz still sitzen und musterte mich schweigend. Abwartend. Also atmete ich tief durch und zwang mich dazu, weiterzusprechen und ihm alles zu erzählen.

»Mein Vater – wenn man ihn überhaupt so nennen kann – ist kurz nach meiner Geburt abgehauen. Ich kenne zwar seinen Namen, aber mehr auch nicht. Und meine Mutter … Sie hat es wenigstens für ein paar Monate versucht. Aber dann wurde ich ihr zu viel und sie hat mich ohne Erklärung vor der Tür ihrer Eltern abgelegt, ist in ihr Auto gestiegen, losgefahren und nie mehr zurückgekommen.«

Bitterkeit machte sich in mir breit und schnürte mir die Kehle zu. Jetzt war es raus. Jetzt kannte er die Wahrheit. Aber obwohl ich noch immer gegen den Berg an Emotionen ankämpfen musste, fühlte es sich nicht mehr ganz so unmöglich an. Als hätte die Tatsache, dass ich es laut ausgesprochen hatte, nein, dass ich es Cole, meinem besten Freund, anvertraut hatte, alles irgendwie erträglicher gemacht.

Eine sanfte Berührung an meinem Unterarm. Ich blinzelte heftig, um die aufsteigenden Tränen zu vertreiben und wandte Cole das Gesicht zu.

Er hatte die Stirn gerunzelt und auch zwischen seinen dunklen Brauen hatten sich zwei tiefe Falten gegraben. »Du bist kein Unfall und ganz sicher auch kein Fehler, Sophie. Du bist das Beste, was mir und dieser WG passieren konnte.«

Ich lächelte schief. »Du musst nicht –«

»Hast du eine Ahnung, wie oft du uns schon das Leben gerettet hast?«, unterbrach er mich und deutete um sich, als würden alle Beweise dafür an den Wänden meines Zimmers hängen. »Wir wären alle schon längst an einer Gasexplosion oder im Feuer umgekommen, wenn du nicht rechtzeitig gemerkt hättest, dass der Ofen noch an ist oder das Glätteisen im Bad angeschlossen. Du bist eine verdammte Heldin!«

Das brachte mich zum Lachen, auch wenn mir noch immer nach Weinen zumute war. »Und du bist ein Spinner.«

Er schüttelte den Kopf und sah mich fest an. »Das ist mein voller Ernst, und das sage ich nicht nur, weil du meine beste Freundin bist, die mir auf Familienfeiern den Rücken freihält und es sogar schafft, meine Nichten, die keine Sekunde still sitzen können, mit wissenschaftlichen Erklärungen zu fesseln.«

»Die Schwerkraft«, murmelte ich und musste bei der Erinnerung daran lächeln, auch wenn mich eine gewisse Wehmut ergriff. »Ich hab ihnen nur die Schwerkraft erklärt. Das war nicht sonderlich kompliziert.«

»Ja, weil es dir leichtfällt«, widersprach er. »Weil du ein Talent dafür hast, mit Menschen umzugehen, vor allem mit … kleinen Menschen. Weil du so bist, wie du bist. Zu hundert Prozent Sophie. Ich will mir gar nicht vorstellen, wie mein Leben ohne dich wäre.« Er sah mich eindringlich an und ich hätte mich nicht mal dann von seinem Blick losreißen können, wenn mein Leben davon abhinge.

»Wirklich …?«, fragte ich zögerlich.

340

Denn genau das hatte ich mir vorgestellt, wieder und wieder in den letzten Tagen. Nicht, wie sein Leben ohne mich wäre, sondern mein eigenes, wenn er kein Teil mehr davon wäre. Wenn wir eines Tages nur noch Fremde füreinander wären und es nichts mehr gäbe, was wir einander zu sagen hatten. Cole nickte.»Wirklich.«

Ich atmete tief durch und nickte ebenfalls.»Danke.«

»Kein Ding.« Diesmal war er derjenige, der zögerte. Kein Wunder nach allem, was ich ihm gerade erzählt hatte. In der Wohnung war es ruhig. Noch immer lief keine Musik. Einzig aus dem Flur und der Küche waren Schritte zu hören, doch abgesehen davon war es noch immer geisterhaft still.

»Lässt du deshalb niemanden an dich ran?«, fragte Cole schließlich leise und überraschend ernst.»Wegen deiner Eltern? Damit dir so etwas nie wieder passieren kann?«

Ich hatte so etwas in der Richtung zwar schon vermutet, aber es laut ausgesprochen zu hören, machte etwas mit mir. Alles in meinem Bauch und meinem Brustkorb zog sich zusammen, ich hatte einen Kloß im Hals und musste plötzlich heftig blinzeln, um gegen die Tränen anzukommen. Unter keinen Umständen würde ich jetzt eine Antwort hervorbringen, ohne dabei zusammenzubrechen, also wich ich Coles Blick aus und zuckte nur mit einer Schulter.

Doch er kannte mich gut genug. Natürlich tat er das.

Cole griff nach meinen Händen. Seine eigenen fühlten sich warm und ein bisschen rau an. Und vertraut. So vertraut.»Es ist okay, weißt du? Angst davor zu haben, verletzt zu werden.«

War es das wirklich? Nur weil mein Leben nicht den Friede-Freude-Eierkuchen-Start gehabt hatte wie bei vielen anderen, bedeutete das doch nicht, dass diese eine Sache selbst Jahre später wie eine dunkle Wolke über mir hängen musste. Ich wollte nicht, dass es so war, aber ich schien auch machtlos dagegen zu sein. Sie war allgegenwärtig. Und je mehr ich mich dagegen wehrte, desto schlimmer wurde es. Desto größer wurde meine Angst.

»Weißt du …«, begann er und malte mit dem Daumen kleine Kreise auf meinen Handrücken. »Ich hab auch Angst. Ganz beschissene Angst sogar.« Er hob den Kopf und sah mich direkt an. »Aber manche Menschen sind es wert, das Risiko einzugehen.«

Mir wurde schlagartig warm. Auch das Kribbeln in meinem Bauch kehrte zurück, genauso wie das Gefühl, kaum noch Luft zu bekommen. Denn ich wusste genau, was Cole meinte. Auf wen und was er da anspielte. Aber konnte es wirklich so einfach sein? So einfach und gleichzeitig so schwierig? Wir wussten nicht, was passieren würde. Es gab keine Garantien. Was, wenn es nicht funktionierte und wir im Streit auseinandergingen? Wenn wir unsere Freundschaft für nichts und wieder nichts wegwarfen? Aber was, wenn wir jetzt einfach nur Freunde blieben und uns dennoch früher oder später auseinanderlebten?

Ich räusperte mich, konnte all diese wirren Gedanken aber nicht aussprechen. Dafür pochte mein Herz immer noch viel zu schnell. Aber ich hielt Coles Hand fest und erwiderte den Druck.

»Das ist nicht alles …«, gab ich nach einem Moment zu und wischte mir mit der freien Hand über die Wange.

»Was noch?«

»Ich … ich habe so lange alles dafür gegeben, *gut* zu sein. Eine gute Enkelin. Eine gute Freundin. Eine gute Studentin, aber die Wahrheit ist …« Ich atmete tief durch und presste die Worte hervor, auch wenn sie noch so sehr wehtaten. Auch wenn ich sie nie zuvor zu jemandem gesagt hatte. Nicht einmal in Gedanken zu mir selbst. »In Wahrheit versuche ich nur, nicht so zu werden wie *sie*. Ich habe so eine beschissene Angst davor, genau wie meine Mutter zu sein«, gab ich zu und lachte auf, obwohl nichts daran komisch war.

Ich ähnelte ihr schon äußerlich viel zu sehr, weshalb ich es vermied, alte Fotos von ihr anzuschauen. Aber was, wenn ich ihr auch innerlich ähnelte? Wenn ich mich genauso verhielt wie sie? Wenn ich einem anderen Menschen dasselbe antat wie sie mir? Wenn nichts von dem, was ich tat, gut genug war, selbst wenn ich mich in eine Karriere stürzte, die so weit entfernt wie nur irgend möglich von ihrem Job war? Und das alles nur, um ihr nicht noch mehr zu ähneln.

»Ich … ich mag mein Studium und alles, was ich lerne, interessiert mich auch, aber … die Vorstellung, eines Tages in der Wissenschaft in irgendwelchen Laboren oder Werkstätten zu arbeiten, Unternehmen zu beraten oder in einem stickigen Büro von Hunderten von Fachbüchern und -zeitschriften erdrückt zu werden, ist grauenhaft.« Ich schauderte. »Ich will das nicht. Ich weiß, dass mein Abschluss mich genau dafür qualifizieren wird, aber es ist nicht das, was ich will.«

Cole ließ mich keine Sekunde aus den Augen. »Was willst du dann?«

Ich schnaubte. Nicht wegen seiner Frage, sondern wegen mir und meinen dummen Wünschen. »Hatte ich erwähnt, dass meine Mutter Lehrerin ist?«

Erkenntnis zeichnete sich auf seinem Gesicht ab. Cole verstand, was ich mir selbst so lange nicht mal zu denken erlaubt hatte. Ganz zu schweigen davon, es mir zu wünschen. Schon gar nicht, wenn Grandpa nur darauf wartete, all seinen Freunden zu erzählen, dass seine Enkelin ihr Physikstudium mit Bestnoten beendet hatte und Großes in der Welt bewirken würde. Dabei war ich eine Niete, wenn es um eigene Forschungen ging – und das nicht nur, weil ich ständig irgendwelche Gegenstände umstieß, von Reagenzgläsern bis hin zu empfindlichen – und teuren! – Messgeräten. Andere in meinem Studiengang brannten für die Forschung und verbrachten ihre gesamte Freizeit damit, für irgendwelche Extraprojekte zu recherchieren, eigene Ideen weiterzuentwickeln oder sich bereits bei der NASA zu bewerben.

Ich hingegen? Ich mochte es, die Erstsemester im Tutorium zu betreuen und neugierigen Kindern wie Coles Nichten die Schwerkraft zu erklären. Das war es, woran ich Spaß hatte. Das war es, was ich wollte. Ich wollte anderen Menschen dabei helfen, die Physik zu verstehen, die mich so begeisterte.

Cole drückte meine Hand und lenkte meine Aufmerksamkeit so wieder auf sich. »Du wirst nie so sein wie sie, Soph. Du bist du, ganz egal, für welchen Beruf du dich entscheidest. Und du bist wundervoll genau so, wie du bist. Du wirst nicht dieselben Fehler machen wie sie.«

»Aber ich hab es doch schon getan«, flüsterte ich. »Ich hab dich im Stich gelassen.«

Seine Augen weiteten sich vor Überraschung, ganz so, als hätte er nicht mit so einer Aussage gerechnet, dann schüttelte er den Kopf. »Wenn das so ist, dann hab ich dich auch im Stich gelassen, weil ich nicht für das hier gekämpft habe. Für uns. Egal in welcher Form. Ich hab es einfach hingenommen und zugelassen, dass wir auseinanderdrifteten. Und das sogar noch, bevor das mit dem Wettbewerb entschieden war.«

Der Wettbewerb! Oh mein Gott. Daran hatte ich seit der Sache mit Parker überhaupt nicht mehr gedacht.

»Heute wurde der Gewinner bekannt gegeben, nicht wahr? Hast du …?«

Ein mattes Lächeln breitete sich auf seinem Gesicht aus. »Peterson hat gewonnen. Das sollte keine Überraschung oder Enttäuschung sein, aber irgendwie war es das doch.«

Diesmal war ich diejenige, die tröstend seine Hand drückte. »Tut mir leid für dich.«

»Wirklich?«, fragte er, schüttelte jedoch im selben Atemzug den Kopf. Der Blick aus seinen dunkelbraunen Augen bohrte sich in mich hinein. »Mir nicht. Nicht wirklich. Weil das bedeutet, dass ich nicht weggehe.«

Etwas setzte in mir aus. Vielleicht war es mein Denken, vielleicht auch mein Herz, zumindest ein, zwei Schläge lang, nur um dann umso kräftiger weiterzuhämmern.

»Dann bleibst du hier? In Pensacola? In der WG?«, hakte ich leise nach. Ich musste es hören, musste sichergehen, dass ich ihn nicht missverstanden hatte oder mir etwas zusammenreimte, was nie eintreffen würde.

»Ich bleibe hier.« Cole zog einen Mundwinkel in die Höhe. »Glaub ja nicht, dass du mich so einfach loswirst.«

»Niemals.« Ich lächelte erleichtert.

»Gut.« Coles Blick veränderte sich, wurde nachdenklicher, durchdringender. »Ich will, dass du weißt, dass es mir ernst ist. Mit dir. Mit uns. Egal, was zwischen uns passiert, egal, wie es weitergeht, du wirst immer der wichtigste Mensch in meinem Leben sein, Sophie. Wir werden immer Freunde bleiben. Immer.«

Ich atmete erstickt aus. »Versprochen?«

Er sah mir fest in die Augen und nickte. »Versprochen.«

Wortlos zog er mich an sich. Ich schmiegte mich an ihn, als wäre es das Selbstverständlichste der Welt und atmete tief den vertrauten Duft ein. Mit geschlossenen Augen lauschte ich dem Hämmern seines Herzens unter meinem Ohr, das genauso schnell und laut war wie mein eigenes. Meine Finger gruben sich in den Stoff seines T-Shirts und ich musste mich zurückhalten, um sie nicht darunterzuschieben. Oder die Nase an seinem Hals zu vergraben, wo sein Duft am stärksten war.

Wenn mir die Sache mit Parkers Mom eines deutlich vor Augen geführt hatte, dann wie schnell alles vorbei sein konnte. Wie schnell sich die Dinge im Leben ändern konnten und wie machtlos man manchmal dagegen war. Bei der Sache mit Cole hingegen war ich nicht machtlos. Ich konnte sie beeinflussen, genau wie er. Und obwohl es mir leidtat, dass er den Wettbewerb nicht gewonnen hatte, war ich gleichzeitig auch so unheimlich erleichtert darüber, dass er in Pensacola bleiben würde. Da war es nicht weiter verwunderlich, dass ich meinen besten Freund länger und inniger umarmte, als wir es für gewöhnlich taten, oder?

Und vielleicht umarmte auch Cole mich noch eine Spur fester, ganz so, als könnte er sich genauso wenig von mir lösen wie ich mich von ihm. Aber das mussten wir früher oder später, und das nicht nur, um nach Parker zu sehen. Wir waren Freunde – und die saßen nicht minutenlang in einer solch innigen Umarmung zusammen. Sie hatten auch kein Herzklopfen oder ein Kribbeln im Bauch wie ich gerade. Und sie verspürten ganz sicher auch nicht den Wunsch, die Lippen des anderen wieder auf den eigenen zu fühlen und dieser Person so, so viel näher zu kommen.

Ich schluckte und versteifte mich unwillkürlich etwas.

»Alles gut?«, fragte Cole viel zu dicht an meinem Ohr. Sein warmer Atem streifte meinen Hals und hinterließ eine Gänsehaut.

Ich konnte den kleinen Schauer nicht unterdrücken und mir war nur zu klar, dass Cole ihn ebenfalls gespürt hatte.

»Mhm«, machte ich dennoch, obwohl er genauso gut wusste wie ich, dass es gelogen war.

Weil wir beide spürten, dass sich etwas Grundlegendes zwischen uns geändert hatte. Etwas, das schon lange da gewesen und die ganze Zeit zwischen uns geschwelt hatte, ganz egal

wie viele Punkte meines Programms wir abhakten, um es aus-
zulöschen.

Ich räusperte mich. »Wir sollten … nach Parker sehen«,
murmelte ich und verfluchte mich dafür, dass meine Wangen
zu glühen begannen, wenn Cole mich so ansah wie jetzt.

Er nickte langsam. »Ja«, erwiderte er gedehnt, schien sich
aber genauso wenig losmachen zu wollen wie ich.

Auch wenn es mir schwerfiel, gab ich mir einen Ruck und
brachte etwas Abstand zwischen uns. Das hier war nicht die
richtige Zeit und nicht der richtige Ort, um diesem Etwas
zwischen uns nachzugehen. Nicht, wenn einer unserer engsten Freunde gerade seine Mutter verloren hatte. Nicht, wenn
er uns brauchte.

Also stand ich auf, ging die wenigen Schritte zur Tür und
öffnete sie. Wenig später saßen wir alle in Parkers Zimmer,
jetzt auch mit Lincoln und Liz, und machten einen Plan, wie
wir ihm die ganze Arbeit abnehmen konnten, damit er zusammen mit Teagan in Ruhe nach Hause fahren und von seiner
Mom Abschied nehmen konnte.

Kapitel 32

Cole

Zwei Tage später lief ich vor D'Angelos Pizzeria in der Innenstadt hin und her. Die Sonne war längst untergegangen und vom Meer her kam ein frischer Wind auf. Mittlerweile explodierte ganz Pensacola vor Weihnachtsdekoration und D'Angelos bildete da keine Ausnahme. Von außen leuchtete das Schild mit dem verschnörkelten Namen des Restaurants mit den Lichterketten um die Wette, die um Tannenzweige und jede Menge Grünzeug geschlungen waren. Von drinnen drangen gedämpfte Stimmen und Musik zusammen mit dem Duft von frischer Pasta und Pizza nach draußen.

Ich blieb stehen und warf zum wiederholten Mal einen Blick auf die Zeitanzeige auf meinem Handy. Es war nicht so, dass ich nervös war ... na gut, das war gelogen. Ich war scheißnervös. Aber das war etwas Gutes, oder nicht? Das hier war wichtig. Es bedeutete etwas. Also durfte ich auch aufgeregt sein. Vor allem, weil ich viel zu früh dran war.

Mit den Fingern rieb ich mir über das Piercing in der Augenbraue und fuhr mir durchs Haar, dann sah ich wieder auf mein Handy. Keine Nachricht von Sophie und auch im Gruppenchat war es ruhig. Parker war mittlerweile in Alabama; Teagan hatte ihn begleitet. Heute Morgen hatte er kurz angerufen und Bescheid gesagt, dass er etwas länger dort bleiben würde, auch nach der Beerdigung seiner Mom, die für kommenden Freitag angesetzt war. Er wollte mehr Zeit mit seinem Dad verbringen und ihm etwas unter die Arme greifen. Offiziell hatte er eine Streaming-Pause eingelegt, was seine Fans glücklicherweise verstanden hatten. Seine restlichen Aufgaben hatten wir in der WG unter uns aufgeteilt: Ich schnitt seine letzten Streams zu Videos zusammen, Lincoln kümmerte sich um den Upload und das Technische, Liz übernahm alles Kreative und Sophie den organisatorischen Part wie E-Mails und Kooperationsanfragen.

Es war mir noch immer schleierhaft, wie Parker all das jahrelang allein gemanagt hatte, statt um Hilfe zu bitten. Jetzt bekam er sie, ob er wollte oder nicht. Ich hatte die Videos noch vor der Uni geschnitten, und Lincoln sollte genügend Material haben, um sich nach der Arbeit ans Hochladen zu machen. Damit war mein Job für heute erledigt – und der von Sophie hoffentlich ebenfalls.

Ich steckte das Handy ein und begann wieder hin und her zu laufen, bis ich aus dem Augenwinkel eine Bewegung sah. Langes blondes Haar, das sofort meine Aufmerksamkeit auf sich zog. Ich blieb abrupt stehen und sah Sophie entgegen.

Sie trug ein beigefarbenes Kleid, das locker an ihrer schmalen Gestalt herabfloss, dazu eine dunkle Strumpfhose und Chucks. Kein Rucksack, also war sie wahrscheinlich noch in der WG gewesen. Ganz im Gegensatz zu mir, der nach meiner Schicht im VR-Center direkt vom Campus hierher gefahren war.

Als sich unsere Blicke trafen, leuchteten ihre Augen auf und ein Lächeln erschien auf ihrem Gesicht. Der Anblick traf mich mitten ins Herz. Am liebsten hätte ich sie sofort in meine Arme gezogen und sie alles andere als freundschaftlich geküsst. Stattdessen machte ich einen Schritt auf sie zu und wartete brav, bis sie vor mir stand.

»Hey«, begrüßte sie mich lächelnd. Ihre Wangen hatten einen gesunden Rotton angenommen und sie war ein klein wenig außer Atem.

»Hey Soph. Danke, dass du hergekommen bist.«

»Na klar.« Ihr Blick wanderte von mir zu unserer Lieblingspizzeria hinter mir und wieder zurück. »Wolltest du ein paar Pizzen für uns und die anderen mitnehmen?«

»Nicht ganz. Lass uns reingehen.« Ich ging voraus und hielt ihr die Tür auf.

Sophies Augenbrauen wanderten weit nach oben, aber sie stellte keine Fragen – noch nicht –, sondern betrat das Restaurant, das uns mit mediterranen Gerüchen und sanfter Instrumentalmusik willkommen hieß. Die Beleuchtung war gedimmt und weiße Kerzen spendeten flackerndes Licht. Auf den Tischen standen Weihnachtssterne und an den Wänden hingen immergrüne Kränze. Ich meinte sogar, einen Mistelzweig zu entdecken, der an einer freien Stelle von der Decke herabhing.

Eine Kellnerin begrüßte uns und führte uns zu dem Tisch, den ich reserviert hatte: in einer hübschen kleinen Nische neben dem Fenster mit Blick auf die weihnachtlich beleuchteten Geschäfte draußen.

»Was wird das hier?«, fragte Sophie, nachdem wir uns gesetzt hatten. Ihre Augen waren riesig geworden.

»Schritt elf«, erinnerte ich sie und ließ ihren Blick keine einzige Sekunde los. »Du hattest ein Date, ich hatte eins, aber wir hatten keins miteinander. Keine Chance, um herauszufinden, ob das Zwölf-Schritte-Programm wirklich funktioniert hat.«

Ihre Lippen teilten sich, aber sie brachte kein Wort hervor. Die Überraschung stand ihr deutlich ins Gesicht geschrieben, allerdings konnte ich nicht einschätzen, ob das eine positive Überraschung für sie war oder das Gegenteil.

Als sie rund eine Minute später noch immer nichts gesagt hatte, räusperte ich mich. »Willst du das?«, fragte ich leise. »Willst du das mit mir herausfinden?«

Sophie

Sekundenlang konnte ich Cole nur anstarren, während es in meiner Brust lospolterte, als hätte ich einen halben Marathon hinter mir. Ich hatte nicht einmal gemerkt, dass ich unbewusst die Luft angehalten habe, bis ich sie jetzt in einem erstickten Laut ausstieß.

Kurz zuckte mein Blick durch das Restaurant – unsere Lieblingspizzeria, bei der wir schon so oft bestellt oder unterwegs was mitgenommen hatten, in der wir allerdings noch nie vor Ort gegessen hatten. Ich registrierte die warme, heimelige Atmosphäre, die weihnachtliche Dekoration, die Kerzen, die Musik ... oh Gott, das hier war wirklich ein Date! Cole hatte mich auf ein Date geschleppt und ich hatte nicht die geringste Ahnung gehabt – sonst hätte ich mir definitiv was anderes angezogen und mich noch mal geschminkt. Aber jetzt saß ich bereits hier und Cole fragte allen Ernstes, ob ...

»Ja!«, stieß ich hervor und nickte mehrmals, obwohl mir das Herz bis zum Hals schlug. »Ja, das möchte ich.«

Erleichterung zeichnete sich in seinem Gesicht ab und seine Schultern sanken herab, während seine Mundwinkel in die Höhe wanderten. »Gut. Sehr gut. Sonst wäre das hier echt peinlich geworden.«

Ich lachte leise und ließ den Blick wieder durch das Restaurant wandern. »Wie kommt es, dass wir noch nie hier drinnen gegessen haben?«

»Keine Ahnung.« Er zuckte mit den Schultern und nahm

dankend die Speisekarte von einem Kellner entgegen, der an unserem Tisch aufgetaucht war. »Aber ich bin froh, heute mit dir hier zu sein.«

Meine Wangen glühten, als ich die Karte ebenfalls entgegennahm. Wir bestellten die Getränke und warteten, bis der Kellner sich wieder diskret zurückzog. Doch selbst dann schlug keiner von uns die Speisekarte auf.

»Wie geht's dir?«, fragte Cole leise und musterte mich mit diesem ernsten, durchdringenden Blick.

Ich atmete tief durch und sprach das Erste aus, was mir in den Sinn kam. »Ich hab vorhin das Ergebnis meiner vorgezogenen Prüfung bekommen.«

»Und ...?«

Ich schnitt eine Grimasse. »Genauso wie erwartet.«

Seltsamerweise wollte sich die Enttäuschung aber auch jetzt nicht einstellen. Ich war vielmehr ... erleichtert.

»Das macht dir nichts aus?«, hakte er nach. »Was ist mit deinem Notendurchschnitt?«

Ich holte tief Luft, um das auszusprechen, was ich mir in den vergangenen Tagen überlegt hatte. Die vermasselte Klausur war im Grunde nur eine Bestätigung für meine Entscheidung gewesen. Dennoch fiel es mir schwer, die Worte hervorzubringen. Vielleicht, weil ich allein den Gedanken an diese Möglichkeit lange Zeit nicht mal zugelassen hatte.

»Eine vermasselte Prüfung ist nicht mehr wichtig, wenn ich meinen Schwerpunkt wechsle.«

Cole blinzelte überrascht, grinste dann jedoch langsam. »Das ist also der Plan, ja?«

Ich nickte entschieden. »Auf jeden Fall. Ich hab mich lange genug vor der Vergangenheit versteckt und mein Leben davon beherrschen lassen. Ich werde im nächsten Semester zum Bachelor für Physik auf Lehramt wechseln.«

»Das ist großartig, Sophie.« Er griff über den Tisch hinweg nach meiner Hand und drückte sie. »Du kannst so verflucht stolz auf dich sein. Ich bin es jedenfalls total.«

»Danke«, murmelte ich lächelnd, auch wenn ich gar nicht wusste, wohin mit all den unterschiedlichen und widersprüchlichen Gefühlen in meiner Brust. Erleichterung mischte sich mit Wehmut, Versagensangst mit Hoffnung, Zweifel mit der kribbelnden Aufregung, die mit einem Neuanfang einherging. Mein Blick fiel auf unsere verschränkten Finger. Keiner von uns hatte seine Hand zurückgezogen und es fühlte sich irgendwie … gut an, Cole so zu berühren. Nein, das war gelogen. Es fühlte sich nach mehr an. Nach etwas, das ich wollte. So sehr.

Ich atmete tief durch und nahm all meinen Mut zusammen. Doch gerade als ich den Mund öffnete, kam der Kellner zurück und servierte unsere Getränke. Als er uns fragte, was wir essen wollten, sahen wir uns an und mussten beide gegen ein Grinsen ankämpfen. Keiner von uns hatte ans Essen gedacht oder auch nur einen Blick in die Karte geworfen.

Cole räusperte sich und setzte eine entschuldigende Miene auf, aber seine Mundwinkel zuckten verdächtig. »Wir brauchen noch ein paar Minuten.«

Ich presste die Lippen aufeinander, um nicht zu lachen und sah dem Kellner kurz nach, ehe mein Blick wieder auf Cole landete. Der schüttelte amüsiert den Kopf.

»Hey, das ist nicht lustig. Die lassen uns nie wieder herkommen, wenn wir nur stundenlang mit einem Glas Cola hier sitzen, statt was zu essen wie anständige Gäste.«

Ich prustete los, was wiederum Cole ein Grinsen entlockte. »Tut mir leid, ich war nur so …«

»In meinen Augen versunken?« Er wackelte mit den Brauen.

Das entlockte mir ein weiteres Lachen, auch wenn meine Wangen gerade ziemlich warm wurden. »Ach, sei still.«

Er schmunzelte nur, aber das auf eine so warme Art und Weise, dass sich ein Kribbeln in meinem Bauch ausbreitete. »Vorschlag: Wir suchen uns ganz schnell was aus und bestellen – und dann erzählst du mir, was du gerade sagen wolltest.«

Er hatte es also gemerkt. Mein erster Instinkt war, es zu leugnen oder abzutun, aber ich zwang mich dazu, diesen Impuls zu ignorieren. Kein Weglaufen mehr. Also nickte ich und verbrachte die nächsten Minuten damit, mich zwischen einer Pizza mit Büffelmozzarella und Tomaten und einer Lasagne zu entscheiden. Am Ende gewann die Lasagne, während Cole sich – natürlich – eine Pizza mit extra viel Käse bestellte. Als der Kellner diesmal ging und die Speisekarten mitnahm, wusste ich, dass wir eine Weile ungestört sein würden.

»Also …«, begann Cole und trank einen Schluck seiner Cola, ohne mich aus den Augen zu lassen.

Ich holte tief Luft und ließ sie langsam wieder entweichen. *Mach schon, Sophie! Du kannst das. Na los!*

»Weißt du noch, wie ich dir von meiner Mutter erzählt habe?«, begann ich zögerlich und wartete sein Nicken ab. »Grandpa wollte es mir immer erklären, aber ich … ich hab es nie zugelassen. Ich habe ihn genauso abgeblockt wie dich.«

Cole sah mich einen Herzschlag lang schweigend an. »Warum?«

»Weil ich Angst vor der Wahrheit und den Konsequenzen hatte.«

»Hast du die immer noch?«

»Ja«, gestand ich, ohne zu zögern, auch wenn sich mein Magen dabei vor Anspannung verkrampfte. »Ich habe schreckliche Angst davor, aber … aber ich laufe nicht mehr davor weg. Zumindest versuche ich das.«

»Soph …« Unvermittelt stand Cole auf und verrückte seinen Stuhl so, dass er neben mir saß, statt mir gegenüber. Behutsam legte er die Hand an meine Wange und strich mit dem Daumen über meine Haut. »Ich …«

»Das war noch nicht alles«, unterbrach ich ihn mit heftig klopfendem Herzen. Denn wenn er jetzt etwas sagte oder mich sogar küsste, würde ich nicht alles loswerden können, was mir auf der Seele brannte. Alles, was ich sagen musste, selbst wenn das bedeutete, mich verwundbar zu machen. Ich hatte noch immer riesige Angst davor, so verletzlich zu sein, aber noch größer war die Angst, Cole früher oder später zu verlieren – trotz allem, was er gesagt hatte.

Es war mir nicht mal bewusst, dass ich nervös an meiner Unterlippe knabberte, bis Cole sie mit dem Daumen sachte zwischen meinen Zähnen hervorzog. Als sich unsere Blicke trafen, schoss pure Hitze durch mich hindurch. Das Restaurant, die Kellner und anderen Gäste, all das trat in den Hintergrund.

Obwohl ich mich räusperte, fiel es mir noch immer schwer, die richtigen Worte zu finden. Oder überhaupt irgendwelche Worte.

»Ich habe Mallory getroffen«, sprudelte es aus mir hervor.

Cole hielt inne. Kleine Falten erschienen auf seiner Stirn und ein fragender, wachsamer Ausdruck trat in seine Augen.

Okay … vielleicht war es nicht gerade die beste Strategie, ausgerechnet jetzt seine Ex-Freundin zu erwähnen, aber für einen Rückzieher war es nun zu spät.

»Sie denkt, dass du damals schon Gefühle für eine andere hattest …«, begann ich, brachte die Worte aber nicht heraus. Nicht, wenn Cole mir noch immer so nahe war und mich so ansah wie jetzt.

»Für dich«, ergänzte er und strich mit den Fingern erneut über meine Wange. Dann nahm er meine Hand in seine und atmete tief durch. »Da hat sie recht.«

Wie bitte? Was?

Ich blinzelte heftig und fragte mich unweigerlich, ob ich mich gerade verhört hatte. »Du warst schon im Sommer in mich verliebt, und hast so lange nichts gesagt?«

»Du hast doch auch nie was gesagt.«

Verflixt. Da konnte ich nicht mal widersprechen.

»Damals war es mir nicht klar, Sophie«, erklärte er jetzt und zeichnete mit seinen Fingern Kreise auf meinem Handrücken. Mit jeder noch so kleinen Berührung wanderte ein prickelnder Schauer meinen Arm hinauf und machte es mir umso schwerer, mich zu konzentrieren. »Ich bin nicht eines Tages aufgewacht, war in dich verliebt und habe es dir noch am selben Abend erzählt, weißt du? So war das nicht.«

»Wie dann?«, flüsterte ich.

»Ganz langsam«, gestand er, ohne mich aus den Augen zu lassen. »Schleichend. Ich habe es nicht mal gemerkt, bis es schon zu spät war und ich nicht mehr aufhören konnte, an dich zu denken. Und dann hat es noch ein paar Tage gedauert, bis ich den Mut aufgebracht habe, es dir zu sagen.«

Ich erinnerte mich noch gut an diesen Abend. Und an meine ungläubige Reaktion. Hätte ich damals gewusst, was ich heute wusste ... ich hatte keine Ahnung, wie ich dann reagiert hätte. Genauso wenig wie ich wissen konnte, ob es damals schon mit uns geklappt hätte oder nicht genau das passiert wäre, was ich befürchtet hatte: ein kurzes Abenteuer, ehe es in die Brüche ging und unsere Freundschaft darunter litt. Aber jetzt ...

Die letzten Wochen hatten uns beide verändert. Alles, was passiert war, hatte uns zu diesem Date geführt. Und vielleicht hatte sich das mit uns schon viel länger angekündigt, womöglich ab dem Moment, in dem Cole und ich uns auf dem Campus kennengelernt hatten, als wir beide auf Wohnungssuche waren. Oder ab dem Moment, in dem wir mit Pizzakartons von D'Angelo in meinem Zimmer saßen, umringt von Farbeimern und purem Chaos, und unseren Einzug gefeiert hatten. Ich hatte keine Ahnung und im Grunde war es auch egal. Das Einzige, was zählte, war, dass wir jetzt hier waren.

»Im Sommer, als du noch mit Mallory zusammen warst …«, begann ich zögerlich, »da hab ich das Zwölf-Schritte-Programm selbst durchgezogen.«

Seine Augen weiteten sich und mir wurde schmerzhaft klar, dass er nicht die geringste Ahnung gehabt hatte. Jeder in der WG und sogar diejenigen, die nicht bei uns wohnten, aber ein und aus gingen, wie Teagan oder Mallory, hatten gesehen, was ich für Cole empfand. Aber er nicht.

»Wolltest du …«

»Dich aus dem Kopf bekommen?«, beendete ich seine Frage leise und nickte langsam. »Ja.«

Cole sog scharf die Luft ein. »Hat es funktioniert?«

Das war er: der Moment, auf den alles hinauslief. Die Frage, mit der dieses Date begonnen hatte. Mit der *alles* begonnen hatte.

Ich befeuchtete mir die Lippen. Sofort heftete sich Coles Blick auf meinen Mund und mir stockte der Atem.

»Hat es funktioniert, Sophie?«, fragte er leise, aber umso eindringlicher.

Diesmal gab es kein Zögern. Kein Nachdenken. Nur die reine Wahrheit.

»Nein.«

Sekunden vergingen, in denen keiner von uns etwas sagte oder sich auch nur rührte. Selbst Coles Finger verharrten reglos auf meiner Hand und ich war mir ziemlich sicher, dass keiner von uns überhaupt noch atmete.

»Bei mir auch nicht«, raunte Cole. »Ich weiß, das hier ist kein Meg-Ryan-Film, aber … ich verspreche dir, dass ich alles dafür tun werde, damit es mit uns beiden funktioniert. Dauerhaft. Was auch immer geschieht, ich will eine Zukunft mit dir, Sophie.«

Ich atmete erstickt ein, obwohl ich das Gefühl hatte, nicht genug Luft zu bekommen. Mein Herz raste wie verrückt. Meine Haut kribbelte. Und mein Verstand … mein armer Verstand versuchte noch immer die Worte zu begreifen, die mein Körper und mein Herz längst verstanden hatten.

Als ich nicht reagierte, runzelte Cole besorgt die Stirn. »Soph …?«

»Wenn du mich nicht endlich küsst, dann …«, stieß ich hervor.

Seine Mundwinkel zuckten, gleichzeitig breitete sich ein unglaubliches Lächeln auf seinem Gesicht aus – pure Freude und riesige Erleichterung.

»Was dann?«, neckte er mich leise und kam mir ein kleines bisschen entgegen. »Wirst du mi–«

Ich schnitt ihm das Wort ab, indem ich mich nach vorne lehnte und meinen Mund auf seinen presste. Nur kurz. Viel zu kurz, um überhaupt zu realisieren, was ich hier eigentlich tat.

Sprachlos starrte er mich an, während mein Puls raste und meine Hände ganz feucht wurden.

»Ich will, dass wir Freunde sind«, begann ich leise und hielt seinen Blick ganz fest, »aber ich will auch so viel mehr von dir.«

Cole legte den Kopf in den Nacken. »Na endlich!«

Ich lachte auf, gab ihm aber gleich darauf einen Klaps gegen den Oberarm. »Hey! Ich kann es mir immer noch anders überlegen.«

»Keine Chance«, konterte er grinsend. »Du hast es gesagt und ich habe es gehört.«

Bevor ich etwas sagen oder protestieren konnte, presste er seinen Mund auf meinen und küsste mich. Diesmal richtig.

Bei dem Gefühl seiner Lippen auf meinen vergaß ich alles um mich herum. Das Restaurant. Die Leute. Der Grund, aus dem wir hier waren. Es gab nur noch Cole und mich und die heftige Sehnsucht nach diesem Mann, gegen die ich nicht länger ankämpfte. Zum ersten Mal ließ ich sie zu und erlaubte mir, so zu fühlen.

Ich lächelte an seinen Lippen – und begann den Kuss zu erwidern. Weil wir eben nicht nur Freunde, sondern so viel mehr waren. Und weil wir das endlich, endlich erkannt hatten.

Ein dezentes Hüsteln unterbrach uns, aber keiner von uns hatte es allzu eilig, uns voneinander zu lösen. Als ich den Kopf hob, entdeckte ich den Kellner, der mit einer geübten Bewegung meine Lasagne vor mich auf den Tisch stellte, genau wie Coles Pizza vor ihn.

»Danke.« Ich musste mich räuspern, weil meine Stimme ganz heiser klang.

Er lächelte nur und zog sich diskret zurück, während ich die Hände an meine heißen Wangen legte. Das hier, dieser ganze Abend war definitiv nicht das, womit ich gerechnet hatte, als ich Coles Nachricht bekommen hatte, in der er mich gefragt hatte, ob wir uns vor D'Angelo treffen würden. Ich hatte geglaubt, wir würden ein paar Pizzen holen und damit in die WG fahren. Nie im Leben hätte ich mir ausmalen können, welche Richtung dieser Abend einschlagen würde – oder dass ich mit Cole auf einem Date sein würde. Ein Date, das eindeutig bewies, dass der Zwölf-Punkte-Plan nicht funktioniert hatte, weder bei ihm noch bei mir. Aber das war okay. Es war sogar mehr als okay.

Während des Essens redeten wir über alles Mögliche. Cole erzählte mir von seinem Tag in der Uni und im VR-Center, wir sprachen über Parker und kamen unweigerlich auf das Thema Winterferien, Weihnachten und Familie. Wie immer veranstaltete seine Familie ein riesiges Weihnachtsfest, bei dem an allen Feiertagen reger Betrieb herrschen würde, und wie immer lud mich Cole dazu ein. Diesmal galt diese Einladung jedoch nicht nur seiner besten Freundin, sondern seiner festen Freundin. Er sprach die Worte zwar nicht aus, aber ich konnte es ihm ansehen, konnte es an dem warmen Leuchten in seinen dunkelbraunen Augen erkennen und spürte es in dem sanften Druck seiner Hand, die er um meine geschlossen hatte.

Ich genoss seine Aufmerksamkeit und all die Gefühle, die das in mir auslöste, auch wenn es noch ungewohnt war – und sich noch immer wie ein Traum anfühlte. Doch dann fiel mir etwas ein, das mich ganz schnell auf den Boden der Tatsachen zurückholte.

»Was ist los?«, fragte Cole, dem nicht entgangen war, wie ich erstarrte.

»Ich muss es meinem Grandpa sagen«, murmelte ich und schaute auf meinen leer gefutterten Teller. »Ich möchte ihm persönlich von meiner Entscheidung erzählen. Er wird bestimmt enttäuscht sein … Aber ich möchte, dass er versteht, dass ich nur seinetwegen überhaupt mit diesem Studium angefangen habe.«

Und dass er nicht böse auf mich war, weil ich seinen Traum jetzt nicht mehr weiterleben würde.

Beruhigend drückte Cole meine Hand. »Er wird es verstehen, da bin ich ganz sicher.«

Ich stieß den angehaltenen Atem aus und blies mir ein paar Strähnen aus der Stirn. »Ist ja nicht so, als hätte er eine andere Wahl, wenn ich ihn vor vollendete Tatsachen stelle.«

»Wann willst du es ihm sagen?«

»Jetzt sofort? Morgen? Nächsten Monat? Keine Ahnung.«

»Wie wär's, wenn wir jetzt gleich rüberfahren und ich mitkomme?«

Meine Augen wurden groß. »Würdest du das tun?«

»Na klar.« Er grinste. »Außerdem können wir so noch ein bisschen miteinander im Auto rummachen.«

Ich lachte auf, ließ aber zu, dass er unser Essen bezahlte, bevor Cole wieder nach meiner Hand griff und wir das Restaurant verließen. Ich sah einen Moment auf unsere verschränkten Finger hinab. Obwohl mir vor dem Gespräch mit Grandpa graute, kam ich nicht gegen das Lächeln an, das sich bei diesem Anblick auf meinem Gesicht ausbreitete.

Kapitel 33
Sophie

»Wir müssen wirklich aufhören.« Die Worte verließen zwar meinen Mund, klangen aber so gar nicht nach mir. Dafür war meine Stimme viel zu heiser, zu leise ... und zu verlangend.

Meine Brille war beschlagen, meine Lippen kribbelten von unseren Küssen und mein Gesicht glühte. Ich war mir ziemlich sicher, dass man mir deutlich ansehen konnte, wie ich die letzten Minuten verbracht hatte. Gleichzeitig wollte ich nicht aufhören. Nicht, wenn es sich so gut anfühlte. Nicht, wenn es Cole war, mit dem ich das hier tat. Und erst recht nicht, wenn wir beide so lange darauf gewartet hatten.

»Ich weiß«, sagte Cole und klang deutlich rauer als noch vor einer halben Stunde im Restaurant. Bevor wir in sein Auto gestiegen und losgefahren waren. Und bevor er an einer einsamen Landstraße rechts rangefahren und mich um den Verstand geküsst hatte. Oder war das schon eine ganze Stunde her? Womöglich noch länger?

Wir saßen in seinem Auto, er auf dem Fahrersitz, ich gerade noch so auf der Beifahrerseite – okay, eigentlich schon halb auf seinem Schoß. Seine Hand lag in meinem Nacken und seine Finger strichen über meine Haut. Es war nur eine kleine Geste, wahrscheinlich tat er es nicht mal bewusst, aber sie hatte eine so große Wirkung auf mich. Am liebsten hätte ich die Augen geschlossen und mich nur noch auf das konzentriert, was ich fühlte. Nur noch auf das, was Cole in mir auslöste.

Statt jedoch die Augen zu schließen, sah ich ihn an – was es nicht besser machte. Denn Cole erwiderte meinen Blick offen und so verlangend, dass ich ein Ziehen tief in meinem Bauch verspürte und am liebsten an Ort und Stelle ganz auf seinen Schoß geklettert wäre. Was *keine* gute Idee war, nur ein paar Minuten vom Haus meines Großvaters entfernt. Außerdem war es schon spät und ich sollte dieses Gespräch wirklich besser hinter mich bringen, statt es ewig vor mir herzuschieben.

»Sicher, dass du das tun willst?«, fragte Cole und strich mit den Lippen erneut über meinen Hals.

Nur mit Mühe unterdrückte ich ein Stöhnen. »Ich beeile mich«, stieß ich atemlos hervor.

Hitze explodierte in meinen Wangen, aber ich nahm die Worte und das stumme Versprechen, das sie mit sich brachten, nicht zurück. Denn die Wahrheit war: Ich wollte weitermachen. Wollte mehr, wollte alles von Cole spüren, weil unsere einzige gemeinsame Nacht nicht genug gewesen und außerdem viel zu lange her war.

Seine Mundwinkel wanderten nach oben, als wüsste er genau, welche Bilder und Erinnerungen mir gerade durch den Kopf gingen. Doch seine Antwort überraschte mich.

»Soll ich mit reinkommen?« Er startete den Motor wieder.

Ich schüttelte den Kopf und ließ mich in den Sitz zurückfallen. »Das ist lieb, aber ich muss das allein schaffen.«

Selbst auf die Gefahr hin, meinen Großvater zu enttäuschen, weil ich nicht das tat, was er sich immer für mich gewünscht hatte. Etwas, das er selbst nie erreicht hatte. Ein Traum, den ich ihm so gerne erfüllt hätte, aber nicht, wenn das bedeutete, meine eigenen Wünsche und Träume dafür aufgeben zu müssen.

»Na gut.« Cole warf mir einen kurzen Seitenblick zu, ehe er abbog und den Wagen wenige Minuten später vor dem Haus meines Großvaters parkte. »Ich warte hier auf dich. Aber wenn was ist, dann schrei ganz laut und ich komme zu deiner Rettung reingestürmt.«

Wider Willen musste ich laut auflachen. »Das ist keines deiner Games.«

Cole schnitt eine Grimasse. »Lass mir die heroische Vorstellung.«

Seine rechte Hand wanderte schon wieder zu meiner Taille. Es war noch immer ein ungewohntes, aber gutes Gefühl. Und wenn ich ganz ehrlich war, wollte ich nicht, dass ich mich je ganz daran gewöhnte oder dass das Prickeln auf meiner Haut, wann immer er mich berührte, je ganz aufhörte. Wir hatten schon so viel Zeit verschwendet, dass ich nun jede Sekunde auskosten wollte. Allerdings musste ich vorher noch etwas Wichtiges erledigen.

»Aber jetzt mal ganz im Ernst«, sprach Cole weiter und unterbrach damit meine Gedanken. »Ich bin hier, wenn du mich brauchst. Immer.«

»Ich weiß.« Ohne nachzudenken, lehnte ich mich zu ihm hinüber und drückte meine Lippen für einen viel zu kurzen Kuss auf seine. Es erforderte noch immer ein kleines bisschen Mut von mir, das zu tun, nachdem ich ein ganzes Jahr lang unglücklich in ihn verliebt gewesen war und alles dafür getan hatte, um darüber hinwegzukommen. Aber jetzt konnte ich nicht genug davon bekommen. Genauso wenig wie von dem überraschten, glücklichen und sehnsüchtigen Ausdruck in seinen Augen. »Danke.«

Damit löste ich mich von Cole, bevor ich es mir anders überlegen konnte, und stieg aus. Ich atmete tief durch, straffte die Schultern und ging dann auf das Haus meines Großvaters zu.

Wie immer öffnete er mir, noch bevor ich die Tür erreicht hatte, und ich begrüßte ihn mit einem Lächeln und einem Kuss auf die Wange. »Hi, Grandpa.«

»Hey. Was verschafft mir denn so spät noch die Ehre?«

Ich zögerte einen Herzschlag lang. »Lass uns reingehen, damit wir reden können.«

Er runzelte ganz leicht die Stirn. Kurz wanderte sein Blick an mir vorbei zu dem Wagen, der nicht meiner war, aber er machte keine Bemerkung dazu und stellte auch keine Fragen, sondern trat zur Seite. Ich folgte ihm ins Innere, dessen Vertrautheit ein bittersüßes Gefühl in mir auslöste. Das Einzige, was ich gewollt hatte, seit ich denken konnte, war, Grandpa stolz zu machen. Die Vorstellung, ihn jetzt enttäuschen zu können, legte sich wie ein schwerer Klumpen in meinen Magen.

Ausnahmsweise gingen wir nicht in die Küche, um dort zusammen zu essen, sondern setzten uns ins Wohnzimmer. Wie der Rest des Hauses auch, war der ganze Raum voller Erinnerungen. Das Sofa hing an genau der Stelle durch, auf der ich als Zehnjährige herumgesprungen war. Damals hatte sich eine Feder gelöst, ich war umgeknickt und hatte mir den Knöchel verstaucht. Die nächsten Wochen hatte ich fast ausschließlich auf eben diesem Sofa verbracht, jede Menge Süßigkeiten gefuttert und Filme geschaut. Zu der Zeit hatte ich auch meine Liebe für die Neunzigerjahre entdeckt.

»Also?«, fragte Grandpa und ließ sich ächzend in den grauen Sessel fallen, seinen Stammplatz. »Was führt dich heute Abend hierher, ganz ohne dass du dich mit Pie oder leckerem Essen bestechen musst?«

Gegen meinen Willen musste ich glucksen, während ich mich auf das Sofa setzte. Doch dann wurde ich wieder ernst. Für einen kurzen Moment war meine Nervosität wie weggefegt gewesen, jetzt kehrte sie mit voller Wucht zurück.

Ich zwang mich dazu, tief durchzuatmen – und es einfach auszusprechen. »Vor einer Weile hab ich eine Klausur vermasselt«, begann ich.

»Ist alles in Ordnung? Warst du krank? Du vermasselst doch sonst nie deine Klausuren.«

»Genau das ist es ja. Ich hab mich immer reingehängt und alles gegeben. Aber – und das ist mir erst in den letzten Wochen so richtig klar geworden – das habe ich nicht getan, weil ich es wollte, sondern weil ... weil ich dich stolz machen wollte.«

Seine Brauen wanderten nach oben. »Sophie ...«

Ich redete hastig weiter, ehe mich der Mut verließ. »Ich liebe das, was ich im Studium lerne, aber ich will nicht in die Wissenschaft, für irgendwelche Unternehmen oder die Regierung arbeiten und auch nicht zur NASA oder sonst etwas in der Richtung machen.« Ich starrte auf meine Finger hinab, die ich so fest in meinem Schoß verschränkt hatte, dass meine Knöchel weiß hervortraten. Alles, um nicht zu zeigen, dass ich zitterte. »Es hat eine Weile gedauert, bis ich herausgefunden habe, was ich wirklich möchte und was ich gut kann, und zuerst habe ich mich dagegen gewehrt, aber ...« Langsam hob ich den Kopf und suchte seinen Blick. »Ich ... ich will den Leuten helfen und ihnen etwas beibringen, statt zu forschen. Ich möchte Lehrerin werden – und ich hasse es, dass ich das will, weil es ... weil es das ist, was *sie* tut.«

Jetzt war es raus. Eine meiner schlimmsten Ängste. Ich würde alles dafür tun, niemals so zu werden wie meine Mutter, und war sogar bereit gewesen, meinen eigenen Berufswunsch hintanzustellen, nur damit ich mich von ihr unterschied. Damit ich nicht so wurde wie sie. In keinerlei Hinsicht.

»Oh, Sophie ...« Mein Großvater rutschte im Sessel vor und legte seine große Hand auf meine. »Was deine Mom und dein Vater getan haben, ist schrecklich, aber du darfst nicht dein

Leben davon bestimmen lassen. Genauso wenig davon, ob du mich damit stolz machen kannst. Ich werde immer stolz auf dich sein, weil aus dir eine wundervolle, ehrliche und herzensgute junge Frau geworden ist. Das ist es, was zählt. Und ich könnte gar nicht stolzer sein.«

Tränen füllten meine Augen und ich wagte nicht zu blinzeln, weil sie mir dann über die Wangen laufen würden. Und einmal angefangen, könnte ich nicht mehr aufhören zu weinen. »Wirklich?«, flüsterte ich.

Er nickte entschieden. »Nur weil du den gleichen Beruf ergreifen möchtest wie sie, macht dich das nicht zu deiner Mutter, Kleines. Du bist du. Wenn du Entscheidungen triffst, dann hör auf dein Herz, und nicht auf die Angst oder auf schlechte Erfahrungen, die du gemacht hast.«

Ich atmete zittrig aus. »Dann bist du … Du bist nicht böse? Enttäuscht von mir?«

»Ich könnte niemals von dir enttäuscht sein.«

Diesmal schaffte ich es nicht mehr, die Tränen zurückzuhalten. Sie kullerten über meine Wangen, selbst dann noch, als ich sie mit dem Handrücken wegwischte. Trotzdem musste ich lächeln, weil ich so unheimlich erleichtert war. Grandpa verstand es. Mehr noch: Er unterstützte mich – nicht nur in dieser Sache, sondern in allem, was ich tat. Wie hatte ich nur daran zweifeln können?

Doch meine Angst war so gigantisch und allgegenwärtig gewesen. Deshalb hatte ich mich nie getraut, das zu tun, was ich wirklich tun wollte. Ich hatte mich so davor gefürchtet, Grandpa zu enttäuschen oder meiner Mutter zu ähnlich zu sein, dass ich nicht mal den Gedanken an andere Möglichkeiten zugelassen hatte. Von meinen Wünschen und Träumen ganz zu schweigen. Und das nicht nur, was mein Studium betraf. Ein ganzes Jahr lang hatte ich stumm vor mich hin gelitten, statt

Cole einfach zu sagen, was ich für ihn empfand, so wie er es getan hatte. Und selbst dann hatte ich aus Angst, ihn zu verlieren, alles dafür getan, zu verhindern, dass wir uns näherkamen. Aber Grandpa hatte recht. Meine Entscheidungen machten mich nicht automatisch zum selben Menschen wie meine Mutter. Ich konnte gar nicht so sein wie sie. Und das würde ich auch nicht, weil ich nicht vor meinen Problemen davonlief. Ich stellte mich ihnen, selbst wenn das verflixt viel Mut erforderte. Aber letzten Endes ... letzten Endes wurde Mut belohnt. So wie mit Cole. So wie jetzt, als mein Großvater aufstand und mich in eine so feste Umarmung schloss, dass mir die Luft wegblieb. Gleichzeitig strich er mir aber auch so behutsam über das Haar, als wäre ich etwas Kostbares für ihn.

Ich klammerte mich an ihn und atmete tief den vertrauten Geruch nach Seife und Pfefferminz und ... huch? War das etwa ...?

Ich schnüffelte und löste mich dann ein Stück von ihm. »Grandpa ... ist das *Gras?*«

Er wirkte ertappt. »Lass mich. Ich will die Zeit, die mir noch bleibt, in vollen Zügen genießen.«

Ich konnte gar nicht anders, als loszuprusten und ihn noch fester zu umarmen.

»Danke, dass du so ehrlich warst, Sophie. Zu mir, aber vor allem zu dir selbst«, wisperte er und strich ein letztes Mal über mein Haar. »Und jetzt geh und triff die richtigen Entscheidungen.«

Ich löste mich lächelnd von ihm und wischte die letzten Tränen weg. »Versprochen.«

»Und sag Cole, er soll das nächste Mal gefälligst mit reinkommen.«

Jetzt war ich diejenige, die ertappt aussah. Und knallrot wurde. Ich nickte, musste aber auch lachen. Natürlich hatte er das

mitbekommen. Alles andere hätte mich auch wirklich überrascht.

Zum ersten Mal verließ ich das Haus, ohne mich beim Blick
auf das Foto meiner Mutter schlecht zu fühlen. Wahrscheinlich würde es solche kurzen Momente in Zukunft noch geben,
aber irgendetwas sagte mir, dass ich lernen würde, damit umzugehen. Und falls nicht, hatte ich die richtigen Menschen an
meiner Seite, die mich dabei unterstützen würden. Sie konnten
mir das zwar nicht abnehmen, aber sie konnten für mich da
sein, so wie wir alle geschlossen für Parker da gewesen waren.

Cole wartete auf mich, als ich nach draußen kam. In der
Zwischenzeit war er ausgestiegen und lehnte an der Motor-
haube, die Arme vor der Brust verschränkt. Als er meinen Gesichtsausdruck bemerkte, lächelte er langsam. Wortlos breitete er die Arme aus – und ich ließ mich Sekunden später mit
einem erleichterten Seufzen gegen ihn sinken.

»Wo willst du jetzt hin?«, fragte er leise und dicht an meinem Ohr. »Sollen wir noch etwas rumfahren oder …?«

»Nach Hause«, antwortete ich und suchte seinen Blick.
»Lass uns nach Hause fahren.«

Er lächelte. »Immer.«

Epilog

Cole

Einige Monate später

Rauch erfüllte die Luft und der Geruch nach gegrilltem Fleisch und Gemüse breitete sich aus. Es war ein warmer Aprilabend und die Temperaturen lagen locker über zwanzig Grad. Eine leichte salzige Meeresbrise zog durch den Garten und vermischte sich mit dem Grillgeruch. Die Sonne stand bereits tief am Horizont und tauchte alles in ein rotgoldenes Licht, aber wir hatten vorgesorgt und jede Menge Solarlampen aufgestellt, um auch nach Einbruch der Nacht noch draußen sitzen zu können.

»Alles okay?«, fragte ich Sophie, die seitlich auf meinem Schoß saß und sich an mich lehnte.

Sie sah mit einem kleinen Lächeln zu mir hoch. »Könnte nur besser sein, wenn wir endlich essen dürften.«

Ich grinste. »Du kennst doch Lincoln. Außerdem sind noch nicht alle da.« Ich deutete um mich.

Liz hatte ihre neue Freundin mitgebracht und auch Lincoln hatte sein aktuelles Date zu unserem kleinen Grillfest eingeladen. Die beiden Neuzugänge saßen schon an dem langen Holztisch und unterhielten sich angeregt, während Liz es sich daneben gemütlich gemacht hatte, die Füße hochgelegt und das Grafiktablet in den Händen. Wann immer sie aufsah und ihr Blick den ihrer Freundin traf, lächelte sie. Ein ziemlich ungewohnter Anblick, aber es war schön, sie glücklich zu sehen.

»Ich bin am Verhungern!« Callie, Parkers beste Freundin aus Alabama, trat neben uns und reichte Sophie einen Müsliriegel, als hätten die zwei einen heimlichen Pakt geschlossen.

»Das hab ich auch gerade gesagt!«, rief Sophie und biss von dem Riegel ab. »Und es riecht auch noch sooo gut!«

Teagan warf sich mit einem tiefen Seufzen auf den Stuhl neben uns. »Ich wette, das macht er mit Absicht. Er will uns nur quälen.«

»Wenn es nicht bald was davon zu essen gibt, kann ich für nichts mehr garantieren«, murmelte Sophie und stopfte sich den Rest des Müsliriegels in den Mund.

Callie lachte, aber Teagan und mir war klar, wie ernst Sophie das meinte.

Hinter Callie tauchte ihr Freund Keith auf, legte die Arme von hinten um sie und das Kinn auf ihrer Schulter ab. »Soll ich Lincoln helfen? Dann kriegen wir sicher alle schneller was zu essen.«

»Versuch dein Glück.« Ich schnitt eine Grimasse. »Mich hat er schon verscheucht.«

»Ja, weil du einen ganzen Benzinkanister auf den Grill schütten wolltest«, konterte Sophie prompt.

»Hey!« Ich kniff sie in die Seite, was ihr ein leises Lachen entlockte und mir einen Klaps auf die Finger einbrachte. »Das hab ich nur ein einziges Mal getan. Im Sommer, wenige Tage nachdem du …«

»Du meinst wohl, nachdem *du* die Pizza im Ofen vergessen hast, die Feuerwehr da war und du später allen erzählst hast, ich wäre das gewesen?«

Okay, das war keiner meiner Glanzmomente gewesen. Immerhin schaffte ich es, einigermaßen reumütig auszusehen.

Keith stieß einen leisen Pfiff aus. »Das hast du echt getan?«

Sophie schnaubte. »Er hat auch mal den Gasherd angelassen und hätte uns damit fast alle umgebracht«, erwiderte sie trocken.

Ich verdrehte die Augen »Das werde ich bis in alle Ewigkeit zu hören bekommen, oder?«

Sie lächelte lieblich. »Jepp.« Bevor ich protestieren konnte, drückte sie ihre Lippen auf meine und ich vergaß, was ich überhaupt sagen wollte.

»Hey!«, unterbrach uns eine tiefe kratzige Stimme. Der alte Mr Oakley stand in der Tür zum Garten und musterte uns grimmig. »Was treibt ihr hier draußen?«, schnauzte er uns an.

Lincoln winkte ihm zu. »Wir grillen. Wollen Sie mitessen?«

Damit schien unser Vermieter nicht gerechnet zu haben, genauso wenig wie ich. Wir waren es alle gewöhnt, von Mr Oakley angeranzt zu werden – mal ohne Grund, meist mit. Dass Lincoln ihn jetzt einlud, mit uns zu grillen, war überraschend, aber ... ganz ehrlich? Warum eigentlich nicht?

Mr Oakley zog die buschigen Brauen zusammen und brummte etwas vor sich hin, stapfte jedoch über das Gras und warf einen kritischen Blick auf den Grill.

Wortlos bot Linc ihm den ersten Teller mit ein paar Würstchen, Kartoffeln, Paprika und einem Maiskolben an. Sophie holte schon Luft, um zu protestieren, aber ich legte ihr blitzschnell die Hand auf den Mund.

»Pssst!«, zischte ich. »Sag nichts, sonst kommt er noch auf die Idee, sich den Wasserschaden im Bad genauer anzusehen, und dann erhöht er garantiert die Miete.«

Sie schloss den Mund unverrichteter Dinge wieder, und ich machte mir eine mentale Notiz, mit dem Mann meiner Cousine noch einmal über die notwendige Reparatur zu sprechen. Meine Gedanken wurden allerdings von einem sehr eindringlichen Knurren unterbrochen. Verdammt, Sophie hatte wirklich Hunger.

»Ich hol dir was, okay?« Damit half ich ihr sanft auf die Beine und wanderte zu Lincoln hinüber, der jeden, der sich dem Grill auch nur näherte, mit warnenden Blicken bombardierte.

Während ich mir einen Teller beladen ließ, hörte ich Schritte und Stimmen aus dem Haus. Gleich darauf tauchten Parker und sein Dad im Garten auf.

»Hey, Mr P!«, rief ich.

Parkers Dad hob grüßend die Hand. »Hallo Cole. Und hallo an alle.«

Irgendwie hatte Parker es geschafft, seinen Vater dazu zu überreden, ihn für eine Weile hier zu besuchen. Wenn ich das richtig mitbekommen hatte, überlegte er sogar, ganz nach Pensacola zu ziehen, da die Erinnerungen zu Hause noch immer zu schmerzhaft waren und ihn nun auch nichts mehr dort hielt.

Nach und nach füllten sich nicht nur die Teller, sondern auch die Plätze am Tisch. Irgendwie schafften wir es, uns alle darum zu quetschen. Zwar stießen wir einander immer wieder aus Versehen mit den Ellbogen an, wenn eine Gabel herunterfiel, brach ein heilloses Durcheinander aus und jeder redete mit jedem, ganz egal ob quer über den Tisch oder mit den Sitznachbarn. Es war absolut chaotisch und wundervoll.

Als wir alle endlich satt waren, war die Sonne längst untergegangen, die Kohle im Grill glimmte nur noch leicht vor sich hin und die Solarlampen erhellten den Garten. Mit dem Handy in der Hand stand ich auf und ging zu dem Bluetooth-Lautsprecher hinüber, den ich vorhin mit nach draußen gebracht hatte. Als die ersten Töne von Liquidos *Narcotic* ertönten, sah ich zu Sophie hinüber. Ihre Augen wurden riesig.

Grinsend hielt ich ihr die Hand hin. »Lust, zu tanzen?«

»Machst du Witze?« Sie sprang so schnell auf, dass sie über ihre eigenen Füße stolperte.

Hastig machte ich einen Schritt auf sie zu und legte die Hände an ihre Taille, um sie aufzufangen. »Glück gehabt.«

Wie damals auf der Hochzeit meines Bruders nahm ich Sophies Hand in meine, während sie ihre andere Hand auf meine Schulter legte. Nur dass wir diesmal deutlich enger miteinander tanzten und sie mich noch viel mehr anstrahlte als an jenem Abend. Und als ich sie in eine Drehung führte und schwungvoll wieder an mich zog, warf sie den Kopf in den Nacken und lachte auf.

Die anderen kommentierten das nicht. Sie waren ganz andere Dinge von uns gewohnt.

Ich zog Sophie noch ein bisschen näher an mich und hielt ihren Blick fest, während wir uns zur Musik bewegten. »Alles gut?«, fragte ich schließlich leise und lehnte meine Stirn an ihre.

»Fantastisch.« Sie lächelte. »Ich würde es mir gar nicht anders wünschen. Heute ist ein guter Tag.«

Das konnte ich nur bestätigen. Wir waren umringt von unseren Freunden, nachdem wir den Tag davor mit meiner Familie und mit Sophies Grandpa verbracht hatten. Wir hatten ihn zum Flughafen gefahren, damit er endlich seine große Wanderreise antreten konnte. Nur deshalb war er heute nicht hier, aber er hatte uns seinen neuen Grill ausgeliehen und wir hatten ihm versprochen, bei seiner Rückkehr nur ihm zu Ehren eine richtige Grillparty zu schmeißen.

»Irgendwas riecht verbrannt«, stellte Liz plötzlich fest und setzte sich abrupt auf. »Bilde ich mir das ein oder riecht es wirklich verbrannt?«

Parker runzelte die Stirn. »Hast du wieder den Herd angelassen, Cole?«

»Was?«, rief ich und blieb mit Sophie in meinen Armen stehen. »Ich war nicht mal in der Nähe von dem Ding. Ich bin unschuldig!«

»Das Glätteisen?«, schlug Lincoln vor.

Liz warf ihm einen vernichtenden Blick zu. »Sehe ich etwa so aus, als hätte ich es heute benutzt?«, fauchte sie und deutete auf die ungeliebten Wellen in ihren kurzen Haaren.

Sophie gab einen erstickten Laut von sich. »Was riecht dann so verbrannt?«

Wir starrten einander an – und dann rannten wir alle wie auf Kommando ins Haus.

»Ich hab mich geirrt«, schimpfte Teagan auf der Treppe hinter uns. »Ihr seid viel schlimmer als ein Sims-Haushalt. Es ist ein Wunder, dass ihr überhaupt noch lebt!«

Ich zwinkerte Sophie grinsend zu. Einmal Chaos-WG, immer Chaos-WG.

Danksagung

Dieses Buch zu schreiben, war nicht geplant. Erst als Sophie und Cole in *Feeling Close to You* aufgetaucht sind, wusste ich, dass ich ihre Geschichte unbedingt erzählen will – und die vielen begeisterten Nachrichten meiner Leser:innen haben mich darin bestätigt. Nur wegen euch gibt es dieses Buch. Darum danke an alle, die sich vom ersten Moment an in Sophie und Cole verliebt haben und unbedingt ihre Geschichte erfahren wollten!

Ein großes Dankeschön geht an Kristina Langenbuch Gerez, die das Buch nicht nur lektoriert hat, sondern mich auch dabei unterstützt hat, als ich im Zuge dessen das letzte Drittel des Buches noch mal komplett geändert habe. Danke für dein immerwährendes Vertrauen und deine Unterstützung.

Ein ebenfalls großes Dankeschön geht an meine Verlagslektorin Stephanie Bubley und an das gesamte Team vom LYX-Verlag. Danke, dass ihr die *Was-auch-immer-geschieht*-Reihe möglich gemacht habt.

Danke an meine wundervollen Testleserinnen Marie, Tina und Cara für eure Anmerkungen und eure Begeisterung für diese Geschichte.

Danke an Nicole für die vielen, vielen gemeinsamen Arbeitssessions und Gespräche. Ich bin so froh, dich in meinem Leben zu haben!

Danke an meine Freunde und Familie dafür, dass ihr immer da seid und mich in allem unterstützt.

Und schließlich danke an euch, meine lieben Leser:innen, dafür, dass ihr meine Bücher kauft, lest, liebt und weiterempfehlt. Ohne euch könnte ich nicht das tun, was mir die Welt bedeutet. Danke für alles!

Leseprobe
Finding Back to Us

Irgendetwas riss mich aus dem Schlaf. Ich schlug die Augen auf und versuchte zu verstehen, warum mein Herz auf einmal so raste. Warum nichts von Ambers leisem Schnarchen auf der anderen Seite des Zimmers zu hören war und weshalb der Mond in mein Zimmer schien, obwohl wir doch immer Jalousien vor den Fenstern hatten.

Ich tastete nach meinem Handy auf dem Nachttisch. Zwei Uhr siebenundvierzig. Keine neue Textnachricht, kein verpasster Anruf. Nichts, das erklären würde, warum ich mitten in der Nacht aufgewacht war. Der Ton war an und die Lautstärke hoch, da ich im Wohnheim nur noch mit Ohrstöpseln schlief. Wenn Leute, die in derselben Etage wohnten wie du, erst in den frühen Morgenstunden in ihre Zimmer zurückkehrten und dabei auch noch irgendwelche Songs aus den Top 100 lallten, wurden Ohrstöpsel schnell zu deinen neuen besten Freunden. Allerdings war ich nicht mehr in meinem Wohnheimzimmer, sondern zu Hause, realisierte ich langsam. In meinem Bett. Durch die offene Bauweise des Hauses mit dem Geländer und der hohen Decke im Wohnzimmer drang jedes noch so kleine Geräusch bis nach oben ins Dachgeschoss.

Ich setzte mich auf und rieb mir über die Augen, während ich lauschte. Das Haus war alt, aber selbst nach so langer Zeit der Abwesenheit sollte ich noch mit seinen Geräuschen vertraut sein, oder? Ich wollte mich gerade wieder hinlegen, als die Dielen unten knarzten. Unbewusst hielt ich den Atem an. War Holly auf der Suche nach einem Mitternachtssnack in der Küche? Stella konnte es nicht sein, sie war kurz nach meiner Ankunft zu ihrer Nachtschicht ins Krankenhaus gefahren und würde so schnell nicht zurückkehren.

Ich sollte mich wieder hinlegen und weiterschlafen, schließlich war es nur ein leises Knarren gewesen, aber meine Sinne liefen auf Hochtouren. Mein Puls hämmerte wie nach einer langen Joggingrunde, ich hatte die Ohren gespitzt und starrte in die Dunkelheit meines Zimmers. Da! Schon wieder ein kaum vernehmbares Knarzen der Dielen. Das konnte nicht nur das Haus sein, oder? Bevor ich darüber nachdenken konnte, hörte ich ein weiteres Geräusch: das Splittern von Glas. Diesmal bestand kein Zweifel daran, dass irgendjemand durchs Haus schlich.

Ich schob die Decke beiseite und stand auf. Barfuß tappte ich über den Holzboden zu meinem Kleiderschrank, der unter der Dachschräge fast die gesamte Wand einnahm. Darin lag noch immer mein alter Baseballschläger neben ein paar Schuhkartons. Ich zog ihn hervor und schlich zu meiner Zimmertür.

Meine Finger zitterten vor Anstrengung, als ich versuchte, die Tür so vorsichtig wie möglich zu öffnen, dennoch erwischte mich das vertraute Quietschen eiskalt. Großartig. Wenn sich ein Einbrecher unten durch unser Silberbesteck wühlte, wusste er spätestens jetzt, dass er nicht allein war. Mit zusammengebissenen Zähnen schob ich mich durch den Spalt und ging die Treppe hinunter.

Die Härchen an meinen Armen stellten sich auf und mir wurde bewusst, dass ich nur ein altes T-Shirt trug, das mir bis zur Mitte der Oberschenkel reichte. Damit gab ich sicherlich einen furchterregenden Anblick für einen potenziellen Einbrecher ab. Egal. Weiter.

Ich erreichte das erste Stockwerk und mied alle Stellen im Boden, von denen ich noch immer in schlafwandlerischer Sicherheit wusste, dass sie knarrten. Auf der gegenüberliegenden Seite befand sich Hollys Zimmertür. Sie war geschlossen, und es brannte kein Licht, das durch die Ritzen scheinen könnte. Da meine Schwester sogar einen Feueralarm in unserem alten Zuhause verschlafen hatte, überraschte es mich nicht, dass sie das Klirren nicht gehört hatte.

Über das Geländer spähte ich ins Wohnzimmer hinunter. Nichts. Keine Bewegung. Keine Geräusche. Keine verdächtige Gestalt, die durch das Haus schlich. Von mir selbst mal abgesehen. Das Wohnzimmer lag in unberührter Stille unter mir. Zwei Sofas vor dem Kamin, weiter hinten das Klavier, das ich seit Jahren nicht mehr angerührt hatte, und der lange Esstisch mit den hohen Stühlen. Ich streckte mich, konnte von hier oben allerdings nicht bis zur Küche sehen. Was ich aber deutlich bemerkte, war, dass nirgendwo im Haus ein Licht brannte.

Leise schlich ich weiter und steuerte die Treppe ins Erdgeschoss an. Sie begann genau dort, wo der Flur nach rechts zu Hollys Zimmer und dem Bad abging, und nach links in den unbenutzten Teil des Hauses führte. Früher einmal waren dort das Büro meines Vaters und das Zimmer meines Stiefbruders gewesen, aber das war lange her. Seitdem hatte meines Wissens nach kaum jemand mehr einen Fuß in diese Räume gesetzt. In Gedanken betete ich darum, nur paranoid zu sein. Ich wollte keinem Einbrecher begegnen, der in meiner Vorstellung wesentlich gruseliger war als die toten Menschen, die ich während meines Studiums schon gesehen hatte.

Ich war so darauf konzentriert, mich lautlos zu bewegen, dass ich keinen Gedanken daran verschwendete, dass jemand um die Ecke kommen könnte. Großer Fehler. Ich nahm die Bewegung nur aus dem Augenwinkel wahr. Instinktiv zuckte ich zurück, holte mit dem Baseballschläger aus und schlug zu. Das Holz traf auf Muskeln und Knochen und der Aufprall verursachte ein Vibrieren, das sich bis in meine Schulter zog. Ich sprang zurück, bereit, noch mal auszuholen, aber der Einbrecher packte den Schläger und hielt ihn fest.

»Fuck!«, fluchte eine tiefe Stimme. »Was soll das?«

Ich setzte bereits zu einer gepfefferten Antwort an, als mir bewusst wurde, dass ich diese Stimme kannte. Zumindest hatte ich sie schon einmal gehört und das vor nicht allzu langer Zeit. Ihr Besitzer hielt den Baseballschläger noch immer fest, trat jetzt aber einen halben Schritt näher. Und ich erkannte ihn. Trotz der Dunkelheit erkannte ich den jungen Mann vom Flughafen wieder. Dieselbe Kleidung, dasselbe Gesicht – und nicht etwa eine schwarze Kluft mitsamt Skimaske und Brechstange, wie zumindest ein kleiner Teil von mir erwartet hatte.

»Was zum ...?« Meine Stimme erstarb, dafür polterte mein Herz los. »Hast du sie noch alle, mitten in der Nacht hier herumzuschleichen? Ich dachte, du wärst ein Einbrecher!«

»Bist du sicher?« Mit der freien Hand rieb er sich über seine Rippen. »So, wie sich das anfühlt, wusstest du genau, wen du verprügelst.« Er zögerte, als ich nicht reagierte. »Du erkennst mich wirklich nicht, oder?«

Mein Herz hämmerte noch immer, nur war der Grund dafür inzwischen ein anderer. In meinem Hinterkopf begann sich ein Verdacht zu formen, aber ich wollte nicht daran denken, wollte es nicht wahrhaben, weil es einfach nicht sein konnte. Es war unmöglich.

»Was ist los, *Schwesterchen*?« Er richtete sich zu seiner vollen Größe auf. »Hast du mich inzwischen nicht nur aus deinem Leben, sondern auch aus deinem Gedächtnis verbannt?«

Nein. Einfach nein. Konnte bitte jemand die Zeit zurück-drehen? Denn ich wollte das hier nicht erleben. Nicht jetzt, nicht heute, niemals. Inzwischen hämmerte mein Herz so schnell, dass es mich nicht überrascht hätte, wenn es aus mei-nem Brustkorb geklettert und davongelaufen wäre. Das hätte ich ja am liebsten selbst getan. Einfach auf dem Absatz kehrt-gemacht, mich wieder ins Bett gelegt und so getan, als wäre das hier niemals passiert. Als wäre nicht ausgerechnet mein Stief-bruder nach Hause zurückgekehrt. Der Mann, den ich seit sie-ben Jahren nicht mehr gesehen hatte. Der Mann, der meinen Vater auf dem Gewissen hatte.

»Keith …?« Ich erstickte beinahe an diesem einen Wort. Selbst ohne sein Nicken hätte ich gewusst, dass er es war. Keith Blackwood. Stellas Sohn. Ich schnappte nach Luft, doch nichts davon schien in meine Lunge dringen zu wollen. Fast so, als hätte mein Körper kurzerhand beschlossen, dass ich keinen Sauerstoff mehr zum Leben brauchte. Genauso wenig wie ein Herz. Denn das hatte Keith mir damals nicht gebrochen, son-dern es herausgerissen und zugelassen, dass es gemeinsam mit meinem Vater starb.

Meine Augen begannen zu brennen, eine klare Warnung, dass mir gleich die Tränen kommen würden. Ich verfluchte mich für diese Schwäche und blinzelte mehrmals, um das Ge-fühl zu vertreiben. Wut hatte schon immer gut funktioniert und jetzt pochte sie in meinen Adern und drohte mich wie eine Flutwelle mitzureißen.

»Wenn ich geahnt hätte, dass ausgerechnet du hier herum-schleichst, hätte ich noch fester zugeschlagen.«

Keith schnaubte leise, als hätte er mit keiner anderen Ant-wort gerechnet. »Ich freue mich auch, dich wiederzusehen.«

Ich zuckte zusammen, als wäre ich diejenige, der man mit dem Baseballschläger eins übergezogen hatte. Denn genau so fühlte es sich an, ihn hier und jetzt wiederzusehen. Wie ein Schlag aus dem Nichts, der mich mit voller Wucht erwischte. Ich konnte regelrecht spüren, wie mir das Blut aus dem Gesicht wich, während ein kaltes Prickeln über meine Haut glitt, als würde sich eine Eisschicht darauf ausbreiten.

»Was machst du hier?« Irgendwie brachte ich die Worte hervor, obwohl ich das Gefühl hatte, genauso daran zu ersticken wie an seinem Namen auf meinen Lippen. Denn niemand, weder Holly noch Stella, hatte mich vorgewarnt. Keine von ihnen hatte auch nur die geringste Andeutung fallen lassen, dass ausgerechnet Keith wieder da war.

»Ich werde eine Zeit lang hier wohnen.«

Ein simpler Satz, der die Macht hatte, meine ganze Welt auf den Kopf zu stellen. Keith Blackwood wohnte *hier*? In meinem Elternhaus? Wieso? Er war jahrelang fort gewesen. Warum kam er ausgerechnet jetzt zurück?

Ein Bild flackerte vor meinem inneren Auge auf. Weiße Wände, weiße Bettwäsche und dunkelblaue Vorhänge, die zugezogen waren. Ein Strauß bunter Blumen. Die Deckenlampe spendete grelles Neonlicht und vom Flur her drangen Geräusche herein. Schritte. Gedämpfte Stimmen. Die scharrenden Rollen eines Bettes, das durch die Gänge geschoben wurde. Das Klingeln eines Fahrstuhls, als sich die Türen öffneten. Das gleichmäßige Piepen der Geräte direkt neben mir. Nichts von alledem schien zusammenzupassen. Erst der Geruch nach Desinfektionsmitteln, Gummihandschuhen und kranken Menschen machte mir deutlich, wo ich mich befand. Und ein fünfzehnjähriger Keith, der in der Tür zu meinem Zimmer stand.

Er hatte ein dickes Pflaster am Kopf und einen Kratzer an der Wange. Seine Arme waren verbunden, aber nicht eingegipst. Er lehnte am Türrahmen, als würde es ihn zu viel Kraft kosten, aufrecht zu stehen. Als wäre sein Körper nicht stark genug, ihn zu halten – oder als würden die Schuldgefühle ihn niederdrücken.

Ein Blick in sein Gesicht genügte, um die tiefe Trauer in seinen braunen Augen zu sehen und zu wissen, was passiert war. Der Fahrunterricht mit Dad. Seine mahnenden Worte, dass Keith nicht so schnell fahren sollte. Die SMS, die ich auf meinem Handy an Faye tippte. Dann war da nur noch Leere. Ein schwarzes Loch, das all meine Erinnerungen in sich aufgesogen hatte. Ich wusste nicht mehr, wie oder wo es geschehen war. Doch als Keith mich so ansah, da wusste ich, dass etwas Schreckliches passiert sein musste. Er sagte nichts, gab mir keine Erklärungen, keine tröstenden Worte, sondern hüllte sich in ein Schweigen, das mehr schmerzte, als jedes Wort aus seinem Mund es je gekonnt hätte. Und in diesem Moment wurde aus dem Jungen, an den ich mein Herz verloren hatte, die Person, die ich am meisten hasste.

Ruckartig holte ich mich in die Gegenwart zurück. Eine Gegenwart, in der ich vor dem Menschen stand, von dem ich geglaubt hatte, ihn nie wieder sehen zu müssen. Kurz nach dem Unfall war er gegangen. Ohne Abschied. Ohne ein Wort der Erklärung. Ohne eine Entschuldigung. Einfach so. Er war nicht einmal auf Dads Beerdigung erschienen. Und jetzt tauchte er genauso unangekündigt wieder auf? Warum? Was in Gottes Namen ließ ihn glauben, er wäre hier willkommen?

»Du wohnst hier?«, wiederholte ich ungläubig und riss den Baseballschläger wieder an mich. Es kostete mich all meine Selbstbeherrschung, nicht erneut auszuholen und ihn aus dem Haus zu prügeln. Verdient hätte er es. Das und noch so viel mehr. »Seit wann? Wie bist du überhaupt reingekommen?«

»Ich war vorhin bei Mom im Krankenhaus. Sie hat mir

einen Schlüssel gegeben«, antwortete er ruhig. Doch damit warf er nur weitere Fragen auf.

Stella hatte davon gewusst? Also war das hier kein Überraschungsbesuch, sondern ein geplanter? Und sie hatte es Holly und mir einfach verschwiegen? Denn ich war mir sicher, dass meine kleine Schwester genauso ahnungslos war wie ich. Dieses Mädchen konnte kein Geheimnis für sich behalten, schon gar keines, bei dem es um den unangekündigten Besuch unseres Stiefbruders ging.

Stella schon. Sie hatte nicht mal mit der Wimper gezuckt, als sie mich heute umarmt hatte. Hatte sie Keith genauso warmherzig willkommen geheißen? Als wäre nichts geschehen? Als würde sie nicht wieder den Menschen in unser Leben, in unser Haus lassen, der unsere Familie zerstört hatte?

»Keine Panik«, murmelte er. »Du wirst mich schneller wieder los, als du *Hau ab* sagen kannst.«

»Ich würde nie *Hau ab* sagen, sondern *Fahr zur Hölle!*«

»Klar.« Er sah mich ausdruckslos an. Zynismus tränkte seine nächsten Worte. »Ich bin nur hier, bis ich etwas Eigenes gefunden habe.«

Es ergab noch immer keinen Sinn. Warum jetzt? Warum hielt er es nach sieben Jahren für nötig, zurückzukommen? Um Buße zu tun? Dafür war es zu spät. Er konnte nicht ernsthaft glauben, dass die Leute hier vergessen hatten, was er getan hatte. Ich hatte es definitiv nicht, und das würde ich auch nie. Der Unfall selbst mochte durch die Gehirnerschütterung aus meinem Gedächtnis gelöscht worden sein, aber ich würde immer wissen, was dazu geführt hatte. Wer die Schuld daran trug. Und wer hinterher feige abgehauen war, statt sich den Folgen seiner Taten zu stellen. Ich war so wütend auf Keith gewesen, aber als ich endlich aus dem Krankenhaus entlassen worden war, war er nicht mehr da gewesen. Wo sollte ich hin mit meinem Hass?

Ich konnte ihn nicht auf jemanden richten, der nicht da war. Und wie sollte man trauern, wenn der Schuldige ungestraft davongekommen war?

Im Laufe der Zeit wurde der Schmerz dumpfer. Ich war erwachsen geworden und sicher gewesen, diese Sache überwunden zu haben. Doch jetzt kehrte alles mit einem Schlag zurück. Die Wut. Der Hass. Die Verzweiflung. All das legte sich wie ein tonnenschweres Gewicht auf meine Brust, bis ich das Gefühl hatte, darunter zu zerbrechen. Und Keith stand einfach nur da und musterte mich, als wäre nichts passiert. Als würde sein Auftauchen kein heilloses Chaos in meiner Welt auslösen.

Sekundenlang konnte ich ihn nur anstarren. Fassungslos, dass das hier wirklich geschah, während ein kleiner Teil in mir noch immer darauf hoffte, dass ich es nur träumte. Der Junge, den ich gekannt hatte, war verschwunden, und an seine Stelle war ein Mann getreten. Die Jahre hatten ihn verändert. Sein Gesicht war ernster geworden, die Konturen härter. In der Dunkelheit um uns herum war das nicht so deutlich auszumachen, aber ich erinnerte mich noch gut an unsere Begegnung heute Nachmittag. An den Ausdruck in seinen braunen Augen, den Armeerucksack ... und wie ich ihn angelächelt hatte. Wie ich mich blamiert und darauf gehofft hatte, dass er mir seine Nummer gab.

Oh Gott. Vielleicht sollte ich mir selbst eins mit dem Baseballschläger überziehen, denn ich war offensichtlich nicht mehr bei Verstand. War ich wirklich kurz davor gewesen, mit meinem Stiefbruder zu flirten? Mit der Person, die ich am allermeisten hasste? Ich wusste nicht, ob ich lachen oder weinen sollte. Oder fluchen. Fluchen war immer gut.

»Am Flughafen ...«, begann ich zögerlich, denn mit einem Mal tauchten all die Details auf, die mir zuvor nicht aufgefallen waren. Die Art, wie er mich angesehen und wie er gelächelt hatte, selbstbewusst, aber gleichzeitig auch unsicher, als wüsste er nicht so recht, was er von mir halten sollte. »Du wusstest, dass ich es bin, oder?«

Bitte sag Nein. Bitte sag Nein. Bitte sag …

»Ja.«

Ich schloss die Augen. Jede noch so kleine Hoffnung, von der ich nicht einmal geahnt hatte, dass ich sie gehegt hatte, erstarb mit diesem einen Wort. Er hatte gewusst, wer vor ihm stand. Und ich hatte mich auch noch bei ihm bedankt. Aber wie hätte ich denn ahnen können, wen ich da vor mir hatte? Ich hatte Keith schließlich sieben Jahre lang nicht mehr gesehen.

Hitze schoss mir in die Wangen, als sich Wut und Scham einen erbitterten Kampf lieferten.

»Keine Sorge.« Ich riss die Augen gerade rechtzeitig wieder auf, um das spöttische Lächeln zu sehen, das seine Lippen umspielte. »Ich verrate keinem, dass du ganz hin und weg warst.«

»Du bist …«, begann ich, ohne zu wissen, mit welcher Beleidigung mein Satz enden würde.

»Einnehmend?«, schlug er vor. »Faszinierend? Unwiderstehlich?«

Es gab tatsächlich Leute, die glaubten, dass Menschen sich ändern konnten. Ich gehörte nicht dazu, und in diesem Moment bewies mir Keith, wie recht ich damit hatte. Er hatte sich kein Stück verändert. Er provozierte mich noch genau wie früher, nur dass er es jetzt in dem Wissen tat, was er angerichtet hatte. Und so fühlte sich jedes Wort, das seinen Mund verließ, wie eine Klinge an, die sich in meine Brust bohrte. Kein schlichtes Küchenmesser, sondern ein Skalpell, das er mit grausamer Präzision genau dort ansetzte, wo es am meisten schmerzte.

»Unerträglich«, stieß ich hervor. »Genau wie früher.«

Bevor er etwas darauf erwidern oder ich etwas tun konnte, das ich hinterher vielleicht bereuen würde, machte ich auf dem Absatz kehrt und ließ ihn stehen.

Das Blut rauschte in meinen Ohren, und meine Knie zitterten, als ich davonstapfte. Vermutlich grenzte es an ein Wunder, dass ich überhaupt einen Fuß vor den anderen setzen konnte. Das letzte Mal, dass ich mich so gefühlt hatte, war der Moment gewesen, in dem ich von Dads Tod erfahren hatte. Als hätte mich jemand aus meiner vertrauten Umgebung gerissen und in eine neue Wirklichkeit hineingeworfen. Eine Wirklichkeit, die so wenig mit meiner eigenen zu tun hatte, dass ich alles dafür gegeben hätte, sie wieder zurückzutauschen. Aber es gab nichts, das ich hätte tun können. Weder damals noch heute. Es war nicht Trauer oder Hass, der einen Menschen zerstören konnte. Es war Hilflosigkeit.

In meinem Zimmer angekommen, warf ich den Baseballschläger zurück in den Schrank und ging wieder ins Bett. Doch an Schlaf war nicht mehr zu denken. Die Stille um mich herum war genauso erdrückend wie die Fragen, die immer wieder in meinem Kopf auftauchten. Dazu kam das Wissen, dass Keith unter demselben Dach schlief. Alles in mir sträubte sich gegen diese Vorstellung, und am liebsten wäre ich aufgesprungen, hätte meine wenigen Sachen gepackt und wäre zurück zum Campus gefahren. Aber ich hatte Holly versprochen, den Sommer mit ihr zu verbringen.

Nur aus diesem Grund blieb ich liegen und zwang mich dazu, die Augen zu schließen. Ich war für meine kleine Schwester hergekommen, und für sie würde ich auch bleiben. Selbst wenn das bedeutete, dass ich mich eine Zeit lang mit meinem Stiefbruder arrangieren musste.

Leseprobe
Feeling Close to You

Parker

Mittwochabend. Eigentlich hätte ich viel früher mit dem Livestream anfangen wollen, aber mein idiotischer Mitbewohner Cole hätte uns fast alle in die Luft gesprengt. Der Mistkerl hatte nämlich vergessen, den Herd auszuschalten. Wenn Lincoln es nicht rechtzeitig bemerkt hätte, wären wir wahrscheinlich alle in einem riesigen *Kaboom!* draufgegangen. Danke auch, Kumpel. Jetzt klebte mitten in der Küche ein riesiges Blatt Papier am Schrank, auf dem in Sophies Handschrift stand: *Wehe, du lässt den Herd noch mal an und tötest uns alle!*

Bei der Erinnerung daran prustete ich los. Diese WG war noch chaotischer als ich, und manchmal fragte ich mich, wie es möglich sein konnte, dass wir noch alle am Leben waren. Wenn es nicht der vergessene Herd war, tat sich Sophie in ihrer Tollpatschigkeit wieder weh und musste in die Notaufnahme, Eliza hinterließ ihr angestecktes Glätteisen zusammen mit einer Überschwemmung im Bad, oder einer von uns futterte etwas, das schon ein paar Wochen zu lange im Kühlschrank gelegen hatte. Aber irgendwie funktionierte es – oder wir hatten einfach sehr viel Glück. Bisher war zumindest keiner krepiert, und wir waren alle gesund und munter. Wenn man mal von einigen Nahtoderfahrungen und Besuchen in der Notaufnahme absah.

Inzwischen stank es in der Wohnung nicht mehr so penetrant nach Gas. Ich hatte Zimmertür und Fenster wieder geschlossen und saß am Schreibtisch, das Headset auf dem Kopf und die Maus in der Hand. Auf dem rechten Monitor lief der Chat durch, links hatte ich ein paar Tabs offen und auf dem mittleren war das Game, das ich heute spielte. Ich hatte mich schon ewig nicht mehr in Guild Wars 2 eingeloggt und nach dem Chaos in der WG hatte ich auch nichts für den Stream vorbereitet, also hatten die Zuschauer entschieden. Und jetzt fand ich mich in der PvP-Lobby mit Spielern wieder, die ich alle nicht kannte: BugNight, *RockerGrrrl*, TRGame, Ameisen23, SmugShow und viele mehr.

Ich summte einen neuen Taylor-Swift-Song vor mich hin, bei dem meine beste Freundin Callie sicher die Augen verdreht hätte. Dieses Mädchen hatte einfach keinen Musikgeschmack. Anders als meine Zuschauerinnen. Zu meiner eigenen Überraschung befanden sich genauso viele Frauen wie Männer unter meinen Followern. Cole amüsierte sich immer darüber und behauptete, die ganzen weiblichen Fans wären nicht wegen der Games da, sondern wegen mir. Aber selbst wenn es so wäre – kein Interesse. Ich hatte es einmal mit einem Gamer Girl versucht und mir die Finger verbrannt.

Ich spülte das bittere Gefühl mit ein paar Schlucken Energydrink hinunter. Da. Schon vorbei. Ich hatte weder Zeit noch Lust, um mich in Selbstmitleid zu suhlen. Außerdem lud jetzt die Karte, und ich musste mich auf die anstehende Mission konzentrieren.

Wenige Sekunden später fand ich mich zusammen mit vier anderen Playern an unserem Startpunkt in einer Festung wieder. Meine braunhaarige Norn-Frau mit den blauen Tattoos an den Stellen, die nicht von ihrer Rüstung bedeckt wurden, überragte alle anderen. Ich scannte kurz die Namen meines Teams –

wir waren Rot, während die andere Gruppe Blau war. Auch hier kannte ich keinen, aber da ich so lange nicht mehr gespielt hatte, war das wahrscheinlich kein Wunder. Ich sollte echt öfter bei Guild Wars reinschauen. Vielleicht nahm mich dann auch meine alte Gilde wieder auf, in der ich seit dem Umzug und Beginn des Masterstudiums nicht mehr aktives Mitglied war.

Und dann ging es auch schon los.

Ich setzte mich mit meiner Norn-Frau in Bewegung, heilfroh darüber, ein Waldläufer zu sein und zwischen Fern- und Nahkampf wechseln zu können. Den ersten Typen aus Team Blau erledigte ich mit Pfeil und Bogen, dann wechselte ich zum Großschwert und nahm den nächsten Gegner ins Visier.

Adrenalin pumpte durch meinen Körper, während ich alles gab, um die Auseinandersetzung zu bestehen. Wir mussten diesen Teil der Karte einnehmen und dann …

Kämpft ums Überleben!

Was? Wie? Plötzlich saß meine Waldläuferin schwer verwundet auf dem Boden und ein kleines Mistviech sprang um sie herum. Der Spieler, der mich gerade k. o. geschlagen hatte? Mit etwas Glück vergaß er mich, und ich konnte mich wieder hochheilen, damit ich …

Ihr seid besiegt.

»Alter! Was?«, rief ich und scannte den Bildschirm. Rechts unten erfuhr ich, wer mich gerade gekillt hatte: ein gewisser TRGame. Wie hatte mich dieser Typ so schnell erledigen können?

Es dauerte ein paar Sekunden, in denen der Kampf ohne mich weiterging, bis ich wieder in der Festung erschien.

»Ein Hoch auf Respawns«, murmelte ich und schickte meine Norn-Frau erneut los.

Zum Glück waren die PvP-Karten nicht besonders groß – so konnte ich mich gleich wieder meinem Team anschließen und mich in die Schlacht stürzen. Und diesmal würde ich nicht … Mein Charakter lag schon wieder am Boden.

Ihr seid besiegt.

»Echt jetzt?!«

Vor meinen Augen und den Augen von etwa fünfundsiebzigtausend Zuschauern, die den Livestream mitverfolgten, verpasste mir diese nervige, kleine Asura den Todesstoß: ein Lama tauchte auf, wurde von Scheinwerfern in Szene gesetzt und tanzte auf meiner Leiche herum.

Mein Blick zuckte zum rechten Bildschirmrand. TRGame. Schon wieder.

»Wer ist dieser Wichser?«, knurrte ich. »Und was hat er gegen meine Norn?«

Wieder dauerte es ein paar Sekunden, bis mein Charakter zurück war und ich weiterspielen konnte. Kostbare Sekunden, verdammt. Ich nutzte die Zeit, um einen Schluck zu trinken und die Nachrichten meiner Zuschauer im Chat zu überfliegen.

Wow, miese runde, kumpel!
AAAAAHHH!! ICH HASSE ASURAS!! kleine drecksviecher!
hahahahahaha
#ParkerLama 🦙

Bei dem Hashtag verdrehte ich die Augen, ganz besonders, weil das alle anderen jetzt auch noch aufgriffen und ebenfalls posteten. Ganz toll.

»Keine Sorge«, murmelte ich und konzentrierte mich wieder aufs Spiel. »Noch mal werden wir dieses dämliche Lama nicht sehen.«

Diesmal würde ich mich nicht so einfach überrumpeln lassen. Meine Norn verschoss Pfeile und verpasste gleich zwei

Leuten direkt nacheinander mit dem Großschwert den Todesstoß, dann hatten mein Team und ich diesen Punkt auf der Karte eingenommen. Endlich! Auf zum nächsten!

Etwas Schwarzes flackerte neben mir auf, und meine Figur erlitt Schaden.

»Was zum ...?« Ich wich aus – oder versuchte es zumindest, denn es war so verdammt schwer, wenn dieses kleine Mistding mit den großen Kulleraugen ständig wie aus dem Nichts auftauchte und zuschlug. »Sagt mir nicht, dass das eine Diebin ist.«

Argh. Diebe waren das Schlimmste in Guild Wars. Flink und schnell und praktisch unmöglich zu treffen. Und als Asura auch noch so verflucht klein und wendig, dass ich ...

Kämpft ums Überleben!

Und dann tauchte auch schon wieder das tanzende Lama auf und gab mir den Gnadenstoß.

»Ach, komm schon!« Ich war kurz davor, die Maus gegen die Wand zu werfen. Dreckskerl. Hatte dieser TRGame es auf mich abgesehen, oder was?

»Geh sterben!«, knurrte ich und stürzte mich erneut in die Schlacht. Scheiße, mein Team war dabei, zu verlieren. Dabei hatte ich von den anderen Spielern kaum etwas mitbekommen.

Diesmal hielt ich mich zurück und versuchte es mit Fernattacken. Mit den Pfeilen erledigte ich einen Gegner von Team Blau und nahm den nächsten ins Visier, als eine neue Meldung in der Mitte des Bildschirms erschien: *TRGame ist im Blutrausch.*

Ganz toll. Jetzt massakrierte dieser Typ nicht nur mich, sondern auch noch alle anderen aus meiner Gruppe.

Ich sah gerade etwas Schwarzes, Nebliges neben mir aufblitzen, drehte mich um – und wurde von neuen Attacken getroffen.

»Echt jetzt, TR?«, rief ich und wich immer wieder aus. Das war schon kaum machbar, aber etwas anzugreifen, das sich so verflucht schnell bewegte? Ausgeschlossen. »Was soll der Scheiß? Das ist jetzt das verdammte vierte Mal!«

Ihr seid besiegt.

Zum. Vierten. Mal. Was zum Teufel!? Und jetzt tanzte dieses dämliche Lama schon wieder auf meiner Leiche herum?

Team Blau gewann und wurde nach dem Kampf auf den Podesten dargestellt, während meine Leute und ich vor ihnen auf dem Boden lagen.

»Ich hasse euch! Und ich hasse Guild Wars! Wer ist überhaupt auf die Idee gekommen, das zu spielen?«, stieß ich hervor, musste aber selbst über meinen Ausbruch lachen. »Shit. Wir machen eine kurze Pause, dann geht's weiter.« Damit wechselte ich vom Spiel zum normalen Livestream, warf ein schnelles Lächeln in die Kamera, setzte das Headset ab und stand auf.

Mein Puls raste noch immer. Fuck, was für ein beschissenes Match. Und dieser TRGame. Der Kerl war das Letzte! Wenn er jetzt hier wäre … Unbewusst ballte ich die Hände zu Fäusten und konnte nur mit Mühe ein Knurren unterdrücken.

Ich musste mich schleunigst ablenken und runterkommen, um weiterspielen zu können. Wenn ich zu angespannt war – oder angepisst, wie in diesem Fall –, versaute ich es erst recht. Und dann könnte mich jeder noch so kleine Charakter auslöschen, weil ich Fehler machte.

Das Schöne an Livestreams war, dass du nie allein spielen musstest. Es war immer jemand da, der zusah und mitfieberte. Der Nachteil war allerdings, dass sie alle auch jeden einzelnen Fehler live und in Farbe miterlebten. Und gerade eben war ich wie ein blutiger Anfänger abgeschlachtet worden.

Ich ging ins Bad, das ausnahmsweise weder besetzt noch überflutet war, dann trottete ich in die kleine Küche, die ich mir mit meinen Mitbewohnern teilte. Sie hatte uralte Blümchenfliesen, die man zum Glück kaum sah, da alles mit Schränken, Regalbrettern, hängenden Töpfen, Gewürzpflanzen und anderem Zeug vollgestellt war. Den Kühlschrank erkannte man in dem Chaos nur daran, dass unzählige Zettel und Magnete daran hingen. Der wöchentliche Versuch eines Putzplans, den Sophie immer wieder aufstellte, Einkaufslisten und Postkarten. Dazwischen Elizas Warnung, sie schlafen zu lassen, sonst würde sie uns alle ermorden, Lincolns krakelige Zeichnungen, Coles Hinweis darauf, dass das Toilettenpapier alle war, und Sophies regelmäßige Erinnerungen, irgendwelche Geräte auszuschalten, damit wir alle am Leben blieben.

An diesem Abend war von meinen Mitbewohnern nur Cole in der Küche. Er saß mit Handy, iPad und einer Tasse Tee am Küchentisch. Tee. An einem warmen Juniabend. In Florida.

Ich wunderte mich schon längst nicht mehr über seine komischen Angewohnheiten, trotzdem zuckte ich bei dem Anblick zusammen. Für mich gab es nichts Widerlicheres als Tee. Außer vielleicht Milch.

»Was ist denn mit dir passiert?«, fragte Cole, und sein Grinsen war viel zu selbstgefällig dafür, dass er uns heute fast alle umgebracht hätte. Mit dem kurzen schwarzen Haar, dem dunklen Bartschatten und der lässigen Lebenseinstellung hielten uns viele für Brüder oder anderweitig verwandt. Was daran liegen könnte, dass wir uns genau so verhielten. »Warst du ausnahmsweise mal nicht der Beste beim Zocken?«

»Fick dich.«

»Oh, oh. Da ist aber jemand mies drauf.« Er prostete mir mit der Tasse zu und trank einen Schluck von seinem Tee. Dabei schienen sich die Tattoos auf seinem Arm zu bewegen und fast schon lebendig zu werden. »Also hab ich recht? Es gibt da draußen echt jemanden, der den Gamingkönig geschlagen hat?«

Statt einer Antwort zeigte ich ihm nur den Mittelfinger und riss die Kühlschranktür auf.

»Aww, armes Baby.«

Eigentlich sollte ich darüber lachen können. Aber dieser TRGame trieb mich in den Wahnsinn. Als hätte dieser Trottel es sich heute zur Aufgabe gemacht, mich zu zerstören.

Dabei war der Tag bisher echt toll gewesen. Na ja, wenn man mal von dem kleinen Unfall mit dem Gasherd absah. Ich war morgens pünktlich aus dem Bett gekommen, war beim Training und anschließend in der Uni gewesen, um ein paar Sachen zum Semesterende zu klären und Professoren für meine Leistungsnachweise hinterherzurennen, hatte die Nummer von der hübschen Barista in dem Café auf der Nordseite des Campus bekommen, alle Mails und Nachrichten auf meinen Social-Media-Kanälen abgearbeitet und dann festgestellt, dass eine meiner absoluten Lieblingsbands eine neue Single veröffentlicht hatte. Ein guter Tag also, ohne schlechte Neuigkeiten oder tragische Ereignisse. Und der Abend hätte genauso klasse werden sollen – hätte mir nicht dieser TRGame dazwischengefunkt.

Wahrscheinlich wäre es klüger, Guild Wars einfach zu beenden und etwas anderes zu zocken. Auswahl gab es genug, und meine Zuschauer würden es mir auch nicht übel nehmen. Dass wir mehrere Games pro Livestream anspielten, war völlig normal. Aber mein Ehrgeiz machte mir einen Strich durch die Rechnung. Normalerweise hatte ich null Konkurrenzdenken – weder in der Uni noch beim Sport, im Business oder was Frauen anging. Ich war der entspannteste Mensch der Welt. Aber wehe, jemand besiegte mich beim Zocken. Und dieser TR *hatte* mich besiegt. Mehrfach. Auf grausame Art und Weise. Mit einem verfickten *Lama* als Todesstoß! Das erforderte eine Revanche. Nein, das erforderte eiskalte, blutrünstige, alles zerstörende Rache.

Mit einem neuen Energydrink bewaffnet kehrte ich in mein Zimmer zurück und ließ mich in den Drehstuhl fallen. Der Schreibtisch mit den Monitoren nahm die ganze Wandseite gegenüber der Tür ein. Über den Bildschirmen hingen Poster von diversen Games und Filmen, darunter tauchte eine LED-Leiste alles in buntes Licht. Ich griff nach der Maus, loggte mich aber nicht aus dem Spiel aus.

In Warteschlange für Gruppenzuweisung.

»Eine Runde noch«, erklärte ich dem Stream. »Dann zocken wir etwas anderes.«

Eine Runde, in der ich in ein neues Team und auf eine neue Karte kam.

Eine Runde, in der TRGame – natürlich – wieder mit dabei war und mich – natürlich! – wieder abschlachtete und dieses dämliche Lama – natürlich!!! – wieder auf meiner Leiche einen Stepptanz vollführte.

»Das war's!« Keine fünf Minuten später schob ich Maus und Tastatur von mir und griff nach meinem Energydrink. »Wenn mich dieser Typ noch ein Mal killt, kann ich für nichts mehr garantieren. Dann steige ich durch den Monitor und erwürge ihn in Echtzeit.«

Lachen im Chat. Die Arschlöcher freuten sich darüber, dass meine Norn gerade ständig ermordet wurde. Und das noch immer von derselben Person. *Argh.* In Gedanken übte ich tödliche Rache, als mir etwas aus dem Chat auf dem anderen Bildschirm ins Auge sprang. Irgendjemand hatte etwas dazu geschrieben, aber die Nachrichten scrollten so schnell durch, dass der Text verschwand, bevor ich ihn lesen konnte. Außerdem musste ich mich sowieso auf das Game konzentrieren, bevor ich noch mal …

Ihr seid besiegt.

»Fick dich!« Ich stieß mich vom Schreibtisch ab, rollte mit dem Stuhl zurück und war kurz davor, aufzuspringen. Nur das Kopfhörerkabel verhinderte, dass ich komplett eskalierte. »Fick! Dich! Und fick dieses Spiel! Alter, was geht mit diesem Typen? Was für ein Drecksschwein!«

Meine Zuschauer amüsierten sich köstlich. Na klar. Ein paar grübelten im Chat darüber, wer hinter dem Namen TRGame stecken könnte, aber die meisten feierten einfach nur seine Siege über mich.

Ich gab ein Knurren von mir. »Okay, wer zum Teufel ist dieser TRGame?«